大夏书系·阅读教育

朱自强 著

儿童文学概论

华东师范大学出版社
全国百佳图书出版单位
·上海·

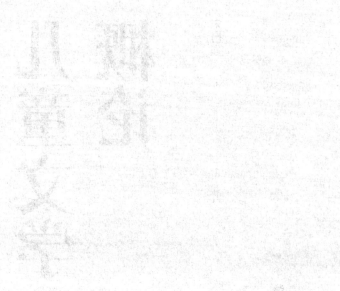

新版序

　　学术著作的价值会随着时代的变化而变化，可能贬值，也可能增值。当然，我认为这本《儿童文学概论》是随着时代的变化而不断增值的著作。

　　2009年，《儿童文学概论》在高等教育出版社首次出版。该书出版的第二年，我在接受《中华读书报》记者的访谈时曾说："自1982年蒋风先生出版个人撰写的《儿童文学概论》以来，难见个人撰写的儿童文学概论著作出版。而具有原创性的个人撰写的概论式著作，对于学科建设具有不可或缺的重要意义和价值。尤其对学科的历史尚浅、基础较弱的儿童文学而言，迫切需要从'编者'时代，跨入'著者'时代。"可见，我撰写《儿童文学概论》一书的最初目的是为了对儿童文学的基础理论作出全方位的思考和把握，以加强基础较弱的儿童文学学科的建设。

　　对《儿童文学概论》一书的学术质量，谈凤霞教授在《基础理论的个性化深度建构——评朱自强的〈儿童文学概论〉》一文中这样评价："从上世纪90年代起，冠之以'概论'、'原理'、'教程'等的儿童文学基础理论著作迭出。但总体看来，不少著作的理论观点乃至框架结构都存在不同程度的重复，而且有些理论分析显得相对表层和普泛，甚至已经有些滞后。随着近些年中国学界对儿童文学认识的质的飞跃，儿童文学理论也需要有新的提升。朱自强先生的《儿童文学概论》（高等教育出版社，2009年版）在这方面作出了有力的突破。""独立写作一部学科基础理论的著作，要推陈出新极需功力，著者依托于几十年兢兢业业、扎扎实实的儿童文学的教研，实践了学术著述的一个重要原则——厚积薄发！……著者立足于广阔的国际视野来发现问题和讨论问题，在论述中旁征博引，涉及的理论包括文学、文化学、心理学、教育学、阅读学、美学、哲学等，充分证明了儿童文学研究并不是肤浅单薄的'小儿科'，而是一门复杂、深厚的学问。"

在《儿童文学概论》出版后的这十多年里，中国社会可以说是出现了一个重视"阅读"的时代。与儿童文学密切相关的小学语文教育、幼儿园教育、家庭教育都出现了走向"儿童文学阅读""绘本阅读"的强劲势头。近两年的部编小学语文教材明显加强了"儿童文学化"，而就在前不久公布的《中华人民共和国学前教育法草案（征求意见稿）》明确规定，作为"课程资源"，幼儿园必须配备"幼儿图画书，不得使用教科书"。可以肯定地说，《儿童文学概论》的隐含读者已经从儿童文学的专业研究者，拓展到了涵盖学前教育、家庭教育、小学语文教育以及儿童阅读推广领域的人士那里。

我所说的这本《儿童文学概论》的学术增值，就是指它正在上述教育领域和阅读推广领域发挥重要的知识传播作用。

儿童文学与儿童教育的关系越来越密切。要想用好儿童文学这一珍贵的资源，幼儿园教师、小学语文教师和家长就需要了解儿童文学的基础理论，特别是关于童谣、童诗、故事、童话、小说、图画书等文体知识。

我本人经常为幼儿园园长和幼儿教师培训班、小学语文教师国培班上课，并且深度参与儿童阅读推广，我所做的《图画书阅读与幼儿的心智成长》《小学语文儿童文学教学法》等讲座，所携带的知识系统中，有哲学、语言学、文学、阅读学、教育学、心理学等多学科的知识，而作为更具有支撑性的知识系统，正是以这本《儿童文学概论》为代表的儿童文学基础理论。我在《小学语文儿童文学教学法》一书中阐释的语文教育理念和儿童文学教学法，在小学语文教师中得到广泛认同和实践，也证明这本《儿童文学概论》所阐述的知识是十分有用、有效的。

以上所说的这些，正构成了我把新版《儿童文学概论》拿到华东师大出版社，在教师用书品牌"大夏书系"出版的重要理由。

是为新版序。

朱自强

2020 年 11 月 4 日

于中国海洋大学儿童文学研究所

一、这本《儿童文学概论》是什么样的教材?

为了让阅读者更快地把握教材,取得更好的阅读或学习效果,我想先简要说明这本《儿童文学概论》的基本特质。

这是一本个人独立撰写的概论式教材;这是一本在大学专事儿童文学教学、研究 20 多年的一位教授的学术性著作;这是一个精神上对儿童文学有着深层需求,把儿童文学视为世界观的思考者的"言说"。

我希望阅读者或学习者对具有上述三个特质的这本《儿童文学概论》的阅读和学习,能够在三个层面展开:在概论式教材中探讨儿童文学的基本理念和知识体系;在学术性著作中探究思考问题、研究问题的途径和方法;在思考者的"言说"中,思考如何从儿童文学中获得思想的资源,进而处理自己的人生和人类社会面临的重要问题。

儿童文学是智慧进化到较高水平的人类创造的一个文化奇迹,儿童文学是独特而又了不起的艺术,儿童文学是一种世界观——随着社会的发展、人类智慧的进一步进化,人们一定会不断接近并终将拥抱这一认识。我希望这本《儿童文学概论》在改变社会轻视、漠视儿童文学的偏见态度的过程中,能够有所作为,成为一个有价值的存在。

二、这本《儿童文学概论》的特色是什么?

目前,儿童文学教材已经为数不少,那就要问,这本教材产生、存在的理由是什么？它的特色在哪里？

首先，这是个人撰写的概论式教材，与一两个人主编、多人撰写的概论式教材有着不同的品质。

据我所知，自1982年蒋风先生出版个人撰写的《儿童文学概论》以来，不论是教材或专著，再没有个人撰写的儿童文学概论出版。陈晖教授著有《通向儿童文学之路》一书，该书是融合儿童文学、儿童阅读与语文教育的重要著作，儿童文学概论部分约占全书的三分之一，三分之二为语文阅读与教学；另外有几种个人撰写或两三人合著的幼儿文学概论，如黄云生著《幼儿文学原理》，张美妮、巢扬合著《幼儿文学概论》。一个学科的教材需要有多种形式、多种面貌、不同风格的版本。特别是近30年，中国对儿童文学的认识发生了质的飞跃，应该有反映新的认识水准的个人撰写的教材出现，儿童文学的学科建设需要进入教材撰写的著者时代。

如果著作者是当行专家，个人撰写的教材可能更有利于进行贯通全著作的体系性建构，给教材一个统摄性灵魂；有利于将具有整体性的价值观和学术、知识体系落实到每一章节，以至于渗透到字里行间，使之形成有机的呼应，使教材成为一个生气贯通的生命整体。

我选择个人撰写教材的方式，既是因为与主编教材相比，它所具有的上述可能，也是因为我自认为已经积蓄了个人撰写教材的能力，内心产生了撰写的冲动和激情。我想以撰写概论式教材的形式，对自己在26年的儿童文学教学、研究中形成的儿童文学理念和知识体系，进行全面总结，以此为儿童文学教材建设提供一种新的形式和风格，为中国的儿童文学学科建设添上一块对我个人来说最为重要的砖瓦。

其次，这是一本具有体系性的学术著作式教材，这样的教材可能更有利于建构一个刺激学习者创新思维、激发学习者研究能力的平台。

以为教材就是非学术原创的编著是一种对大学教育教学和人才培养的错误认识。只举雷·韦勒克、奥·沃伦合著的《文学理论》为例，该书是西方文艺学具有权威性的杰出著作，被世界许多大学采用作文科教材。我们的大学在倡导创新性教育，提倡培养创新型人才，可是，如果教授编写的教材都不具有学术性，即原创性，所谓创新教育终究不过是一句空话。

不论是一人撰写概论，还是一人主编多人撰写概论，都是不小的工程。概论是对整个学科的宏观、微观的综合把握，写作难度很大。由于儿童文学本身兼容哲学、心理学、教育学、历史学（童年史）、人类文化学、生物学、民间文学、美术艺术等多学科的内容，儿童文学研究又有其特有的难度，没有长期的学术积累，没有广泛、深入的对多层面的具体问题的深入思考和研究，具有学术性和个性的儿童文学概论著作是难以完成的。

我认为，不论是主编教材还是个人撰写教材，都应该具有学术性。

不是以深入的学术性研究为根基的教材，就无法真正揭示研究对象的真实面貌；不是以深入的学术性思考、研究为根基的教材，常常使学习者面对老生常谈、人云亦云的"炒冷饭"，而变得对学习失去兴趣。

总体来看，目前的儿童文学概论性教材，存在的问题较多。比如：（1）在研究方法方面，缺失现代性和童年史视角，忽视以儿童研究为根基，因此无法说清儿童文学的来龙去脉和独特品质；（2）读者论、作家论本是儿童文学原理中的特有问题，可是很多教材对读者论、作家论或者完全疏忽，或者蜻蜓点水，用力不足，因此难以展示儿童文学的特殊性；（3）在作品取样方面问题最大，很多教材往往用非经典、非典型的二流甚至三流作品作为儿童文学艺术本质或文体特征的讨论对象，自然降低了儿童文学的艺术高度和魅力，无法呈现文体的本来面目；（4）有些教材沿用一般文学的分类，将儿童文学分为诗歌、散文、童话、寓言、小说、戏剧几大类，这种文体划分当然有其合理性，但是，在一定程度上遮蔽了儿童文学的韵语性、幻想性，忽略了民间童话、动物文学、图画书这些儿童文学特有的文类，在呈现儿童文学文类的特有面貌方面，有一定的局限性。

一言以蔽之，我们的有些教材并不能很好地呈现儿童文学的真实面貌和独特魅力，学生学得不来劲，教学效果差。我想，造成这一问题的原因主要就在于学术水准不够。令人欣喜的是，近年来，方卫平教授、王昆建教授合编的《儿童文学教程》，王泉根教授主编的《儿童文学教程》，显示出主编型儿童文学教材的学术水平有了新的提升和突破。

我撰写这本《儿童文学概论》，是以我此前出版的多种学术著作和上百篇学术论文所进行的研究作为支撑。很多研究领域，如本质论、儿童观、现代性、读者论、作家论、童话、幻想小说、动物小说、图画书等研究，我当时都参与了学术讨论。这些成果，在教材意识的引领下，我都尽量进行了吸收、整合。

当然，由于我本人水平的局限，这本概论一定会有不尽如人意之处，一定有可以提升的学术空间，但就整体来看，说它是一本具有体系性的学术著作式教材并不为过。

三、这本《儿童文学概论》有哪些探索和创新？

撰写一部具有新观点、新体例的儿童文学概论式教材，是我多年以来的愿望，我也一直在自己上课的讲义中逐步加以实现。在这次撰写教材的过程中，我以学术意识、教材意识为引领，力求使这本《儿童文学概论》有一定的探索和创新。

1. 经典意识和典型意识

对经典儿童文学作家、作品的关注和研究，一直是我的儿童文学研究的兴奋点、支撑点，因为我相信，任何一种特定事物的定义，也就是那一类事物中的好事物的定义。11年前，我在拙著《儿童文学的本质》中提出，建立儿童文学本质理论，必须具有"名著意识"。现在，撰写《儿童文学概论》这本教材，我当然更要以经典儿童文学作为立论的依据。

在具体问题的探讨中，仅有经典意识还不够，还必须具有典型意识。比如，论述"儿童情趣"，苏联的尼·诺索夫就比意大利的亚米契斯具有典型性；探讨儿童文学的朴素性，日本的新美南吉显然比小川未明具有典型性；说到科学美文，法布尔、梭罗的作品才是典型。

尽力彰显经典、优秀、典型作品，不以二流、三流和非典型的作品作为儿童文学的立论依据，是这本《儿童文学概论》最重要的原则之一。

2. 尽可能立足于广阔的国际视野

儿童文学发端于欧洲，繁荣于欧美，因此，概论型著作、教材必须立足于一个广阔的国际性视野，如此才能抵达这一事物的本源。

自 1987 年以来，我曾多次去日本开展儿童文学研究。虽然只懂日语，但是我通过日本这个西方儿童文学创作、理论的翻译大国的窗口，努力对西方（包括日本）进行了广泛了解。比如，在童年史和儿童观方面，菲力浦·阿利斯的《"儿童"的诞生》、尼尔·波兹曼的《童年的消逝》等经典著作，我都是在日本读到的；在 20 世纪 80 年代，国内的洛夫汀、凯斯特纳、林格伦、杨松、西顿等经典作家的中译作品还很少，我已经带回了他们作品的全集或文集；今天人们耳熟能详的很多经典图画书，我在 20 年前已经从日本带回摆上了书架，并且在《儿童文学的本质》等著述中，对部分作品进行过研究、介绍。

撰写这本《儿童文学概论》，我充分利用上述资源以及外国儿童文学的中译资源、中国学者的外国儿童文学研究成果资源，尽可能地立足于广阔的国际视野，进行问题的发现和讨论。

我当然也意识到，因为只懂日语，在西方儿童文学言说方面，我的局限已经日渐明显。我知道自己的这种西方儿童文学研究的模式终究不过是一种过渡形态，所以期待着英语、德语、法语、西班牙语等不同语种儿童文学研究专家的早日出现。

3. 力求作合乎科学性的创新

我这里主要谈谈这本概论在理论体系架构和文体分类方面所作出的一些新探索。

本书分为上下两编："儿童文学原理"和"儿童文学文体论"。

在"儿童文学原理"一编，我拿出将近全书二分之一的篇幅，用五章来充分讨论问题。儿童文学本质论、发生原理论、读者论、作家论、研究方法论，这五个论题都是儿童文学原理的核心问题，基本涵盖了整个问题领域。我相信这个设计，不仅是阐释儿童文学原理的一个新的结构性框架，而且也是十分有效和优化的理论结构。

本概论在探究儿童文学原理问题时，提出了一些新的观点和讨论问题的方法或角度。仅以第一章为例，"儿童文学本质论"是儿童文学理论最为核心的问题，我用了近五万字的篇幅进行重点探讨。其中有新意的是：明确提出儿童研究先于儿童文学研究这一重要的学术方法，并且身体力行，设专节进行"儿童研究"，这是对以往儿童文学教材的一个突破；对自己建构了多年的"儿童本位"的儿童文学观作进一步的诠释，以此作为统领整部教材的灵魂；从"现代"性、"故事"性、"幻想"性、"成长"性、"趣味"性、"朴素"性这六个方面阐释儿童文学的特质，在整体上是一种新的见解。

在"儿童文学文体论"一编，我在借鉴国外特别是日本的经验的基础上，提出一个新的儿童文学文体分类模式。

我对儿童文学的文类进行重新分类的设想由来已久。2003 年 5 月，东北师范大学王确教授主编小学教育专业教材《文学概论》（人民教育出版社）时，很有眼光地列出"儿童文学"一章，并邀请我来撰写。在第三节"儿童文学的分类及分类的目的"里，我以列表的形式，提出了一个新的儿童文学分类体系，划分出了"韵语儿童文学""幻想儿童文学""写实儿童文学""纪实儿童文学""科学文艺""动物文学""图画书"这七大文类。

让我感到高兴的是，2008 年首都师范大学出版社出版的王泉根教授主编的《儿童文学教程》一书，也有"韵文体""幻想体"这两个分类，可谓是英雄所见略同。我与王泉根教授的不同之处在于，我的"幻想儿童文学"分类中，包括的是民间童话、创作童话、幻想小说（我认为，正是这三种文学体裁呈现了幻想儿童文学的发展历史，构成了幻想儿童文学的体系），而王泉根教授的"幻想体"分类中，包括的则是童话、寓言、幻想文学。我之所以未作王泉根教授这样的划分，是因为：第一，在世界范围的儿童文学创作中，不具有真正意义的幻想的寓言早已经被"故事"同化，早已经从欧美（包括日本）的儿童文学创作中消失；第二，民间童话与创作童话有不同的文体特征，有必要将两者区分开来进行讨论；第三，在概念逻辑上，幻想文学并不是一种体裁，而是大文类，它应该也包含了童话这一体裁，而幻想小说才是与童话相并列的一种文学体裁。

在撰写本概论时，我基本依据 2003 年发表的文体分类表进行了论述，只在章内作了个别微调，比如：在"纪实儿童文学"一章中，把游记放在了散文里；在"科学文艺"一章中，对"科学小品"概念进行质疑，并将其置换成了"科学美文"；在"动物文学"一章，在动物小说、动物故事之后，增加了动物散文。

　　我认为本概论的儿童文学文体分类方法，更清晰、更准确地勾画出了儿童文学在文类上不同于成人文学的独特面貌，有助于读者认识、感受儿童文学的特殊魅力。

　　儿童文学是有高度的学科，儿童文学研究是有特殊难度的学问。我深知，本教材对儿童文学所作的阐释，与儿童文学本身具有的高度尚有距离，有很多问题还有待于深入探讨。好在这本教材的准备和写作，为我积蓄了继续向儿童文学高度攀登的信念和力量。在此，我邀请本书的读者，让我们一道努力前行。

2008 年 8 月 24 日

于中国海洋大学儿童文学研究所

目 录

下编　儿童文学文体论

上 编

儿童文学原理

第一章

儿童文学本质论

第一节 儿童是什么?

"儿童是什么"这个问题是一个难题，它的难度其实在"人是什么"这个问题的难度之上。因为"儿童是什么"和"人是什么"这两个问题的诠释者都是成人，面对"人是什么"这个问题，成人诠释的往往是自身的问题，但是，面对"儿童是什么"这个问题，成人诠释的是他者。每个人都有童年，但是，事过境迁，童年的心思在很多成人的心里已经烟消云散。日本作家有岛武郎就说："我们随着长大，逐渐远离了儿童的心灵。……我们明显地不能像儿童一样来感受和思考。"[①]儿童研究难就难在这里。

我们之所以在一开始就直面"儿童是什么"这一难题，是因为对儿童文学的诠释必须从对儿童的诠释开始。对于一般文学来说，也是不能绕开对人的研究而去研究文学的；对于儿童文学来说，就更不能先于研究儿童去研究儿童文学。儿童研究是儿童文学研究的前提，是建立儿童文学理论大厦的基石。世界儿童文学学术发展的历史证明，儿童研究的难度决定了儿童文学研究的难度，儿童研究的水平决定了儿童文学研究的水平。儿童文学中很多难解的问题，都与对儿童的难解有关。任何对儿童文学的简单化、幼稚化的枯燥言说，原因一定可以归结到其理论系统不是发源自丰沛的儿童研究的源头，没有源头活水，怎么能出现儿童文学理论的花园绿洲？

研究儿童，应该意识到有两个儿童存在，一个是现实生活中的儿童，一个是成人的意识形态中的儿童，前者是客观存在，后者是主观意识，前者是个性化的实存，后者是普遍的假设。为了区别，我们可以称前者为儿童，称后者为"儿童"。儿童研究所诠释的儿童往往是后者，是主观意识中的"儿童"。儿童研究当然是以客观实存的儿童作为研究对象，不过研究出来的结果却往往是主观假设的"儿童"。儿童研究的理想，当然是要使后一个"儿童"与前一个儿童走向重合，但是，儿童研究中的"儿童"最终也只是儿童的近似值，是对儿童的迫近，而不可能完全成为儿童本身。儿童研究中的"儿童"永远是可能的儿童，儿童研究永远是一个动态的过程，因此，儿童文学研究也是永远走在没有穷尽的路上。儿童文学研究的复杂性、丰富性以及魅力正在这里。

讨论过儿童研究是儿童文学研究的前提这个问题，接下来还需要指出，儿童研究与儿童文学研究之间还有一种关系，那就是，对儿童文学的研究也反过来启发我们对儿童的了解，促进对儿童的研究。

儿童文学是成人作家为儿童创作并被儿童阅读的文学作品。在儿童研究中，有两个重要领域，儿童心理学和儿童教育哲学。儿童文学与儿童心理学、儿童教育哲学属于不同的文化维度，前者属于艺术范畴，后二者属于科学范畴。在儿童研究方面，处于艺术范畴的儿童文学的确可以从独特的角度为我们提供思想的资源。

丹麦的大批评家勃兰兑斯在其名著《十九世纪文学主流》中指出："文学史，就其最深刻的意义来说，是一种心理学，研究人的灵魂，是灵魂的历史。"[2]虽然儿童文学中有以成人或动物为主要描写对象的作品，但是，仍然可以说，儿童文学基本是描写、表现儿童心灵世界的文学。借用勃兰兑斯的观点，儿童文学就是一种特殊形态的儿童心理学。一方面，儿童文学在儿童心理学研究比较忽视的想象力和感情这一纯粹主观的人性方面发掘出了丰富的矿藏。沿着马克·吐温、巴内特、斯比丽、凯斯特纳、林格伦等优秀的儿童文学作家挖掘的坑道，我们得以深入地走进儿童那隐秘的内心世界。另一方面，儿童心理学所揭示出的儿童心理发展过程，比如，第一反抗期、第二反抗期、自我同一性、性意识、快乐原则与现实原则的冲突等，在《彼得·潘》《玛丽·波平斯阿姨回来了》《红发安妮》《拉蒙娜和妈妈》《我是我》等作品中得到了生动形象的展现。这些作品绝不是儿童心理学成果的图解，恰恰相反，它们所描写的儿童心灵生活正是那些心理学解释得以成立的依据。

在儿童文学作品中，儿童是完整、生动、个性化的生态生命，而实证主义的儿童心理学则往往将儿童分解成诸多可以测量的要素，两者的不同，正可以在我们认识儿童时形成互补。

让我们对儿童文学的追问，从对"儿童"的追问开始；也让我们对"儿童"的追问，从对儿童文学的追问开始。

一、被发现的"儿童"

1. "儿童"是成人社会的普遍假设

儿童自古以来就存在，不以人的意志为转移，但是关于儿童的自觉观念却整整沉睡了两千多年。"儿童"作为人类文化的一道风景，需要被一双特殊的眼睛来发现。儿童是与成人完全不同的人种，儿童具有其独特的心理、感觉和情感，对此，成年人必须给以理解和尊重——这种对于儿童的观念，在今天几乎已成为社会的普遍常识（实际行为是否一致则另当别论），但是，在人类漫长的历史上，这样的儿童观只不过萌生于两百多年前，而真正在成人社会占据普遍的支配地位，恐怕才只有一百多年的历史。也就是说，人类进化出这样一双发现"儿童"的智慧的眼睛，经历了漫长的历史过程。

我们这里讨论的"儿童"，不是生物学的概念，而是人类社会进入一个特定的历史阶段后创造出的一个概念，是历史的概念。"儿童"是在社会变迁的历史中，被文化建构出来的意识形态。作为历史的概念，每一种形态的"童年"，都是某个历史时代的制式在具体的儿童生命、生活上的映现，是成人社会对"童年"的普遍假设。

1960年，法国历史学家菲力浦·阿利斯出版了震动西方史学界的著作《"儿童"的诞生》。在这部著作中，阿利斯指出，在中世纪欧洲，特别是在法国，人们并不承认儿童具有与大人相对不同的独立性，而是把儿童作为缩小的成人来看待，人们只承认短暂的幼儿期的特殊性，要求儿童尽早和成人一起进行劳动和游戏，这样，儿童便从小孩子一下子成了年轻的（虚假的）大人。"中世纪没有儿童"，"中世纪没有儿童时代"，是这部著作的一个观点。

但是，也有研究者不同意阿利斯的结论。加拿大学者培利·诺德曼就在《阅读儿童文学的乐趣》一书中，介绍了一位名为夏哈尔（Shulamith Shahar）的学者的观点："夏哈尔不同意艾瑞的说法，并相信在中世纪，'童年事实上被视为是生命周期当中一个明显的阶段，并且当时就有童年概念'。但是她举出了一个具有说服力的例子，当时的童年并不是我们现在的童年，当时运作的是一种不同的童年概念。"③

2. 儿童观的几种主要历史模式

作为普遍假设的"儿童"是具有能量和力量的，因为它是人类思想的对象和资源。那么，进入现代以后，成人社会的"儿童"概念即儿童观在历史转变的过程中，存在着哪些主要的模式呢？

第一，"白纸"之喻。

"白纸"说来源于英国的哲学家、教育思想家约翰·洛克（1632—1704）的著名的"白板"说。"白板"是拉丁文 tabuiarasa 的意译，本意指未经用刀笔刻写的蜡版。洛克既用"白板"这一比喻来说明人在没有感觉、经验之前，是不可能产生任何观念和知识的，又以此形容教育可以随心所欲地获得结果。洛克在著名的《教育漫话》一书中说，他的教育主张"原是为一位绅士的儿子而发的，那时这位绅士的儿子年龄很小，我只把他看成是一张白纸或一块蜡，可以随心所欲的描画或铸造成时髦的式样"④。他说："假定人心如白

纸似的，没有一切标记，没有一切观念，那么它如何会又有了那些观念呢？我可以一句话答复说，它们都是从'经验'来的，我们的一切知识都是建立在经

验上的，而且最后是导源于经验的。"⑤ 由于洛克断定人的一切知识和观念都是通过后天获得的，都是从经验中获得的，所以他对教育的作用估价极高，认为教育在人的造就中能起决定性的作用。

洛克和他的《教育漫话》对于 18 世纪童年概念的改变影响甚大。一方面，洛克主张人们要同情儿童（尽管是极少数人），这种观念在以前的时代是罕见的。但是，另一方面，洛克还是无法跳出对童年的负面看法的窠臼，他想从儿童阶段就发展他们的理性能力，甚至"从摇篮开始"。这种观念在骨子里是否定童年生命的价值的，所以后来招致卢梭的严厉批判，卢梭说，"用理性去教育孩子，是洛克的一个重要原理"，"这简直是本末倒置，把目的当作了手段"，"儿童时期就是理性的睡眠"。⑥

洛克的"白纸"说是对儿童心灵的一种误识，他只看到儿童心灵的受动性的一面，即受客观外在事物影响和制约的一面，而忽视了儿童心灵的能动性一面，是错误的机械决定论。"白纸"说显然没有正确地认识到教育与遗传的适当关系，把人的造就看成了教育的单向作用。不能不说，后来的儿童教育中存在的教育者对受教育者进行单方面硬性灌输的做法，与洛克的"白板"说之间有着某种程度的联系。

第二，"植物"之喻。

在发现"儿童"的历史上，法国思想家卢梭（1712—1778）是比洛克更加响亮的名字。许多学者在论述卢梭对思想史和教育史的贡献时，使用了"儿童的发现"一语，意在表明，"儿童的发现"始于卢梭。

卢梭于 1762 年出版的著名教育著作《爱弥儿》堪称儿童的福音书。这部人类思想史、教育史上的划时代著作，为童年概念的革命作出了两大贡献。

（1）卢梭明确指出，儿童是与成人完全不同的独自存在，成人"要尊重儿童"。洛克只把儿童看作珍贵的人的资源，但是，卢梭认为儿童之所以重要，不是因为儿童仅仅是实现目的的手段，而是因为儿童本身就是重要的，童年时代绝不只是迈向成人的一个台阶，而是具有自身的价值，儿童代表着人的潜力的最完美的形式。

（2）卢梭提出了自然人的教育思想。《爱弥儿》开篇即曰："出自造物主之手的东西，都是好的，而一到了人的手里，就全变坏了。"[7]以此开始了对将作为自然人的儿童异化成理性的人的社会文明的批判。卢梭指出，正确的教育应该是使儿童的自然感性得到最充分的发展，或者说是使儿童贴近他的自然感性状态。卢梭说，"他（儿童）的天性将像一株偶然生长在大路上的树苗，让行人碰来撞去，东弯西扭，不久就弄死了"。卢梭呼吁：要"善于

避开这条大路，而保护这株正在成长的幼苗，使他不受人类的各种舆论的冲击！你要培育这棵幼树，给它浇浇水，使它不至于死亡；它的果实将有一天会使你感到喜悦"。[8]

洛克将儿童比喻成无生命的白纸，卢梭则将儿童看作自然中有生命的植物。在洛克那里，成人将白纸填满，便是成熟；在卢梭看来，成熟就是使儿童避免受到文明中病态东西的污染，有机地、自然地从内部生长出"它的果实"。

德国教育思想家福禄培尔（1782—1852）继承了卢梭自然人的教育思想。在教育名著《人的教育》里，他也用植物来比喻儿童，说明教育者与儿童的关系。"……从人的完美性和本来的健全性来看，一切专断的、指示性的、绝对的和干预性的训练、教育和教学必然地起着毁灭的、阻碍的、破坏的作用。因此，为进一步接受大自然的教训，葡萄藤应当被修剪。但修剪本身不会给葡萄藤带来葡萄，相反的，不管出自多么良好的意图，如果园丁在工作中不是十分耐心地、小心地顺应植物本性的话，葡萄藤可能由于修剪而被彻底毁灭，至少它的肥力和结果能力被破坏。"[9]"修剪本身"（教育）不会给葡萄藤带来葡萄，"葡萄藤"（儿童）"将按照在它们及每一个体之中发生作用的规律良好地发育成长"[10]，并结出"葡萄"。福禄培尔的这种"儿童"概念，显然是尊重自然和生态的思想。

第三，"成人之父"之喻。

卢梭作为浪漫主义的先驱，他的"童年"概念在布莱克（1757—1827）、华兹华斯（1770—1850）、柯勒律治（1772—1834）等英国浪漫派诗人这里产生了共鸣。与卢梭从教育的立场发现儿童不同，浪漫派诗人用文学来发现儿童。

18世纪后半叶以来，以产业革命为发端的英国的社会变革，遮住了民众审视内心的一只眼睛，使他们只知盯住物质主义的生活（在这里，现代化暴露出了它的负面影响），而观照人类灵魂的文学艺术却遭到了轻视。在这样的状况下，浪漫派诗人用赞美纯真的儿童来反抗想用无机的物质主义涂改人性的社会潮流，因为在他们眼里，儿童正是人类原初的感受性和想象力的象征与代表。

布莱克常常被看作反抗产业革命的诗人，其实与当时的工业社会本身相比，布莱克弹劾的更是造成工业主义、物质主义的机械化心灵。与被物质主义污染的都市生活的俗恶相对立，自然和儿童在布莱克的审美视野中被特写。正如诗集《天真之歌》（1789）所表现出的，布莱克将自然和儿童视为神圣，并注目于儿童身上表现出来的尊贵的基本人性。

华兹华斯的《序曲》被认为是一首自传式诗歌。他在诗中宣称，幼儿所具有的能力包含与神相似的创造性和内宇宙，这种能力尽管随着长大而逐渐失去，但在生命结束之前还会有些留存，也就是说，儿童是人类的原型，成人不过是儿童的变化。华兹华斯更在那首著名的诗歌《虹》中将儿童尊奉为成人之父。

> 我的心跳荡，每当我目睹
>
> 彩虹横贯天宇
>
> 我生命开始时，是这样
>
> 我长大成人了，是这样
>
> 但愿我老了，也还是这样
>
> 否则不如死去
>
> 婴孩本是成年人的父亲
>
> 因而今后的岁月，我可以希望
>
> 贯穿着对自然的虔敬

在华兹华斯的诗作中，自然与纯真的儿童时代，在本质上是结合在一起的。儿童时代就像自然中横贯天宇的彩虹一样，是一个巨大的灵魂，是人性的根本。华兹华斯曾在诗中说自己是一个迷途者，但在朴素、纯真的儿童时代里找到了伟大的人性扎根的根基。

"儿童是成人之父"，这一振聋发聩的话语在后来的两个世纪里，一直回响在关注儿童问题、人类心灵问题的诗人、教育家、思想家的耳畔。比如，作为 20 世纪伟大的教育思想家之一的蒙台梭利，在《童年的秘密》中就重申："说父母创造了他们的小孩，那是不对的，相反地，我们应该说：'儿童是成人之父'。"⑪

第四，"未完成品"之喻。

18 世纪以后，儿童是与成人完全不同的人这一认识，在卢梭的警示下，已渐渐形成现代社会的共识。20 世纪的儿童研究，特别是实证主义以客观性为核心的儿童心理学研究，在对儿童的认识方面，取得了极大的成果。但是，儿童心理学的发展理论存在着将儿童当作包容着诸多可以测量的要素的集合体这种倾向。这种机械的、图解式的研究，不是将儿童作为浑然一体的生存形态来把握，而是以"发展"这一尺度来测量儿童与成人间的区别。虽然儿童身心的特殊性得到了相当程度的揭示，但是，在本质上，这种理论恐怕是将成人阶段作为"发展"的最终目标，而将儿童看成了走在"发展"途中的"未成熟"的生命形态。柯林·黑伍德在《孩子的历史》一书中就指出："直到 1960 年代，研究者仍将儿童视为'不完全的有机体'，随着刺激不同而有不同的反应；成年仍然是生命的重要阶段，而童年只是准备期。人类学、心理学、精神分析和社会学都把重点放在'发展'和'社会化'上，重要的是找到方法将不成熟、不理性、能力不足、未社会化和无文化的儿童转变为成熟、理性、有能力、社会化和自主的成人。根据麦克凯（Robert Mackay）的说法，这种将儿童当成一种未发展完全的成人的概念，使得将儿童当成儿童来研究的做法迟迟无法出现。"⑫

我认为，将儿童看成"未完成品"的观点，是以成人状态为最高完成态，以成人为本位的"童年"概念。它没有看到，童年走向成年，并不是只有理性能力这一条人生的曲线，而是还有感性能力这条曲线。人的感性能力（情感、想象力）在从童年走向成年的途中，是会出现退化的，加登纳的《艺术与人的发展》、布约克沃尔德的《本能的缪斯——激活潜在的艺术灵性》等著作，令人信服地揭示了这种退化。因此，童年走向成年，就不仅是一个发展的问题，还有一个保持的问题。

3. 关于"童年"的消逝问题

"儿童"或"童年"概念既然是文化对儿童的普遍假设，它就既可以诞生，也可以消逝。早在1982 年，美国的媒体文化研究学者尼尔·波兹曼（1931—2003）就出版《童年的消逝》一书，提出了令人饶有兴趣而又忧心忡忡的观点：人类的童年，正像恐龙一样，也在迈向绝迹的命运。波兹曼以敏锐的观察力，举证说明了印刷传播媒体怎样制造了童年概念，而电子传播媒体又如何正在逐渐消灭童年概念。波兹曼认为，在美国现代社会，在语言、衣着、游戏、品位、兴趣、社会活动倾向、犯

罪率及其残暴程度等方面，儿童的行为表现与成人日趋一致，儿童与成人的分野日渐模糊，这些和传播科技的发展息息相关。不管波兹曼是否列举出足以让人信服的根据，从逻辑上讲，童年作为历史的概念，它是可能走向消逝的。

对我这样的儿童文学研究者来说，波兹曼在《童年的消逝》中所指出的问题和提出的观点是令人震惊与惶恐的。作为宣扬儿童本位的儿童文学观的研究者，我一方面认为人的童年蕴含着珍贵的人性价值，所谓人的发展应该立足于童年这一根基；另一方面，信奉弗洛伊德的童年代表着压抑发生前的一个较为幸福的时期的观点，在心境上像鲁迅的小说《故乡》一样，把童年看作人生的乐园。可以说，《童年的消逝》给我带来的是一种"失乐园"的惶恐。

波兹曼的《童年的消逝》是"童年消逝"问题讨论的发轫之作，此后西方学术界对这个问题持续进行探讨和争论。英国学者帕金翰的著作《童年之死》出版于 2000 年，作者似乎扮演了 20 余年"童年消逝"问题讨论、争议的评判者角色，并进而提出了具有前瞻意义的建构性意见。在这两部关于童年消逝问

题的重要著作中，"童年"既是研究的对象，也成为一种思想的方法，即通过童年研究来寻找解决人类根本问题的路径。比如，波兹曼就说："儿童是我们发送给一个我们看不见的时代的活生生的信息。""童年的概念是文艺复兴的伟大发明之一，也许是最具人性的一个发明。"面对"童年的消逝"，波兹曼发出的是"失乐园"式的哀叹："不得不眼睁睁地看着儿童的天真无邪、可塑性和好奇心逐渐退化，然后扭曲成为伪成人的劣等面目，这是令人痛心和尴尬的，而且尤其可悲。"[13] 而帕金翰则不无信心地说："我们再也不能让儿童回到童年的秘密花园里了……儿童溜入了广阔的成人世界——一个充满了危险与机会的世界，在这个世界中电子媒体正在扮演着日益重要的角色。我们希望能够保护儿童免于接触这样世界的年代是一去不复返了。我们必须有勇气准备让他们来对付这个世界，来理解这个世界，并且按照自身的特点积极地参与这个世界。"[14] 在人生观的意义上，如果简单评说，赞同"将时钟拨回去"的波兹曼是一位悲观主义者，而主张"积极地参与这个世界"的帕金翰则是一位乐观主义者。

儿童文学是继续存在，还是走向消逝，儿童文学是独立于成人文学之外，还是与成人文学融合，其结果如何，都取决于我们对童年概念的假设。而童年概念的假设作为一种意识形态，它又受到社会生活的根本制约。我们希望童年的消逝——儿童与成人间的界线消失，是整个人类社会合理化、理想化的结果。但是眼前中国的现实是，成人社会正在为渺远的成年的将来，牺牲"童年"的现在。童年彻底"被牺牲"之日，就是儿童文学消逝之时。就像波兹曼所指出的"童年的消逝"是一场"社会灾难"一样，儿童文学如果不是寿终正寝，而是半路夭折，无疑是人类的灾难。

毫无疑问，"童年的消逝"这一问题，事关人类的终极命运，应该引起整个人文社会学科的关注，尤其是从事儿童文学研究、儿童问题研究的人不该绕过这一大课题。

"童年"概念既然是成人对他者的假设，也就可以像培利·诺德曼那样来追问："为什么假设可能是真的？""假设何以并非全是真的？""他们有时也是真的。"⑮关于童年的概念，有着太多的空间，太多的可能性需要我们去建设和探询。

二、儿童：独特文化的拥有者

儿童文化的概念指向不同的层面。有成人社会为儿童创造的文化，其中又包含儿童文学、儿童音乐、漫画、动画等精神文化，图书馆、儿童馆、儿童公园、游乐园（如迪士尼乐园）、幼儿园、学校、影剧院、玩具、服饰等物质设施文化；还有儿童自身拥有或创造的文化，如游戏、绘画、演剧、音乐活动、写作文、写诗、办板报和墙报，甚至报纸、杂志等，而我们将探讨的儿童文化，是指在儿童生活中显示出来的心灵特质，属于精神文化的范畴。

就儿童文学研究而言，对儿童文化的独特性的阐释十分重要，应该说，对儿童文化阐释的有效性，在很大程度上决定了儿童文学研究的有效性。

儿童文学与成人文学的重要区别之一必然体现为成人与儿童两者之间的关系。在现实生活中，儿童不能孤立存在，而必须与成人社会发生密切的联系，所以，儿童在成长的过程中的社会化过程，甚至被简单、片面地理解为"成人化"的过程。毫无疑问，应该重视儿童世界与成人世界的联系，因为儿童毕竟是动态成长的，但是相比较而言，重视儿童世界与成人世界的区别有着更为重要的理论意义。

理由有三点。第一，如果将"儿童世界与成人世界存在密切联系"这一观点极端化（过分强调），那么，"儿童"与"成人"这两个作为两极对立才能存在的分类就很可能消失，由此一来，儿童文学也便失去了存在的根据。第二，儿童文学的创造者是成人，过于强调儿童世界与成人世界的联系，很容易强化成人世界既成价值观和成人的生命需求、审美意识，而忽视儿童世界的价值观和儿童自身的生命需求、审美意识。在儿童文学史上，为了成人规定的"将来"而牺牲儿童自身的具有价值的"现在"的许多教训我们应该还记忆犹新。第三，建立起相对独立的儿童王国，有助于我们认识到，作为两种不同的生命形态，不仅成人世界对儿童的成长产生着深刻的影响，而且儿童世界也会对成人社会的发展施加影响，给予启示，就像马克·吐温在《哈克贝利·费恩历险记》中，巴内特在《小公子》中，斯比丽在《小夏蒂》中，米歇尔·恩德在《毛毛——时间窃贼和一个小女孩的不可思议的故事》（也有中译本译为《时间窃贼》）中所描写的那样，成人与儿童之间，不是一方对另一方的施舍，而是双方的相互赠予。站在这个事实基础上，我们才有理由说，儿童文学不是浅薄的"小儿科"，而是可以与成人文学比肩而立的有关人类前途和命运的大写的文学。

儿童一出生，自然和文化上的遗传就赋予了这个新的生命以各种法则。对成人来说，儿童这一神秘的生命有如乘飞碟而来的外星人，给我们带来了需要虔敬而认真破译的另一种文化的密码。

儿童文化包容广大，不可能穷尽其极，在此，我将儿童生命所呈现的主要精神特质归纳为以下三个方面。

1. "本能的缪斯"——儿童文化的艺术性

1997 年，挪威的布约克沃尔德教授在中国出版了一本令中国读者耳目一新、深受震动的书：《本能的缪斯——激活潜在的艺术灵性》。这本书提出这样一个结论："本能的缪斯"是儿童与生俱来的一种以韵律、节奏和运动为表征的生存性力量和创造性力量。说到"缪斯"，我们自然知道这是古希腊神话中的文艺女神。布约克沃尔德教授在这本书中研究了在儿童和青少年的成长发育过程中，"本能的缪斯"的显示、作用、重要性，揭示出现代社会、现代教育和人们的固有观念因对此缺乏认

识和理解所造成的形形色色的压抑。这是研究儿童文学、儿童教育的人的一本必读书。

无独有偶，美国学者埃伦·迪萨纳亚克的《审美的人》一书也"试图证明，艺术是人性中的生物学进化因素，它是正常的、自然的和必需的。……《审美

的人》探索人类天生就是审美的和艺术性的动物的种种方式"⑯。在今天的现代社会而不是原始社会，还能够说艺术是人类的本能，那是因为儿童的生存方式支撑或强化了这种思想。

关于儿童的艺术化生活态度有众多的事例可以说明。

幼儿的思维是艺术性（审美）思维。小男孩在雪地上撒尿，他会用尿流浇出一个怪异耸起的小雪堆，然后想象成是自己建造出的一座城堡；如果是在土坡上撒尿，他又会想象成自己的河流将蚂蚁这个绿林大盗冲决而下，势不可挡。在这种行为中，儿童会感到生命的创造性快乐。叶圣陶曾这样描述他的儿子："我的儿子三岁时，他见火焰腾跃，伸缩不息，他喊道：'这许多手呀！'他又观赏学生体操，归来在灯下效之。他见墙上人影也在那里举手伸足，当影子是和自己一般的，便很起劲地教他。这些真是成人想不到的想象。"⑰

儿童的语言也是文学语言遍布的语言。看到大人用刀切菜，他会说："刀在走路。"看到夜雨中手电筒发出的光束，他会说："光被雨淋湿了。"看见一只蝴蝶，他会说："落下一片雪。"研究儿童艺术能力及其发展的加登纳举了许多幼儿在言谈中运用文学修辞的例子：有比喻——"我有一条像口红一样的毯子"；有拟人——"云彩走得很慢，因为它们没有脚爪或腿"；有夸张——"在飞机上，瞧瞧枕头，枕头是什么颜色"；有主题的变换——"小心弄断了枝子，小心弄断了安东尼，小心弄断了它"；有借喻——"他的尾巴……那是只公鸭子"；甚至还有意识流——"或者就是一只驴子。牧人。羊，上帝，给我。这些是给的。骆驼礼物，那是谷仓……钥匙，那是火……鸡。我不知道，那是谁"。加登纳说："这些例子使我们更能看出儿童语言中文学手段所遍布的程度。这些修辞究竟是自然出现的呢，抑是规划的或偶发的呢，这些都不重要，重要的是它们那无可争议的普遍性和儿童在说到它们时所感受到的明显的快乐。……诗歌，它至少与音乐或绘画艺术一样，是幼儿的制作、感受与知觉系统所易于达到的，因此，从某种意义上说，语言即可当作一切符号运用和一切艺术的范例。"⑱

儿童的普通的日常行为往往就是艺术创造行为。幼儿把火柴盒排成一列火车，把纸卷当作隧道，把铅笔当作医生用的针头，把竹竿当作马骑，给椅子腿穿上鞋子，这类生活情景不胜枚举，我们已经见惯不惊了。但是，这些都分明是货真价实的艺术创造行为，因为"象征等式的运用是所有人类游戏、故事、戏剧、电影、小说、幻想、神话、传奇，以及美术的基础"[19]。对儿童的这种行为，周作人曾发出过意味深长的感慨："他这样的玩，不但是得了游戏的三昧，并且也到了艺术的化境。……我们走过了童年，赶不着艺术的人，不容易得到这个心境，但是虽不能至，心向往之；既不求法，亦不求知，那么努力学玩，正是我们唯一的道了。"[20]

对人类来说，生命是自由的前提，而自由是生命的意义。审美活动是一种快乐的、体验自由的活动，是人类本质力量的一种体现。而儿童正是将自己鲜活有力的感性化作审美的动力，通过活跃的想象力追求着对生活的审美把握。我们说儿童的生活是艺术化的，这也是通过将儿童与成人进行比较而得出的观点。我们很少见到不喜欢游戏、唱歌、画画、听故事的儿童，但是，我们却能看到许多不喜欢这些活动的成人。这说明，人的天性具有审美的需求和倾向，这种成熟的人性，儿童已经具备了。但是，许多成人随着长大，心灵麻木、感受迟钝，渐渐失去了审美的能力和需求，失去了人的这种本性。

并不是在成人的生活中找不到艺术的因素，并不是没有周作人这样的追求生活的艺术化的成人，但是，在儿童这里，艺术化的生活是如此不唤而来，自然而普遍，这正是儿童文化与成人文化的根本区别。

2. "儿童：游戏者" ——儿童文化的游戏性

我在"儿童：游戏者"一语加上引号，既是因为荷兰文化学者胡伊青加著有《人：游戏者》一书，更是因为我要强调这一观点。胡伊青加在"原作者序"中说："文明是在游戏中并作为游戏而产生和发展起来的。"可见，他所说的"人：游戏者"与我所说的"儿童：游戏者"是有所区别的。对这个问题他也有所解答。胡伊青加说，游戏是自觉自愿的自由活动、是无功利的，从这一观点出发，他认为："儿童彻底地游戏，也许可以说儿童神圣地、真诚地游戏。"[21]"儿童游戏具有最本质、最纯粹的游戏形式。"[22]

儿童文化是游戏性文化，这种文化具有深刻的意义和重要的价值。

在人类思想史和学术史上，从柏拉图、亚里士多德到康德、席勒、斯宾塞，再到弗洛伊德、伽达默尔，有众多的优秀人物思考、论述过游戏问题，这足以说明游戏在人类的发展中的重要作用。

胡伊青加说："在接受游戏的时候，你就接受了心灵（mind），因为无论游戏是什么，它都不是物质（matter）……只有当心灵的激流冲破了宇宙的绝对控制的时候，游戏才成为可能，才成为可思议的、可理解的东西。"[23] 布约克沃尔德认为："游戏能打破我们称之为技术理性的那种限制。当理性变得过于狭窄而很有危险时，游戏能够带来新的可能性。"[24] 迪萨纳亚克则说："在游戏中，被孜孜以求的是新奇性和不可预见性，而在现实生活中，我们通常并不喜欢不确定性。"[25] 新奇性和不可预见性，都是指向创造性发现的。

动物学和人类行为学专家莫里斯更是直陈儿童游戏与创造力的联系。他在《人类动物园》中说："许多人不理解创造力究竟是什么。在我看来，创造力从根本上说就是儿童品性在成年时期的延续。"[26] "培养创造力可能不是儿童做游戏的主观目的，但却是它的基本特性，也是它为人类带来的最大好处。童年时代的探索和发现都很简单，而且转瞬即逝。这些探索和发现本身虽没有多大意义，但这一过程如果不中断，如果儿童对新事物的好奇心并不随着年龄的增长而衰退，如果他们成年后在寻求刺激的活动中仍以满足好奇心为目的，那么他们的这一仗——即培养创造力之仗，也就打赢了。"[27]

成人社会仍然在游戏，舞会、各种竞技比赛、休闲活动，也都是游戏。但是，儿童的游戏与成人的游戏相比，具有不同的意义。在儿童的生活中，游戏是一种精神的体现，游戏是儿童理解、体验、超越生活的方式，是一种存在的形式。正如波尔·阿扎尔所言，成人的游戏只是为了解除生活的疲惫，忘记人生的忧愁，他们无法为游戏而游戏。与成人把游戏作为一时的快乐生活的替代品不同，游戏之于儿童，是其生活本身，游戏的意义即其生活的意义，游戏是纯粹的生活，生活是纯粹的游戏。《旧时儿戏》《老玩具·老游戏》一类的书多了起来，但是，这都不过是寄托一种乡愁。即使玩具在手，成人也难以回到童年时的游戏状态。

以游戏为生活，这是源于群体的童年和个体的儿童的人类本性。这一本性已经逐渐被受着各种现实原则、关系紧紧束缚的成人（除去某些依然保存着孩子气的艺术家）遗忘。对此，莫里斯警告说："在最佳的情况下，我们能够保持天真烂漫的童心，随时准备以各种借口从事成熟的游戏。如果终有一天，我们将此放弃而成为过度认真虔敬的'大大人'时，我们就背叛了使我们成为这个星球上最活泼、最淘气、最富想象力的动物的伟大生物遗传。如果真有这一天，那就到了我们离开，让一些更优秀的类种来取代我们的时候了。"㉘

3."天真的生物性"——儿童文化的生态性

迪萨纳亚克在《审美的人》中说："每个人都是作为一个完整自然的生物（的确具有学习和被'涵化'的先天倾向）开始生活的，不过逐渐地和无情地被转化为一个文化的生物。"㉙ 我所使用的"天真的生物性"这一概念，意指儿童文化具有天真、自然、完整的生态性。"天真的生物性"是与文明和社会化相对应的概念。我们丝毫无意反对儿童走向文明和社会化，而只是想揭示儿童在走向文明和社会化之前及其过程之中，其文化的独特性，以及成人所代表的文明和社会，在促使儿童"成长"的过程中，是不是也为此付出了代价，使儿童的自身品性失落了什么可贵的东西。

在人类对自身与自然之间关系的认识上，大致有三种历史模式：人是自然的奴隶；人是自然的征服者；人是自然的一部分。19 世纪浪漫主义运动以后，特别是现代工业和科学技术的发展给人类自身生存造成严重威胁的 20 世纪，人类才开始意识到，人和人的理性不是万能的，人只是自然的一部分。以揭示和防范现代文明的危机为宗旨的罗马俱乐部的创建人贝恰博士就指出："我们具有这些知识和力量而变得极其傲慢，变成以自我为中心，舍弃了同自然的交感。"㉚ 研究、介绍蒙台梭利教育思想的波拉·波尔克·里拉德说："蒙台梭利强调，童年期是人生的另一极，这在今天来说也是一个重要原则。我们的社会不顾一切地以急剧的步伐进行着生产和制造，迫切需要平衡，这种平衡也就是儿童眼中的世界。儿童像一切生物一样，有他自己的自然法则，认识这些法则，按照这种法则调整我们的步伐是于成人有益的，因为成人已经在很大程度上失去了自然的生物节奏。"㉛

儿童拥有生物的法则，儿童保持着与自然的交感，因此，人是自然的一部分这一真理，在成人是出现于理性认识之中，而在儿童却是出现于他们自然、本真的生活之中。

　　鲁迅的人生哲学思想中具有明显的童年价值取向，他说："孩子是可以敬服的，他常常想到星月以上的境界，想到地面下的情形，想到花卉的用处，想到昆虫的言语；他想飞上天空，他想潜入蚁穴……"㉜具有真正的艺术气质的艺术家丰子恺说："我企慕这种孩子们的生活的天真，艳羡这种孩子们的世界的广大。或者有人笑我故意向未练的孩子们的空想界中找求荒唐的乌托邦，以为逃避现实之所；但我也可笑他们屈服于现实，忘却人类的本性。"㉝叶圣陶更是把儿童的"天真的生物性"上升为一种世界观，他说："儿童于幼小时候就陶醉于想象的世界，一事一物都认为有内在的生命，和自己有密切的关联的。这就是一种宇宙观，于他们的将来大有益处。"㉞

　　儿童面对自然界没有成人的妄自尊大，相反，儿童将自己的天真化作同情，分赠给世界万物。幼儿甚至会怜悯路旁的一块小石头，因为觉得它总是孤零零地躺在那里。儿童的这种天真的生物性会一直遗存到少年期。中国作家韩少功的散文《我家养鸡》就使人感到，在社会化的环境中，少年"我"与动物生命之间的情感维系，是因为天性使然。

　　儿童的天真也时时质疑着成人社会的拜金思想和等级观念。弗洛伊德曾说，金钱并不是童年时代的愿望。波尔·阿扎尔在《书·儿童·成人》中则作出具体的说明："这是儿童们的本能，他们并没有接受过别人教诲，但却绝不会认为富贵能凌驾于一切东西之上。对他们来说，是不可能相信这一点的。不知这样讲是否正确，即使是有钱人的孩子，也并不把钱当回事。证据便是，为了去见那些生活在下层的人们，他们中没有人会不跑出客厅。汽车司机、火车司机、佣人、厨师，这些过着近于自然人的生活的神秘的人，不能不吸引着他们。有钱人的孩子在暑假里，与佃农、看门人和渔民的孩子们成了好朋友。"㉟想一想鲁迅在《故乡》中描写的少爷迅哥儿对帮工的儿子闰土的敬佩，相信鲁迅一定也赞成波尔·阿扎尔的观点。

　　"天真"是一种可贵的人性品质。由于天真，儿童常常会问些伟大的问题："为什么会有人类？""星星为什么不会掉下来？""这世界最初叫什么名字？"成人发出的问题是问事情是否如此，而孩子的问题是问为什么如此。写作《孩子是个哲学家》一书的皮耶罗·费鲁奇说："孩子们是如此纯真，我们看待处理事物是依据陷入定式的规范，他们却是全然的新鲜。……不断发掘新的形式，不带主观、评断、记忆的观察，使人回到本质，这就是孩子眼中的事实。"㊱有学者发出质问，"从托儿所到大学之间，发生了什么事使孩子的问题消失了？或是使孩子变成一个比较呆板的成人，对于事实的真相不再好奇？"并进而得出结论："成人的复杂生活阻碍了寻找真理的途径。"㊲对"天真"给予最高评价的恐怕是尼采，他在《查拉图斯特拉如是说》中所表达的精神三变的思想，是颇具启发性的。尼采认为理想的人生精神境界应该是：最初表现为骆驼的形态，其特质是忍耐；随后骆驼会在千里沙漠的负重行旅中，突然变成狮子，其精神特征是战斗的勇气；不过，就是这种狮子也还有不足，它在什么时候一定要变成"幼儿"。尼采这里所讲的"幼儿"其实是幼儿的心性，这种心性能够天真无邪地开创一切。

具有生态性的儿童文化看事物和世界的眼光是完整的。布约克沃尔德认为，成人在成长的过程中已失去了太多的从整体上感觉这个世界，和在这个整体的世界中生存的能力，成人应该向儿童学习："不管怎样，儿童们还能'看个完整'。他们通过'恩戈麦'，用理智和想象去感知。对他们来说，平凡的观察和天真的想象，世俗和魔力，都是一个整体。具有缪斯天性的人们，他们能唱歌、跳舞、玩耍。他们就这样进入一个宽阔而又奇妙的世界。""对他们来说，所有这些事物的最终统一使他们能对现实有一种新鲜活泼的感觉，过一种有机、完满的生活。但是，我们这个时代的典型看法却大不相同。我们倾向于支离破碎地去思考、去感知这个世界，因为生态平衡中的文化和自然观念已经失去了。一个不完整的人看到的只能是一个残缺的世界。如果我们的孩子们能将他们的缪斯天性、创造性和他们对现实的整体感觉较大程度地带入他们的成年时代，也许，至少对几代人来说，在他们的人生旅途中，他们会生活得更好。"㊳布约克沃尔德的观点可谓深刻之极。

儿童文化的艺术性、游戏性、生态性是具有深度联系的，这三个方面有机地构成了儿童文化的整体。

需要强调指出的是，如果我们上述对儿童文化的描述不是一种主观臆测，那么，就应该考虑修正成人社会对儿童"成长"的诠释。

我们的社会是一个以成人为中心的社会，因此，我们仅仅认定儿童的成长依赖于成人，却看不到事情的另一面真实，即成人必须与儿童携起手来，也从儿童那里获得创造新的、健全的生活的智慧和力量。蒙台梭利清醒地意识到了这个问题，她认为，童年期不单纯是通向成年的一个阶段，而是"人的另一极地"。在她看来，儿童与成人的成长和发展是相互依存的。我们不应当只是把童年期和成年期作为人生相衔接的两个阶段，而应当把儿童和成人看作是人的生命的两种不同形态，二者互相影响，同步发展。

对儿童文学而言，继承童年的文化传统，珍视儿童心性中不可替代的人生价值，守护儿童不丧失自己特别的眼光，这正是儿童文学肩负着的任重而道远的使命，这正是儿童文学在人类发展进程中所作的独特的历史性贡献。

第二节　儿童文学是什么？

在讨论了"儿童是什么"之后，我们来讨论"儿童文学是什么"。对儿童文学的诠释必须从对儿童的诠释开始，希望前面对儿童的研究，能够成为言说儿童文学的立论基础。

需要说明的是，本书所讨论的儿童文学有一个限定的范围：第一，它是以文字（含图画书中的图画）阅读（包括读给孩子听）为形式的文学作品，故不含影视、戏剧文学；第二，它是成人为儿童创作的，或成人未必专为儿童创作，但实际上已被儿童广泛接受的文学，故不含儿童自己的文学创作。

一、介绍几种儿童文学的定义

日本学者上笙一郎曾指出：在儿童文学研究中，基本存在三种类型。第一种是随笔型的儿童文学研究。这种研究虽然并不无视理论的整体性，但是呈现出情绪的、模糊的、艺术的倾向，在表现上，采取随感式的形式和文体。随笔型儿童文学研究在欧洲诸国十分繁荣。比较著名的有波尔·阿扎尔（法国）的《书·儿童·成人》、利丽安·史密斯（加拿大）的《儿童文学论》（台湾地区翻译为《欢欣岁月》）。第二种可以称作"概念型"或者"概论型"。这种研究排斥情绪的变化，对儿童文学的意义、形式和内容进行论证式、体系式、定义式的研究，在表现上大都采取论文的形式。"概念型"（"概论型"）儿童文学研究在苏联和亚洲诸国十分普遍。比较有代表性的有高尔基（苏联）的《儿童文学和教育》，蒋风（中国）的《儿童文学概论》、李在彻（韩国）的《儿童文学概论》等。第三种可以称作上述两者的中间型或混合型，即随笔型与"概念型"（"概论型"）相结合。这种情况出现在日本。在日本既有慎本楠郎的《新儿童文学理论》、菅忠道的《日本的儿童文学》这样的概念（概论）式儿童文学研究，也有上野了的《战后儿童文学论》和今江祥智的《来自儿童之国的致意》这样的随笔型儿童文学研究。[39]

确如上笙一郎所言，我们不仅在堪称西方儿童文学理论研究双璧的波尔·阿扎尔的《书·儿童·成人》、利丽安·史密斯的《儿童文学论》中找不到对儿童文学所作的定义式的概括，甚至翻开《简明不列颠百科全书》中的长达近3000字的"儿童文学"词条，也找不到定义式的阐释。然而在亚洲诸国的概念型（概论型）的儿童文学著述中，却可以见到许多给儿童文学下的定义。

东西方儿童文学研究方式的不同，既是由于思维特点的不同，也是由于儿童文学土壤条件的不同。在欧美，由于产业革命和殖民地掠夺而建立起了富裕的近代生活，儿童们获得了前所未有的良好待遇，全民教育制度和各种儿童文化设施日趋完善。儿童文学创作不仅十分繁荣，而且普及、深入到了人们的生活之中。这种人们具有很高的儿童文学修养的社会，便没有多大必要从基本原理上对儿童文学作条分缕析的理念式研究。亚洲各国则情形不同。在18、19世纪，正是由于受到欧洲列强的侵略，亚洲的许多国家沦为殖民地或半殖民地，社会现代化的进程受到了很大的阻碍。虽然到了20世纪后半期，许多国家相继独立，开始走向现代化，着手进行教育的普及和儿童文化的建设，但是，儿童文学作品的质量一时还不是很高，数量也远不能满足儿童及社会的需求，民众的儿童文学修养处于低水平，因此，儿童文学研究只能从"儿童文学是什么"，"儿童文学具有何等重要意义"这种论证的、理念式的研究起步。在亚洲国家中，日本是一个例外。由于日本的现代化起步较早，发展很快，虽然儿童文学在整体上的繁荣程度不及欧美，但已有条件兼从东西方两种类型的研究。[40]

下面我们从概念型（概论型）研究中，选择出几种儿童文学的定义：

儿童文学是根据教育儿童的需要，专为广大少年儿童创作或改编，适合他们阅读，能为少年儿童所理解和乐于接受的文学作品。[41]

——蒋风：《儿童文学概论》

儿童文学即适合于各年龄阶段儿童的心理特点、审美要求以及接受能力的，有助于他们健康成长的文学。[42]

——浦漫汀：《儿童文学教程》

所谓儿童文学，是指成年人强烈地意识到为儿童阅读所创作的一切文学作品。……儿童文学的特质，在于能够适应儿童的生活体验的广狭程度和精神发展阶段，易懂、有趣，并能循序渐进地陶冶孩子们的精神资质，具有适宜于各发育阶段的教育性。在形式方面，对于语言和文字的使用，也应悉心加以注意。[43]

——（日本）国分一太郎，见上笙一郎：《儿童文学引论》

所谓儿童文学，是以通过其作品的文学价值将儿童培育引导成为健全的社会一员为最终目的，是成年人适应儿童读者的发育阶段而创造的文学。[44]

——（日本）上笙一郎：《儿童文学引论》

在以上四种儿童文学定义中，蒋风、浦漫汀、国分一太郎、上笙一郎的定义在内容上比较接近，都从教育性、年龄阶段性、文学性这三个方面阐明儿童文学的本质。不过，虽说都包含相近的内容，但对具体内容的理解以及侧重点还是存在一定差异的。比如上笙一郎的定义把文学价值摆在了最前面突出强调，上笙一郎的"将儿童培育引导成为健全的社会一员"，根据他在《儿童文学引论》中对此的解释，显然是指一种具有变革意义的广义的教育。而蒋风强调的"能为少年儿童所理解和乐于接受"，显示着他对儿童读者的关注；浦漫汀的"有助于他们健康成长"，则透露着对儿童文学的教育性的具有弹性的理解。国分一太郎的定义正如上笙一郎所指出的："也许是长期从事教育的缘故，在国分一太郎的观点中，可以说渗透着强烈的教育意识。"不过，国分一太郎的教育意识与上笙一郎的教育意识内涵和侧重也有不同。

在认识儿童文学的本质时，上述定义显然会给人以有益的启示。不过，在理解儿童文学的本质时，还必须以丰富的感性体验为基础，这就要求阅读一定数量的儿童文学名著和优秀之作。而且，从欧美那些重情绪、重感性的随笔型儿童文学研究中，也往往能够深切地感受到儿童文学本质的神髓。

另外，还应该意识到，任何关于文学的定义在凸显事物要素、特质的同时，都不可避免地存在简单化、约略化的局限，尤其是对儿童文学这样一种关系错综复杂的文学，以简约化的定义来呈现，是十分困难的。如果读者照搬定义，就会成为对儿童文学理解和感悟的限定，把枝叶婆娑的大树，看成几根光秃的树杈。因此，对儿童文学本质的把握和理解，必须进入阐释和言说。

二、儿童文学 = 儿童 × 成人 × 文学

我认为，为了有效地阐释、言说儿童文学的本质，需要在儿童文学内部建立一种关系机制，而这正是中国以往的儿童文学概论在给儿童文学下定义并做解释时所普遍缺失的研究意识。所谓儿童文学内部的关系机制，即指成人、儿童、文学三者之间的关系。其间，成人与儿童的关系具有更为重要的结构、整合儿童文学的功能。

也许有读者会提出疑问，前面列举的四种儿童文学的定义，不是也出现了成人、儿童、文学这三个要素了吗？这三者之间不是也构成关系吗？但是，这些定义显示的是成人给予儿童，成人为了儿童这一单向关系，却既忽略掉了儿童和成人相互赠予这一双向、互动的关系，也忽略掉了成人的创作也是为了自

己这一文学创作的必然规律，而忽略掉这两个方面，儿童文学的面貌便无法被呈现，儿童文学本质中的重要内涵便无法被揭示。

以往的研究，大多从儿童的角度出发来定义儿童文学，比如，上述蒋风的定义中儿童（包括"他们"）出现了四次，浦漫汀的定义中出现了两次，儿童文学只有一个单向所指，那就是"儿童"。也有从文学的角度出发，重视儿童文学的文学性的研究。比如，前述上笙一郎的定义就把"文学价值"摆在了最前面突出强调；还有利丽安·史密斯的《儿童文学论》更是立论坚定："给儿童写的作品是一种艺术，应该作为艺术来考察。这里论述的儿童文学，着重点归根结底是放在作为文学具有自身价值的作品上，而作为服务于其他目的的工具的作品，不管具有什么样的价值都不在考虑之列。"[45] 当然，也有一些从儿童和文学两个角度来切入的儿童文学的本质论的研究，但是，比较体系化地从儿童与成人的关系角度做本质论的研究，成果则甚少。

儿童文学本质论中，最重要的、最核心的问题是儿童与成人的关系问题。当儿童与成人之间被赋予双向、互动的关系之后，儿童文学便被赋予了特殊的性质。我在以往的研究里提出的儿童文学是"教育成人的文学"，是"解放儿童的文学"，是"全人类的文学"，都是基于对这一关系的思考。

在本书中，我不想以下定义的方式来框定儿童文学，而是想以阐释、言说的方式来走进儿童文学，不过，这里我还是想提出一个儿童文学成立的公式——

$$儿童文学 = 儿童 \times 成人 \times 文学$$

我提出这个公式的前提是否定"儿童文学 = 儿童 + 文学"和"儿童文学 = 儿童 + 成人 + 文学"这两个公式。

在儿童文学的生成中，成人是否专门为儿童创作并不是使作品成为儿童文学的决定性因素（很多不是专为儿童创作的作品却成为儿童文学就说明了这个问题），至为重要的是在儿童与成人之间建立双向、互动的关系，因此，我在这个公式中不用加法而用乘法，是要表达在儿童文学中儿童和成人之间不是相向而踞，可以分隔、孤立，没有交流、融合的关系，而是你中有我，我中有你的生成关系，儿童文学的独特性、复杂性、艺术可能、艺术魅力正在这里。

这个公式里的文学，一经与乘法关系的儿童和成人相乘，也就不再是已有的一般文学，而变成了一种新的文学即儿童文学。

在儿童文学的生成中，儿童、成人都是无法恒定的、具有无限可能的变量。不过，需要说明的是，在我提出的公式里，儿童、成人、文学的数值均至少等于或大于 2，这样，它才有别于"儿童文学 = 儿童 + 成人 + 文学"这个公式，即它的结果至少不是 6，而是 8，如果儿童、成人、文学的数值是 3，那就不是加法结果的 9，而是乘法结果的 27。可见儿童、成人的精神内涵越丰富，相乘之后的儿童文学的能量就越大。

一旦儿童和成人这两种存在，通过文学的形式，走向对话、交流、融合、互动，形成相互赠予的关系，儿童文学就会出现极有能量的艺术生成。

三、儿童文学："儿童本位"的文学

"儿童本位"是一个中国化的、有着一段历史的儿童文学理论术语。它的出现，与中国儿童文学的诞生紧密相连；它的演化也伴随着中国儿童文学起落消长的发展历程。

中国儿童文学的发生，不具备西方儿童文学的能动性和常规性。它的发生过程脱逸出了"先有创作，后有理论"这一文学发生、发展的一般规律，而是呈现出先有西方（包括日本）儿童文学的翻译和受西方影响的儿童文学理论，后有中国自己的儿童文学创作这样一种特异的文学史面貌。在儿童文学理论先行的时代，周作人是一位开创者。他汲取西方关于儿童以及儿童文学的思想，提出了"儿童的文学只是儿童本位的，此外更没有什么标准"[46]这一儿童文学观。周作人的儿童本位思想，也是源于他对儿童文学历史上的两种错误倾向的不满："大抵在儿童文学上有两种方向不同的错误：一是太教育的，即偏于教训；一是太艺术的，即偏于玄美。教育家的主张多属于前者，诗人多属于后者；其实两者都是不对，因为他们都不承认儿童的世界。"[47]周作人的儿童本位的儿童文学思想，对五四时代的中国儿童文学产生了深远的影响。

但是，儿童本位理论的日后命运却是一波三折，坎坎坷坷。

在 20 世纪三四十年代，中国现代儿童文学的创作与为中国儿童文学奠基的儿童本位理论之间，出现了重大错位，即儿童本位理论并没有在创作园地催开同根的花朵。而在中华人民共和国成立后的 17 年中，儿童本位理论不仅一直名声不佳，而且在"极左思潮"盛行之时，还曾被冠以"反动"的罪名而横遭批判。

改革开放以来，儿童文学学术界特别是第五代批评家们为儿童本位理论恢复了名誉。不过，有的学者一方面确认其发挥的历史作用，肯定这一理论本身也具有一定的合理内涵；另一方面又指出这一理论存在着忽视儿童文学的社会性和成人引导的必然性之失误，认为这是倾斜的儿童文学本体观，它对儿童文学本体的理解和把握并不准确和完整。

在今天，"儿童本位"一语已经越来越多地出现在儿童文学的论述中，但是，再好的理论，在时代的更迭中也是要向前发展的，因此对儿童本位论必须进行具有超越性的当代诠释。我认为，在建立新时代的儿童本位理论时，存在着肤浅阐释以及认识停滞的问题，比如，将儿童本位解释成是以儿童文学的服务对象与接受对象的儿童为中心；将儿童本位观解释成是对少年儿童的人格独立性、自主性、自尊心、自信心的理解与尊重。儿童文学以自己的服务对象与接受对象的儿童为中心，儿童文学要对少年儿童的人格独立性、自主性、自尊心、自信心给予理解与尊重，这样的观点本身没有任何问题，但是，用来作为儿童本位论的当代诠释，则将儿童本位理论矮小化了。这种矮小化了的"儿童本位论"并不能把儿童文学理论研究引向深入。

在我的阐释中，"儿童本位"是以"儿童"为思想资源的一种关于儿童的哲学思想。在西方，自进入现代社会，发现"儿童"以后，"儿童"就成为社会思想的宝贵资源。从"发现儿童"的卢梭到吟咏"儿童是成人之父"的华兹华斯，从在"快乐原则"与"现实原则"间作犹疑、痛苦选择的弗洛伊德，到将儿童命名为"本能的缪斯"的布约克沃尔德，再到通过"童年"建立"梦想的诗学"的巴什拉……每当这些思想者面对人类的根本问题时，总是通过对"儿童"的思想，寻找着走出黑暗隧道的光亮。如果所谓"儿童本位"的观点中，不包含从"儿童"（儿童文化）中汲取思想资源的立场，就不是真正的当代意义的"儿童本位"理论。

儿童文学何以是儿童本位的文学？儿童是与成人完全不同的人，儿童与成人是人生的两极，儿童与成人是不同的人种，思想家卢梭、教育家蒙台梭利、儿童文学理论家波尔·阿扎尔和利丽安·史密斯如是说。儿童是独特文化的拥有者，儿童与成人在存在感觉、价值观和人生态度方面存在着许多根本的区别。儿童文学创作与成人文学创作的一个根本不同是儿童文学作家必须解决好与儿童的人际关系问题，即作家必须以作品与儿童建立起亲密、和谐的人际关系。作家既不能做君临儿童之上的教训者，也不能做与儿童相向而踞的教育者，而只能走入儿童的生命群体之中，与儿童携手共同跋涉在人生的旅途上。因此，作家的儿童观应该以儿童为本位。

所谓儿童本位的儿童观既不是把儿童看作未完成品，然后按照成人自己的人生预设去教训儿童（如历史上的教训主义儿童观），也不是仅从成人的精神需要出发去利用儿童（如历史上童心主义的儿童观），而是从儿童自身的原初生命欲求出发去解放和发展儿童，并且在这解放和发展儿童的过程中，将自身融入其间，以保持和丰富人性中的可贵品质。儿童文学作家在这种儿童观的观照下创作的儿童文学就是儿童本位的文学。

儿童文学如果以儿童为本位，它将不是把儿童的心灵看作一张白纸，而是当作一颗饱满的种子。儿童文学作家面对一颗种子不能像面对一张白纸那样，以为可以单方面随心所欲地书写，他要受到制约，必须考虑到要激活这颗种子的潜在生命力所必需的合适的土壤、阳光和养料。

儿童文学如果以儿童为本位，它将看到儿童生命体内蕴含着不可替代的珍贵的生命价值。儿童是漫长的生命发展的根基，人类在走向青年、壮年、老年的过程中，生活只是把一些新的东西注入儿童这一固有的根基之上。因此，童年时代并不是随着成长就要像旧衣服一样脱去扔掉的一种存在，对人生的整个周期而言，它是永远不能摘下的一环，是一个价值永存的领域。

儿童文学如果以儿童为本位，它将看到儿童期并非仅仅是为了给成年期作准备才存在，而是同时也为了自身而存在，儿童不是匆匆走向成人目标的赶路者，他们在走向成长的路途上总是要慢腾腾地四处游玩、闲逛。以儿童为本位的儿童文学反对为走向成人目标而"缩略童年"的功利行为，而是将"浪费时间"的游玩、闲逛看作是童年期里正当合理的一种生活态度。儿童本位的儿童文学给儿童以拥有自己人生的权利，鼓励儿童从容不迫地享受童年的幸福，满足并发展儿童的生命欲求和愿望。

儿童文学如果以儿童为本位，它将超越成人与儿童之间的鸿沟，成为立于儿童的生命空间的文学，淋漓尽致地表现具有高度人生价值的儿童的存在感觉、价值观和人生态度，从而成为儿童的知音。

儿童文学如果以儿童为本位，它将拆散理性主义、功利主义的算盘珠子，把儿童文学从狭隘的教育主义特别是教训主义那里解放出来。它将发现儿童是感性化的人，童年期是培养和发展儿童感性能力（情感和想象力）的最佳时期，它有如农事的节气是不能错过的。感性需要交由艺术来守护，儿童本位的儿童文学肩负着守护、培养、发展儿童感性的园丁职责。

儿童文学如果以儿童为本位，它将不仅发现儿童是最渴望成长的人种，而且能够洞悉儿童成长的真正意味。它看到儿童在成长中与生活搏斗的艰难，理解儿童在成长中与现实的适应。以儿童为本位的儿童文学既不会因儿童成长中出现的一些丧失，而消极地试图把儿童封闭在童年的茧壳里，也不会因儿童在成长中出现的一系列成人化特征，就将归顺既存的现实原则作为儿童成长的最终目标。鼓励、帮助儿童成长的儿童文学是放飞儿童生命的文学，也是对既存的现实原则怀着变革的思想，召唤人类更加理想的未来的文学。

儿童文学如果以儿童为本位，它将对儿童鲜活的审美力量投以信任的目光，而拒绝那些以成人审美形态为最高完成态，把儿童的审美能力看作是"前审美"和"低水平"的观点，从而建立起"儿童文学是真正的、纯粹的艺术"这一坚强自信，确保儿童文学作高水准的艺术追求。

现代形态的儿童本位的儿童文学并不会导致作家主体性的丧失和"自我表现"的消解，成为"作家不在"的文学。它承认儿童的生命具有很强的自然属性，成人作家的生命具有很强的社会属性，两者并非是完全等同的。但是，两者在儿童文学中的关系在本质上不是对立而是统一的，是两个大小有别的同心圆。成人作家的生命观大于儿童的生命观。作家作为葆有儿童心性的成熟的"儿童"，其价值观在认同儿童价值观的基础上，以儿童的生命为内核、根基，向外扩展。扩展的部分是作家丰富的生活阅历和对人生的真知灼见，因而能引导着儿童进行生命的自我扩充和超越，以期创造出丰满而健全的人生。以儿童为本位的儿童文学作家是特殊的人种，是成熟的"儿童"。儿童生命是儿童文学作家生命的根基，他不能离开这个根基。正出于这一原因，在儿童本位的儿童文学中，作家与儿童是结成"同谋"的"团伙"，他站在儿童利益的根本立场上，引领着儿童去谋取生命的健全成长和发展。这正是以儿童为本位的儿童文学作家"自我表现"的特异性。能够进行这种特殊的"自我表现"的作家才能获得作为儿童文学作家的主体性。

对儿童本位这一思想表述的评价与对其他人文精神的评价一样，要摘掉机械进化论的有色眼镜，不能因为它经历了时间的漫长风雨便以为它已经陈旧甚至风化，相反，在21世纪，儿童本位思想对于人类的命运走向何方将更加具有引领反思的意义和价值。

我们前所未有地处于一个容易使生命"存在"迷失的时代。我们今天的文化正处于危机之中。这种文化的危机性越来越证实着1952年诺贝尔和平奖获得者史怀泽所提出的观点："它的物质发展过分地超过了它的精神发展。它们之间的平衡被破坏了。"[48] 提出"敬畏生命"的伦理学观点的史怀泽认为，文化的本质并不是物质方面的成就，物质成就反而会给文化带来最普遍的危险：由于生活条件的改变，人大量地从自由进入不自由的状态。史怀泽说，"决定文化命运的是信念保持对事实的影响"。对此，他作了十分准确的比喻："航行的出路不取决于船开得快慢，它的动力是帆或蒸汽机，而是取决于它是否选择了正确的航道和它的操纵是否正确。"[49] 我们被物质主义、功利主义迷雾遮住双眼的文化大船出现了生命"存在"的精神迷失，它正在现代的核动力的推动下，迅速地远离荷尔德林所吟咏的可以"诗意地安居"的"大地"。

正是在这样的时代中，"儿童"作为独特文化的拥有者，充满了需要成人社会汲取的思想资源，而当儿童文学成为儿童本位的文学时，它也将对人类的发展更有作为。无论如何，人类的希望都在儿童这里。

第三节　儿童文学的特质

一、"现代"性

认识儿童文学的本质，需要建立历史之维。从文学历史学、文学社会学的观点看，儿童文学是"现代"文学。我在"现代"一词上加引号，是为了强调儿童文学只有"现代"，没有"古代"。让我们以中国儿童文学为例，来说明这一问题。

有研究者认为，古代的中国虽无"儿童文学"一词，但为儿童服务的文学却已经存在，"中国的儿童文学确是'古已有之'，有着悠久的传统"，并明确提出了"中国古代儿童文学"、古代"民间创作的口头儿童文学"和"文人著作的书面儿童文学"的说法。[50]

中国儿童文学果真是"古已有之"吗？我曾在《中国儿童文学与现代化进程》一书中，提出了以下观点。

首先，我认为儿童与儿童文学都是历史的概念。从有人类的那天起便有儿童，但是在相当漫长的历史时期里，儿童却并不能作为"儿童"而存在。在某些历史时期，儿童被看成小猫、小狗那样的存在。在某些时期，欧洲人对于孩子的误解，是以为成人的预备；中国人的误解，是以为缩小的成人。在人类的历史上，儿童作为"儿童"被发现，是在西方进入现代社会以后才完成的划时代创举。所谓现代，就是人类从任何类型的强权统治，从旧的中世纪或封建主义时代的规范中解放出来，恢复"人"的自身权威的时代。在这个时代，人、个人、个性、自我等得到尊重和保护，自由主义、民主主义、个性主义成为时代的思想。没有现代社会对"人"的发现，就不会有"儿童"的发现，而没有"儿童"的发现作为前提，为儿童的儿童文学是不可能产生的。因此，儿童文学只能是现代社会的产物。它与一般文学不同，它没有古代而只有现代。如果说儿童文学有古代，是抹煞了儿童文学发生发展的独特规律，这不符合人类社会的历史进程。

其次，古代民间文学并不就是儿童文学，"民间创作的口头儿童文学"这一概念是难以成立的。

民间文学是口头文学，所以又有口传文学、口承文学等名称。从本质上讲，民间文学只存在于夏日的柳树下、冬日的火炉边绘声绘色地讲故事的那个时刻，而记录、整理出版出来的"民间文学"已经失掉了其本真的神韵。民间文学存在于口头讲述中时，它是翩翩起舞于野花丛中的蝴蝶，民间文学存在于出版物上时，有如蝴蝶被制成了干枯的标本。如果回到民间文学的本真存在状态去考察儿童与民间文学的关系，我们就会发现，那些混迹于围坐在讲故事人身边的成人们之间的儿童并没有被当作儿童来对待，而是被当作与成人们一样的存在来对待的。作为听众，作为接受者，儿童从讲故事人那里接收的信息与成人并无区别。古代读者的未分化和古代心灵的未分化状态是我们必须予以考量的。

民间文学要成为儿童文学，一定要经过现代转化。格林兄弟所搜集的大量民间童话、故事，其最初形态是不完全适合儿童接受的，所以，当他们面向儿童出版时，就作了大幅度的修改。民间文学是良莠杂陈、薰莸同器的，要想让它更好地娱悦儿童，更有利于儿童心灵的健康成长，成人有责任进行甄别、选择和重新创造。但是，在将儿童视作"成人的预备"的中世纪欧洲和将儿童视为"缩小的成人"的古代中国，这样的成人是不会出现的。为期盼这样的成人，在法国，儿童们要等到 17 世纪末夏尔·贝洛的出现；在德国，儿童们要等到 19 世纪初格林童话的诞生；而在中国，翘首以待的儿童们要熬到进入 20 世纪之后"童话"丛书的出版。可以说，如果不经过怀着现代儿童观的成人为儿童去搜集、整理、改造民间文学这一不可或缺的环节，民间文学并不能直接变成儿童文学。民间文学与儿童文学是两个不同的概念，是两种不同的文学，尽管二者天然有着密切联系，尽管民间文学是儿童文学堪可采掘的丰富矿藏。

关于中国儿童文学是否"古已有之"这个问题，我想说的最后一点是，面对中国儿童文学的产生这一重大文学史事件，我们不能采取对细部进行孤证的做法，即不能在这里找到了一两首适合儿童阅读，甚至儿童也许喜欢的诗，如骆宾王的《咏鹅》，在那里找到了一两篇适合儿童阅读，甚至儿童也许喜欢的小说，如蒲松龄的《促织》，就惊呼发现了儿童文学。中国儿童文学绝不是在上述那些平平常常的日子里，零零碎碎地孤立而偶然地诞生出来的。古代封建社会的"父为子纲"的儿童观对儿童的沉重压迫，使中国儿童文学这个胎儿的出生变得格外艰难，需要整个社会来一场轰轰烈烈的变革来助产（正如欧洲关于"人"的真理的发现，需要启蒙运动来帮助擦亮眼睛一样），因而中国儿童文学呱呱坠地的那一天，就成了中国历史上的重大节日。不过，这个节日并不是生活感觉中的某一天，而是历史感觉中的一个时代。在这个时代里，中国儿童文学诞生的证据在整个社会随处可见：在思想领域有旧儿童观的风化，新儿童观的出现；在教育领域有教育体制、教育内容、教育方法的革新；在文学领域有为儿童所喜闻乐见的新的文学语言和文学表现方法的确立；在出版领域有成批的儿童文学作品问世；等等。这样一个儿童文学的诞生已成瓜熟蒂落之必然趋势的时代，只能出现于中国社会的现代化进程之中。确切地说，这个时代就是五四新文学运动的时代。

总之，西方社会也好，中国社会也好，如果没有童年概念的产生（或曰"假设"），儿童文学也是不会产生的。归根结底，儿童文学不是"自在"的，而是"自为"的，是人类通过"儿童"的普遍假设，对儿童和自身的发展进行预设与"自为"的文学。

二、"故事"性

儿童读者缺乏文学体裁方面的知识，对一部（篇）作品是童话还是小说或是别的什么体裁有时茫然无知，有时则漠不关心。"我要听故事"，"给我讲个故事"，"我读了一本书，那故事真有趣"——各种叙事型儿童文学作品到了儿童读者面前，全都成了"故事"。

研究儿童文学理论时，倾听儿童读者的声音十分重要。儿童的感性发达而又敏锐，于此一语道破了事物的本质——儿童文学是"故事"文学。

当我说儿童文学是"故事"文学时（这个"故事"不是指故事文体，而是一种艺术表现方式），它既包含对儿童文学的体认，也包含对儿童心灵状态的体认。1995年，我在《"故事"的价值》[51]一文中提出"儿童文学是故事文学"这一观点时，作为依据之一，我无师自通地凭直觉认定"儿童的思维是故事性思维"。现在，我知道，儿童的思维是故事性思维已经成为心理学的公论。

J·莫费特说："一般来说，成人的思维已经分化为故事、概括化、理论思维这些种类，但是，孩子们在长时期里，其全部思考都是通过故事来进行的。不管那故事是事实上存在过，还是虚构出来的，他们几乎都是通过故事来表现自己，并通过故事理解他人的话语。年幼的孩子既不是将经验普遍化，也不是将经验理论化，他们只是以'登场的人物'和'作为背景的场所'（故事的形式）来诉说。"[52]

很多心理学家论述过儿童的"故事"思维及其通过故事发展这一思维的意义和价值。杰洛德·布兰岱尔把孩子的故事表达方式称为"原始历程"，主张"在儿童至少达到一定年龄之前，我们都不应该要求他们放弃或修改自己原始历程的思考方式"，因为"如果它能发生效果，确实会成为孩子叙述自我的绝佳工具"。[53]苏珊·恩杰在《孩子说的故事——了解童年的叙事》[54]一书中，解释孩子为什么说故事时，列出"了解世界""解决问题""了解情感世界""成为文化的一员""建立并维持友谊""建构自我""创造和改变"等"故事"所具有的功能。詹姆斯·希尔曼辩说道，那些在童年时代读了许多故事书或听说过许多故事的人"比起那些没有接触过故事的人来，会有较好的外表及前景……及早接触故事，它们就会对生活产生观照"[55]。

其实，故事不仅对儿童，而且对整个人类文化都具有极为重要、不可或缺的价值。美国心理学家布鲁诺·贝特尔海姆就认为，我们用逻辑和抽象的规则来认识物理的世界，用故事来认识人文的世界，而体现人类智慧的这两种文化不只是应该相互补充、相互协助，其中故事（叙事）的智慧还是整个智慧的芽苞或种子。高小康在《人与故事》一书中则给人下了一个定义——"人是讲故事的动物"，并论述了故事对人的本质的规定性。

探讨过儿童故事性思维的意义和价值，接下来我们看看故事和文学创作的关系。

文学家在文学创作中运用的是形象思维，正如普列汉诺夫所说，政治家借助逻辑的推论证明自己的思想，艺术家则用形象来表现自己的思想。文学家的形象思维具有直感性，他最关心具体的"活"的人。人的生存本质是以行动来实现的，而行动必然有事件相伴。当然生活中并不时时发生故事，但是，文学家也并不打算把所有的时间生活都写成作品，他自觉地选择。英国小说作家毛姆曾说："小说家自称是艺术家，而艺术家并不摹仿生活；他把生活作了一种安排以适合自己的目的，正如画家用画笔来思维和创作一样，小说家是用故事来思维的，他的人生观——也许他自己并不觉得——他的个性，是以一系列行动表现出来的。"⑤ 巴西作家若热·亚马多说："我的兴趣就是讲故事。在一部小说动手之前，我一点也想象不出它是什么样子。……只是我动手写起来的时候，故事才渐渐成形。我认为，恰恰是生活本身在创造着故事。"⑤ 对毛姆和亚马多这样的小说家来说，故事显然是他们进行创作的思维的方式，或者说故事是他们创作中的形象思维的物化形态。故事对他们有着原初的和终极的意义。

毋庸讳言，在成人文学作家中，也有对故事不屑一顾的小说家，比如，英国当代小说形式改革派的主要代表——B·S·约翰逊就否定故事的文学价值；在成人文学里，也有消解故事的作品，比如乔伊斯的《尤利西斯》。但是，在儿童文学这里，如果作家舍弃故事，其创作一定是寸步难行。纵观儿童文学的历史，不写故事却获得成功的作家闻所未闻。英国是世界儿童文学的发祥地，也是当今儿童文学的发达国家。在英美儿童文学研究方面功底扎实，成绩斐然的日本学者神宫辉夫就曾这样评论当代英国儿童文学："从幻想文学作家直至最具现实目光的作家，都或者以'故事'为根本，或者至少使用'故事'的一些要素来进行创作。不，可以说，不管怎样重视关于儿童的事实，不管怎样企图挖掘关于儿童的问题，到现阶段为止，英国的儿童文学并没有离开'故事'。"⑱

如果儿童文学应该应对儿童的心灵世界和思维特性，那么，它必然会成为"故事"文学。日本学者谷本诚刚说："毫无疑问，儿童文学编织着动人的故事性的世界。探究儿童文学具有故事性的原因，必然会涉及到日常生活中的儿童的心灵故事。即是说，儿童本来就是故事作者。他们的心中天天都在产生无数的故事，正是这些故事成为儿童文学的故事世界的直接根据。"⑲

儿童文学作家和儿童读者，都是凭借故事来体认生活的，所不同的是，作家用故事思维进行创作，而儿童读者则凭借故事思维进行文学欣赏。在儿童文学世界里，故事是儿童文学作家和儿童读者共同的思维方式。作家凭借故事把思想变成感觉，儿童读者凭借故事去感觉作品中的思想。

儿童的故事性思维带有一定的原始性。意大利人维柯认为原始人类还没有抽象思维能力，用具体形象来代替逻辑概念是当时人们思维的特征。他们没有勇猛、精明这类抽象概念，却通过想象创造出阿喀琉斯和尤利西斯这样的英雄故事来体现勇猛和精明，所以英雄神话都是"想象性的类概念"。与英雄神话给予原始人的感觉相似，《小红帽》之于儿童，恐怕相当于"善一定战胜恶"这一生活的抽象真理，儿童不能从理性去认识它，但却可以凭借故事思维去感受它。

也许有人会问，像童谣和童诗这样的韵语文学也是"故事"文学吗？回答同样是肯定的。与成人诗歌相比，在整体上，童谣和童诗的艺术表现风格依然具有明显的叙事性。读一读"张打铁，李打铁，/打把剪刀送姐姐。/姐姐留我歇一歇，/我要回家学打铁。"（民间儿歌）"土拨鼠在挖土/有人问/土里有什么/土拨鼠说：/土里有土"（顾城：《土拨鼠》）这样的童谣、童诗，想一想利尔、斯蒂文森这样的儿童诗人，读者应该会获得叙事的感觉吧。

可以肯定，如果在儿童文学的世界中抽去故事，儿童的眼前将是一片黑暗。

三、"幻想"性

儿童文学是"幻想"文学。我在幻想一词上加引号，是指这里所论述的幻想文学不仅是作为文学体裁的幻想文学（比如童话、幻想小说），而且更是儿童文学作为一种文学样式所具有的精神特质。

成人文学当然也有幻想型文学，比如，王尔德的《道林·格雷的画像》、卡夫卡的《变形记》、马尔克斯的《百年孤独》等，但是，无论从质还是量上都远不能与儿童文学相比。尤其是幻想型作品在各自文学中所占的比例，对所属文学的特质发生的影响力方面，成人幻想型作品更是无法望儿童文学中的幻想型作品之项背。在儿童文学中，幻想型作品（主要是民间童话、创作童话、幻想小说）一直是一枝独秀，支举着儿童文学的半壁江山，举凡世界儿童文学的经典，恐怕半数以上都是幻想型作品。是否可以这样说，儿童文学至少有一半是靠闻名并享誉全世界的幻想文学作家和作品，为自己争得了在文学社会里的"公民权"。

人类不是神仙，人类在有限的世界上生活，处在种种制约之下。然而作为"宇宙的精华、万物的灵长"的人类，却又无时无刻不怀着超越现实生活中的种种制约的愿望。在这种愿望驱动下的心灵的活动，便是幻想。幻想具有超越性，幻想力是进入可能的世界的能力。幻想乃是人类的一种极为宝贵的品质。英国政治哲学家霍布斯说，幻想是一位建筑师，人的幻想沿着真正的哲学走多远，它造福于人类的殊勋就有多大。[60]

儿童文学是以张扬这种具有建设性的幻想力为使命的文学，儿童文学所张扬的幻想力是有生命深度的。

在人类思想史、哲学史上，张扬想象力、幻想力的生命哲学是在经验主义的压迫下揭竿而起的。有人说，英国浪漫派诗人布莱克是一位神秘主义者和幻想家，而不是一位哲学家。不过，布莱克的思考倒是击中了经验主义哲学的软肋。他在《永久的福音》一诗中这样吟唱——

> 灵魂的五个此生之窗[61]
> 完全歪曲了天国的景象，
> 它们诱使你相信谎言，
> 因为你能看，但用的是肉眼，

肉眼生于也灭于黑暗，

而灵魂却在光明中安眠。

　　将经验主义哲学称为"五官哲学"，并终生与其战斗的布莱克还在散文著作《不存在自然宗教》中，向约翰·洛克关于"人只能通过天赋的或肉体的器官去感知"的学说发起挑战，指出："人的知觉不受知觉器官的限制；他感知的东西多于感官（尽管它们十分敏锐）所能发现的东西……人的欲望既然是无限的，占有就是无限的。在万物中看到无限的人一定能够看到上帝。"[62]

　　继承了浪漫主义全部基因的圣-埃克苏佩里在本质上是一位诗人。他的《小王子》不仅是儿童文学，也是 20 世纪整个文学的经典。小王子遇到的那只狐狸对他说："告诉你刚才说的那个秘密吧。只有用心才能看清事物的本质。实质性的东西，用眼睛是看不见的。"圣-埃克苏佩里借狐狸之口，表达的是与布莱克相同的观点。

　　人的超越五官的心灵的能力是想象力和幻想力。世界经典儿童文学作家，德国的凯斯特纳（1899—1974）将幻想力称为儿童的"第三力量"。他说："儿童的理性可以在学校发展，儿童的身体也可以通过体育来锻炼，但是，可悲的是，儿童的心灵所拥有的第三种力量却被世间无视，正受到严重损害。由于这一原因，人类社会长期以来，存在着可怕的缺陷。由于不用而枯萎了的这第三种力量就是幻想力。大人们在另外的领域

发挥着理智的作用，可是，却因为幻想力的枯竭，使社会以及个人的生活失去了根基，而且还全然没有察觉。"[63]

　　像很多优秀的儿童文学者一样，凯斯特纳十分关注成人世界保持、恢复儿童时代的能力这一问题。他说："大多数成人像对待雨伞一样，把儿童时代扔进了'过去'的什么地方，忘掉了。但是，儿童时代以后的四十年、五十年的学

习和经验都无法抵得上最初十年的精神的纯粹程度。儿童时代是我们成人的灯塔。"⑥凯斯特纳还说，没有地基就没有二楼、三楼，只有长成大人却依然葆有童心的人才是真正的人。

应该说，凯斯特纳对成人社会的幻想力的枯竭和成人社会对儿童的"第三力量"的损害的担心是有现实依据的。比如，幻想作品在苏联建国之初就曾经引起极大的争议；在中国，20世纪30年代初，国民党湖南省政府主席何健就反对小学教科书里的"鸟言兽语"，而进入21世纪，虽然小学教科书里有"鸟言兽语"（拟人体童话），但是，真正的幻想文学（超人体童话、幻想小说）却依然如凤毛麟角；在西方，20世纪20年代，美国有反对童话教材的布郎先生，20世纪50年代，加拿大有认为"连比喻和童话都是危险的"克里肖姆医生（此人曾经做过联合国世界卫生组织秘书长）。此类事例可谓不胜枚举。

在理性的合理主义风行的现代社会，人类的幻想精神受到逐渐被削弱的威胁。对物质生活的无限度追求的时尚，已经使幻想精神被不正常地大大贬值。在这样的时代里，人类更是需要儿童文学营造的使幻想精神得以安居和发展的温暖家园。

如何保持幻想这一人类的可贵品质，如何使与想象力紧密联系的幻想这一人类创造力的本源永不枯竭，我在思考这些课题时，总是把目光投向儿童。许多事实表明，儿童向大人成长的过程，是幻想力逐渐走向衰弱的过程。如果在儿童时代，人类的想象力得不到充分的发展和巩固，在长大成人时，幻想力的衰弱将来得更快和更彻底。

人是展开双翅在天空中作"逍遥游"，还是双脚囚禁于尘土中艰难地匍匐？当我们在这两种生命状态中抉择时，最终的结果恐怕就取决于我们对"幻想"的态度、认识和评价。在这个过程中，儿童文学是一个举足轻重的角色，因为如果说儿童可以成为人类的希望所在的话，那么，儿童文学就站在儿童的身旁，并且随时都会助一臂之力。

守护儿童身上存在的人类的"第三力量"要靠儿童文学；保持、恢复成人心灵中的"第三力量"更要靠儿童文学。在这个意义上，儿童文学实在不只是儿童的文学，而是全人类的文学。

四、"成长"性

儿童文学是"成长"文学。

如果将历史的书页翻回 20 世纪六七十年代,围绕这一问题意识,中国最有名的表述是:儿童文学是"教育儿童的文学"(鲁兵语)。在 20 世纪 80 年代,则有"儿童文学是文学"这一颠覆教育工具论的儿童文学观念。不过,这一观念并不反对儿童文学的"文学"教育的功能。但是,中国儿童文学对儿童文学的"教育"问题的思考一直不够深入、彻底,所以,20 世纪 90 年代,在已成为中坚的儿童文学理论家中,也会有人主张儿童文学是"现世社会"对儿童进行"文化规范"的文学,⑥⑤"人无疑是要经过整合和框范的,儿童尤其是这样",⑥⑥ 所以,儿童文学要"按成人的价值观对少年儿童的情感进行规范"。⑥⑦ 为质疑"教育儿童的文学"这一教育工具论和"规范""框范"论,我提出了儿童文学是"教育成人的文学",是"解放儿童的文学"这两个观点,⑥⑧ 以期将儿童文学的"教育"问题研究引向新的思想层面。

"规范""框范"论的提出表明,在儿童文学的"教育"问题上,也存在着一个文化的"原始模型"。早在"五四"时期,鲁迅就曾经为批判这个文化的"原始模型",在《我们现在怎样做父亲》一文中提出了"幼者本位"的儿童观。他说:"父母对于子女,应该健全的产生,尽力的教育,完全的解放。"鲁迅的"完全的解放"儿童并不是放任儿童,他甚至强调要"尽力的教育"。但是,鲁迅的教育思想是反对"规范""框范"儿童的,他说:"时势既有改变,生活也必须进化;所以后起的人物,一定尤异于前,决不能用同一模型,无理嵌定。"⑥⑨

儿童文学不是"教育儿童的文学",也不是"规范""框范"儿童的文学,而是关怀儿童"成长"的文学。如果说,关怀儿童的成长也是"教育",那么,它在本质上有别于教育工具论和"规范""框范"论,是一种大写的教育。

儿童是"成长"的人种,在短短的十几年间,就经历了幼年、童年、少年三个不同的人生阶段,在心智的发展上要走过皮亚杰所揭示的"感知运动""前运演""具体运演""形式运演"四个不断质变的阶段,在自我人格上,要寻找并建立积极的"自我同一性"。在"快乐原则"和"现实原则"之间彷徨,在反抗现实和顺应现实之间犹疑，在"真我"和"假我"之间抉择，儿童的成长历程中，充满了艰难、曲折、烦恼、迷茫，而当儿童身心健全地长大时，这一切成长的艰辛，都化作了成长的快乐。

我们说，儿童的心灵是一颗蕴含着旺盛生命力的种子，儿童的成长的原动力来自儿童自身。但是，一颗种子的成长，离不开土壤、雨水和阳光这些外部条件，在儿童的成长中，成人文化所营造的环境十分重要，它是优是劣，在极大程度上决定着儿童成长的果实是甜美还是苦涩，是丰满还是干瘪。

在成人为儿童创造的文化中，儿童文学最好地解决好了成人与儿童之间的关系，在优秀的儿童文学中，蕴含着儿童容易理解、便于获取的关于成长的大智慧。

杰出的心理学家布鲁诺·贝特尔海姆撰写的《童话世界与童心世界》既是一部心理学名著，也是一部童话研究名著。贝特尔海姆在序言中说："这本书试图说明童话故事怎样以想象的形式描绘人的健康发展过程由什么组成，怎样吸引儿童参加这种发展。这一成长过程从反抗父母和害怕长大开始，到青春期真正到来，获得了心理上的独立和道德上的成熟，不再把异性看作是威胁或恶魔而积极主动地与之相处时结束。总之，这本书阐明为什么童话故事对儿童的内心成长作出如此巨大的积极心理贡献。"[70]

这部著作实现了贝特尔海姆的写作意图。他在书中列举了大量给孩子阅读的民间童话，证明了它们对孩子的内心成长真正有所帮助。比如，他例举《三只小猪》，指出"童话故事里的小猪告诉人们事情是发展的——有从沉迷于快乐原则进步到遵循现实原则的可能性。归根到底，现实原则只是前者的转变。《三只小猪》的故事暗示了一种保留了许多快乐的转变，因为人们可以在真正尊重现实要求的情况下寻求满足。"[71]他分析童话故事的幻想所具有的帮助幼儿"借助幻想超越幼年期"这一功能："由于他获取新知识，对付新挑战的能力非常弱小，他很少有机会去解决那些由走向独立所引起的问题。为了不一败涂地，放弃斗争，他需要幻想满足。……如果不向儿童提供幻想，这种幻灭之痛又可能使他深感失望而放弃一切努力，完全退回自我，远离世界。……对此，只有以夸张形式出现的希望和对未来成就的煌煌梦幻才能使他内心保持平衡，获得勇气去生存和奋斗。"⑫

与童话以象征性隐喻来暗示儿童面临的成长问题和解决问题的途径不同，儿童文学中的小说则以儿童现实生活的具体描写来呈现儿童的成长状态：困境及其出路。

儿童的精神成长既是日积月累的，也有飞速拔节的时节。儿童文学中有一类作品倾心于表现儿童心灵急速成长的关节，特别是描写自我意识（自我同一性）的觉醒和确立，人们将其称为"成长小说"。

英国作家杰奎琳的小说《手提箱孩子》《1+1=0》就是以寻找、确认自我意识为主题的佳作。《手提箱孩子》是通过移情物品"萝卜"（玩具小兔）的命运来展示安迪的自我命运，"萝卜"其实是主人公自我的象征物。在离异的父母的家 A 房子和 B 房子之间痛苦奔波的安迪，怀恋父母离异前一家人和谐生活过的 C 房子——桑葚小屋。当她历尽艰辛为"萝卜"找到可以安居的新的桑葚小屋——一对充满爱心的老夫妇的家时，安迪也建立了和谐的自我，能够接受 A 房子和 B 房子了。她说："现在我有 A 房子、B 房子和 C 房子了。"在三者之间，"我已经安排得很好了"，"就像 ABC 一样容易"。在《1+1=0》中，作家颇具慧眼，发现了双胞胎在成长过程中出现的强势一方对弱势一方造成的自我遮蔽以及互相抵消。"1+1=0"这一题目真是富于意味的巧妙比喻。结果当然是令人欣慰的：经过裂变，双胞胎变成了"1+1=2"，两个人既拥有各自的自我，又息息相通，汲取了对方性格中优秀的部分。

描写"成长"的小说要表现出主人公精神上的磨难和寻路状态，作家就必须对人生问题苦苦求索，走入思想的境界，从而对成长中的少年有所启示，有所帮助。而在优秀的成长小说中，作家的思想在作品中就会物化成富于个性的艺术形式。

秦文君的小说《天棠街 3 号》在思想与艺术形象的融合上就颇有心得。"天堂街 3 号"信箱这一情节的设定，是这部小说的点睛之笔。"天棠街 3 号"信箱的设定使《天棠街 3 号》成为关怀少年成长的深有寓意的小说。

对成长中的儿童来说，"天堂"究竟在哪里？小说的描写暗示了这个问题的答案。当郎郎得到"天棠街 3 号"信箱的钥匙，第一次打开它时："小邮箱里什么也没有，箱底是平的，就像一个人松开的空空的手掌。郎郎想了想，掏出裤袋里的纸条和地址（纸条是他与爸爸维系的纽带，那个地址就等于他所喜欢的女孩子苏凤——本书作者注）放进去。这邮箱不该一无所有啊，就像人心一样，怎么说也该装进些什么东西才行。"后来郎郎给"天堂街 3 号"信箱寄了一封信，他再次打开信箱时，果然看到了这封信。"他把信放回邮箱底部，看着它存在里面一会儿，再拿出来。他终于有了自己的地方，别人无法伸进手来的'天堂街 3 号'。""天堂街 3 号"信箱无疑是"自我同一性"的象征物。我想作家是对的，人生的幸福其实与荣华富贵、功名利禄没有本质的联系，一个人找到了积极的"自我"，才有如找到了人世的"天堂"。

关怀儿童成长的儿童文学作家往往在意儿童身处的逆境。陈丹燕的《灾难的礼物》、程玮的《少女的红发卡》，日本作家山中恒的《我是我》也都是描写逆境并写出超越逆境的过程的作品。

关怀儿童成长的儿童文学作家们艺术地为我们呈现出儿童内心的苦恼和心灵成长的轨迹，这样的作品使少年儿童通过心理投射获得慰藉和启示。在现实生活中，儿童内心是个隐秘的世界，儿童自身很难理清自己的很多情感的来龙去脉，而且即使明白自己的痛苦和不满源于何处，他们也往往不想与成人进行对话。而绝大多数成人不是小视儿童，压根就不承认儿童有着丰富复杂的情感世界，就是被日常生活压得心灵麻木，无能感觉儿童内心情绪的波动，常常是儿童的不满已经一触即发，自己却仍然蒙在鼓里。然而，表现成长的儿童文学倾听着发自儿童心底的呼声，洞悉儿童成长的本质意味着儿童文学作家一方面帮助儿童体验、认识自己的精神世界；另一方面以自己在生活中磨炼出的智慧之眼，帮助儿童寻找着虽然充满荆棘但却能使儿童坚强成长的人生道路。

在成人文化环境中，儿童的社会化过程中，有不满和反抗，也有接受和顺应，因为既存的现实中，既存在着许多令儿童生反抗、变革之心的问题，也蕴含着许多令儿童生依赖、向往之意的良善。奥地利作家茨威格的小说《保守不住的秘密》便为我们生动地揭示了儿童的这一成长状态。

儿童文化中的珍贵价值如何得到保护，这也是儿童文学面对"成长"，面对"教育"时的题中之意。我想重申我的观点：把儿童走向成人的成长仅仅看作丢弃未成熟的东西的过程，是一种肤浅的想法。人类的早年生命是天赋的存在根基，所谓成长，不是"抛弃"这个生命存在根基，而是在幼年、童年、少年、青年、壮年等成长的各个阶段上，不断地把新的具有价值的东西（包括社会化中的具有正面价值的东西）充实进这个生命根基里去。真正的健康的成长，"放弃"的只是作为生命形态的表面的东西，保存的则是对人性来说不可欠缺的本质的东西。因此，成长也有一个如何保持的课题，不保持是反成长的，不能鼓励、帮助儿童保持可贵天性的环境，也是反成长的。

五、"趣味"性

用儿童文学把儿童培养成"完整"的或"健全"的人，这是儿童文学的给予者——成人一方所着眼的教育性（广义）目的。但是，儿童文学接受者在阅读儿童文学时，他们并不会意识到自己要用儿童文学帮助自己成长为"完整"和"健全"的人，而只是为了解放心灵、更快乐地生活。就是说，成人可能怀着各种各样的目的给予儿童以儿童文学，然而儿童接受儿童文学时的目的却大都只有一个——为了从书中寻求到快乐。如果我们仔细考察那些被儿童们自由选择的，在两代以上的儿童中流传过的儿童文学作品，就会发现，它们有着一个共同的特质——趣味性。

趣味性是儿童文学的一大鲜明特色。是否有趣，是衡量儿童文学作品优劣的一个重要标准，特别是对孩子来说，"有趣"几乎是唯一的标准，尽管"有趣"一词的含义因人而异。

儿童读者从儿童文学中获得的快乐，是一份十分珍贵的心理体验。这一心理体验与儿童从玩具那里获取的愉悦和快乐有质的不同。儿童文学给儿童读者带来通过想象力去体验一个新的世界、新的人生的乐趣。儿童读者凭借儿童文学把自己从平凡的现实中解放出来，走进一个比现实更高一层的第二生活之中。儿童因阅读儿童文学所获得的这种乐趣，不断地把自身从旧的自我中解放出来，走向新的更高的自我。也就是说，儿童文学的趣味性不能止于使用一些创作技巧，给儿童读者带来情绪的、官能的愉悦，而是应该创造出情感的、心灵的这种高层次的愉悦来。

那么儿童文学的趣味性是凭借哪些载体而存在于儿童文学作品中的呢？我们不可能逐一地研究每一篇儿童文学作品，不过在世界范围内获得承认的那些充满趣味性的名作为我们的研究提供了比较可靠的典型材料。从那些名作中，可以总结出以下一些生成趣味性的条件——

1. 引人入胜的惊异故事

像《宝岛》这样的讲述惊心动魄的冒险故事的作品和《埃米尔和侦探们》这样的讲述强烈吸引好奇心的侦探故事的作品自然无须多论，像《长袜子皮皮》《玛丽·波平斯阿姨回来了》这样的幻想小说，由于在现实中展开了新奇的幻想境界，而对好奇且又追求不平凡事物的儿童也会产生极大的魅力。想象是儿童的特殊而又擅长的本领，其过程会给儿童带来巨大的快乐，而《长袜子皮皮》这类作品恰恰解放了儿童狂野的想象力。可以断言，引人入胜的惊异故事在今后仍然是儿童文学吸引儿童、产生趣味的不可或缺的手段。即使有人想舍弃生动的故事，在哲理、诗化、意境上建功立业，但在创造趣味性这一点上，与营造故事相比仍然是事倍功半，弄得不好甚至是费力不讨好。而缺乏趣味性的作品，作为儿童文学首先就该降价七折。

2. 生动有趣的人物性格

儿童文学中的人物应该具有能够给儿童读者带来切实感或亲近感的性格。比如英国作家米尔恩的《小熊温尼·菩》之所以对孩子产生巨大的魅力，主要是因为米尔恩不让罗宾房间的小动物们受自己原来性格的束缚，而是赋予它们以打破常识的、出人意料的性格。在这些鲜明、生动的性格中，尤其是小熊温尼·菩的性格，米尔恩出色地融合进了儿童的某些本质特征。法国作家桑贝、葛西尼的《小淘气尼古拉》，美国作家洛贝尔的《青蛙和蟾蜍》，日本作家寺村辉夫的《我是国王》等系列故事令儿

『熊のプーさん』より　E.H. Shepard 画
ミルンは純粋に子どもの想像の世界を舞台とした

童读者开怀而笑的都是人物有趣的性格以及在性格驱使下做出的趣事。

儿童文学的这些生动有趣的人物性格，对成人读者也是极有魅力的，其身上洋溢出来的天真和童趣的幽默，是儿童文学艺术的独特趣味所在，它使成人读者忍俊不禁之余对"童年"频生感慨。

3. 事件的完满解决

在世界儿童文学名作中，基本上每部作品的事件都会从主人公面临的困境或内心中的不满开始，到作品结束时，事件都有一个完满的解决，主人公的欲望或要求都能获得满足，不满也会得到消解，像成人文学那样事件没有结果就结束作品，把结果交给读者来判断的几乎没有。这一点也是出自儿童独特的心理要求。主人公的困境或不满没有圆满的解决，儿童读者就无法获得充实感和满足感。以中国的广受儿童欢迎的儿童文学作品为例，张天翼的《宝葫芦的秘密》、严文井的《"下次开船"港》，都是大团圆结局的作品。即使是事件没有明确解决的作品，比如日本作家佐藤晓的《谁也不知道的小小国》，在结尾处，主人公与小人们再度相会，而且还有了女友，可以说是展示了光明的前景。有人说，儿童一捧起书来就希望快点出事，这里可以加上一句，儿童不仅希望快点出事，而且还希望最后有一个完满的结局。

4. 语体上的简洁、明快和富于行动性

每位儿童文学作家都应该具有自己的语体特色。文体产生于作家运用语言的能力，作家有不同的语言选择和组合排列的习惯，自然会产生不同的语体。但是，这并不妨碍儿童文学在语体上的简洁、明快、富于行动性的要求，这一要求主要是为了使儿童文学明白易懂。明白易懂不仅是对语言的要求，也是对主题和人物的要求。当然，这里所说的明白易懂，不是理性上的，而是心灵和感性的。

文体的行动性是指作品中语言表现要多运用具体的、富于动感的句式，文体的脉动要流畅、运动，不宜总是停下来就某一内容作大段的心理方面的细腻描写。在词汇的使用方面，以名词和动词为中心，集中表现事物在如何变化，人物在如何行动；形容词对幼儿和儿童不宜多用，对少年读者也宜适当节制。取这种文体是为了适合儿童对具体事物、人物以及其如何变化、行动倾注关心这一心理特点。

5. 形式上的创意性

儿童文学的书籍是在形式上最富于创意性的一种文学样式。

追求新奇性是儿童普遍的心理状态，在阅读儿童文学时，他们依然这样要求，而且越是年幼的儿童，越是如此。仅以图画书为例，这种艺术样式可以说尽儿童文学作家的想象和创意之能事。有图画表现上的创意：《小蓝和小黄》里的人物都是赤橙黄蓝的色块；有制作上的创意：立体的书，挖洞的书，蝈蝈会叫的书，发出气味的书；有从两头读的书：图画书《胆小如鼠的巨人和胆大包天的睡鼠》就是两个故事相交，产生出第三个文本，给阅读以能动的建构空间；有颠覆名作的书：将《三只小猪的真实故事》《三只小狼和大坏猪》与《三只小猪》一起比较阅读，妙趣横生；有思维创意的书：《壶中的故事》《从窗外送来的礼物》《鼠小弟，鼠小弟》的异想天开的构想，简直妙不可言。

虽然儿童文学生成趣味性的一些方式只能分头列举，但儿童文学的趣味性的生成是整体的和综合的。一部优秀的儿童文学，其趣味性一定是由多种方式来生成的。

由于儿童成长中的心理发展的阶段性，不同年龄阶段的儿童会有不尽相同的文学喜好，因而一部儿童文学作品总有比较适合的儿童读者层。而且即使是同年龄阶段的儿童，由于文学修养、生活环境、个性气质的不同，文学上的喜好也会出现各有所求的现象。因此，我们上述列举的儿童文学作品生成趣味性的几种方式，并不能囊括全部，而是具有极大普遍通行性的主要标识。

六、"朴素"性

儿童文学是"朴素"文学。

作为一种独特的艺术样式，儿童文学与一般文学在艺术特征上的重要区别在于它的"朴素"性。我在这里所使用的"朴素"一词，是一个具有整合意义的核心类概念，它包容了儿童文学的自然、本色、简约、单纯、率真等艺术风格。

也许加拿大诗人丹尼斯·李的《进城怎么走法》这首诗是最能将自然、本色、简约、单纯、率真这些品格集于一身的作品——

> 进城怎么走法?
> 左脚提起,
> 右脚放下。
> 右脚提起,
> 左脚放下。
> 进城就是这么个走法。

(任溶溶译)

做人、做事怎么做法,人生怎么走法,不都是要这样踏踏实实、一步一个脚窝地走吗? 这首小诗用最平常的事相,蕴含不平常的真理,语表至浅,但是含义至深。深度与浅度,在儿童文学这里是一种辩证关系,有多深就可能有多浅,只能深不能浅,也许能成为优秀的成人文学,但无法成为优秀的儿童文学。儿童文学的艺术难度正在这里!

> 老爷爷种成了一棵大萝卜,拔呀,拔呀,拔不动,于是老奶奶、小孙女、小狗、小猫甚至小老鼠,一个一个加入进来,一次一次拔呀,拔呀,萝卜终于拔出来了(《拔萝卜》)。

这么简约、单纯的小故事,里面有什么? 我以为,这个故事象征着人类生存的一种原型:播下希望的种子,培育希望长大,并竭尽全力收获希望。一次一次的"拔呀,拔呀",失败了,重新再来——这种在困难和挫折面前不断努力、锲而不舍的精神不正是人的本质力量的体现吗?

我在《儿童文学的本质》一书中曾说:"自然、朴素的儿童文学是大巧若拙、大智若愚、举重若轻、以少少许胜多多许的艺术,它在本性上拒斥'好为艰深之词,以文浅显之说'的浮华雕饰的艺术。"[13]日本作家新美南吉(1913—1943)写给儿童的《竹笋的故事》就是"举重若轻、以少少许胜多多许"

的作品——

　　竹笋最初是住在土地的下面，往这儿钻一钻，往那儿钻一钻。等到下过雨后，他们就从地下探出头来了。

　　这个故事，说的是竹笋还在地下时的事情。

　　竹笋孩子都想到远处去，可是竹子妈妈训斥他们说："不许到那么远的地方去！你们走到竹林的外边，会被马蹄子踩到的。"

　　可是，不管竹子妈妈怎么禁止，还是有一个竹笋孩子不停地向远处钻去。

　　"你为什么不听妈妈的话呢？"竹子妈妈问。

　　"有一个好听的声音，在那边喊我呢。"这个竹笋孩子回答说。

　　"可是，我们什么声音也没听到啊。"别的孩子说。

　　"可我听到了呀。那声音好听得真是无法形容啊。"于是，这个竹笋孩子离大家越来越远，终于在围墙的外面那儿，从地下露出头来。

　　一个拿着横笛的人，走到他的身边，问道："咦，你是迷了路的竹笋孩子吧？"

　　这个竹笋孩子回答说："不，不，是因为你吹的笛声太好听了，我才被吸引到这儿来的。"

　　后来，这棵竹笋长成坚硬的竹子，被做成一个出色的横笛。

（朱自强译）

　　这个故事有着鲜明的以简驭繁的"简约"风格，它令我联想到美国心理学家詹姆斯·希尔曼的《破译心灵》一书。在该书中，希尔曼提出了见解独到的"橡实理论"。这一理论认为，每个生命由一个特定的形象构成，这个形象是生命的本质内核，召唤着那个生命走向一个命运，就像高大的橡树的命运写在微小的橡实中一样，命运召唤，这是每个生命核心的看不见的谜。在《竹笋的故事》里，那个后来长成坚硬的竹子，"被做成一个出色的横笛"的竹笋，不是也听到了并听从了命运的召唤吗？

像《竹笋的故事》一样"举重若轻，以少少许胜多多许"的作品很多，这里，我们看看台湾作家洪志明的一首小诗——

笑　了

哥哥饿了

弟弟尿了

妹妹哭了

爸爸急了

妈妈说

我来了

我来了

大家都笑了

在儿童文学之外，想找到如此朴素而又简洁，但却精辟、透彻地揭示出生活本质的作品恐怕并非易事。

朴素的儿童文学的思想不但不是简单、轻薄的，反而常常于不动声色之中，深刻揭示生活的本质，成为开启时代心性的一把钥匙。

《三只小猪》本来是英国的民间故事，美国沃特·迪士尼公司曾将其改编拍摄成面向幼儿的动画片。这个故事讲述的是小猪怎样以自己的智慧，一次次战胜凶恶的老狼，最后过上幸福的生活。用沃特·迪士尼的广告词来讲，《三只小猪》给一战后经济萧条的美国社会带进来了一股活力和希望。

出版于1900年的美国作家鲍姆的《奥茨国的魔法师》（中译本名为《绿野仙踪》）是久负盛名的童话作品。小姑娘多萝茜被一阵大风吹到了芒奇金人的地方，她要回家就必须到遥远的翡翠城去，请求大魔法师奥茨的帮助。途中，多萝茜先后解救了要去寻找一个脑子的稻草人，想得到一颗心的铁皮人和希望获得勇气的胆小的狮子。他们一路上互相帮助，战胜了无数困难，最终每个人都实现了自己的愿望。这部童话里铁皮人想得到的心，稻草人想要的头脑，狮子想获得的勇气，正是19世纪与20世纪之交的美国人想要寻求的精神财富。鲍姆就是利用传统的故事模式，表现了当时美国人内心深处的普遍的愿望。

像这类及时而准确地把握时代脉搏的作品，我们还可以想起马克·吐温的《哈克贝利·费恩历险记》、诺顿的《地板下的小人》以及恩德的《毛毛——时间窃贼和一个小女孩的不可思议的故事》等。

叔本华认为，只有烦琐的、思考不清而又乏味的思想，才需要使用一些暧昧堂皇的词句，这就像丑妇需要浓妆一样，天生丽质的佳人就用不着俗气的胭脂花粉了。周作人在《本色》一文中也说过类似的话："大抵说话如华绮便可以稍容易，这只要用点脂粉工夫就行了，正与文字一样道理，若本色反是难。为什么呢？本色可以拿得出去，必须本来的质地形色站得住脚……"⑭

与总是雕饰之气不息的成人文学文坛相比，儿童文学所以一直坚持自己朴素的艺术品格，是因为儿童文学对自身艺术"质地形色"的充分自信。由此我联想起无伴奏合唱艺术，这种歌唱艺术，不依赖任何乐器的装饰，全凭天然本色的声音，但是真正表现了歌唱艺术的极致。我认为，儿童文学也正是敢于进行无伴奏歌唱的艺术之大者。

儿童文学是"朴素"的文学。它是一种"简化"的艺术形式。正是因为被"简化"，它能够更鲜明、更清晰、更准确地逼近事物和生活的本质。

自然（大巧若拙，浑然天成），但是不是无为；本色（质地形色站得住脚），但是不苍白；简约（洞悉了事物的本质），但是不空洞；单纯，但是不简单；率真（有如《皇帝的新装》里的那个孩子），但是不幼稚。儿童文学这一"朴素"文学拥有的实在是高超的艺术境界。在儿童文学这里，"朴素"是金，华丽是银；单纯是金，复杂是银。

▷ 注　释

① ［日］有岛武郎：《儿童的世界》，转引自西本鸡介：《儿童书籍的作家们》，东京书籍，1983，第193页。

② ［丹］勃兰兑斯：《十九世纪文学主流》（第一分册），张道真译，人民文学出

版社，1997，第 2 页。

③［加］培利·诺德曼：《阅读儿童文学的乐趣》，刘凤芯译，（台湾）天卫文化图书有限公司，2002，第 91 页。

④［英］约翰·洛克：《教育漫话》，徐诚、杨汉麟译，河北人民出版社，2001，第 207 页。

⑤［英］约翰·洛克：《人类理智论》，转引自章士嵘等：《认识论辞典》，吉林人民出版社，1984，第 191 页。

⑥⑦⑧［法］卢梭：《爱弥儿》，李平沤译，商务印书馆，1978，第 89、90、119 页，第 5 页，第 5-6 页。

⑨⑩［德］福禄培尔：《人的教育》，孙祖复译，人民教育出版社，2001，第 10 页、第 9 页。

⑪［意］蒙台梭利：《童年的秘密》，单中惠译，京华出版社，2002，第 38 页。

⑫［美］柯林·黑伍德：《孩子的历史》，黄煜文译，麦田出版，2004，第 10 页。

⑬［美］尼尔·波兹曼：《童年的消逝·引言》，吴燕莛译，广西师范大学出版社，2004。

⑭［英］大卫·帕金翰：《童年之死——在电子媒体时代成长的儿童》，张建中译，华夏出版社，2005，第 225-226 页。

⑮参见［加］培利·诺德曼：《阅读儿童文学的乐趣》，刘凤芯译，（台湾）天卫文化图书有限公司，2002，第 96-102 页。

⑯㉕㉙［美］埃伦·迪萨纳亚克：《审美的人》，户晓辉译，商务印书馆，2004，第 4 页、第 75 页、第 114 页。

⑰叶圣陶：《文艺谈·八》，原载于 1921 年 3 月 23 日《晨报副刊》，见《叶圣陶与儿童文学》，少年儿童出版社，1990。

⑱［美］H·加登纳：《艺术与人的发展》，兰金仁译，光明日报出版社，1988，第 188-189 页。

⑲㉘［英］戴思蒙·莫里斯：《人这种动物》，杨丽琼译，华龄出版社，2002，第 305 页、第 333 页。

⑳ 周作人:《陀螺序》,见周作人:《苦雨斋序跋文》,止庵校订,河北教育出版社,2002。

㉑㉒㉓〔荷〕胡伊青加:《人:游戏者——对文化中游戏因素的研究》,成穷译,贵州人民出版社,1988,第22页、第21页、第4页。

㉔㊳〔挪威〕让-罗尔·布约克沃尔德:《本能的缪斯——激活潜在的艺术灵性》,王毅、孙小鸿、李明生译,上海人民出版社,1997,第38页、第163页。

㉖㉗〔英〕德斯蒙德·莫里斯(即戴思蒙·莫里斯):《人类动物园》,刘文荣译,文汇出版社,2002,第210页、第209页。

㉚〔日〕池田大作、〔意〕奥锐里欧·贝恰:《二十一世纪的警钟》,卞立强译,中国国际广播出版社,1988,第10页。

㉛〔美〕波拉·波尔克·里拉德:《现代幼儿教育法》,刘彦龙、李四梅译,明天出版社,1986,第135页。

㉜ 鲁迅:《看图识字》,见《鲁迅全集》(第6卷),人民文学出版社,1981。

㉝ 丰子恺:《谈自己的画》,见王泉根评选:《中国现代儿童文学文论选》,广西人民出版社,1989。

㉞ 叶圣陶:《文艺谈·八》,载于1921年3月23日《晨报副刊》,见韦商:《叶圣陶与儿童文学》,少年儿童出版社,1990。

㉟〔法〕波尔·阿扎尔:《书·儿童·成人》(日文版),纪伊国屋书店,1986,第230页。

㊱〔意〕皮耶罗·费鲁奇:《孩子是个哲学家》,陆妮译,海南出版社,2002,第132-133页。

㊲〔美〕莫提默·J·艾德勒、查尔斯·范多伦:《如何阅读一本书》,郝明义、朱衣译,商务印书馆,2004,第234-235页。

㊴㊵ 参见〔日〕富田博之:《儿童文学的轨迹》(日文版)久山社,1988,第5页、第6页。

㊶ 蒋风:《儿童文学概论》,湖南少年儿童出版社,1982,第3页。

㊷ 浦漫汀:《儿童文学教程》,山东文艺出版社,1991,第1页。

㊸㊹ 见［日］上笙一郎:《儿童文学引论》，郎樱、徐效民译，四川少年儿童出版社，1983，第2页、第3页。

㊺［加］利丽安·史密斯:《儿童文学论》(日文版)，岩波书店，1964，第15页。

㊻ 周作人:《儿童的书》，载于1923年6月21日《晨报副镌》，见周作人:《自己的园地》，止庵校订，河北教育出版社，2002。

㊼ 此语为周作人翻译《儿童的世界》一文后所作“附记”中的一段话，见钟叔河:《周作人文类编·上下身》，湖南文艺出版社，1998。

㊽㊾［法］阿尔贝特·史怀泽:《敬畏生命》，陈泽环译，上海社会科学院出版社，1996，第44页、第45页。

㊿ 王泉根:《中国儿童文学现象研究》，湖南少年儿童出版社，1992，第15页。

(51) 发表于《儿童文学研究》1995年第1期。

(52) 转引自［日］谷本诚刚:《儿童文学是什么》(日文版)，中教出版，1990，第13页。

(53)［美］杰洛德·布兰岱尔:《儿童故事治疗》“作者序”，林瑞堂译，(台湾)张老师文化，2002。

(54)［美］苏珊·恩杰:《孩子说的故事——了解童年的叙事》，(台湾)成长文教基金会，1998。

(55) 转引自［加］阿尔维托·曼古埃尔:《阅读史》，吴昌杰译，商务印书馆，2002，第11页。

(56)［英］威廉·索姆斯·毛姆:《论小说创作》，见崔道怡、朱伟等:《“冰山”理论：对话与潜对话》，工人出版社，1987，第655页、656页。

(57)［巴西］若热·亚马多:《我的兴趣就是讲故事》，见崔道怡、朱伟等:《“冰山”理论：对话与潜对话》，工人出版社，1987，第767页、768页。

(58)［日］神宫辉夫:《现代英国的儿童文学》(日文版)，理论社，1986，第268页。

(59)［日］谷本诚刚:《儿童文学是什么》(日文版)，中教出版，1990，第10页。

(60)(62) 见R·L·布鲁特:《论幻想和想象》，李今译，昆仑出版社，1992，第8页、第31页。

(61) 指人的五种官能。

(63) 转引自［日］濑田贞二:《幻想小说的必要性》，载于《日本儿童文学》1958年7月号。

(64) 见［日］高桥健二:《凯斯特纳的生涯》（日文版），（大阪）骎骎堂，1981，第166页。

(65) 王泉根:《共建具有自身本体精神与学术个性的儿童文学话语空间》，《儿童文学研究》，1996年第4期。

(66) 吴其南语，见蒋风:《儿童文学教程》，希望出版社，1993，第241页。

(67) 吴其南:《评“复演说”——兼谈儿童文学和原始文学的比较研究》，《温州师院学报》，1990年第1期。

(68) 见朱自强:《中国儿童文学与现代化进程》，浙江少年儿童出版社，2000，第414–428页。

(69) 鲁迅:《我们现在怎样做父亲》，1918年8月《新青年》第5卷第2号，见《鲁迅全集》（第1卷），人民文学出版社，1981。

(70)(71)(72)［美］布鲁诺·贝特尔海姆:《童话世界与童心世界》，舒伟、樊高月、丁素萍译，西南师范大学出版社，1991。

(73) 朱自强:《儿童文学的本质》，少年儿童出版社，1997，第308页。

(74) 周作人:《本色》，见周作人:《风雨谈》，止庵校订，河北教育出版社，2002。

一、思考与探索

1. 你如何理解、评价“儿童研究先于儿童文学研究”这一观点？儿童研究的水平与儿童文学研究的水平是一种什么关系？

2. 在人类思想史上，还有没有本书没有论及的其他儿童观模式？

3. 你认为“童年”可能消逝吗？依据是什么？

4. 如果你也认为儿童拥有自己的文化，请谈谈你对儿童文化的理解。

5. 本书提出了“儿童文学＝儿童 × 成人 × 文学”这一公式，你如何理解其中的"成人"与"儿童"之间的关系？

6.本书所主张的"儿童本位"的儿童文学观的含义是什么？你赞成吗？请具体阐述你的看法。

7.你如何理解、评价儿童文学是"现代"文学这一观点？

8.本书提出的"现代"性、"故事"性、"幻想"性、"成长"性、"趣味"性、"朴素"性这六个特性已经全面涵盖儿童文学的特质了吗？你是否认为尚有疏漏？对本书提出的这六个特性你是否赞同？

二、拓展学习书目

1.［法］保罗·亚哲尔：《书·儿童·成人》，傅林统译，（台湾）富春文化事业股份有限公司，1999。

2.［加］李利安·H·史密斯：《欢欣岁月》，傅林统译，（台湾）富春文化事业股份有限公司，1999。

3.［美］尼尔·波兹曼：《童年的消逝》，吴燕莛译，广西师范大学出版社，2004。

4.［英］大卫·帕金翰：《童年之死——在电子媒体时代成长的儿童》，张建中译，华夏出版社，2005。

5.刘晓东：《儿童精神哲学》，南京师范大学出版社，2006。

6.汤锐：《现代儿童文学本体论》，江苏少年儿童出版社，1995。

7.朱自强：《儿童文学的本质》，少年儿童出版社，1997。

第二章

儿童文学的发生原理

第一节　儿童观与儿童文学

一、儿童的"发现"与儿童文学的"发现"

　　我们在前面已经谈到儿童的"发现"问题，也以中国儿童文学为例，论述了"儿童文学没有'古代'，只产生于'现代'"这一观点。现在，我们以西方为观测点，看看儿童的"发现"与儿童文学的"发现"之间的关系。

　　17 世纪前，当然也有成人以教化儿童为目的而为儿童编写的书籍，不过，有意识地而且是大量地出版给后世带来影响的儿童书籍，则是 17 世纪之后的事。这样一种儿童书籍产生的契机是 1611 年的钦定翻译《圣经》。由于这种英译《圣经》传入众多家庭，孩子们就可以了解到其中的全部故事，而且也促进了《圣经》指南书籍的出版。不过，最大的原因还是作为读书阶级的手工业者和商人等所谓中产阶级的勃兴，而他们中的多数又是清教徒，这些清教徒从基督教义的原罪观出发，感到对儿童进行宗教教育是燃眉之急。加上伦敦大火（1666）和大瘟疫（1665）所造成的儿童死亡率的升高，更加剧了清教徒们的紧迫感，于是对儿童进行宗教教育的书籍便产生了。

　　在历史上，清教徒为推进西方社会的现代化进程作出了贡献。他们进行的宗教改革，实际上促进了教派分化，最后由各种信仰互相迁就到互相宽容直至通向宗教信仰自由。可以说，清教徒中的民主促进了社会的民主主义。在宗教意识上，清教徒坚信《圣经》关于人是容易受邪恶诱惑的，能从毁灭中得到拯救的只是极少数人的教导，他们严格审视自己的内心，切望道德的完善，以证实自己将被拯救出来。清教徒将家庭也看作传教的圣堂，他们开始在家庭中对儿童进行宗教教育。这种宗教教育是禁欲主义的，建立在基督教的原罪论之上。但是，与进行体罚的传统基督教的原罪决定论相比，进行心理惩罚的清教徒的儿童观则有了进步。表面看来十分严厉的清教徒家庭的禁欲式教育，其实反映了他们深信儿童具有陶冶的可能性，理由是，如果他们原样接受中世纪的原罪说，相信儿童的原罪是不可更改的话，其自我改革意识和对儿童的教育意识则不会如此之高，因为传统的原罪说是不承认教育的可能性的。

　　清教徒在儿童书籍上的心理惩罚的观点，在那以后产生了长时期的不良影响。不过，无论如何，他们给儿童的书籍是"为儿童创作"的书籍。而且因为他们自己是把了解神的意志当作一种喜悦，便理所当然地认为把神的意志传达给儿童，儿童也会欢喜的，也就是说，清教徒们在主观上是通过书籍给儿童以快乐的。

　　其实，严格而论，清教徒写作的教训儿童的书籍还不能算作真正意义的儿童文学。在西方，最早真正面向儿童出版儿童文学是在18世纪40年代。英国的约翰·纽伯利于1744年出版《可爱的袖珍图书》之后，在数年之中，他至少出版了30种儿童图书。许多研究者认为，纽伯利的儿童图书出版，是英国也是

世界儿童文学发端的标志，而此前的儿童书籍现象可视为儿童文学前史。纽伯利在《可爱的袖珍图书》的扉页上写下了"以教育和娱乐为目的"一语，在以教训为儿童图书的主要目的的时代，这是杰出的见识，后来得到了高度的评价。

纽伯利是洛克的崇拜者，他的儿童文学出版明显受到了洛克的儿童观的影响。洛克认为，儿童应该有欢乐的童年，应该让他们读一些像《伊索寓言》《列那狐的故事》那样轻松愉快的好书籍。

洛克于 1693 年出版的《教育漫话》一书，大大推进了人们对童年概念的认识。洛克把儿童看作珍贵的人的资源，这一观点显然是对清教主义的带有原罪色彩的儿童观的修正。洛克虽然以独到的目光看到了《伊索寓言》《列那狐的故事》这种文学的教育价值，但是，他所主张的教育仍然是偏重理性的教育："在我看来，显而易见，一切德行与优越的原则就在于能够克制理性所不允许的欲望的满足。"① 在欧洲，18 世纪的儿童书籍是压抑想象力、幻想力的教训主义文学，洛克的偏重理性教育的儿童观对这种文学产生了深刻的影响。

可以说，到了卢梭这里，才真正引起了"发现"儿童的革命。他在《爱弥尔》中提出了两个革命性的观点：儿童是与成人全然不同的独自存在；对儿童，要进行自然人的教育。卢梭的"人是生而自由的""返回自然"等思想口号对儿童文学具有深远的意义。

如果说，清教徒的原罪儿童观促使教训儿童的书籍得以产生，重视理性教育的儿童观助长了教训主义儿童文学，那么，18 世纪末以来，英国浪漫派诗人们尊崇儿童所具有的人性根本价值，把儿童作为生命和成长的象征这一儿童观，则促使儿童文学从教育、教训儿童质变到了娱乐、解放儿童。"经常有人宣称，浪漫主义对儿童形象的勾勒，乃是十九世纪初期以来，儿童文学发端的主要参照。……塑型自浪漫主义的审美眼光、作者与儿童读者之间的理想关系，替往后以英语行文的儿童读物提供了一个范式。"②

在人类思想史上，对儿童概念的发现是人类认识自己的最伟大的进步之一。人类在现代化进程中发现了儿童，而儿童的发现又反过来促进了人类对自身认识的现代化进程。儿童文学的发生，有赖于诸多的社会条件，比如现代学校制度的设立、中产阶级的勃兴、核心家庭的出现，等等，但最为根本的催生力是来自成人社会应对儿童的观念。没有思想启蒙运动以来对儿童的渐次"发现"，儿童文学这种崭新的、独特的文学样式将不会出现和发展。

二、儿童观：无形而有力的手

英国学者德博拉·科根·撒克和让·韦伯在《儿童文学导论——从浪漫主义到后现代主义》一书中指出："强行役使的知识，和自由发掘无限世界的可能性，这两个对立的论点落在儿童文学发展的核心。"[③] "在整个儿童文学史上，控制与自由之间的紧张气氛，依然不停地在两端拉扯着。"[④]

儿童文学上的"两个对立的论点"或"控制与自由之间的紧张气氛"的出现，根本上是受两种儿童观思想潮流的冲击和影响。一个是以洛克为中心的立于经验主义之上的儿童观，另一个则是对卢梭儿童观中的一些思想产生共鸣的布莱克、华兹华斯、柯勒律治等浪漫主义诗人的儿童观。前者关于认识产生于经验的观点，面向儿童时，便演化为教育和教训；后者关于儿童具有与神相似的创造力和内宇宙，而随着长大，这种能力会逐渐丧失的观点，面向儿童时，便表现为对儿童心性的解放。

在这两种儿童观的影响下，从教育性到娱乐性，从教训性到解放性，这是西方儿童文学从 18 世纪到 19 世纪乃至 20 世纪的现代化进程的总体的走向。

19 世纪，浪漫主义的儿童观就对儿童文学产生了深远的影响。海明威曾说，美国的全部现代文学起源于马克·吐温（1835—1910）的《哈克贝利·费恩历险记》，在此之前几乎是空白。这部伟大的著作，不仅是儿童冒险小说的经典之作，而且还是表现浪漫主义观点的典型作品。马克·吐温抨击儿童是未成熟的大人的儿童观，嘲讽那种认为儿童的性情是因为成人社会的价值标准而向善的看法。少年哈克与生俱有的正义感和自尊感，他的聪明机智和心理力量，他对生活的健康态度，都给浪漫主义关于儿童时代的观点以有力的支持。马克·吐温创造的挣脱时代的制约，听凭自然、健康的本能而行动的

少年哈克，成了"永远的儿童"，穿过 19 世纪、20 世纪，还会走向未来。

20 世纪的儿童文学经典，从巴内特的《秘密花园》、巴里的《彼得·潘》、米尔恩的《小熊温尼·菩》到特拉弗斯的"玛丽·波平斯"系列、圣 - 埃克苏佩里的《小王子》、林格伦的《长袜子皮皮》、怀特的《夏洛的网》，无一不是以浪漫主义为精神底蕴的文本。

第二次世界大战以后，以英国儿童小说作家为代表的儿童文学创作，不满于浪漫主义儿童观对儿童的观念化处理和对儿童身处的"现实"的暧昧态度这些局限，直面儿童的真实生活，创作出了具有现实主义力量的儿童小说。

在中国，西方意义上的浪漫主义思想并没有在现代文学中生根开花，更没有像在西方那样，深刻、有力地影响着儿童文学创作的发展。因此，中国儿童文学自清末民初产生以来，就存在着娱乐、解放儿童的思想与教训主义之间的苦苦斗争。在这条斗争的脉流中，作为中国儿童文学理论奠基人的周作人处于令人瞩目的位置。他的儿童文学的思想中最重要也最切合中国社会实际的现代性，便是对儿童文学中的教训主义的深恶痛绝和彻底批判。

周作人反对教训主义时，经常使用"读经"一词。五四新文学运动失败之后，卷土重来的封建思想文化颇有势力，以至于周作人在 1930 年，语中悲凉地说："儿童文学'这个年头儿'已经似乎就要毕命了。"⑤河南的友人来信说，在中国什么东西都会旧废的，如关税和政治学说都印在初级小学一二年级课本上，那注重儿童个性，切近儿童生活，引起儿童兴趣的话，便是旧废了。对此，周作人只能表示无奈："这有什么法子呢？中国的儿童教育法恐怕始终不能跳出'读经'，民国以来实在不读经的日子没有多少。"⑥1936 年，周作人仍在批判现状："正宗派在中国始终是占着势力，现今还是大家主张读经读古文，要给儿童有用的教训或难懂的主义……"⑦

不讲教训，这是周作人始终坚持的儿童文学观。1923 年，商务印书馆出版了《各省童谣集》第一本，这本童谣集典型地表现出"教育家"在儿童文学上"牵强的加上一层做作"的教训行为。比如："小老鼠，上灯台。偷油吃，下不来，吱吱，叫奶奶，抱下来。"对这首儿歌，编者注云："将老鼠作比，意思要做戒小儿不可爬得过高。"又如："哴哴哴，骑马到底塘。底塘一头撞。直落到花龙。花龙一条堰，转过天医殿。"这首儿歌注云："鼓励小儿骑马，有尚武精神。"
再如："泥水匠，烂肚肠，前讨老婆后讨娘，还要烧汤洗爷爷。"编者又注曰："这
首歌谣都是颠倒话，实在要教小儿知道尊卑的辈分。"周作人认为，这样的读解，
"如不是太神妙便是太滑稽的"，并将其与旧教育联系起来批判："中国家庭旧教
育的弊病在于不能理解儿童，以为他们是矮小的成人，同成人一样的教练，其
结果是一大班的'少年老成'，——早熟半僵的果子，只适于做遗少的材料。到
了现代，改了学校了，那些'少年老成'主义也就侵入里面去。在那里依法炮
制，便是一首歌谣也还不让好好的唱……" ⑧

　　总之，儿童观是儿童文学的原点。我们只要考察世界儿童文学的发展史，
就会清晰地看到，儿童观总是在制约着儿童文学的发展，决定着儿童文学的方
向。整个一部儿童文学史就是在这只无形而有力的手的操纵下发生着演变。

第二节　民间文学：儿童文学的源流

一、民间文学的价值

　　在现代，持艺术进化论观点的人对民间文学这种古旧的艺术样式，往往投
以轻视的目光。他们认为，民间文学没有意味，其幻想是有害的，难以忍受民
间文学的非现实性和非合理性，否定民间文学的单纯性和模式化。但是，也恰
恰是在现代，思想敏锐、眼光远大的作家和学者却对民间文学情有独钟，在其
身上挖掘着思想和艺术的资源。

　　贝特尔海姆说："智慧不是古代神话中的雅典娜，成熟了才从宙斯的脑袋里
突然爆发出来，而是从毫无理性的开端，通过自己的经历，一点一点地积累起
来。" ⑨贝特尔海姆的观点既适用于理解个体精神的发展，更适用于阐释人类种
族的精神发展过程。

神话、传说、民间童话等民间文学在特定历史时期中，是种族的一种思想的载体，或者说是一种思想的形式。人们以民间文学这种形式，记录下自然世界和人世生活在自己心中留下的映像和形成的心像。泰勒在《原始文化》中指出："富有诗意的传奇的创作者和传播者不自觉地、好像不经意地为我们保留下了大量可靠的历史证据。他们把自己祖先思想和语言的传家宝放到了神话中的神和英雄的生活中去，他们在自己的传奇的结构中表现出了自己思维的进程，因此，他们就保留了他们那个时代的艺术和风俗、哲学和宗教……"⑩

其实，民间文学不仅是古代人的心灵的构造，也对现代的心灵成长具有重要功能。日本的精神分析学家河合隼雄曾做过一个调查，他要求大学生就对自己的人格形成产生重大影响的书籍写一份报告，结果，令他感到意外和吃惊的是，很多人列举的是幼小的时候接受的民间故事，比如《格林童话》这本书，或者某个民间故事。由此，河合隼雄慨叹民间故事所具有的强大力量。

荣格说："童话作为精神，自发、天真，未加雕饰的产物，除却反映精神本来面目外，不能很好地反映任何东西。"⑪在荣格心理学中，"精神"就是指作为一个整体的人格。荣格非常重视神话、民间故事所共同存在的很多典型的意象，并发现这些意象与自己所诊治的患者的梦和妄想的内容有共通之处。由此，荣格提出了人的无意识可以分为个人无意识和集体无意识这一著名论断，并将集体无意识的内容称为原型。他在分析民间童话中的原型之后说："当我们思索以原型形式出现在童话和梦中的精神，发现它展示了一幅与意识精神概念截然不同的图画。"⑫

在人的精神发展中，意识与无意识是什么关系呢？河合隼雄说："人类的文明是在人类的心里产生意识以后，通过对意识的磨练而发展、进步而来。但是，当建构起来的意识被过于从无意识的土壤中剥离出来的时候，意识就会丧失生命力。我们因为对太阳、雨露获得了太多的知识，而无法去体验太阳和雨露的本身……作为深入到无意识世界的手段，我们需要依赖民间故事。"⑬

在贝特尔海姆眼里，民间童话能够帮助儿童驾驭处于成长期所面临的心理问题，应对现存的困境和无意识中发生的事情，比如，摆脱自恋的失望；恋母情结窘境和兄弟间的竞争；变得有能力终止童年期的依赖；获得自我中心和自我价值感、道德义务感，总之，民间童话能够启发儿童寻求人生意义，帮助儿童心灵的成长。贝特尔海姆甚至认为："绝大多数所谓'儿童文学'都试图娱乐儿童，或供给知识，或二者兼而有之。但这些书大多内容过于浅显，从中得不到什么有意义的东西。"从民间童话中，"可以比从其他任何儿童可以理解的故事中，学到更多关于人的精神问题的东西，更多的正确解决他们在任何社会中的困境的方法。"⑭

民间童话不仅处理儿童面临的心理问题，也关注中年以后的人生。在民间童话中，主人公为儿童的故事很多，以老人为主人公的作品则明显少见。在中世纪的欧洲，由于生活艰苦，人们的平均寿命只有不到25岁，因而40岁的人算是长寿，所以，民间童话中的"老人"应该是指现代意义上的中年以后的人生。美国的艾伦·奇南从世界民间故事中，将以"老人"为主的故事搜集在一起进行复述和研究，出版了《秋空爽朗——童话故事与人的后半生》⑮一书。他运用荣格的老年心理学理论，以深邃的洞察力引导人们理解这些故事的心理学意义和精神意义。如果人们在中年以后，能够倾听到这些以老年人为主人公的童话故事的隐含声音，将"从此过上幸福的生活"。

本雅明尤其称赞民间故事，他在《说书人》一文中说："直到今日，民间故事仍然是儿童的启蒙老师。曾经，民间故事是全人类的启蒙老师，秘密地在故事当中延续生命。……民间故事教导先民，并且直到今日都还在教导儿童，那是一个最具智慧的方式——以狡诈和喜悦的心境面对神秘世界的力量。"⑯

民间文学学者麦克斯·吕蒂指出，民间童话不仅包含着富于人生智慧的思想，而且其艺术叙述方式也使人心旷神怡。他比喻说，相似的故事在一个又一个讲述者口中的变化，就像一条连衣裙的式样变了又变。吕蒂对格林童话中的《玫瑰公主》、巴西莱搜集的意大利童话集《五日谈》里的《太阳、月亮和塔丽娅》，以及夏尔·贝洛（1628—1703）搜集整理的《鹅妈妈的故事》中的《林中睡美人》这三个内容相似的作品进行了具体的艺术分析。最后，吕蒂对它们的叙述艺术赞赏有加："每一位作者都赋予自己的童话时代的气息。这些童话的内在含义与表现形式之间的明显反差对于那些吹毛求疵的人来说也将产生特殊的魅力。贝洛的优美、格林的细腻和巴西莱的生动以及三个童话中共有的诙谐幽默都使我们回味无穷、美不胜收。"⑰

二、民间文学：儿童文学的重要源流

民间文学是儿童文学的源流之一，它在儿童文学的起源和发展中发挥了极其重要的作用。几乎所有国家、民族的儿童文学的产生和发展，都离不开改编民间文学这一起点。

进入现代，在儿童观由成人本位向儿童本位的渐次位移的过程中，儿童需要真正属于他们自己的文学这一见识成为社会的潮流。作为面向儿童的一种新文学，它浮现在有志者脑海中的最初的形象是什么样子呢？

我认为，先行者们对儿童文学的最初想象大多是以民间文学为原型的。

民间文学最初并不是儿童的文学。在漫长的历史时期里，民间故事曾经是成人和儿童共同享用的文学。随着进入现代，由于科学世界观和理性主义的兴盛，写实主义的作品越来越占据阅读的中心，成人社会（特别是男性社会）欣赏民间故事的能力和兴趣逐渐减弱，但是，葆有相当程度的原始心性的儿童依然对民间故事乐此不疲。于是，民间文学的读者开始分化，它越来越走向儿童。写作《指环王》的托尔金在《幻想文学的世界》一书中形象地说，就像把不需要的旧家具扔到阁楼上一样，在现代，成人把民间文学这个"文学的破烂"扔给了儿童。17 世纪写作"仙女故事"的法国作家莱丽切就曾经用与夏尔·贝洛的韵文《驴皮》的结尾几乎完全一样的语言说："……这种民间故事……并没有哪个人想记录保存它，却一个时代一个时代地传到了今天……尽管是些看似不可信的故事，但是，只要这个世界上有孩子们，有母亲和祖母，它就能永远流传。"⑱

在儿童文学诞生的过程中，夏尔·贝洛、格林兄弟（雅各布·格林，1785—1863；威廉·格林，1786—1859）、安徒生（1805—1875）是三个标志性的巨大存在。三者程度不同，但却不约而同地都从对民间文学的继承开始自己的工作（其性质相互之间有所不同）。

夏尔·贝洛虽然不是搜集、改写民间故事的第一人，但是，因为他的童话集《鹅妈妈的故事》（1697）的世界性巨大影响，而被尊为"民间故事之父"。对《鹅妈妈的故事》是否专为儿童所写这一问题，研究者说法不一。修丽曼在《儿童书籍三百年的历史》一书中，认为贝洛是"最早因承认儿童拥有独自的世界而写作民间故事的作家"。贝特尔海姆在《童话世界与童心世界》中在谈贝洛之所以剔除《小红帽》的蓝本中小红帽在老狼的欺骗、指使下，吃外婆的肉，喝外婆的血这种粗俗野蛮的情节，是"因为他的故事是专为凡尔赛宫廷贵人们的阅读而写的"。日本的新仓朗子在翻译《贝洛童话集》的"解说"中则认为，《小红帽》是童话集中唯一一篇意识到儿童所写下的警告故事。不管《鹅妈妈的故事》是否专为儿童所写，它对世界儿童文学能够发生深刻持久的影响，其原因就在于它整理自民间故事并采用了民间故事的手法。

格林兄弟的童话如今已经成为儿童文学的经典。在整理民间故事，采用民间故事的手法方面，格林童话与贝洛童话相似，只是格林童话更具有儿童读者的意识。格林童话的民间文学性对世界儿童文学发生、发展所具有的意义已无须赘言。

与贝洛、格林兄弟不同，安徒生在人们的眼里是一位原创作家。但是，就算安徒生，也同样深受民间故事的影响，甚至他的童话创作的出发点也是起始于民间故事。安徒生在其自传《我的童话人生》中说："我的第一本童话集，只是像玛萨乌斯那样，把我孩提时代听到的童话用自己的语言复述出来。那是最自然不过的叙述语言，它发出的悦耳音调至今仍在我耳边回响。"[19] 安徒生所谓的第一本童话是指他于1835年出版的《讲给孩子们听的童话》，共收入了《打火匣》《大克劳斯和小克劳斯》《豌豆上的公主》《小意达的花》四个故事，其中前三个故事都是民间童话的重述。除了上述三篇，重述或者比较精确地模仿民间童话的还有《皇帝的新装》《笨汉汉斯》《老头子做事总是对的》等作品。另外，格林童话的读者在安徒生的其他一些童话中，也完全可以读到他们熟悉的东西。

　　在儿童文学发生的早期，几乎所有创作儿童文学的作家都会从民间文学那里汲取资源，所以例子不胜枚举。在德国，除了格林兄弟，还有威廉·豪夫（1802—1827），他的《小矮子穆克》《矮子长鼻儿》《冷酷的心》等对民间童话作诗意延展而成就的创作童话（又称艺术童话），历经180多年岁月磨洗，至今仍为儿童所喜爱，保持着持久的艺术魅力。另一位德国浪漫主义作家霍夫曼（1776—1822）是深受安徒生尊敬的作家。安徒生在旅行中携带着霍夫曼的书阅读，他的原创童话《小意达的花》，其实中间部分和霍夫曼的《跳蚤师父》也有相像之处，作为热衷于民间文学的作家，霍夫曼的幻想小说《侏儒查赫斯》以民间口头传说为基础，用现代小说的表现方式，展示了作家对时代生活的思想的穿透力。在意大利，有利用民间童话的情节，设计出《木偶奇遇记》的撒谎鼻子会变长、不学习会变驴子的故事的科洛狄（1826—1890）；在俄罗斯，有运用民间故事创作童话诗的普希金（1799—1837）；在美国，有利用神话传说写作《瑞普·凡·温克尔》的欧文（1783—1859）和写作《神奇故事》的霍桑（1804—1864）……

　　民间文学不仅为儿童文学形成最初的基本形象作出了重要贡献，而且还为儿童文学的发展提供着强大的动力。儿童文学学者韦苇就形容民间童话是以"乳腺"的方式存在于儿童文学的创作之中，并列举了很多从民间文学中吸取创作灵感的当代著名作品，比如，英国的托尔金的《小矮人历险记》《魔戒》，德国的普雷斯勒的《小魔女》，芬兰的扬松的"木民"系列童话，日本的佐藤晓的《谁也不知道的小小国》等。[20]

　　民间文学作为儿童文学的源流主要有三种形式。第一种是对民间文学进行搜集、整理、改写，使其成为儿童文学，如《格林童话》；第二种是从民间文学汲取资源、获得灵感的创作，如日本作家松谷美代子的《龙子太郎》、中国作家葛翠林的《野葡萄》；第三种是以对民间故事名篇的颠覆为形式的创作继承，比如，颠覆《三只小猪》的图画书《三只小猪的真实故事》《三只小狼和大坏猪》。

古旧的民间文学具有崭新的现代意义，它正在，并且还会进一步复兴。可以预见，在21世纪，民间文学依然还会是儿童文学取之不尽、用之不竭的珍贵资源。

三、民间文学的现代性转化

民间文学之所以能够成为儿童文学的宝贵源流，是因为它与儿童文学有精神上的高度契合点；有艺术表现上的共同处；它在故事里写了很多儿童形象。但是，我们在论述儿童文学的"现代"性特质时曾说，古代民间文学并不就是儿童文学，民间文学要成为儿童文学，一定要经过现代转化。

1. 作家对民间文学在思想方面进行的改造

世界上的任何国家，儿童文学历史的早期阶段都经历了对民族的民间文学（主要是民间故事）进行搜集、整理和改写这一过程。许多民间故事经由搜集、整理和改写，成为儿童的恩物。民间故事向儿童文学的转化不是简单的技术处理，而是一种再创造的工作。

给世界儿童文学带来深远影响的格林兄弟，于1812年出版了《给儿童和家庭的童话》。格林兄弟的童话有相当多是从民间童话讲述者那里直接收集的，因此，一般都认为格林兄弟尊重民众的口语讲述，尽量保持了民间童话的原貌。但是，后来有研究者把1810年格林兄弟应友人克雷门斯·布林特诺之约而送去的初期原稿和初版以后的格林童话做了比较，指出出版后的格林童话中有一些作品在人物、故事、主题方面都有一些变化。比如《亨舍尔和格莱特》（原稿题为《小哥哥和小妹妹》）这篇童话，1810年的原稿中是父母二人将兄妹遗弃在森林，而出版时，变成了父亲始终对这一谋划不太感兴趣，是被母亲硬拉着才干的。在原稿的结尾，孩子们带着宝石回家，父亲富裕了起来，但是，格林兄弟认为参与遗弃孩子的父亲的这种幸运不合情理，于是在初版本中强调了父亲自遗弃孩子后，没有一天安心过。这样一来，坏心眼儿的便只剩下母亲一人了。就是这坏心眼儿的母亲，在第四版中，也被改成了继母。于是，故事原来的父母与子女间的冲突便消失了，而变成了一个道德故事。在《白雪公主》中，原稿里母亲因嫉妒亲生女儿的美丽而欲加杀害的母女爱憎关系，也因女儿出生后，亲生母亲去世，继母出现这种修改而改变了主题。

日本的德国文学学者高桥健二在《格林兄弟》一书中，针对《亨舍尔和格莱特》的变异指出："无论多么饥饿，生身母亲说服父亲把两个孩子扔到森林一事，都是过于残酷、极不自然的。"对《白雪公主》的变异，他也指出："在初稿和初版本中，因嫉妒心想杀死白雪公主的是（身为）亲生母亲的王妃。这一情节在定本（1819年的再版之后）里变成了（身为）继母的王妃。这样的修改是正确的。生身母亲因嫉恨女儿的美丽而欲杀害，这是过于没有人性，过于残酷了。"[21]

夏尔·贝洛的《鹅妈妈的故事》和《格林童话》中，都有《小红帽》这个著名故事。法国民俗学家保罗·德拉吕认为，在德国没有传承过《小红帽》，这个故事是格林兄弟从一个法国女子那儿听来的，而且两个故事的内容和动机也很相近，所以，《格林童话》的《小红帽》是来自贝洛的《鹅妈妈的故事》里的《小红帽》的一个异文。[22]比较这两个故事，最大的区别是结尾的处理。在贝洛的故事结尾里，小红帽被狼吃掉，是悲剧；而在《格林童话》里，狼被大石头坠死，小红帽安然无恙，祖母吃了小红帽送的东西身体好起来，猎人得到狼皮，是喜剧。从两者的变异，可以看出格林对儿童读者的心理考量更多。

如果单纯从民俗学的角度衡量，我们当然可以像现代民俗学者邓迪斯那样，批评格林兄弟"犯下了民俗的一桩大错"。但是，从儿童文学角度来看，这桩"大错"又极为合理、正确。民间童话中不适宜于儿童的那一部分思想内容，就是这样在格林兄弟，主要是弟弟威廉的不断修改下被删除、改变，从而使《格林童话》成为现代儿童读物。

2. 作家对民间文学进行的艺术性现代转化

在这方面，《格林童话》依然是好例证。

格林兄弟收集、整理民间童话的本意并非为了儿童，而是为研究语言的需要，因此，该书问世之初，里面有许多对儿童书籍来说是枯燥、烦琐的考证。但是，儿童却本能地跳过这些枯燥、烦琐的考证，在新奇有趣的故事中寻求满足。1819年，此书再版时，为使它更适合儿童阅读，格林兄弟有意识地删去了考证性文字，使其更具儿童文学的艺术价值。

在贝洛的《小红帽》里，小红帽走到森林里遇见狼时，这样写道："狼很想吃掉这孩子，可是，樵夫们就在森林里，它不能这样做。"这处情节在格林笔下，变成："狼心里想：'这个年小的嫩人儿，是一口肥肉，比老太婆的味道好。应该用计把两个都捉住。'"本来可以一口吃掉的事，却费力绕道地去"用计"，结果反倒把自己搭了进去。两者的不同在于，前者是没有趣味的现实逻辑，后者是富于趣味的儿童文学的反现实逻辑。

格林童话里有《玫瑰公主》一篇。麦克斯·吕蒂说——

倘若将《玫瑰公主》最初的记录与最后的稿本加以比较，就会更加清楚地了解到格林兄弟富有诗意的想象力和娴熟地运用语言的能力。文体从讲述逐渐向阅读发展。凡是熟悉这个童话的人都永远不会忘记他们对沉睡和苏醒的生命饶有风趣的描写：

睡意向整座宫殿蔓延。国王和王后刚一到家，走进大厅便睡着了。满朝文武也都跟着睡着了。连马厩中的马匹、院子里的狗、房顶上的鸽子和墙上的苍蝇也睡去了。是啊，炉灶里噼啪作响的火焰也静下来睡觉了。油锅里的咝咝声停了下来。厨师正要伸手去抓犯了过失的小帮厨的头发，这时他也松开手睡着了。风停了，宫殿前面树上的叶子一动也不动。

但是，雅科布·格林在最初记录他所听到的这则口头故事时都写了些什么呢？他只记下："这时，国王和满朝文武刚好回来。于是宫殿里所有的人甚至连墙上的苍蝇都开始睡着。"

吕蒂还指出，记录稿的结尾部分只有简单的陈述："当他走进宫殿时，吻了一下熟睡的公主。于是所有的人都醒了。后来，他俩结为夫妻。假如他们没有死的话，那么他们今天还活着。"但是，格林兄弟在出版时将其改写成了一大段具有丰富想象力的文字。[23]

格林兄弟的改写将口述故事的简单陈述变成了细腻的场面和细节的生动描

写，这是进入现代社会以后，文学的接受由口头语言向书面语言，由"听"向"读"转变趋势的直接反映。对阅读来说，口述故事的简单陈述实在是过于乏味了。

在对民间故事进行艺术转化方面，与格林兄弟相比，安徒生无疑是一位具有超越性的作家。他有大约七篇作品是对民间故事的重述。"他觉得自己是民间故事财富，也就是那古老宝藏的合法继承者。但这不是说像坐在书斋里的学者那样，把他所听到的情节准确无误地、无动于衷地、简单地记录下来——不，绝对不是这样！他必须按照自己的方式去处理这些短小精悍、充满智慧而又趣味盎然的故事。"[24]比如，《皇帝的新装》取材自中世纪西班牙的古老故事，丹麦批评家勃兰兑斯在他那篇著名的《童话诗人安徒生》中，指出了安徒生对原故事所作的创造性超越。安徒生赋予国王以爱慕虚荣和虚伪的特性，变看不见本来不存在的衣料的人是"私生子"为"不称职的人"，把原来说出"皇帝什么也没穿"这句话的照管御骑的黑人，置换为一个天真的孩子，使新的故事不仅滑稽可笑，而且还令人深思。

安徒生不仅对民间故事作题旨方面的转化，也作语言上的更新。《打火匣》也是对民间故事的重述。作品的开头是："公路上大步走来一个士兵—— 一，二！一，二！他背着行军包，腰里挎着剑，他已经打了很多场仗，现在正赶着回家去。"这种语言已经超越了民间故事的语言。虽然它也和民间故事一样，采用了讲述的语言，但是与一般的民间故事不同，"一，二！一，二！"是面向儿童的讲述语言，而不是面向一般群众的讲述语言。安徒生显然怀着强烈的面向儿童读者讲述的意识。这种最为儿童喜爱的拟声、拟态语言，安徒生在后来的童话中一再运用："那些雕刻的号手吹着：'嗒—嗒—啦—啦！小朋友到来了！嗒—嗒—啦—啦！'"（《老房子》）"请听牛蒡叶上的响声——'咚咚咚！咚咚咚！'蜗牛爸爸说。"（《幸福的家庭》）安徒生的这种"童稚"的语言深得勃兰兑斯的好评："赋予安徒生童话以诗的价值的，正是他那童稚的语言、天真的构思和描述奇妙之物的真切方式。"[25]

在儿童文学的发展里程中，对民间文学进行现代性转化，是一个重要的不可逾越的阶段；它也不是个别作家因个人艺术喜好而采取的行为，而是被儿童文学的发展决定了的一个普遍的艺术规律。

第三节　文学传统：儿童文学的土壤

前面，我们论述了民间文学给儿童文学带来的丰厚资源，儿童文学的产生和发展也离不开一般文学的滋养。

儿童文学的生成，是以承认并尊重儿童作为一个完全的人的人格和权利，洞察儿童具有与成人完全不同的内外生活的现代儿童观为前提的。但是，仅仅有了这种现代儿童观，儿童文学并不能就此产生，儿童文学除了社会土壤（以儿童观为核心的关于儿童的思想），还需要文学土壤，还要立于过去时代的文学（指文人作品）的基础上，进行新的艺术整合。一种文学传统的土壤中，与儿童文学相关的要素的含量多寡，对后来的儿童文学的生长有着深远的影响。

一、传统文学中的"儿童"

在民间故事和童话中，以少年儿童为主人公的作品有很多。与民间文学相比，成人文学描写儿童的作品则并不多。虽然写到儿童形象的未必就一定是儿童文学（比如中国古典小说《红楼梦》），不写儿童形象的未必就一定不是儿童文学（比如世界儿童文学名著《长腿爸爸》），但是，儿童文学是立于儿童生命空间，表现儿童的存在感、价值观以及人生命运的文学，因此，儿童形象的确是儿童文学成立的重要支柱之一。绝大多数儿童文学，尤其是现实主义少年小说都是将儿童形象的塑造作为自己的艺术聚焦点的。许多世界儿童文学名著，其主人公的名字像作品的名字一样广为流传。检验一个国家的儿童文学水平的高低，一个重要的指标就是看其塑造儿童形象的艺术功力的高低。

从这一价值标准出发，在儿童文学产生以前的文学传统中，对儿童形象的重视程度和对儿童形象的描写能力，自然不是无足轻重的问题。一般来说，一个国家、民族的传统文学越是关注儿童，具有表现儿童的艺术能力，其儿童文学将会较早、较快地走向发达。

英国浪漫派诗人不仅在儿童观这一社会思想层面对儿童文学产生了深远的影响，在童诗这一艺术体裁的发展上，也有实实在在的贡献。他们的诗作虽然不是写给儿童的，但是，其对儿童生活和情感世界的歌吟，为后来的童诗创作提供了可资借鉴的艺术经验。布莱克的《天真与经验之歌》中的很多诗作，如《扫烟囱的孩子》《笑歌》《春》《小学生》等都蕴含着丰富的童诗的艺术元素。而华兹华斯的《两个懒散的牧童》《一个三岁孩子的特征》《我们七个》等诗篇对儿童的行为和内心都有精到的艺术表现。英国的斯蒂文森、米尔恩等优秀儿童诗人的创作，正是站在这样丰厚的艺术积淀的基础之上。

在一般小说方面，英国维多利亚时代伟大的小说家狄更斯给现实主义儿童文学的发展注入了宝贵资源。他的《雾都孤儿》被人评价为"最早描写真正的儿童的作品"，对于儿童小说的发展史具有重要意义。还有他的《大卫·科波菲尔》，冰心在回忆童年读书经历时，曾这样谈论这部小说给她带来的感动："我记得当我反复地读这本书的时候，当可怜的大卫，离开虐待他的店主出走，去投奔他的姨婆，旅途中饥寒交迫的时候，我一边流泪，一边掰我手里母亲给我当点心吃的小面包，一块一块地往嘴里塞，以证明并体会我自己是幸福的！"[26]狄更斯的小说有一半以上被缩写成面向儿童的作品，其主要原因之一是因为他对儿童人物的关注和刻画。

在中国古代文学传统中，诗歌里出现了一些儿童形象。晋代陶渊明的《责子诗》、清代郭尧臣的《蒙师叹》（十四首）里的九、十两首，都以儿童为对象作了描画。《蒙师叹》第九首诗云：

> 一阵乌鸦噪晚风，诸徒齐逞好喉咙。
>
> 赵钱孙李周吴郑，天地玄黄宇宙洪。
>
> 千字文完翻鉴略，百家姓毕理神童。
>
> 公然有个超群者，一日三行读大中。

此诗于学童滑稽的描写之中，淡淡流露出对封建儿童教育的讽刺之意，殊为可贵。所以周作人说："在士人信仰文章报国的时代，这种打油诗是只有挨骂的，但从我们外道看来却也有他独自的好处，有些事物情景，别体的文学作品都不能或不肯写，而此独写得恰好，即其生命之所在。"㉗

另外，像宋代黄庭坚的《牧童》："骑牛远远过前村，吹笛风斜隔陇闻。多少长安名利客，机关用尽不如君"，更是不可多得的珍品。

在古代，像陶渊明、黄庭坚、郭尧臣这样在一首诗中专事儿童描写的诗可谓凤毛麟角。有些诗只是犹抱琵琶半遮面似地点染一笔，如"闲看儿童捉柳花""儿童相见不相识""稚子敲针作钓钩"，等等。

故事文学如六朝志怪、唐宋传奇，虽然也可遇到儿童人物，但大多只是其他人、事的陪衬，比如《搜神记》中的《黄衣童子》《郭巨》，《续玄怪录》中的《杜子春》等。对这些不知面目的儿童人物，如果我们洞幽烛微，也能从其身上折照出那个时代的儿童观——对儿童生命存在的漠视。

故事文学到了明清，作品中偶有关涉的儿童，其面目逐渐清晰。《水浒传》第五十一回"插翅虎枷打白秀英，美髯公误失小衙内"，写小衙内的那段文字，表现了四岁儿童的天真可爱以及任性而为的特征，可谓稚态可掬。《今古奇观》第三十六卷《十三郎五岁朝天》以五岁儿童作为小说的主人公。虽说以儿童为作品的主人公，《十三郎五岁朝天》并非先声，比如《搜神记》中的《李寄》便是由十二三岁的童女充当智斩恶蛇的英雄，但是，无论是小说的篇幅之长，还是人物的描写之细，《十三郎五岁朝天》都可谓胜出一等。在中国古代传统文学的儿童形象描写中，《十三郎五岁朝天》的南陔是十分独特而惹眼的。

说到传统文学与儿童文学的关系，明代的《西游记》不能不提。周作人说，《西游记》有几节可以当童话用。这是因为孙悟空的"猴性"和儿童性是相通的。"大闹天宫"一节因其儿童性可以改编成儿童文学，但是孙悟空功成正果，做了斗战胜佛这种结局，却因其非儿童性而不适合儿童文学。

上述中国传统文学对儿童的表现，同样可以构成儿童文学立足的基础。但是，不能不承认，与自《诗经》起两千多年的文学历史相比，中国传统文学中的"儿童"形象可谓是比较贫弱的，这种体质势必影响到儿童文学的成长。

二、文学传统对儿童文学的艺术影响

文学传统不仅通过自身表现的"儿童"影响儿童文学，而且更通过某些艺术形式影响儿童文学。

1. 叙事传统的影响力

世界儿童文学发展史已经证明，叙事传统深厚的文学系统比抒情传统深厚的文学系统更能对儿童文学创作发生积极正面的影响。我们可以通过中西方的比较来说明这个问题。

不论是西方还是中国，神话、传说都成为后世叙事文学的渊源。在西方，希腊神话来源之一的荷马史诗（epic）便成为西方叙事文学的开山鼻祖，而中近世的"罗曼司"（romance）则对其薪火承传，发展到 18、19 世纪，现代长篇小说（novel）更使叙事文学蔚为大观。而在中国，神话和传说的形态及其对后世的影响都与西方大为不同。

在中国，古代神话、传说一直没有得到很好的搜集、整理。鲁迅在《中国小说史略》中指出："中国之神话与传说，今尚无集录为专书者，仅散见于古籍，而《山海经》中特多。"[28] 后来茅盾研究中国神话，进一步发现，"中国神话不但一向没有集成专书，并且散见于古书的，亦复非常零碎，所以我们若想整理出一部中国神话来，是极难的"[29]。

如果从文学叙事学的角度考察，中国神话、传说的吉光片羽形态乃是由以抒情诗为核心的中国古代文学传统所导致的。美国学者浦安迪博士在《中国叙事学》一书中指出："把原型批评的理论运用到中西神话比较研究的领域中，我们可以清楚地看到，中国神话的叙事性显得相当薄弱。与希腊神话相比较，中国神话中完整的故事寥寥无几。如果我们肯定神话具有保留'前文字记载时代'的传说（preliterary lore）的功能，那么，西方神话注重保留的是这些传说中的具体细节，而中国神话注重保留的却只是它的骨架和神韵，而缺乏对于人物个性和事件细节的描绘。"[30]

浦安迪的这一观点是令人信服的。《淮南子·天文篇》写共工与颛顼为争做天帝进行了一场惊天动地的大战，场面宏大壮观。但是，仅有二十几个字，给我们的印象只是静态的画面感。如果想知道共工与颛顼争斗的具体情形，非自己以想象来充实不可。而希腊神话《特洛伊战争》写到阿喀琉斯发怒，却用了数千字，是一个详细描写他为何发怒，怎样发怒的一个具有细节、动态过程的完整故事，人物性格也从中可见。

这种神话叙事传统的不同，直接带来的不同结果是：在西方，古希腊神话一直在面向儿童编写出版并成为经典；而在中国，将古代神话整理成面向儿童的文学时，却面临着相当的困难。

西方的儿童冒险小说产生于两个文学脉流，一个是笛福的《鲁滨逊漂流记》这样的冒险小说，一个是司各特的《艾凡赫》这样的历史小说，它们本身充满了儿童文学的元素，为儿童所喜爱。从 R·M·巴兰坦的《珊瑚岛》、约翰·大卫·威斯的《瑞士的鲁滨逊一家》、斯蒂文森的《宝岛》等儿童冒险小说中都能看到它们的叙事传统。

儿童文学与叙事传统具有天生的亲和性。英国兰姆姐弟对莎士比亚戏剧的改写对此作出了有力的证明。兰姆姐弟的《莎士比亚戏剧故事集》是将含有丰富儿童文学要素的成人文学改写成真正的儿童文学的经典之作，而莎士比亚戏剧的叙事要素是改写的良好基础。

2. 语言形式的作用力

文学是语言的艺术，因此，历史上的语言形式也是一种传统。我在《中国儿童文学与现代化进程》一书中指出："五四新文学的'思想革命'和白话文倡导，彻底动摇了封建思想文化和封建旧文学的根基，同时也打碎了扼杀中国儿童文学生成的两大桎梏——封建儿童观和独尊文言的旧文学观，于是，具有主体性的中国儿童文学终于应运而生。"[31]

白话文运动对中国儿童文学的主体性生成和发展具有根本意义。胡适在论说文言是"死文字"时，曾揭示出文言在表现人物说话时的窘况："更可笑的：明明是乡下老太婆说话，他们却要他打起唐宋八家的古文腔儿；明明是极下流的妓女说话，他们却要他打起胡天游、洪亮吉的骈文调子！……请问这样做文章如何能达意表情呢？既不能达意，既不能表情，那里还有文学呢？"[32]古文在儿童描写上的无能与成人描写相比，则是有过之而无不及——

　　南陔道："只因昨夜元宵，举家观灯，瞻仰圣容。嚷乱之中，被贼人偷
驮背上前走。偶见内家车乘，只得叫呼求救。贼人走脱。臣随中贵大人一
同到此。得觐天颜，实出万幸。"

　　这是《今古奇观》中《十三郎五岁朝天》中的一段。这篇小说使用的还是
古代白话，但即使排除南陔话中的君臣之大礼不论，所道言词也并无半点五岁
男孩之相。

　　对中国儿童文学来说，五四新文学的白话文运动，绝不仅仅是在语言表现
形式上进行的变革，而是还涉及从发想到情感这些文学内容的根本转换。因为
儿童文学所要表现的儿童生活和心灵的世界，从来就是白话文所构筑的世界，
而文言文与儿童生活和心灵世界是隔绝的。以鲁迅为代表的创作实绩已经表明，
新文学的白话文运动与清末的白话文运动不同，它不是通过把文言转化为白话
而将旧有之文学精神移植到新文学中来，而是通过再造新的语言系统而表现崭
新的文学精神。五四的儿童文学更是如此，它拒绝文言语言系统，就是拒绝一
个不属于儿童精神甚至扼杀儿童精神的旧文学世界；它呼唤白话文学，就是要
拥有一个全新的属于儿童的文学话语系统，在这个话语系统的舞台上，儿童获
得了话语权利（由成人作家做他们的代言人），儿童的思维、感觉、情感、想象
力将闪亮登场。

　　言文一致的矛盾调和也出现在日本儿童文学的发生期。1891 年 1 月，岩谷
小波的《小狗阿黄》作为"少年文学"丛书的第一部，由博文馆出版，标志着
日本现代儿童文学的诞生。作为砚友社一员的岩谷小波在一般小说创作方面，
较早地运用了白话文体，并为人所称道。但是，在创作面向少年读者的《小狗
阿黄》时，岩谷小波却舍弃白话文体，采用了陈腐的文言体。与小波同时代的
堀紫山指出了"现今小说家中的白话文体领袖"的小波却在少年文学《小狗阿
黄》中"故意废弃他的白话文体"而"使用陈腐的马琴调"的矛盾。堀紫山激烈
地质问岩谷小波：如果七五调这种古风的文体比白话体易懂，那么反过来即是
说，白话文是难读难解的，既然如此，你为什么要投身艰涩无比的白话文的运
动呢？这岂不矛盾吗？虽然，岩谷小波为自己进行了辩护，但是，堀紫山坚持

认为，表达作为儿童文学的《小狗阿黄》的旨趣，白话文比马琴调合适，并从逻辑上对岩谷小波的辩解和遁词穷追不舍，终于使这场论争以岩谷小波的失败而告终。

第四节　儿童教育与儿童文学

一、儿童教育对儿童文学的催生作用

儿童文学与儿童教育有着天然而紧密的联系，尤其在早期，儿童文学与儿童教育的关系更为具体和直接。儿童文学的产生有赖于对"童年"的发现，而"童年"的发现，与教育直接相关。尼尔·波兹曼在《童年的消逝》中说："凡是识字能力受到始终如一的高度重视的地方，就会有学校；凡是有学校的地方，童年的概念就能迅速发展。这就是童年在不列颠群岛比其他任何地方都要更早出现、并且有更清晰的轮廓的原因。"③对波兹曼的观点还可以作一补充，那就是在童年概念迅速发展的地方，儿童文学就能早日诞生。事实上，英国也正是儿童文学的发祥地。

中国也是重视识字能力的国家，而且早就有私塾这种学校，但是，童年概念却并没有迅速发展，其中原因是中国的私塾在性质方面和波兹曼所说的学校之性质有所不同。在西方，学校从被教会独占到属于社会，从家庭内教育到公共教育，是其社会现代化的一个必要转型，在这一转型过程中，需要主张社会的民主、个人的权利以及自由的教育思想。但是，一直到清末，实行私塾教育的中国教育理念中，并没有这种教育思想。

学者熊秉真的《童年忆往——中国孩子的历史》是中国的童年史研究的重要著作。在书中，熊秉真将同样具有解放性教育思想的中国的王阳明、李贽与英国的约翰·洛克和法国的卢梭，进行了一番比较。熊秉真认为，四人的儿童教育思想在内涵、主题、原则、价值观上，都有许多使人产生联想之处，尤其是王阳明的《训蒙大意》与洛克的《教育漫话》，李贽的《童心说》一文与卢梭的《爱弥儿》之间的呼应令人兴味盎然。但是，熊秉真指出："谈王阳明、李贽、洛克、卢梭之类比，或中西近世解放型思想之神似，不能言过其实。因深究其同愈久愈细，愈警觉其内部肌理之异纹，以之衡量各自文化传统中之来龙去脉，衍发过程，及对后代影响，尤感毫厘之差与千里之失二者可能有的消长辩证关系。"㉞

熊秉真在论述王阳明与洛克著述的区别时，认为除了洛克著述所加强的"科学性"和"客观知识"之外，洛克对"权益"的重视，以及由此引出的对"个人"的看重和对"独裁"的反对，是王阳明的缺失。"……至少终其一生，王阳明本身并未将之作这方面的发挥。他在思想上从未直接发出与中国的父权社会、君权体制断裂式主张，行动上更未尝举起反对的旗帜。"㉟

在李贽和卢梭之间，熊秉真除了表明二人著述的写作形式与思考风格之不同，更指出已经出版《论人类不平等的起源和基础》、《社会契约论》（又译《民约论》）的卢梭，反复申明平等和人权的价值，而《爱弥儿》的儿童教育思想正根植于他的政治哲学理念，李贽则"生前迄未将其教育理念、人性论述的社会与政治面引申义揭举开来"㊱。另外，卢梭认为感官欲望是正当合理的，身体的健康快乐是儿童教育中必不可或缺之一环，而李贽的《童心说》显然"未能如卢梭之论儿童教育，以日日之规划活动（教爱弥儿种豆子，与爱弥儿谈身体，谈两性情欲），直言人欲即天理，勿须隐讳"㊲。

将处于不同性质社会和时代的王阳明、李贽与洛克、卢梭的教育思想相比较，自然有许多理不尽之处，不过，在阐明儿童教育与儿童文学的关系这一问题上，却颇能说明问题。洛克和卢梭的教育思想化为了西方学校教育理念的根基，而王阳明、李贽的思想，在中国并没有在私塾中成为教育理念。在英国，被称为儿童文学发端的纽伯利的儿童书籍的创作和出版，所信奉的正是洛克的儿童教育理念；在法国，18世纪的儿童文学所追随的正是卢梭的儿童教育思想。可见现代的儿童教育思想是产生儿童文学的催化剂。

奉行现代儿童教育思想的学校，对儿童文学的贡献主要有以下三点。

1. 现代学校帮助儿童文学促进了童年概念的生成

童年是现代社会发现的一个概念。在这一发现的过程中，必须将成人与儿童隔离开来。学校便担当了最重要的隔离任务。我们翻看世界教育的历史，就会看到一个明显的事实：较早发现儿童的国家，比如，英国、德国、法国，都是学校教育发展迅速的国家。日本的教育学者坂元忠芳这样概括儿童时代的确立过程："儿童曾经在很长时期里作为缩小的成人，从属于成人的生活。儿童独立的世界没有得到承认。儿童到了六七岁，就被拉进大人的劳动中，在这里，没有发展儿童能动性的余地。但是，近代以后，儿童从参加大人的劳动这种生活中渐渐地被解放出来，通过学校接受系统的教育。如今，尤其是所谓发达诸国的儿童，可以把他们的几乎全部时间花在游戏和学习上。"[38] 日本的儿童文学作家古田足日也说过："我们一直认为儿童的生活就是上学读书，放学以后，则做游戏、学习、帮家里干活。在我是孩子的时候，大人们常说'好好学习，好好游戏'这句话，儿童自身也认为孩子就该是这样的。"[39] 可见，现代学校这一制度，与儿童时代的确立有着不可分割的联系。

2. 现代学校培养了大批儿童文学的真正读者

学校教育不仅影响着人们对于儿童的观念，而且也为儿童文学造就着读者。检视中国小学校教育的发展状况，我们会对儿童文学的自然读者数作出一个角度的大致的推测。据统计，全国小学生人数1907年约为92万人，至1912年增长了两倍多，约为280万人，1930年也增长了3倍多，为1000万人，至1949年又增长一倍多，为2400万人。清末和民国的学校教育虽然不断发展，但是入学率仍然很低。中华人民共和国成立以后，教育事业取得了显著的发展。20世纪50年代初，小学入学率接近50%，50年代末达到80%，进入80年代达到93%，20世纪90年代已超过95%。如此规模的小学校教育，无疑为儿童文学的发展提供了潜在的巨大的读者市场。如果经济的增长能改善小学校图书室以及公共图书馆等设施，儿童文学的阅读就会进一步被普及。

3. 现代学校广泛传播了儿童文学

清末以前，中国的私塾是将"四书""五经"和一些蒙学读物作为儿童的教科书的。其中，使用时间最长，使用范围最广的当推《三字经》。英国的汉学家麦高温自 1860 年起在中国生活了 50 年，他看到学塾使用《三字经》一类读本后颇有微词："中国的课本，也许是学生手中最枯燥、最陈腐、最古怪的东西了。书的作者恐怕从来就没有考虑过学生们的兴趣爱好。书的内容因单调而显得死气沉沉，既缺乏幽默又少机智，它们最大的'功劳'似乎就在于从来不会在孩子们那活泼爱笑的脸上增加一点儿轻松。西方人一般是从'猫'、'狗'之类的词开始他们的学习的，这种方法，在这个国土上的学者和圣人们看来，确实是太幼稚了，因而是不可取的。中国人采取的教学方法是让八九岁的孩子去读一本写有深奥伦理观点的书，由此开始他们的学习生涯。这本书名叫《三字经》……"[40] 麦高温还将已经有了《爱丽丝漫游奇境记》的英国的学童生活与中国的学童生活作了对比："想想一个十岁的英国孩子吧：在轻松的小故事和展现在面前的美丽图画中度过学校里的一天。而这里的孩子却不得不讨论一些类似上面提到的深奥而抽象的问题。可想而知，中国孩子的早期学校生活是多么的乏味单调。"[41]

从清末民初起，中国孩子的读书生活终于有了根本性的改变。由于儿童文学的出现，特别是 1920 年教育部通令各省区将教材改文言文为语体文，加之小学语文教育对儿童文学的提倡，"新学制"产生了。"所谓新学制的小学国语课程，就把'儿童的文学'做了中心，各书坊的国语教科书，例如商务的《新学制》，中华的《新教材》《新教育》，世界的《新学制》……就也拿儿童文学做标榜，采入了物语、寓言、笑话、自然故事、生活故事、传说、历史故事、儿歌、民歌等等……"[42]

儿童文学作品通过编入教材，而获得了最广泛的阅读效应。也许正因为这一原因，美国的斯喀特尔和麦克林冬才把儿童文学称为"小学校里的文学"。

二、儿童教育与儿童文学的负面关系

　　儿童教育的现代观念的出现，现代公共学校制度的确立，是儿童文学诞生、发展的必要条件之一。但是，我们也不能不看到，儿童文学在日后的发展进程中，一直需要处理与同时代的儿童教育观念以及学校制度之间的矛盾。儿童教育对于儿童文学来说，是"成也萧何，败也萧何"的关系。

　　早在1597年，莎士比亚就在《皆大欢喜》中写道："一个哼哼唧唧的男生，背着书包。脸色像早晨一样灿烂，行路却慢腾腾像蜗牛一样，不情愿去上学。"这种情形在两百年后的儿童文学已经产生的时代，也未完全改变。布莱克在《经验之歌》（1794）之《小学生》一诗就有相近的描写："但要在夏天的清晨上学，／唉！这把兴致都扫尽；／在那严厉昏花的眼底，／小同学们垂头丧气地／把一天苦熬过去。"因为讨厌正统学校的压抑气氛而拒绝学校教育的布莱克，在诗中愤懑地质问："为了欢乐而出世的鸟儿／怎能坐在笼中歌唱？"又在两百年后，挪威音乐教育家布约克沃尔德在中国出版了《本能的缪斯——激活潜在的艺术灵性》（1997），书中对学校文化提出了严酷的批判："我认为，问题的焦点在于，在充满缪斯天性的儿童文化和毫无缪斯情趣的学校文化之间，存在着强烈的冲突。学校是一种从事系统地压抑儿童天性活动的机构。"[43]布约克沃尔德在书中列出了一个儿童文化与学校文化的"文化冲突对比表"，然后说："当生命的力量遇到学校的理性时，连续性就被打断了。孩子们对缪斯充满了渴望，这种渴望在他们来到这个世界之前就被深深地培植在他们生命的胚芽里，又在与父母、兄弟姐妹们的相处中，在与其他小朋友的游戏中得到加强；但是现在，这种渴望突然与强大的约束力量相遇，而且这种力量似乎处处与它作对。许多孩子在他们童年的早期像小鸟一样可以快乐地在天空中自由地飞来飞去，他们把自己想象成许多不同的角色，从满脸污垢的小捣蛋鬼，到展翅高飞的雄鹰。可是，几年学校生活之后，他们大多数再也不能像鹰一样自由飞翔了，他们已变成了缪斯天性意义上的残废人。"[44]

　　我对布约克沃尔德对学校教育的批判深有同感。学校曾经是培育童年概念的最大温床之一，但是，一些奉行功利主义的应试教育的学校，反而成了销蚀童年概念的角色。如果说过去的学校是"保护"童年时代的一个场所，今天的实行残酷的应试教育的学校则几乎单纯成了做成人的"预备"的地方。学校与家长携起手来，为了成人的"将来"，不惜牺牲儿童的"现在"。一个孩子，一个生气勃勃的生命来到这个世界，本来应该是为了享受自由、快乐的生命，体验丰富多彩的生活的，但是，孩子的生命的蓝天，却竟然被几本教科书给遮蔽了。周一至周五，从早到晚学习，周末安排家教，寒暑假也不要休息。学习再也不能与游戏构成并行不悖的童年生活了，大多数儿童在学习中再也享受不到乐趣，学习变成了一种受苦。王朔在小说《动物凶猛》中写道："我感激我所处的那个年代，在那个年代学生获得了空前的解放，不必学习那些后来注定要忘掉的无用的知识。我很同情现在的学生，他们即使认识到他们是在浪费青春也无计可施。"这段话语中显然的偏激，正是出自对扼杀童年的学校应试教育的强烈义愤。

儿童教育除了教育理念上与儿童文学冲突，在面对儿童文学作品时，评价、选择的姿态也与儿童文学时有抵牾。

"五四"前后，小学校教科书改文言为白话，并多有狗猫说话的故事。"五四"刚一退潮，就有人指责小学校教科书尽是猫狗说话："对于中国的五伦，反是一点不讲，实在大错特错。因为儿童不终是儿童，当他们幼时，仅读这些神话的教科书，他们由国民学校毕业之后，固然不配做世界上的人，更不配做中国的国民，岂不是要变成猫化狗化畜牲的国民么？"周作人以其特有的幽默批驳说："这一节文章见于《学灯》，是一个讲什么文化史的教授的演说的结末，现在恭恭敬敬的把它引来，替我们主张用童话的人张目。这并不是讲笑话，某教授实在是很不满意于童话，（他名之曰神话，）因为它不讲'中国的五伦'，但这正足以证明童话的好处，因为不讲教训是文学的一个要点，而不讲传统的教训尤为要紧，所以童话之为良好的儿童文学读物，已经由某教授在反面签名保证过了。"⑮

就是在今天，小学校里的语文教育依然透露出与儿童文学艺术精神的抵触。幻想性是儿童文学的重要品质，但是，中国的小学语文教材重视所谓的科学童话、知识童话，却明显忽视表现纯粹幻想力的童话。这一方面是由于功利主义的知识至上风潮在作祟，另一方面则是传统文化中"子不语怪力乱神"的思想遗存。另外排斥民间文学、遮蔽幽默精神，都是小学语文教材的儿童文学所缺失的。

在思考儿童文学与儿童教育的关系时，应该树立一个基本观点，那就是儿童文学作为文学的革命性和教育观念的保守性。这里所说的教育观念不是指卢梭、福禄培尔、杜威、蒙台梭利等人提出的教育思想，而是特定时代所实际奉行的普遍观念。不管普遍的儿童教育观念正确与否，儿童文学都要摆正自己与儿童教育的关系，即坚持自己作为文学的主体性。关怀儿童成长的儿童文学必然关涉儿童"教育"问题，但是儿童文学的"教育"与一般儿童教育的"教育"不同。儿童文学的"教育"应该是大写的教育，它应该具有超越家庭、学校、社会教育的自主性，它应该走在这些教育的前面。

注　释

① ［英］约翰·洛克：《教育漫话》，徐诚、杨汉麟译，河北人民出版社，2001，第 207 页、30 页。

②③④ ［英］德博拉·科根·撒克、让·韦伯：《儿童文学导论——从浪漫主义到后现代主义》，杨雅捷、林盈蕙译，（台湾）天卫文化图书有限公司，2005，第 26 页、第 42 页、第 35 页。

⑤⑥ 周作人：《杨柳风》，见周作人：《看云集》，止庵校订，河北教育出版社，2002。

⑦ 周作人：《童话与伦常》，见陈子善、张铁荣：《周作人集外文（上集）》，海南国际新闻出版中心，1995。

⑧ 周作人：《读〈各省童谣集〉》，见周作人：《谈龙集》，止庵校订，河北教育出版社，2002。

⑨⑭ ［美］布鲁诺·贝特尔海姆：《童话世界与童心世界》序言，舒伟、樊高月、丁素萍译，西南师范大学出版社，1991。

⑩ ［英］爱德华·泰勒：《原始文化》，连树声译，广西师范大学出版社，2005，

第 339-340 页。

⑪⑫〔瑞士〕荣格:《童话中的精神现象学》,见刘小枫:《人类困境中的审美精神》,知识出版社,1994。

⑬〔日〕河合隼雄:《民间故事的深层》,福音馆书店,1977,第 13-14 页。

⑮〔美〕艾伦·奇南:《秋空爽朗——童话故事与人的后半生》,刘幼怡译,(台湾)东方出版社,1998。

⑯ 转引自〔美〕杰克·齐普斯:《童话·儿童·文化产业》,张子樟校译,(台湾)东方出版社,2006,第 225-226 页。

⑰㉓〔瑞士〕麦克斯·吕蒂:《童话的魅力》,张田英译,社会科学文献出版社,1995,第 12 页、第 5-7 页。

⑱㉒ 见〔日〕新仓朗子译:《贝洛童话集》解说,岩波书店,1982。

⑲〔丹〕安徒生:《我的童话人生》,傅光明译,中国文联出版社,2005,第283 页。

⑳ 韦苇:《从"流"到"泉"——论民间童话在儿童文学中的存在方式》,《浙江师大学报》,1993 年第 2 期。

㉑ 转引自〔日〕神宫辉夫:《儿童文学的主将》(日文版),日本广播电视出版协会,1989,第 19 页、20 页。

㉔〔苏〕伊·穆拉维约娃:《安徒生传》,马昌仪译,上海文艺出版社,1981,第 223-224 页。

㉕〔丹〕勃兰兑斯:《童话诗人安徒生》,见小啦、约翰·迪米留斯:《丹麦安徒生研究论文选》,安徽少年儿童出版社,1999。

㉖ 冰心:《童年杂忆》,《新文学史料》,1981 年第 3 期。

㉗ 周作人:《浮世风吕》,见周作人:《秉烛谈》,止庵校订,河北教育出版社,2002。

㉘ 鲁迅:《中国小说史略》,《鲁迅全集》(第 9 卷),人民文学出版社,1981,第 18 页。

㉙ 茅盾:《神话研究》,百花文艺出版社,1981,第 65 页。

㉚〔美〕浦安迪:《中国叙事学》,北京大学出版社,1996,第 41 页。

㉛ 朱自强：《中国儿童文学与现代化进程》，浙江少年儿童出版社，2000，第156页。

㉜ 胡适：《建设的文学革命论》，载于1918年《新青年》第四卷第四号。

㉝［美］尼尔·波兹曼：《童年的消逝》，吴燕莛译，广西师范大学出版社，2004，第57页。

㉞㉟㊱㊲ 熊秉真：《童年忆往——中国孩子的历史》，（台湾）麦田出版，2000，第218页、第221页、第225页、第224页。

㊳㊴［日］古田足日：《重新审视看待儿童的目光》（日文版），童心社，1987，第216页。

㊵㊶［英］麦高温：《中国人生活的明与暗》，朱涛译，时事出版社，1998，第83页。

㊷ 吴研因：《清末以来我国小学教科书概观》，原载《中华教育界》第23卷第11期，见王泉根评选：《中国现代儿童文学文论选》，广西人民出版社，1989。

㊸㊹［挪威］让-罗尔·布约克沃尔德：《本能的缪斯——激活潜在的艺术灵性》，王毅、孙小鸿、李明生译，上海人民出版社，1997，第121页、第123页。

㊺ 周作人：《童话与伦常》，见陈子善、张铁荣：《周作人集外文（上集）》，海南国际新闻出版中心，1995。

一、思考与探索

1. 你如何理解本书提出的"儿童观是儿童文学的原点"这一观点？请论述儿童观这只"无形而有力的手"对儿童文学进行的操控。

2. 在丰富的文学资源中，为什么是民间文学成了儿童文学的重要源流？

3. 儿童文学是否需要对民间文学进行"现代转化"？理由是什么？

4. 请你列举出一些传统文学中的儿童形象。

5. 现代教育与儿童文学之间是否存在着正负两面的关系？你是怎样理解的？

6.儿童文学是如何发生的？请思考并归纳出促使儿童文学萌发的各项必备的土壤条件。

二、拓展学习书目

1.［英］约翰·洛克:《教育漫话》，徐诚、杨汉麟译，河北人民出版社，2001。

2.［法］卢梭:《爱弥儿》，李平沤译，商务印书馆，1976。

3.［美］布鲁诺·贝特尔海姆:《童话世界与童心世界》，舒伟、樊高月、丁素萍译，西南师范大学出版社，1991。

4.［瑞士］麦克斯·吕蒂:《童话的魅力》，张田英译，社会科学文献出版社，1995。

5.朱自强:《中国儿童文学与现代化进程》，浙江少年儿童出版社，2000。

第三章

儿童文学读者论

儿童文学是读者意识最强的文学，这一点仅从它的名称上就直接体现出来。

儿童这一存在对儿童文学的本质具有决定性。周作人早就强调："总之儿童的文学只是儿童本位的，此外更没有什么标准。"[①] 这句话显示出作为儿童文学读者的儿童对儿童文学具有的决定性。

但是，儿童文学的读者不是仅限于儿童，它还拥有成人读者。儿童文学的读者群形成双重结构。这种结构使儿童文学这种艺术更加丰富、复杂，具有更多的可能性。

儿童文学的读者是儿童文学立论的重要基点。读者研究，是儿童文学研究不可回避的重要领域。

第一节　儿童文学的双重读者

儿童文学读者的结构是双重构造，由儿童读者和成人读者构成。

一般文学（也可以称为成人文学）也有儿童读者，不过，一般文学的研究很少将儿童读者纳入视野，因为儿童读者对于一般文学发生的影响和制约甚微，可以忽略不计，因此很难说一般文学的读者也具有双重构造。但是，在儿童文学这里情形则不同，由于成人也会成为作家在创作时的重要的"隐含读者"②，比如安徒生、马克·吐温都曾明确表示，自己的创作也考虑了成人读者，因此，儿童读者和成人读者形成了对儿童文学创作发生影响的双重构造。

一、儿童读者

1. 儿童是儿童文学的主体读者

儿童文学的产生有待于对儿童的"发现"。在儿童"发现"中，一个重要的认识就是，儿童在精神生活方面，需要一种不同于一般文学的特殊文学——儿童文学。因此，儿童必然是儿童文学的主体读者。

这里所说的"主体读者"不仅指与成人读者相比，儿童读者在数量上占压倒性的多数，而且更是指儿童作为读者对儿童文学的创作发生的根本影响。

很多儿童文学作品，是在作家直接为儿童讲述故事的过程中产生的。安徒生就是一位直接为孩子讲故事的作家，这样一种方式决定了作品的表现形式。勃兰兑斯指出："作者一旦抱定决心为孩子讲童话故事，他的真正目标就是要用随意交谈中无拘无束的语言来代替公认的书写语言，用孩子所使用和能够理解的表现形式来替换成年人的比较僵硬的表现形式。""为了让年轻的读者们能够了解，他不能不用极其简单的字，极其简单的概念，不能不避免一切抽象的事物，应用直接的语言代替间接的语言……"③

《爱丽丝漫游奇境记》是牛津大学数学讲师查尔斯·勒特威奇·道奇森带着邻居的七岁女儿爱丽丝·利德尔等三个孩子，在泰晤士河划船时，给她们讲的一个故事。《宝岛》是英国小说家斯蒂文森在一个下雨天，为给妻子带来的继子解除寂寞，首先绘制了一幅虚构的海岛图，假设在这个岛上藏着无数珠宝，然后绘声绘色地讲的一段荒岛寻宝的故事。还有金斯莱的《水孩子》、班娜曼的《小黑孩桑布》、米尔恩的《小熊温尼·菩》、林格伦的《长袜子皮皮》，这些世界儿童文学名著，都是在面对特定的儿童时，自然、轻松地创造出来的。

当然，更多的儿童文学是在"隐含读者"的影响下创作出来的。但是，与作家创作时，成人"隐含读者"发生的影响力相比，儿童这一"隐含读者"在儿童文学作家创作中发挥着更为巨大的力量。在成人文学理论中，作家进行自我表现是天经地义的不容讨论的事情。但是，在儿童文学理论中就会出现作家能不能够以及在多大程度上可以进行"自我表现"的讨论。其原因在于儿童读者对儿童文学的强大影响力。

儿童作为读者的主体性，还表现在他与成人读者的关系上。一般而论，如果作家因为照顾成人这一"隐含读者"而与儿童审美需求的内容和形式发生冲突（这种情况当然不会发生在一流作家的身上），就会在创作中发生根本矛盾，这时，作家恐怕只有两条出路，要么牺牲成人这一"隐含读者"，要么放弃使作品成为儿童文学这一初衷。也就是说，一个将自己定位成儿童文学作家的人，如果处理不好与儿童读者的关系，其创作是没有出路的。

2. 儿童读者的年龄阶段性

对儿童文学的儿童读者的年龄范围有不同的划分。有的人认为儿童文学的读者是三到十五岁的儿童；有的人主张是零到十八岁的所谓"未成年人"。我本人倾向于把儿童文学的儿童读者范围定位在零到十五岁左右的儿童。我之所以把婴儿也作为儿童文学的读者，是因为考虑到母亲会在婴儿期为孩子哼唱摇篮曲，而婴儿也确实能从中获得心情的愉悦。十六岁到十八岁的青年依然有很多人是儿童文学的读者，不过他们的这种阅读，已经融入了对青年文学和一般文学的阅读，成为其中的一部分。也就是说，这个阶段的青年人的阅读处于儿童文学与一般文学的过渡地带，不是儿童文学的典型读者。

在一般文学理论那里，有女性文学、军旅文学、乡土文学、都市文学等对文学形态的划分，但是却从来没有听说过有"三十岁文学""五十岁文学""七十岁文学"这样的划分。可是，在儿童文学这里，我们在书店和图书馆，却可以看到标明"零至三岁""四至七岁"之类的儿童图书的专柜，在一本书上也往往能找到适合几岁儿童阅读的标示，在儿童文学研究中，也有幼年文学、童年文学、少年文学这种划分。

儿童文学对儿童读者的年龄阶段进行划分的依据在哪里？

曾经为孩子们创作出《三只熊》等生动故事的列夫·托尔斯泰说："从五岁

到五十岁，这不过是一个阶段，但是，从新生儿到五岁之间，却存在着无比大的距离。"④ 而在心理学家眼里，从零到十五岁的整个童年期都不断出现成长的质变。皮亚杰在《发生认识论原理》一书中，就把儿童从出生到两岁左右称为感知运动阶段，两岁左右到六七岁左右为前运演阶段，六七岁到十一二岁左右为具体运演阶段，十一二岁到十四五岁左右为形式运演阶段。儿童的认识水平就是这样，不断突飞猛进地发展。

儿童成长的阶段性变化不仅表现在理性认识能力的发展方面，而且也表现在儿童的情感、想象能力和阅读能力的变化上。这些发展和变化对文学的接受发生着根本性的影响。

1981 年由剑桥大学出版局出版的英国大学教授尼克拉斯·塔卡的《儿童与书籍》，被认为是一本运用新方法研究儿童文学的力作。他说："人们对文学的反应在各个方面存在着不同，这是通常事。但是，同时，对故事（指叙事型文学——引者注）的各个方面的反应具有不变的极其根本的类似性，根据这些类似性，我们有时便能够对人与书这两者有相当深入的认识。皮亚杰关于这方面的提倡和主张另当别论，不过，所有的人看来都被某种给世界上的文学增加效果的相似的幻想左右着心神，这也是事实。因此，在文学中散藏着原型式的情节和幻想这种情形便证明在最能吸引刺激想象力的要素中，有着某种同一性。"⑤ "为了最为有效地利用儿童们对文学的兴趣，先决的事情就是要把握容易左右各个年龄阶段的儿童们对文学的反应的一些普遍要素。"⑥

塔卡划分出了四个具有"同一性"的阶段文学：给零至三岁儿童的"最早的书"，其中包括图画书和传统儿歌；给三至七岁儿童的"故事和图画故事书"，其中有毕翠克丝·波特的《彼得兔的故事》等作品；给七至十一岁儿童的"初期的小说"，列举的作品有米尔恩的《小熊温尼·菩》、卡洛尔的《爱丽丝漫游奇境记》、凯斯特纳的《埃米尔和侦探们》等作品；给十一至十四岁儿童的"少年文学"，列举的有内斯比特、吉卜林、托尔金等人的作品。身为文学、心理学学者的塔卡将心理学的解释精到地融入儿童文学的研究，探询不同年龄阶段的儿童的儿童文学阅读各自显示的普遍倾向。

在中国，儿童文学研究者普遍把儿童文学按照读者年龄划分为幼年文学、童年文学、少年文学，认为不同年龄段的文学，都在主题、风格、题材、体裁、手法方面有着不同的侧重。

二、成人读者

别林斯基说："儿童读物可以而且应当写。但是，只有当它不仅能使儿童，而且也能使成年人感兴趣，为成年人所喜爱，而且不是作为一种儿童作品，而是作为一种为所有人而写的文学作品出现的时候，它才称得上是优秀的、有益的作品。"他还说："为儿童写作吧，不过要写得让成年人也乐于读它，使他们在读过以后，能怀着轻快的幻想飞回童年的快乐岁月。"他在这里为我们制定了儿童文学作品所应该具有的艺术格调："也能使成年人感兴趣，为成年人所喜爱。"当然，这绝不是说儿童文学作家在创作过程中可以不考虑儿童读者的特殊性，而只是为了强调优秀的儿童文学也应该具有可供成年人享受的文学价值。

马克·吐温在《汤姆·索亚历险记》的序言中说："我的书是为青少年朋友们写的，但是，我希望成年人也会喜欢它，但愿这本书能够使他们愉快地回忆起童年的生活，联想起他们童年的感受、想法和谈话，回忆起他们当年向往和经历的种种离奇的事情。"他的话与别林斯基的观点如出一辙。

事实上，许多儿童文学作家在创作时，不仅照顾到儿童读者的特殊需要，而且也同时把成年人考虑进自己作品的读者范围。安徒生就说过："我用我的一切感情和思想来写童话，但是同时我也没有忘记成年人。当我写一个讲给孩子们听的故事的时候，我永远记住他们的父亲和母亲也会在旁边听，因此，我也得给他们写一点东西，让他们想一想。""把童话变成孩子和成人都能看的读物，我相信这也是今天任何一位童话作家的写作目标。"[7]中国现代文学作家茅盾就很爱读安徒生的作品，他常常在睡觉之前读一篇安徒生的童话。茅盾认为安徒生的书轻松而有趣，谁读了安徒生，谁就能感到他的有趣。

如果从成人走近儿童文学的心态来大致划分，儿童文学的成人读者有两类。

1. 主动的读者

以儿童文学的阅读满足自己的精神需求的成人是儿童文学的主动读者。

正像茅盾爱读安徒生是因为他的童话"轻松而有趣"一样，许多成人读者爱读儿童文学也是被其中的儿童情趣吸引。勃兰兑斯说："凡是天真童稚的东西在本质上具有大众效应。"⑧虽然成人文学作品中也会偶尔闪现出儿童情趣的火花，但毕竟如昙花一现，稍纵即逝。而儿童文学中的儿童情趣，却是作家着意栽种的四季常开的花朵，可供成人读者随时欣赏享用。在这一点上，儿童文学的确成了某些成人读者不可多得的恩物。每个成年人读到儿童文学的"天真童稚"的文字，都将露出会心的微笑。儿童文学就有这种成人文学所缺少的"特异功能"——它使每一位成年读者仿佛回到故乡古老的小胡同里，每当拐过墙角，随时都可能遇到一个流鼻涕的小男孩，或者梳着羊角辫的小姑娘，而这正是童年的自己。由于阅读儿童文学作品而产生的遥远而又温馨的回忆，是一份多么美好、珍贵的感情。这样的文学感受，恐怕是难以从成人文学中得到的。

儿童文学不只是"轻松而有趣"，儿童文学还富于独特的诗意。儿童文学的诗意的一个重要特征是它与"童年"这一生命状态具有紧密的联系。

A·A·米尔恩说：童年可能不是人生中最幸福的时期，但是，童年的幸福是最纯粹的幸福。他的《小熊温尼·菩》是带着淡淡的乡愁，寻找最纯粹的幸福的作品，是童心主义儿童文学的杰作。

童年的幸福是什么样的幸福呢？日本作家神泽利子的童话集《小熊乌夫》以拟人手法写一只小熊在北国的大自然中的生活。童话集里的全部作品都呈现出明朗健康、生气勃勃的基调，蕴含着美好的诗意。在大自然中生活、嬉戏、思考、成长的健壮的小熊乌夫唤起了我们会心的微笑。这种微笑有时候是由故事和人物的幽默引起，有时候则是因为我们的心里涌起了淡淡的温情和感动。《小熊乌夫》讴歌了在大自然中生存、成长的美好，提供了一种每个人都能获得的人生最根本的幸福。只要像小熊乌夫那样生活，就可以生活得幸福。但是这样一种人生幸福的真谛，被很多成年人遗忘了。

《小熊乌夫》的诗意就如哲学家马修斯在《童年哲学》一书中所说的："儿童

读物经常诉诸成年人对童年的'乡愁'，而这乡愁会以多种不同的形态表现。它可能会表现对童年的怀念之情，也就是因回忆起儿时曾听到相同或类似的故事所引发的思情。它可能会表现因故事中的人物或情境使人忆起童年而引发的思情。也许，它仅仅是渴求一个较单纯的世界（即呈现在儿童眼中或透过儿童的眼睛所看到的世界）的思情。"[⑨]在马修斯指出的几种"乡愁"的思情中，"渴求一个较单纯的世界"，似乎更具有乡愁的质感。

引起成年人对童年的"乡愁"的儿童文学具有珍贵的价值。在现代社会，人的异化既有普通性，也有必然性。人类始终在与自身的异化进行着抗争。文学也在不断呼唤人性的复归。表现并张扬童年的儿童文学就一直对成人读者发挥着反异化的作用。尤其对于那些在茫茫尘海漂泊得疲惫了的、在异化的风雨中遍体鳞伤了的成年人，儿童文学简直可以说是其人生航程中的避风港湾。在儿童文学的世界里，成人读者的心灵将得到净化，他们将把内心深处的污浊之气吐出去，吸进新鲜纯净的空气。儿童文学将努力把成人布上尘埃的心灵擦拭得再一次光洁照人。

2. 被动的读者

在阅读儿童文学的成人中，还有一部分是被动读者。他们不是由于发自内心地对儿童文学的喜爱，感到精神上对儿童文学的饥渴而阅读儿童文学，而是因为某种外部的要求而阅读儿童文学。诸如某些幼儿家长、幼儿园和学校里的语文教师、图书馆馆员等是因为教育儿童或者工作的需要才接触儿童文学的。他们中有的人是属于前面所说的主动的读者，而有些人则属于被动的读者。如果没有外部的要求，这些被动的读者很有可能一生都不会与儿童文学发生联系。

这类被动的成人读者对于儿童文学其实也很重要，因为他们往往是儿童与儿童文学之间的中介。他们的选择，对儿童文学作家和创作具有很大影响。有些被动阅读儿童文学的幼儿家长和幼儿园、小学校的教师，往往把儿童文学理解成教育的工具，并且往往怀着功利的目的，希望儿童文学能够使孩子多学知识、变得聪明或听话，最好还能立竿见影。儿童图书市场上标榜"科学童话""知识童话""益智故事"一类的作品，往往会深得这些读者的青睐。

相比较而言，儿童文学发达的国家的被动读者会比较少。儿童文学欠发达的国家需要对被动的读者进行儿童文学的启蒙，使其认识、感受到儿童文学不仅对于童年，而且对于整个人生都具有特殊的艺术价值，以唤起他们对儿童文学的内发性需求。随着涉入儿童文学渐深，被动的读者也能转化为主动的读者。

三、双重读者对儿童文学的影响

有一种观点认为，成人不喜欢阅读的儿童文学就不是好文学。创作《纳尼亚传奇》的 C·S·刘易斯说：儿童文学"必须是在十岁时阅读有价值，到了五十岁重读时同样具有价值（不如说往往具有更多价值）的书……成人后就变得不值得阅读的书，在童年时就根本不要读它"⑩。刘易斯的话未尝不是为我们提供了检验儿童文学作品优劣的一个重要方法。

如果儿童文学作品一定要拥有成人读者，就必然会使它变得更加难以创作。要使自己的作品拥有成人读者，作家本能的反应是加强作品的文学性。新美南吉的童话《买手套》写曾经因为与另一只狐狸一起去偷农民家的鸭子而被人类追赶过的狐狸妈妈，由于害怕人类，就把自己的狐狸孩子的一只手变成人类的手，并交给小狐狸一块铜板，让他到镇上去买手套。小狐狸交给帽店老板铜板时，误把另一只狐狸手伸了出去。可是当确认小狐狸给的铜板是真的（即小狐狸并没有骗人）时，帽店老板就卖给他一双暖和的手套。狐狸妈妈听小狐狸讲了帽店老板对他的和善态度后，马上"小声念叨：'人真的是善良的吗？人真的善良的话，那企图骗人的我真的是犯了天大的过错'"。可是初稿的这句话，在定稿里被改为"人真是善良的吗？人真是善良的吗？"这种疑问句式。新美南吉的这一改动显然是想使作品更有文学的余韵，但是对作品的故事逻辑的自然发展有所伤害，以至于引起了后来的研究者牵强附会的"深刻"解读。

过于重视成人读者的创作就有可能走入误区。比如，一名对儿童文学这种艺术没有充分自信，对儿童文学创作怀着自卑感的作家，或者对儿童文学以简驭繁、举重若轻的艺术表现方式隔膜的作家，为了赢得成人读者（特别是文学评论家）的青睐，就可能故弄玄虚地向成人文学漂泊，比如，消解故事、过度追求哲理、玩弄"深刻"的主题、宣泄过剩的情感、使用华丽的辞藻，等等。

这在儿童文学的创作中是不乏其例的。

一名缺乏儿童文学创作天分的作家，越是过度重视成人读者，其作品越是容易出现未能经过儿童文学处理的做作的"文学"性。

但是，另一方面，双重读者意识也可以使儿童文学获得活力和张力。

一名天才的或优秀的儿童文学作家，当他具有双重读者意识时，往往创作出优秀的作品。安徒生、马克·吐温、C·S·刘易斯是这样，童书作家、诗人希尔弗斯坦也是这样。他说："我希望不论什么年龄阶段的人，都能在我的书中找到认同，拿起一本书能够体验自己去发现去领悟的感觉。那真是好极了。"他做到了。他的图画故事书《爱心树》《失落的一角》《失落的一角遇见大圆满》等作品有孩子喜欢的单纯的故事，也有值得成人品味的淡淡的人生讽刺和蕴藉的人生哲学。他的儿童诗集《阁楼里的光》中的诗作，将孩子的心思和成人的睿智浑然天成地融为一体，展示出一个奇特的艺术境界。希尔弗斯坦的创作生动地证明了一名作家如果也将成人作为自己的隐含读者，将丰富其作品的内涵。

越是优秀的儿童文学，越容易获得双重读者。艾伦·加纳的幻想小说《猫头鹰图案的盘子》（中译本书名为《猫头鹰恩仇录》）曾获得英国卡内基儿童文学大奖和英国守卫者儿童小说大奖。这部作品曾经被一份书评杂志评价为"一部应该贴上'引起图书馆馆员混乱'标签来加以分类的书"，原因是这本书试验性很强，它以结构十分复杂的幻想故事来处理儿童文学中少有人触及的人的悲剧性这一主题。《猫头鹰图案的盘子》很难单纯地归类为儿童文学，作者的创作态度也不只是面向儿童。

自 20 世纪后半叶，儿童文学为了挖掘新的艺术可能，已经在刘易斯·卡洛尔、内斯比特、玛丽·诺顿等一批作家的文本中透露出的后现代艺术策略得到了进一步强化。儿童文学的这种后现代倾向在图画书这种文类中表现尤为突出。而这种倾向明显的是出于对成人读者的诉求。"儿童文学作者常和成人读者陈述某些儿童并不了解的笑话，布朗及其他同时代的儿童文学作家更明确地对成人与儿童——双重读者——表达出欢迎之意。因此，上述有趣可笑的特质，都让文本超越了儿童书定义的限制。"⑪ 类似安东尼·布朗的创作的例子很多，比如，颠覆传统故事《三只小猪》的图画书就有《三只小猪的真实故事》（雍·薛斯卡/文、蓝·史密斯/图）、《三只小狼和大坏猪》（尤金·崔维查/文、海伦·奥森贝里/图），这两个文本内设了许多需要由成人读者来领悟的妙趣。

由于成人成为隐含读者，儿童文学被赋予隽永的意味。这也使得儿童文学文本可以伴随儿童成长，成为因为儿童心智的成长、发展而不断被发掘新的资源，不断被深化的艺术。

第二节　儿童的审美能力

一、审美的必要条件是什么？

人的精神世界在本质上是包蕴着感性和理性的综合存在。作为人的精神世界的一种外现形式的文学艺术，与感性和理性是一种怎样的关系，这一直是美学家、文学家讨论不休、争论不止的问题。

奥地利小说家茨威格认为，纯灵感（感性）的显现和逻辑的努力，都可以生成好的文学艺术；德国美学家席勒则将感性与理性糅合在一起进行思考，提出了美（艺术）是感性与理性的统一，内容与形式的统一，客观（对象）与主观（审美主体）的统一的观点。

以我之陋见，像上述这种把艺术的本质看作是感性与理性的综合存在的声音不多，而认为"艺术在本质上是感性的"的观点却不仅声势浩大，而且还往往理直气壮，咄咄逼人。

法国现象学美学的代表人物米盖尔·杜夫海纳认为："无论如何，人类首先与世界进行交流以及艺术家参与世界的创造能力，都是根据想象力。"⑫ 因此，"审美对象的第一种意义，也是音乐对象和文学对象或绘画对象的共同意义，根本不是那种求助于推理并把理智当作理想对象——它是一种逻辑算法的意义——来使用的意义。它是一种完全内在于感性的意义，因此，应该在感性水平上去体验。然而，它也能很好地完成意义的这种统一与阐明的职能"⑬。

美国发展学心理学家加登纳把"能很好地完成意义上的这种统一与阐明的职能"的艺术活动看作"也是一种认识活动"，他反对皮亚杰"把科学认识当成认识的全部"的观点。加登纳教授在《艺术与人的发展》一书中，基于自己在艺术方面的经验，对艺术认知加以研究，提出了一个重要洞悉，即皮亚杰的"关于具体运算与形式运算的看法，不论在其他认识领域里用处如何，它们并非与艺术密切相关"⑭。加登纳推论说，按照皮亚杰的标准，原始文化中的发展程度很少能超

出我们这个文化中十岁儿童的逻辑运算能力，"但这种文化中的成人所制作的杰出的审美与口头产品却表明，即使完全不用形式运算能力，也可指望在潜伏期之后获得日益增强的对符号系统的掌握能力"⑮。针对有人可能会认为在现代文化中艺术家需要或最好具备形式运算（逻辑理性）能力这一假设，加登纳明确回答道："尽管西方文化中的批评家肯定需要某种型式的形式运算能力，但艺术家在操纵技巧与功能时则并不需要这种能力。他无须在命题形式或假设形式中去运算艺术对象。有时形式运算还会妨碍艺术发展，因为那种专注于隐含内容并抽象出含义的能力和对某项工作的明确要求敏感的能力，以及用系统而彻底的方式进行工作的能力，而首先，又是那种把困难与问题转译成逻辑命题术语的能力，这些能力都会妨碍对艺术家十分重要的那种对细节与细微差异的敏感性，会妨碍对媒介与对象之特殊特质的忠实。"⑯ "科学家需要有形式运算能力，以达到了解科学群体的工作并为之做出贡献的目的；艺术家——只要能胜任其媒介的操作——则追求其自己的创作，而无须具备在命题中进行推理的能力，

也无须具有连贯的哲学体系。爱略特说莎士比亚与但丁'从来没有真正地思考过——那不是他们的工作',他还说亨利·詹姆斯的'心灵是如此纯净,它从未受到过思考的干扰'。这里,爱略特向那种认为艺术家需要像批评家或科学家那样进行推理的观点提出了质疑。"[17]

著名的《生命中不能承受之轻》的作者,捷克的米兰·昆德拉在参加耶路撒冷文学奖典礼上致词说:"我很喜欢一句犹太谚语:'人们一思索,上帝就发笑。'……为什么人们一思索,上帝就发笑呢?因为人们愈思索,真理离他愈远。"[18]米兰·昆德拉认为,小说的智慧与哲学的智慧截然不同,小说"这门受上帝笑声启发而诞生的艺术,并不负有宣传、推理的使命,恰恰相反,它像佩内洛碧(Penelope)那样,每晚都把神学家、哲学家精心编织的花毯拆骨扬线"[19]。

尽管在许多美学家、艺术家那里,艺术大有与理性誓不两立之势,但我们依然不能不承认,表现整个人的艺术,不可能把理性和概念剔除净尽。不仅如此,有时理性还公然在艺术特别是文学领域获得了一席之地,所谓"哲理小说"的命名就是一个证明。我们有时还会看到有些作家以观念先行创作的作品成了伟大之作,比如茅盾的《子夜》。

但是,我还是想坚持"文学的审美能力在本质上是感性能力"这一观点。其理由具体如下。

第一,从文学艺术的发生来看,感性是原生性的。"她像原野上的一朵矢车菊",这个比喻可以看作文学的原型,它是排斥科学,排斥概念,排斥理性的。可以说,文学是在脱离理性的地方才得以发生的。

第二,随着文学的发展,理性派生于其中,但是文学中的理性因素是消融在感性化之中的,至少它也是依靠在感性化的形象之上。对这个问题,还是克罗齐回答得最为明确:"姑且承认文明人的直觉品有大部分含着概念,也还有一个更重要更确定的论点须提出:混化在直觉品里的概念,就其混化而言,就已不复是概念,因为它们已失去一切独立与自主;它们本是概念,现在已成为直觉品的单纯原素了。"[20]克罗齐举了一个精辟的例证:"放在悲喜剧人物口中的哲学格言并不在那里显出概念的功用,而是在那里显出描写人物特性的功用。"[21]

第三，文学创作之所以也可以是从某一哲学或社会学的观念出发，是因为这些观念本身就是作家个人独特的内心体验的产物，是出自作家内心的东西而不是外在的存在，即不是来自理论上或逻辑上的设定。在中国现代文学史上，从一种观念出发创作的作品，成功的范例可推茅盾的《子夜》，失败的例子可举张天翼的《金鸭帝国》。在这里决定性的标准还是看作家的创作是一种感性的体验，还是一种理性化的推演。

第四，无论你有怎样好的关于事物本质的哲思，只要你在表现它时，脱离了体验性的把握，那思想便离开了对文学来说是适当的领域，进入了狄尔泰所说的文学与哲学的"中间状态"。狄尔泰认为，它们不是纯诗。

文学的认识论与理性哲学的"我思故我在"（笛卡尔）的认识论是根本对立的。文学认识论的法则，文学审美的法则是"我感受，因此我存在"。

二、儿童的审美能力处于低水平？

1. 儿童期是文学期

我想以大自然的四季来比喻人生的四个阶段——童年是人生的春季，青年是人生的夏季，壮年是人生的秋季，老年则是人生的冬季。人生的四季各有各的风景，各有各的价值，它们共同构成了具有丰富意味和多姿变化的生命景观。

想象一下春天的原野：毛茸茸的小草享受着温暖阳光的抚摸，悄悄的春雨一夜染绿了柳枝，清亮的溪水拨动着琴弦，群鸟应声唱起了春的圆舞曲。自然的春天如儿童，是感受生命的神秘和欢乐的季节；儿童在人生的春天，迎接沐浴雨水、拥抱阳光、嬉戏微风的感性化生活。

儿童时代是人的一生中最富于想象力、感受性的时代。儿童期是文学期。

也许有很多人有这样的体验——儿时的往事虽然已经成为遥远的过去，但总是经久不忘、记忆犹新；相反，长大成年后的事情虽然时隔不久，却很快就淡忘得难以回味。19世纪的俄国无政府主义者克鲁泡特金在他70多岁时写的随笔中，说过这样的话："我五岁时，在生身故乡的街角上，看到过粗糙的黑白幻灯，那画面的美丽，我无论如何也不能忘记。那时所受到的感动，到了今天这个年纪还生动地留在我的心里。而且在那以后，看到过许多美丽的东西，但是，每次我都想：不，等一下！还有比这更美的呀！这时，记忆中浮现出来的，总是幼年时所受到的感动。那最为美丽的画面，永远永远也不能从我心中消失。"②的确如克鲁泡特金所说，儿童的情感田园里不仅能够种植上终生不灭的东西，而且还能保留住一生最美的东西。

在我眼里，中国作家张炜是一位深蕴现代性的作家，因为他在心灵深处对"儿童"和"自然"有着需求。如果说克鲁泡特金的上述话语是对"儿童期是文学期"的感性描绘，那么张炜下面的言论则是理性深省："麻木的心灵是不会产生艺术的。艺术当然是感动的产物。最能感动的是儿童，因为周围的世界对他而言满目新鲜。儿童的感动是有深度的——源于生命的激越。但是一个人总要成长。随着年轮的增加，生命会变钝：被痛苦磨钝，也被欢乐磨钝。这个过程很悲剧化，却是人必须付出的代价。不过人是相当顽强的，他会抵抗这一进程，从而不断地回忆追溯、默想。这期间会收获一些与童年时代完全不同的果实——另一种感动。感动实在是一种能力，它会在某个时期丧失。童年的感动是自然而然的，而一个饱经沧桑的人要感动，原因就变得复杂了。比起童年，它来得困难了。它往往是在回忆中，在分析和比较中姗姗来迟。……人多么害怕失去那份敏感。人一旦在经验中成熟了，敏感也就像果实顶端的花瓣一样萎褪。所以说一个艺术家维护自己的敏感就是维护创造力。"③

感性化的儿童是不经意的艺术创造者。

在生活中，我们经常能见到儿童于不经意中完成的审美创造。在成年人创作的文学作品中，可以经常看到用"伸手不见五指""黑如锅底"这样的表现来形容黑暗，可是，一个五岁的儿童在形容漆黑的楼道时说，"比闭上眼睛还黑"。一个两岁多的孩子很喜欢自己的爸爸，当被问到爸爸有多好时，他说："有一块钱那么好。"迎春花是先开花后长叶的植物，一个小学生在作文中写道："每当我在春天看见迎春花，就感到了时光仿佛在倒流。"

孩子们也能创作完整的艺术品。下面这首诗出自中国台湾的小学二年级学生张婉绚之手。

时　间

上课时

时间是一个跛子

一拐一拐地走着

下课时

时间又变成了赛跑选手

呼!

冲了过去

　　以"跛子"的"一拐一拐"和"赛跑选手"的"冲"两种动作来表现一个孩子对"上课"和"下课"这两种时间的不同感受,还有比这更生动、贴切的比喻吗? 以"呼!"入诗,在孩子是十分自然的选择,但是在成人诗人眼里,是多么富于创意和鲜活的表现力的语言用法。

　　下面这首诗是意大利一个名叫安娜·索尔迪的 11 岁女孩写的——

一颗面包做的心

我在面包房里

看见一个心形大面包,

热乎乎, 香喷喷,

于是我想到:

"如果我有一颗面包做的心,

多少孩子可以吃个够!

给你, 我的挨饿的朋友,

还给你, 给你, 给你……

我这面包做的心啊, 请来吃一口。"

对一个挨饿受怕的孩子,

光说"我爱你"还不够,

碰到流泪的孩子,

不能只说一声"可怜的朋友"。

如果我有一颗面包做的心,

多少孩子可以吃个够!

你是一个当权的人,

为什么不做面包的炸弹,

请问什么碍着你这么办?

这样,到了战争结束的时候,

每个士兵将快快活活

带回家一大篮

味道芳香、皮子焦黄、

金色的炸弹。

然而,这只是梦罢了,

我那挨饿的朋友,

他眼泪还在流着。

啊,但愿我的心是面包做的!

　　一个 11 岁的孩子尽管还缺乏诗歌创作的经验和技巧,但是她的感性(情感和想象力)也同样没有受到理念的束缚,因此她写出的诗才充溢着独特的想象和深挚的情感。具有丰富感性的儿童心灵世界就是诗的世界。《一颗面包做的心》不过是这个心灵世界的一种自然的披露。

　　文学艺术是人类对生活的理解、阐释和应对的一种表现形式,孩子们明白这一点,所以他们会自编这样的儿歌——

扑——扑——扑克泥,

我光打扑克不学习。

一分两分,我天天得,

三分四分,我阿弥陀佛。

五分六分,我一年得一次,

一百分，我从来没得过。

这"三分四分，我阿弥陀佛"，也许是自嘲，也许是对成人要求的嘲讽。这种富于创意的表现，是成人也难以想到的吧。

儿童期是文学期。所以，英国诗人柯勒律治才说："保持儿时的感情，把它带进壮年才力中去；把儿童的惊喜感、新奇感和四十年来也许天天都见惯的事物结合起来，这个就是天才的本质和特权……"[24] 法国诗人波特莱尔才感叹："天才就是随手被抓回来的童年。"

2. 质疑"低水平"说

但是，也有对儿童的审美能力持否定态度的研究者，他们认为，儿童的审美能力属于"低水平"。

班马在《中国儿童文学理论批评与构想》一书中说："我认为，在探讨儿童主体的文学阅读和接受机制时，应谨慎对待'审美'的含义。儿童身心状态都证明，儿童期还未能真正进入到人的审美境界，毕竟还在一种前审美的阶段——这反而对我们客观地、有效地把握和认识儿童文学的功能是有利的。""幼儿，其器官的文化性质尚未启动，文学对他们来说还不是独立的精神需要，在物我的审美关系中，尚无观照，一切都还淹没在生理快感中，一切都被以'我'为中心地同化了，几乎构不成真正的文学欣赏活动……幼儿还没有获得自我意识和审美意识……"[25]

吴其南也曾在多篇文章中反复阐明成为他的儿童观核心的一个观点：儿童的审美能力处于低水平。他说："中国（也包括世界其他国家）在漫长的历史中没有自觉的儿童文学，其中的关键原因是儿童没有文化、没有基本的文学接收能力。"[26] "……儿童文学的读者年龄小，审美能力普遍偏低，……"[27] "我们常说读者是文学发展的动力，其实，从另一方面看，读者也会成为文学前进的阻力。斗胆说句冒犯小读者的话，少儿读者较低层次的审美能力就是少儿文学走向较高水平的最大包袱。"[28] 儿童"一般较为欣赏浅显的、故事性强的作品，而这些作品在美学上并不属于较高层次"[29]。

我的立场已经在前面表述清楚，我当然反对"儿童的审美能力处于低水平"

这一观点。我想介绍英国心理学家瓦伦汀对他的孩子的审美表现进行观察的事例，以作为进一步的实证。

　　早在 3 岁的时候，我的小孩在谈到花和画时就使用了"漂亮"一词。男孩 B 早在 2 岁零 2 个月的时候，一旦看见太阳突然地从黑暗的天空中喷薄而出，他就惊呼"真漂亮"。

　　我曾经观察过我自己的小孩所发出的自发喊叫，我认为这是有意义的。那是在 4 岁又 6 个月的时候，女孩 Y 对着大海说道："啊！它使我感到多么的快活。"过了一会儿又说："它使我想到要呼喊。"在我看来，后面一句意味着真实而深厚的感情。还有，那是男孩 C 在 7 岁又 10 个月的时候，我们正在一个小山岗上散步，他告诉我说"它使我心胸充满了高兴"，而他是一个沉默寡言，非常腼腆的小孩。㉚

我们很难判定，成人面对大海时，发出的"真美啊"的赞叹，和孩子的"它使我想到要呼喊"，"它使我心胸充满了高兴"的表达，哪一个更能显示出面对自然美的愉悦和感动。

对于我们来说，需要深究的不是儿童的审美是否处于低水平，而是得出"低水平"结论的立论逻辑。也就是说，判定儿童审美能力是"高"还是"低"的标准。

班马说，"儿童期还未能真正进入到人的审美境界"，毫无疑问，这个"人"是指的成人。吴其南所说的"儿童没有文化、没有基本的文学接收能力"，指的恐怕也是儿童不能像成人那样识字、读书。我认为，两位学者的立论，都是以成人的审美能力作为最高标准，不管这在他们是否为明确的意识，但表现出的是一种"成人本位"的立场。

以成人的精神形态（包括审美能力）为"成熟"状态，将儿童的成长（包括审美能力的发展）看作是舍弃"幼稚"，走向"成熟"，是我们现在这个成人社会的集体无意识。这样一种集体无意识在社会生活中造成了对"童年"生命价值的剥夺。马修斯在《童年哲学》一书中介绍史拉特的《价值与德性》中的观点，指出史拉特认为童年和老年时期追求的价值远远逊于人生壮年期所追求的价值，童年的价值只在童年，或只对童年有价值，可是从整体人生的角度来看，却没有价值。马修斯批判说："我认为史拉特对童年价值的贬抑，其实就蕴含在我们的社会制度里。在这个制度中，决定报偿结构的是成人，……特别是那些正值黄金时期的成人、跻身名人榜的成人。"[31]

周作人一出手研究儿童文学，就反对以成人生命阶段为本位来对待儿童。他说："儿童在生理心理上，虽然和大人有点不同，但他仍是完全的个人，有他自己的内外两面的生活。儿童期的二十年的生活，一面固然是成人生活的预备，但一面也自有独立的意义与价值，因为全生活只是一个生长，我们不能指定那一截的时期，是真正的生活。"[32]法国作家艾姿碧塔也有相同的观点："我从来不把儿童看作'尚未长成'的大人。相反的，我认为，儿童在他自己的每一个发展阶段，在他生命的每一个片段里，都是完整的。"[33]

我们可以套用周作人的话语，人的整个审美生活只是一个成长，我们不能指定哪一截的审美是真正的审美。

如果审美在本质上是感性（情感和想象力）对美的对象的投入和观照。儿童与成人相比，缺少的只是知识和经验（的确，文学也会包容知识和经验，但知识和经验都不是决定文学本质的东西。就艺术的本质而言，甚至连理性与机智都不具有决定性），但他们却执有真挚的情感和丰富的想象力，而这些正是文学艺术的精髓。

我们只能说，儿童的审美能力和成人的审美能力只是各具特定的状态，并没有谁高谁低之分。

三、儿童—成人：审美发展的非进化性

从班马儿童美学研究中的思维模式和术语运用上，可以清晰地看见他受皮亚杰发生认识论的影响极大。班马本人对此也直言不讳："中国当代儿童文学理论界以及我本人所曾受到西方现代学术思想传播的一个最重大影响，那就是皮

亚杰的儿童心理学研究，特别是他的认知发生学。"㉞吴其南也认为，皮亚杰的发生认识论被运用于中国的儿童文学研究，提高了人们对儿童文学的认识。

我觉得中国的儿童文学理论界应该反思一个重要问题，即对儿童文学理论而言，皮亚杰的发生认识论是否具有整体移植或套用的合法性。（我当然承认其重要的参考借鉴价值）皮亚杰在《发生认识论原理》一书的引言中说："发生认识论的特有问题是认识的成长问题：从一种不充分的、比较贫乏的认识向在深度、广度上都较为丰富的认识的过渡。"㉟皮亚杰的发生认识论探讨的只是"认识的成长问题"。当我们从文学、艺术的角度探讨儿童的身心发展问题时，关注的核心内容应该是情感和想象力（感性思维），而不是认识能力（理性思维）。

在人的一生中，在儿童走向成人的过程中，情感和想象力（感性思维）并非是像皮亚杰对认识（理性思维）的发展所揭示的那样呈线性进化的态势。儿童所具有的情感和想象力这些浑然一体的生命感性能力，在其走向成人的过程中，有可能因得到艺术的守护而发展，也有可能因理性、概念的遮蔽或侵蚀而退化。正如吴亮所说："由于概念的侵蚀，我们的感觉渐渐地衰退了，至少也显得迟钝起来——我们装得像一个洞明一切的旁观者，仅仅启动自己的判断力，对眼前发生的这一艺术事实持一种自以为是的态度，却忘记了艺术之所以被缔造出来，主要不是供判断的，而是为了纠正判断的。我们洋洋自得于日益变得老练的判断能力，却把那种与生俱来的感觉能力悄悄地放逐了。应当把感觉拯救出来，应当恢复儿童式的对大千世界的最初新鲜感，这样才能使我们的眼光保持常新，免使我们面对着的艺术品在概念判断的冷观下黯然失色。"㊱

看来，班马在借鉴皮亚杰发生认识论的理论时，忽视了在人的一生中，感性能力与理性能力在发展规律上的不同，因此，才把皮亚杰的"前运演思维"这种"前"的用法误移植到了儿童审美评价上来，提出了儿童的审美是"前审美"的观点。其实，加登纳和马修斯都对皮亚杰发生认识论在儿童审美研究、儿童哲学能力研究上的有效性提出过质疑，而皮亚杰本人对自己忽略情感的研究也作出了修正。

儿童的审美能力是需要发展的，但是它能否健全地发展取决于它在我们这个成人营造的社会文化中能否得到守护。如果成人社会的文化与儿童文化是冲突的，儿童的审美必然出现停滞或扭曲。

第三节　儿童的审美与成人审美的区别

一、超理念的审美与渗入理性观照的审美

苏联作家阿·托尔斯泰曾说："孩子们都是直接地去感受艺术的，就像对空气和水那样，要用手去摸，——这太凉了，或者是太烫了。"[37] 这是在说，儿童是纯粹用感性去感受艺术的。进行这种审美活动的儿童是不去对文学作品进行分析和批评的。俄罗斯作家尼·瓦·舍尔古诺夫这样描述儿童超理念的审美状态："大家可以留心观察，有时候小孩子读起书来是何等的专心。双颊发烧，两耳发红，全神贯注——目不旁视，耳不旁听。你若问他——'好吗？'——'好！'——他回答说。'你懂吗？'——'懂！'——'那你说说，你懂了什么？'——小孩子什么也说不出来。"[38]

与儿童的超理念的审美相比，成人的审美则是一种渗入了理性关照的审美。这种审美活动在对文学艺术进行感受的同时，还会进行不同程度的理性分析。与"什么也说不出来"的儿童读者不同，成人读者往往能就作品品头论足，其中被称为评论家的人更是讲得头头是道。

1. 两种不同审美的实例

《拔萝卜》可以说是家喻户晓、尽人皆知的幼儿文学名著。这个故事原本是俄罗斯民间故事，后来许多人面向幼儿进行整理和再创作，比如阿·托尔斯泰就是其中的一位作家。我曾在东北师大实验保育院为四五岁的幼儿讲过这个图画故事。我当时选用的文本是日本的一本图画故事，由内田莉莎子进行文字再创作，佐藤忠良作画。日本有多种图画故事《拔萝卜》，但这一本在艺术性上首屈一指。

在讲述中，当我讲到"小老鼠拽着小猫，小猫拽着小狗，小狗拽着小孙女，小孙女拽着老奶奶，老奶奶拽着老爷爷，老爷爷拽着大萝卜，拔呀，拔呀——"时，有些孩子不禁伸出手，身体伴随着我道出的"拔呀，拔呀"的节奏做出用力拔东西的动作。当时，孩子们的这一表现给我以触动，我为幼儿如此投入故事之中感到惊奇。现在分析起来，儿童之所以会在故事的最关键处，表现出"身心一元"的感动，是因为他们悟到了这个故事的魅力所在，感受到了"拔呀，拔呀"这重复的简单节奏所具有的意味和魅力。这个节奏是整个故事的内在呼吸节奏。一次次地"拔呀，拔呀"——这种在困难面前不断努力、锲而不舍的精神不正是人的本质力量的体现吗？你能说在听故事时以身心参与"拔萝卜"，并为最后的成功感到无比喜悦的幼儿在内心深处没有感受到人的这种本质力量吗？但是，如果我去问他们，这个故事讲述了什么道理，他们一定说不出。

儿童是以身体动作表明他们是理解这个故事的，他们虽然不能用语言表述出来，但是他们是知道这个故事中老爷爷他们做的事是重要而具有意义的，所以儿童们才会那么努力地想参与进来。

可是，成人则能够以理性的观照方式来理解这个故事。比如，有一本儿童文学教科书就说："如给幼儿讲'团结力量大'的道理是颇困难的，但是，《拔萝卜》这个童话却使它变得浅显而具体、生动又有趣。……随着故事活泼愉快的展开，'团结力量大'的道理也就融化在孩子的心里了。"[39]

善于理性分析的成人总要根据自己的理解给幼儿故事规定一个主题。我没有给《拔萝卜》归纳过主题，但我想，让我归纳的话，我也可能会说这个故事说明了"团结力量大"这样一个道理。但是，我在给幼儿讲这个故事的过程中，发现孩子似乎对主题有另外的理解。

在我孩子四岁多时，我曾经给他讲日本的那本《拔萝卜》。当我照着文字（日文）讲完"萝卜终于拔出来啦！"（文字的最后一句）之后，儿子仍然在期待着，看我不再往下讲，他抬头催促我："讲啊！"我只好说："讲完啦！"可是儿子说："你还没讲小老鼠他们都很高兴呢。"

　　这时我才真正注意到在画面的角落处，那只很小的老鼠用尾巴缠住大萝卜的根须，在萝卜上面手舞足蹈。文字中没有的内容，孩子通过画面发现出来并细腻地感受到了。不，更正确的说法应该是孩子通过自己的内心喜悦才发现了那只小老鼠的心情。如果把《拔萝卜》看作堂堂正正的艺术品，可以说，对它的欣赏，有些地方我的审美能力不及儿童。比如，首先我就不能像儿童那样全身心投入，与作品中的人物一同去感受。

　　儿子的"你还没讲小老鼠他们都很高兴呢"这句话引我思索的另一点是，他为什么不是说"老爷爷他们"，而是说"小老鼠他们呢"？谁看了那幅画面都知道，老爷爷身材高大，占据了两页合为一体的画面的中心，而小老鼠却身材瘦小，只站在右上角的角落，与老爷爷搂着老奶奶喜形于色、兴高采烈、手舞足蹈的形象相比，小老鼠的喜悦并不那么明显。但是，儿子认准了是"小老鼠他们"。我无意说儿子就一定认为小老鼠是故事的主角，但他至少对小老鼠给予了最重要的关注。正是在这里，幼儿抓住了这个故事成功的关键和艺术魅力的关键。而把《拔萝卜》的主题解释成"团结力量大"的成人却缺乏对小老鼠形象的重视。

　　如果说，《拔萝卜》就是要表现"团结力量大"的主题，那么我们把小狗、小猫、小老鼠置换成其他人物，比如小孙女的三个好朋友似也无妨。但是，对这样修改的故事，幼儿读者肯定会感到索然无味。《拔萝卜》的成功和魅力在于表现了这样一只独特的老鼠：在老爷爷、老奶奶、小孙女、小狗、小猫一起竭尽气力都拔不出大萝卜的关键时刻，弱小的老鼠一助战，就大获全胜、满载而归了。幼儿读者既领悟了故事的这个幽默处，又看到弱小的老鼠原来是如此不可缺少，如此重要。

再举一例。《买手套》是日本作家新美南吉的童话代表作之一。如果亲子共读，幼儿会对故事本身感兴趣，当他看到小狐狸买到手套，平安无事地回到狐狸妈妈身边，会长出一口气，由衷地为小狐狸感到高兴，并认同小狐狸说的"妈妈，人类一点也不可怕呀"这句话。但是，妈妈就可能更关注作品结尾处狐狸妈妈的自言自语："人真是善良的吗？人真是善良的吗？"事实上，在日本也确有儿童文学学者重视这句话，认为"《买手套》的现实性和魅力是由'人真是善良的吗'这一问句来支持的"，而且将"人真是善良的吗"解释为这是作家新美南吉"对人类存在的终极疑问"。⑩在这里，儿童和成人又是采用着感受和判断这两种不同的解读方式。

第三个例子。在一项关于儿童读者对寓言和比喻词理解方式和水平的研究中，实验者讲完寓言故事后问儿童是否听懂了故事的意思，绝大多数儿童都说听懂了或点头表示听懂了。可是当实验者进一步问"这个故事告诉我们什么道理"时，儿童却总是一再地复述故事情节，或采取就事论事的实际态度。比如《刻舟求剑》这则寓言是批评不顾事物的发展变化而墨守成规地处理问题的形而上学的思想方法。但是，许多中年级儿童无法像成人那样从故事中分析并抽象出一般的教训，而是倾向于说明此人此时应该如何处理。他们建议说："他应该立刻跳下去找。""他不应该在船上找记号，应该在水中插一根竹竿做记号。"⑪

在欣赏寓言这一文体时，儿童审美的超理念特征与成人审美的渗入理性观照的特征表现得最为典型、最为突出。

2. 两种审美各具价值

评价儿童审美能力的时候，我们不能因为成人能面对作品分析评论，而儿童却默不作声，就认为儿童没有感受到作品的艺术魅力。其实在善于分析的成人企图深化对作品的审美观照的时候，有时是会加进一些不自然、不真实的解释的。这是否也可以看作是理念式审美的局限呢？所以，我们只能说，儿童的审美与成人的审美各有各的形式和特点，绝对地说谁优谁劣，这个纯粹那个就不纯粹，是不实事求是，不科学的。

　　另一方面，成人在审美时，投入理性观照是一种审美的必然状态和结果。虽然克罗齐说，诗人死在批评家里面，但是，仍然要看到成人的渗入理性观照的审美自有价值所在。瓦伦汀就说："即使由于时间的流逝，审美的态度或会变为批评家的或学者的态度，但是，从整体上说，审美欣赏还是丰富了。起码有一条是应该肯定的，通过审美态度和纯粹理智兴趣的不断交替，人们会延长对艺术进行欣赏的期限，因为紧张的审美欣赏是不可能无期限地延续的。即使是审美快感因研究而削弱，但从整体上说，在对人生价值的理解判断中，理智的兴趣反而弥补了审美情感的缺失。……从总的方面说来，这种情况是符合于诗歌批评的，例如，如果有时候它导致了偏离正常的审美，那么，用Ａ·Ｃ·布拉德雷的话来说，则更为经常的情况是促进了对诗的意义的理解。"[42]

　　感性与理性的有机融合，会使成人达到审美的新的境界，比如，成人会在《进城怎么走法》《拔萝卜》这样的小诗、小故事里发现哲理并进行阐释。尽管如此，成人社会仍然不应对儿童审美进行理性方面的拔苗助长。

　　卢梭说："儿童时期就是理性的睡眠。"[43]在儿童期，特别是在幼儿期，人的审美范畴的理性能力尚处于蛰伏状态，不能也不该被开发和利用。即使到了皮亚杰发生认识论所揭示的能够进行具体运演的儿童期（六七岁到十一二岁左右）和进行形式运演的少年期（十一二岁左右至十四五岁左右），儿童接纳生活的主要方式也是感性化的认识操作。至于在文学艺术的欣赏过程中，儿童审美中的理性更是十分微弱，在质与量上都不能与成人审美中的理性同日而语。儿童审美中理性的蛰伏状态不仅不是坏事，反倒应该看作是有助于儿童获得健全而又独特的审美能力的好事。"在儿童时期，感性和理性是处于根本对立的状态，二者是互不相容的，是一方要排除另一方的；优先发展儿童的感性能使他们了解生活的丰富、和谐及诗意；优先发展儿童的理性会使他们心灵中绚丽的感情花朵凋谢枯萎，使他们身上说教的杂草蔓延生长。儿童的智慧一旦陷入空洞的抽象之中，它在大自然和现实生活的生气勃勃的现象里所看到的只能是丧失掉精神和实质的僵死的形式和为它而下的逻辑定义，这是一个触之只能损坏牙齿的腐烂的胡桃壳。"[44]

　　儿童的审美无疑是需要发展的，不过，我们应该学习别林斯基的从容："你可以不必担心儿童领悟不了多少，你还应当竭力使孩子们尽量少领悟一些，但要多感受一些。让他们的耳朵习惯于俄罗斯语言的和谐音响，让他们的心灵充满美感；让诗歌像音乐一样不经过头脑，而径直通过他们的心灵来打动他们，因为头脑的启迪会自有其时，也自有其序。"㊺

二、近距离的审美与远距离的审美

自从瑞士的布洛发表了奠定其在世界美学界地位的《作为一个艺术中的要素与美学原则的"心理距离"》一文，人们继对审美的"空间距离""时间距离"的认识之后，又获得了一种新的目光：审美需要"心理距离"。如果以审美的心理距离的观点看待儿童审美与成人审美，便可以清楚发现，常常将现实与幻想相混同的儿童与审美对象处于近距离，而成人则相对与审美对象处于远距离。

1. 近距离审美的表现形态

儿童在大约三岁以前，思维中大量保存着原始思维的特征，"泛生律"是其重要的思维形式。因此，大约三岁以前的幼儿尽管也能运用符号进行创造或理解审美对象的活动，但在这个阶段，幼儿确实难以与审美对象拉开必要的距离。

　　有一天下午，我的一岁零八个月的女儿坐在一只高凳上，正喝牛奶。"我要一块饼干。"她说。她咬了一口奶油饼干，然后把咬过的饼干放到前面的盘子里。她看了看剩下的饼干，说："这是一只船。"我看一眼咬过的饼干，心里想，确实，这碎饼干一端很像是船头呢。接着，她又用两只手把那块碎饼干拿起来，两边一拉，断了，"啊！船破了。"她叫喊起来。

　　六个月以后，在去海边游玩的时候，我和她一道在水边坐下来，我们把脚伸到拍岸的浪花里。我发现一只特别可爱的贝壳，于是捡起来，拿给她看。"这好看吗？"我问。我的女儿连看都不看一眼，抢到手里，塞进嘴里去。我让她吐出来，告诉她不要把异物放进口里。她然后才把贝壳丢掉了。㊻

以上是加登纳在《艺术与人的发展》一书中所列举的他本人对自己女儿的审美活动进行观察的实例。加登纳认为，在第一个实例中，能够看出明确无疑的审美创作过程的轮廓，即"制作一个对象，再从中看出符号意义，并利用这一对象去传达关于世界的进一步的思想与情感"⑪。不仅如此，他还认为，女儿"已作出了交流性艺术行为"。对第二个实例，加登纳表示对女儿没有保持距离欣赏它，而是试图用自己最易理解的方式去了解这只贝壳——将它放入嘴里的这一行为不满意。加登纳说，如果说女儿的这个方法毫无审美态度，那就过于专断了，但是，两岁多一点的女儿确实不能保持审美的某种距离。

关于幼儿不能保持与审美对象的距离一事，我个人也有一些体验。在我的儿子刚过完两岁生日不久，我曾给他讲过比利时著名的连环画家埃尔热创作的系列连环画故事《丁丁历险记》。下面是我们记下的一则日记——

1986年11月22日晚5时10分。你翻着《丁丁历险记》，去咬书。妈妈问："你为什么咬书？""我怕小鹦鹉咬白雪，我咬小鹦鹉！"（白雪是主人公丁丁的小狗）妈妈："那你也不能咬书啊！"你说："妈妈，那不是小鹦鹉有传染病吗？"你歪着头，看着妈妈，自信自己是对的。你是非清楚，确实，小鹦鹉有传染病，你不咬它，它就咬白雪。这是你的思想，你的世界。

我妻子在给儿子讲故事时还有过这样的经历——

在儿子两岁多时，有一次妈妈给他讲一个图画故事：一只白兔拽着气球上了天空，在小白兔十分高兴的时候，飞来的小鸟啄破了气球，小白兔开始从空中掉下来，儿子焦急地喊："小鸟真坏！妈妈，快救救小兔子！"

自己想救助小狗白雪的愿望直接化作去咬书上的小鹦鹉的实际行动，让妈妈去救一只在故事中遇险的兔子，这典型地证明了两岁幼儿在欣赏故事时，不能区分现实世界与幻想世界，物理世界与心理世界的事实。

与成人相比，小学儿童与审美对象之间的距离也是很近的。如果我们身边有一个正在读书的儿童的话，我们就会发现他经常处于王国维所说的"无我之境"之中，我们会时常听到他情不自禁的笑声，满意的叹息声，高兴的叫好声。

　　这几天，十岁的儿子正如醉如痴地阅读书架上的十几本郑渊洁童话。今天，天已近黑，儿子的房间却没有开灯，我走进去，见他坐在窗前，凭着外面微剩的天光在看书。我问他为什么不开灯，这样眼睛会看坏的。他深叹出一口气（才被我从故事的世界中拉出来）说："我舍不得书里的故事被打断。"

　　今天，十一岁的儿子在阅读诺索夫的儿童小说《马列耶夫在学校和家里》。傍晚时，我正在厨房里做饭，突然听到在客厅里读书的儿子大声喊："嗷——太好了！西什金终于得到4分了！"

　　这是我对儿子的读书经历的两次记载，从中可以看出，他对作品世界的进入程度。我相信，童年有过阅读文学作品经验的人，大都会有与此相似的记忆。

　　从以上事例可以看出，儿童的近距离审美有两种表现：一是现实世界与幻想、想象世界不分，这种情形主要发生在幼儿身上；二是真实与虚构不分，这种情形主要发生在儿童身上，这些儿童对小说中描写的生活是一种虚构的生活缺乏了解。就像我的孩子阅读《马列耶夫在学校和家里》时，那么为西什金叫好，是因为他对小说的虚构信以为真，以为那是真实发生过的事情。

2. 两种审美之间的悖论

　　我们为什么阅读文学？如何阅读文学？文学是否还有前途？这些都是文学理论所面临的当代问题。美国学者希利斯·米勒的《文学死了吗》一书对这些问题进行了饶有趣味的阐述。而米勒的论辩方法之一是以儿童文学作品《瑞士人罗宾逊一家》为例，将儿童对它的"天真的方式"的阅读和成人的"去神秘化的方式"的阅读进行比较分析，从而探讨文学理论（修辞阅读和文化研究）促成了文学的死亡这一问题。

　　米勒这样描述自己童年时的"天真"的阅读方式："小时候我不想知道《瑞士人罗宾逊一家》（*The Swiss Family Robinson*）有个作者。对我而言，那似乎是从天上掉到我手里的一组文字。它们让我神奇地进入一个世界，其中的人们和他们的冒险都已预先存在。文字把我带到了那儿。……在我看来，我通过阅读

《瑞士人罗宾逊一家》所到达的世界，似乎并不依赖于书中的文字而存在，虽然那些文字是我窥见这一虚拟世界的唯一窗口。我现在会说，那个窗户通过各种修辞技巧，无疑塑造了这个世界。那扇窗并非无色的、透明的。但无比荣幸的是，我当时并未意识到这一点。我通过文字，似乎看到了文字后的、不依赖于文字存在的东西，虽然我只能通过阅读那些文字到达那里。我不乐意有人告诉我，标题页上的那个名字就是'作者'的名字，这些都是他编出来的。……那难道不过是孩子的幼稚，还是我（虽然以幼稚的形式）回应着文学的某些基本特质？现在我年纪大了，也聪明多了。我知道《瑞士人罗宾逊一家》是一个叫约翰·大卫·威斯（Johann David Wyss，1743—1818）的瑞士作家在德国写的，我读的是英译本。但我相信我的童年经历是真切的。它可以为回答'何为文学'提供一条线索。"⑱

米勒所指出的儿童天真的阅读方式，其实与我们所说的"近距离审美"非常相似。他的这段话启发我们意识到，儿童没有文学意识，只有生活意识。是儿童这种生活意识使文学具有了一种点石成金的魔法。所以米勒说："要想正确阅读文学，必须成为一个小孩子。"⑲同时为孩子创作儿童文学的诺贝尔文学奖得主辛格也说，"儿童是只跟着自己的兴趣走的独立的读者"，"儿童是真正文学的最好读者"。⑳

对成人的"去神秘化"阅读，米勒认为有两种形式：一种是"修辞阅读"，另一种是"文化研究"。它们共同的特征是"缓慢的阅读、批判地阅读"，它们"关注的不是作品打开的新世界，而是这世界是如何打开的"。㉑

希利斯·米勒指出，"天真"的阅读和"去神秘化"阅读这两种方式"是彼此相悖的，一个会让另一个失灵，因此就产生了阅读的非逻辑。在一次阅读行为中，要把这两种阅读模式结合起来是很困难的，甚至是不可能的，因为它们彼此限制、禁止"㉒。米勒的观点对于一般的审美研究具有启示意义，而对于儿童文学研究则更具价值。

美国的莫提默·J·艾德勒、查尔斯·范多伦合著的《如何阅读一本书》是一本重要的阅读学著作。他们在书中提出四种不同层次的阅读：基础阅读、检视阅读、分析阅读、主题阅读。他们特别作解释说："我们称之为层次，而不称为种类的原因是，严格来说，种类是样样都不相同的，而层次却是再高的层次也包含了较低层次的特性。也就是说，阅读的层次是渐进的。第一层次的阅读并没有在第二层次的阅读中消失，第二层又包含在第三层中，第三层又在第四层中。事实上，第四层是最高的阅读层次，包括了所有的阅读层次，也超过了所有的层次。"⑬艾德勒和范多伦研究的阅读活动，既包括实用型书籍，历史、科学、数学书籍的阅读，也包括文学类书籍的阅读。艾德勒和范多伦把幼儿和小学生的阅读称为"基础阅读"，我的疑惑是，这是否是儿童的审美处于低水平这一观点的另一种表述形式呢？他们两人如果读到希利斯·米勒的《文学死了吗》，对其中的"天真"的阅读和"去神秘化"阅读之间存在悖论的观点将作何感想呢？

注　释

① 周作人：《儿童的书》，见周作人：《自己的园地》，止庵校订，河北教育出版社，2002。

② "隐含读者"，是德国接受美学的代表人物伊瑟尔提出的概念。所谓隐含读者是相对于现实读者而言，指作家本人设定的能够把文本加以具体化的预想读者。

③⑧ ［丹］勃兰兑斯：《童话诗人安徒生》，见小啦、约翰·迪米留斯：《丹麦安徒生研究论文选》，安徽少年儿童出版社，1999。

④ 转引自［英］约翰·艾肯：《儿童书的写法》（日文版），猪熊叶子译，晶文社，1986，第52页。

⑤⑥ ［英］尼克拉斯·塔卡：《儿童与书籍》（日文版），定松正译，玉川大学出版部，1986，第15页、第354页。

⑦ ［丹］安徒生：《我的童话人生》，傅光明译，中国文联出版社，2005，第284页。

⑨ ［美］G·B·马修斯：《童年哲学》，王灵康译，（台湾）毛毛虫儿童哲学基

金会，1998，第 144 页。

⑩ 转引自［加］利丽安·史密斯：《儿童文学论》，石井桃子、濑田贞二、渡边茂男译，岩波书店，1964，第 13 页。

⑪ ［英］德博拉·科根·撒克、让·韦伯：《儿童文学导论——从浪漫主义到后现代主义》，杨雅捷、林盈蕙译，（台湾）天卫文化图书有限公司，2005，第 213 页。

⑫⑬ ［法］米盖尔·杜夫海纳：《美学与哲学》，孙非译，中国社会社学出版社，1987，第 71、72 页，第 64 页。

⑭⑮⑯⑰㊻㊼ ［美］H·加登纳：《艺术与人的发展》，兰金仁译，光明日报出版社，1988。

⑱⑲ 见［捷］米兰·昆德拉：《生命中不能承受之轻》"附录"，作家出版社，1995。

⑳㉑ ［意］克罗齐：《美学原理·美学纲要》，韩少功、韩刚译，外国文学出版社，1987，第 8 页、第 224 页。

㉒ 转引自［日］花岗大学：《幼儿文学速记》（日文版），大阪教育图书株式会社，1974。

㉓ 张炜：《秋日二题》，见张炜：《忧愤的归途》，华艺出版社，1995，第 165 页。

㉔ 栾昌大：《中外文艺家论文艺主体》，吉林大学出版社，1988，第 591 页。

㉕ 班马：《中国儿童文学理论批评与构想》，湖北少年儿童出版社，1990，第 69 页。

㉖ 蒋风：《儿童文学教程》，希望出版社，1993，第 223 页。

㉗ 吴其南：《"热闹型"童话漫议》，《儿童文学研究》，1989 年第 2 期。

㉘ 吴其南：《近年少年儿童文学中的隐含读者》，《浙江师大学报》，1990 年第 4 期。

㉙ 蒋风：《儿童文学教程》，希望出版社，1993，第 226、246 页。

㉚ ［英］瓦伦汀：《实验审美心理学（绘画篇）》，潘智彪译，（台湾）商鼎文化出版社，2000，第 130、131 页。

㉛ ［美］G·B·马修斯：《童年哲学》，王灵康译，（台湾）毛毛虫儿童哲学基

金会，1998，第 164 页。

㉜ 周作人:《儿童的文学》，载于 1920 年《新青年》第八卷第四号。

㉝［法］艾姿碧塔:《艺术的童年》，林徽玲译，安徽教育出版社，2005，第 62 页。

㉞ 班马:《游戏精神与文化基因》，甘肃少年儿童出版社，1994，第 113 页。

㉟［瑞士］皮亚杰:《发生认识论原理》，王宪钿等译，商务印书馆，1981，第 18 页。

㊱ 吴亮:《思想的季节》，海天出版社，1992，第 281 页。

㊲［苏］阿·托尔斯泰:《儿童读物》，见周忠和:《俄苏作家论儿童文学》，河南少年儿童出版社，1983。

㊳［俄］尼·瓦·舍尔古诺夫:《评阿·奥斯特罗果尔斯基编辑出版的儿童杂志〈儿童读物〉》，见周忠和:《俄苏作家论儿童文学》，河南少年儿童出版社，1983。

㊴《儿童文学》，延边大学出版社，1993，第 89、90 页。

㊵［日］上田信道:《新美南吉〈买手套〉论——问句"人真的是善良的吗"的含义》，《国际儿童文学馆学报》，1986 年第 3 期。

㊶ 参见方卫平:《儿童文学接受之维》，湖北少年儿童出版社，1995，第 146、147 页。

㊷［英］瓦伦汀:《实验审美心理学（音乐、诗歌篇）》，潘智彪译，（台湾）商鼎文化出版社，2000，第 15、16 页。

㊸［法］卢梭:《爱弥尔》，李平沤译，商务印书馆，1978，第 119 页。

㊹㊺［苏］别林斯基:《新年礼物·霍夫曼的两篇童话和伊利涅依爷爷的童话》，见周忠和:《俄苏作家论儿童文学》，河南少年儿童出版社，1983。

㊽㊾㊿52［美］希利斯·米勒:《文学死了吗》，秦立彦译，广西师范大学出版社，2007，第 23-24 页、第 176 页、第 178 页、第 180 页。

50 见［美］艾·巴·辛格:《傻瓜城的故事及其他》"译者的话"，任溶溶译，上海译文出版社，2001。

53［美］莫提默·J·艾德勒、查尔斯·范多伦:《如何阅读一本书》，郝明义、朱衣译，商务印书馆，2004，第 18 页。

一、思考与探索

1. 成人隐含读者对儿童文学创作具有哪些意义？

2. 如果你认为儿童的审美能力不是处于低水平，请举出你的例证。

3. 如果你认为儿童的审美能力处于低水平，请举出你的例证。

4. 本书认为，在儿童走向成人的过程中，审美能力并非一定是呈线性进化的态势，它也有可能退化。你赞同这一观点吗？请谈谈你的看法。

5. 儿童的审美与成人的审美有何区别？两者之间是否有优劣之分？

6. 儿童审美与成人审美之间是否存在悖论？请具体阐述你的观点。

二、拓展学习书目

1. ［挪威］让－罗尔·布约克沃尔德:《本能的缪斯——激活潜在的艺术灵性》，王毅、孙小鸿、李明生译，上海人民出版社，1997。

2. ［美］H·加登纳:《艺术与人的发展》，兰金仁译，光明日报出版社，1988。

3. ［德］弗里德里希·席勒:《审美教育书简》，冯至、范大灿译，北京大学出版社，1985。

4. ［美］希利斯·米勒:《文学死了吗》，秦立彦译，广西师范大学出版社，2007。

5. 方卫平:《儿童文学的接受之维》，湖北少年儿童出版社，1995。

6. 班马:《中国儿童文学理论批评与构想》，湖北少年儿童出版社，1990。

第四章

儿童文学作家论

物以类聚，人以群分。在文学家的群体中，有一群人可以被鲜明划分出来，他们操着独特的语言，有不同于成人文学作家的艺术喜好、审美想象的兴奋点、展示人生的方式。这群人被称为儿童文学作家。

作为文学，儿童文学作家论与成人文学作家论自然有很多相同、相近的问题意识，但是，儿童文学作为"儿童的文学"，创作者被赋予了一种无法消解的关系，即"成人"与"儿童"的关系，而在成人文学那里，有的只是作者和读者的关系，而没有"成人"与"儿童"的关系。

儿童文学作家必须面对"成人"与"儿童"这一关系，并且需要处理好这一关系。这是儿童文学创作的最大特殊性。因此，围绕这一关系的思考和考察，成为儿童文学作家论的根本出发点。

第一节 儿童文学创作的特殊性

一、儿童文学"自我表现"的特异性

1. 儿童文学的"自我表现"何以可能？

有人说，艺术家的创作是出于"自爱的本能"；有人说，艺术是"自我创

造"的方式；有人说，"文学和艺术是照出自己脸孔的一面镜子"；有人说，"艺术是充满主体生命的审美创造"。这些说法都在证实，文学艺术创作离不开作家的"自我表现"。

一个成人作家，创作给儿童的文学，"自我表现"也是可能的吗？

美学家克罗齐认为："给儿童的艺术绝不会成为真正的艺术。"为什么？因为这是与艺术家的内在自由和必然要求全无关系，服务于单纯的儿童之趣味的东西。根据克罗齐的说法，从真正优秀的文学作品中选择适合儿童的书籍给儿童看就可以了，给儿童看那些专为他们创作的作品，不但没有意义，反而却有害处。[①]克罗齐否定"给儿童的艺术"是因为他认定儿童文学不能进行自我表现。但是，事实并非如此。

日本儿童文学作家佐藤晓在《幻想小说的世界》一书中，给儿童文学下了这样一个定义：儿童文学是"采用儿童也能理解和鉴赏的表现形式创作的文学作品"。佐藤晓特别作出解释，他用"也能"这一说法，是想表明"顺便也把儿童纳入进来"，也就是说，对他来讲，作家是第一位的，儿童读者是第二位的。[②]佐藤晓说："作家在创作中，是尽可能忠实地传达自己的感慨，因而，自己觉得有趣味是第一位的。本来，与他人相比，人最了解的是他自己，人不可能了解他人超过了解自己。文学是描写人的，所以，也就是说，文学是描写最了解的自己的，把自己揉碎了，化作尺子和砝码。"[③]

可是，我们知道，在儿童文学作品中，最主要的描写对象是儿童，写"自己"与写"儿童"如何统一呢？佐藤晓说："世间存在着一个重大的误解，就是认为儿童和成人之间是对立的并列关系。可以把男人和女人看作是一种明显的并列关系，但是儿童和成人却是前后排列的关系。没有一个大人不曾经是个孩子，没有一个孩子不长成大人。也就是说，大家都同样是人。"[④]沿着佐藤晓的思路想下去，就会面对成人中的"儿童"，即成人作家所保留的儿童心性这一问题。

能够以儿童文学进行自我表现的作家，必定是保持儿童心性的人。德国作家凯斯特纳于1960年获得国际安徒生大奖，他在受奖演说辞中提到与《长袜子皮皮》的作者林格伦和"玛丽·波平斯阿姨"系列作品的作者特拉弗斯的一次对谈。当两位女作家问及他为什么能创作出《埃米尔和侦探们》这样的深受全世界儿童喜爱的作品时，凯斯特纳回答："因为我能够历历在目地回忆起儿时的往事。我便是以这一才能作为创作的资本。……与自己的童年保持没有受到损害、永远是活生生的接触这一天分，在创作中发挥了特殊的作用。"两位女作家对凯斯特纳的话深表同感："能够写出优秀的儿童书籍，并不是因为自己有了孩子和自己了解孩子们，而是因为能够回到过去，了解从前的那个孩子即自己本人。"⑤

2. 统一的二元价值系统

马克思在《政治经济学批判导言》中说："一个成人不能再变成儿童，否则就变得稚气了。但是，儿童的天真不使他感到愉快吗？他自己不该努力在一个更高的阶梯上把自己的真实再现出来吗？在每一个时代，它的固有的性格不是在儿童的天性中纯真地复活着吗？为什么历史上的人类的童年时代，在它发展得最完善的地方，不该作为永不复返的阶段而显示出永久的魅力呢？"儿童文学作家在创作中，如何像马克思所说的，既不"变成儿童"，又能"在一个更高的阶梯上把自己的真实再现出来"呢？

儿童文学之所以在诞生之初便能与成人文学分庭抗礼，而且至今仍不见有被成人文学招安的迹象，根本原因在于儿童文学具有自身独特的价值观。

儿童文学的价值观之所以独特，是因为与只具有一元价值观即作家价值观的成人文学不同，儿童文学具有二元价值系统：儿童自身的价值观和成人作家的价值观。儿童自身的价值观具有很强的自然属性，而成人作家的价值观则具有很强的社会属性。这两种价值观在儿童文学作品中的关系在本质上不是对立而是统一的，因为如果两者发生对立，儿童就会本能地拒绝阅读和接受，这样，儿童文学通过作品进行成人（作家）与儿童间的交流的功能就无法实现，儿童文学就失去了存在的理由。需要说明的是两者虽然是统一的，但并不能完全重合为一体，而是呈现两个大小有别的同心圆的那种态势。

成人作家的价值观应该大于儿童的价值观。成人作家不是现实中的儿童，而是葆有儿童心性的成熟的"儿童"，因此，作家的价值观在认同儿童价值观的基础上向外扩展。扩展的部分是作家丰富的生活阅历和对人生的真知灼见，因而能引导着儿童进行生命的自我扩充和超越，以期创造出丰满而健全的人生。由于人的生命是动态的，因此，表现生命的儿童文学也是一个动态的向外扩充的生命体。儿童的价值观，成人作家的价值观，丰满而健全的人生，这三者依次由小到大构成三个向外波动的同心圆。它们以儿童的生命为内核为根基，呈向外辐射状：

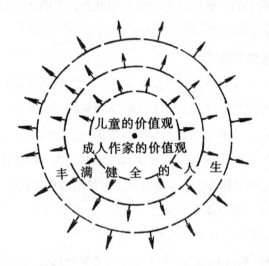

儿童的价值观
成人作家的价值观
丰满健全的人生

当然，儿童文学是一个复杂整合又运动变化的艺术生命体，一目了然的图解显然远远无法揭示它的全部奥秘，而只能简单表示其基本原理。

在儿童文学中，儿童文学作家与儿童简直可以说是结成"同谋"的团伙，是两个"同案犯"，其中作家是"主谋"，他站在儿童利益的根本立场上，引领着儿童去"谋"取生命的健全成长和发展。这正是儿童文学作家以儿童为本位进行的独特的"自我表现"。

二、作家对儿童文学的精神需求

德国现象学美学家莫里茨·盖格尔在《艺术的意味》中说："审美的东西并不纯粹是形式，而且也是由那存在于它的最深刻的本质之中的至关重要的生命内容和精神内容构成的。"[6]儿童文学也是成人作家进行自我表现的文学。一位作家为什么不是选择成人文学而是选择了儿童文学作为自己的艺术生存方式？这绝不是偶然和随意的，也不是一句"热爱儿童"便能解释得了的。一位作家选择儿童文学，就与莫里茨·盖格尔所说的艺术审美中的"生命内容和精神内容"有关。

我们考察任何有成就、有特色的儿童文学作家，都会发现，他的创作与其心理资质、生活经验、人生哲学观念等都有必然联系。儿童文学创作满足了他们的精神需求。

儿童文学具有可以满足作家的情感需求这一心理补偿作用。这方面的例证我们可以信手拈来。

有岛武郎本来是日本白桦派成人文学作家，但是在他自杀的前两三年里，却写起了儿童文学。儿童文学为什么对他竟重要的超过了成人文学？有岛武郎的短暂一生，经历了多次思想上的冲突和曲折，尤其在他自杀前的几年里，思想上正处于极度的苦闷之中，产生了向往儿童世界的心境。于是，在痛苦的尘世中寻求、奔波得疲惫而又绝望了的有岛武郎，找到了儿童文学这片绿色的草地，坐了下来。是儿童文学所描绘的儿童世界，给他苦闷的、压抑的心理带来了一种慰藉和解脱。

小川未明被誉为"日本童话之王"。他的长女、儿童文学研究者冈上铃江在回忆父亲时说，生长在远离人烟的北国雪山之中，没有兄弟和朋友的小川未明，从小就深切感受到了生活的孤独和寂寞，特别惧怕寒冷和孤独。联系作家的这种少年印象和经验，小川未明后来在他的童话代表作中，经常描写四季如春、鲜花盛开的南国，安排童话人物返回南方与亲人团聚的情节作为结局，这些艺术表现当然是受了作家童年情感再需求的驱使。

有岛武郎和小川未明的儿童文学创作，显示了儿童文学理论容易忽视的一个道理——只是为了教育儿童才从事儿童文学创作，这种单向的情感流动，难以使作品获得充盈的生命力；而不仅给儿童以文学教益，自己也借此宣泄、体味着生命的跃动，得到高尚的满足这种双向的情感流动所生成的儿童文学才更具有作为生命表现形式的文学的艺术魅力和价值。

还有，对许多作家来说，儿童文学是其认识和把握客观世界的一种方式，是其寻求人生终极意义的一条途径。这些作家用儿童文学创作来表达他们对人生所作出的哲学评价。

马克·吐温的《哈克贝利·费恩历险记》紧承他的《汤姆·索亚历险记》，开世界少年冒险小说之先河。少年哈克作为小说的中心人物，以独特的冒险经历，对美国南部黑暗、落后、枯燥的社会生活以及蓄奴制进行了全面的否定。让一个未成年的孩子完成如此重大的使命是因为在马克·吐温看来，成年人恰恰是呆板和僵化的化身，他们往往囿于偏见，墨守成规。而与此相反，在儿童身上体现出来的总是天真纯洁和自由浪漫的气质，展示出的总是一个美好的世界。

安徒生曾以童话《皇帝的新装》对皇帝和整个统治集团进行了辛辣的嘲讽和深刻的揭露。虚伪和自私勾结在一起，便驱使皇帝、大臣以及全城百姓指无为有、颠倒是非，上演了一出再荒谬不过的人间丑剧。最后，正是一个小孩子叫出来："可是他什么衣服也没有穿呀！"在显而易见的真理面前，世俗的利害、胆怯的自私成了成年人难以逾越的高山，而纯真的孩子却能不假思索，脱口而出。

泰戈尔的儿童诗集《新月集》与其说是在歌颂儿童的世界，莫如说是以此宣扬自己的人生哲学。《新月集》里有这样的诗句："孩子在纤小的新月的世界里，是一切束缚都没有的。""在你身中隐藏的财富，你住在一个完全没有耻辱、卖弄和自私的世界里，在永不会使你困穷的贫乏中，尘埃也不会玷污了你的纯洁。""儿童没有学会厌恶尘土而渴求黄金。"郭沫若就曾在《儿童文学之管见》一文中指出，泰戈尔的儿童诗"其中自具有赤条条的真理如象才生下地来的婴儿一样"[⑦]。

如果说，泰戈尔的儿童诗还带有神秘主义的色彩，那轮"新月"还给人以虚无缥缈、可望而不可即的感觉，那么，鲁迅笔下的儿童世界则全然是植根于现实的土壤，向人们"呐喊"着反抗和斗争的主题。鲁迅虽然没有专门为儿童写下作品，但是由于他的艺术感觉和人格与儿童心灵的灵犀相通，却无意之中留下了儿童堪可享受的"准儿童文学"，那就是小说集《呐喊》里的《故乡》《社戏》以及散文集《朝花夕拾》里的一些散文。在这些作品中，儿童世界与成人世界形成鲜明的反差。比如,《故乡》中"我"与闰土童年时心灵的沟通,成年后心灵的隔绝。鲁迅在这些作品中明显流露出对童年的依恋,蕴含着对成人世界中阴影的否定因素。在鲁迅笔下,儿童的爱和憎常常和美丑、是非、善恶的客观意义同步。鲁迅观照儿童世界更重要的是为了获得批判封建思想和文化的武器。

儿童文学在上述作家那里,成了他们切入现实生活的一个角度。对马克·吐温、安徒生等伟大作家来说,揭示生活某些方面的本质,儿童文学比成人文学更加适宜。

作家点燃手里的儿童文学火炬的时候,绝不是只照亮了儿童,自身却仍处黑暗之中。事实上,儿童将要得到的一切,儿童文学作家也都需要而且将首先得到。有的儿童文学作家,比如伟大的安徒生,甚至使我们感到,那把火炬燃烧的是他的生命之火,儿童文学便是他生命的存在的方式。儿童文学创作是那样完美地表现了他的独特个性、人格和艺术才华,使他的生命成为永恒。

考察作家对儿童文学有无内在的、无法割舍的精神需求,是检验儿童文学作家的真伪、高下的一个最重要的标准。可以说,所有冷漠的、威严的说教性作品,其作者都是在情感和人生观上对儿童文学缺乏需求的人,所有枯燥乏味、"老莱子娱亲"式的作品,其作者都是在艺术感悟方面与儿童文学缺乏依存的人。

恐怕没有任何时代像今天的成人这样在努力地想从儿童文学中获取精神上的需求。他们或者从儿童文学中寻回对失去的乐园的向往;或者在儿童文学中,重新体验魔法和幻想的世界;或者从儿童文学中证实正义终究会取得最后胜利的生活逻辑;或者在儿童文学的光照中,让自己的灵魂重放光辉。儿童文学仅仅是"给儿童的文学"的时代已经逐渐成为过去,儿童文学成为全人类共同财富的时代正在到来。

三、作家对儿童文学的形式需求

儿童文学能够满足作家的"生命内容和精神内容"上的需求,这是说,文学是有意味的形式。但是,文学又是有意味的形式。成人文学和儿童文学都是自我表现的艺术，但是表现的形式有着不同。不管是成人文学作家还是儿童文学作家，都是对艺术形式具有嗜好的人。一位作家对儿童文学的选择，是因为他对这种艺术有特殊的形式需求（当然，我们也可以说，对形式的需求也属于精神的层面）。

儿童文学中的童谣、童话、幻想小说、动物文学等文体，都是儿童文学所特有的艺术形式。不过，我所说的作家对儿童文学的形式需求主要还不是指的作家对这些具体文体形式的需求，而是指一种更具有普遍性的形式需求。

我认为儿童文学的艺术形式与成人文学最根本的区别在于它是一种"简化"地处理生活的形式。儿童文学的这种"简化"形式契合的是儿童认识生活和世界的方式。法国儿童文学作家艾姿碧塔曾说："孩子们常常会许下一些奇迹般的愿望：'等我长大，我要当太空人，可是不用背九九乘法表。'然后又想要当音乐家，可是不想学乐理；没有驾驶执照，却想要开车。"⑧孩子们就是这样，需要把事情简单化。儿童文学也正是把事物简单化的艺术。在儿童文学的典型文体童话中，事物要么是黑，要么是白，人物要么是好，要么是坏，结局嘛，当然是"从此过上了幸福的生活"。但是孩子们的心灵成长需要这种被"简化"的生活。因为这样，生活对他才是可以把握的，他才对即将度过一生的这个世界产生信心。如果他事先知道了以自己当下的能力不能应对的全部的、复杂的事实，信心怎么能够建立呢？艾姿碧塔认为："一种快乐、令人喜爱的人格特质，必然成就于个体意识到社会生活中存在着双重性、谎言和妥协之前。此后，一切便无能为力了。"⑨

其实，每个大人都有不断想要追求孩子式的、简化事物的模式这种愿望，不过，与一般的大人相比，儿童文学作家对简化的形式有着更为强烈的需求。像儿童文学作家中的奇才希尔弗斯坦，他的图画书《爱心树》《失落的一角》等，从文字到画都给我们一种确定的看法：经过简化的单纯的形式更适合表现他对"爱"、"奉献"、主体性"自我"的哲学阐发。洛贝尔的"青蛙和蟾蜍"系列故事对"友情"的表现，葛西尼的"小淘气尼古拉"系列故事对"淘气"的诠释，采用的也都是简约、单纯的形式，并都收到了更鲜明、更清晰、更准确地揭示事物和生活本质的效果。他们的这种天籁般的作品证明，找到这种简化的形式其实是极难的。

文学的语言也是一种形式。出色的儿童文学，其语言也是经过简化的——

> 在我们亲爱的祖国，有一个微山湖。离湖四十里，有一个杏花庄。
>
> 庄里有个小男孩儿，名叫二牛。

这是儿童文学作家邱勋的儿童小说《微山湖上》的开篇两段文字。这些文字简化了很多东西，成人小说大都不这样写。这样的简化使语言获得了内在的音乐性，它们虽然并没有押韵，但是，读起来抑扬顿挫，节奏明快。三个句子间，采用了诗歌常用的"顶针"这种修辞格，产生了跌宕回环的韵律感。另外，这段简化的文字，给读者以透彻、明晰的印象，对整部小说的故事起到了提纲挈领的作用。

再看日本作家古田足日的图画故事名著《壁橱里的冒险》开篇——

> 这里是樱花幼儿园。
>
> 樱花幼儿园里，有两样可怕的东西。
>
> 一个是壁橱，另一个是老鼠外婆。

这就是儿童文学作家表达对世界的看法的方式——以简化的形式，逼近事物的本质或核心。看过《壁橱里的冒险》的人，就知道"壁橱""老鼠外婆"对于故事的展开、故事意味的传达具有怎样的意义。

日本作家寺村辉夫曾经做过一个实验。他在纸上画了一头大象（设为图一），然后对画中大象最主要的特征作了简单的说明，要求十位受试者按照这一说明画出大象来（设为图群一）。紧接着他请别人对图一再做详细的说明，要求十位受试者按照详细说明画出大象来（设为图群二）。寺村总结了两个结果：（1）做简单说明时，受试者听得很明白，作详细的说明时，受试者不断要求说明者慢一些，因为没有弄清楚；（2）按照简单说明画出的图群一，比按照详细说明画出的图群二更为接近图一。寺村辉夫的结论是："这个实验说明，用语言这一手段向对方传达意思是多么的困难。与详细的描述相比，只把事物的特征单纯地讲出来，更容易沟通意图。"⑩

儿童文学作家如果没有深邃的思想，其作品就流于浅薄，这是我们常常能见到的；一名儿童文学作家只有思想，却不能以"简化"的形式来表达，作品就会变得艰涩或笨拙，这也是我们所能看到的。

我想，一流的儿童文学作家大都是喜爱单纯、朴素的事物，并且喜欢以单纯、天真的目光看待生活和世界的人。这样一群人走向儿童文学，是因为儿童文学的简化的艺术表达形式，深深地吸引着他们。

第二节　儿童文学作家类型

一、从心性上划分的作家类型

从心性上来划分，可以把儿童文学作家分为两类：一类是"生就"的儿童文学作家，一类是"造就"的儿童文学作家。

别林斯基说："儿童作家应当是生就的，而不应当是造就的。这是一种天赋。这里不仅仅要求有才能，而且还要求有某种天才……不错，培养一个儿童作家需要很多很多条件：需要有一颗天惠的、博爱的、温和的、安详的和孩提般天真无邪的心灵；需要有高深的智慧、渊博的学识和洞察事物的敏锐目光；不但要有生动的想象力，而且还要有生动活泼的、富于诗意的、能够以活生生的、光彩夺目的形象来表现一切事物的幻想能力。不言而喻，热爱儿童，深刻了解各种年龄儿童的需要、特点和差异，也是一些极为重要的条件。"⑪

在别林斯基的这段话里，饶有意味的是，他把热爱儿童、了解儿童放在了"也是"这种靠后的位置。别林斯基显然看重的是"天赋"，是包含了那么多珍贵品质和能力的"天赋"。在别林斯基眼里，为孩子创作了《咬核桃小人和老鼠国王》的德国的霍夫曼就是"生就"的儿童文学作家。"……像霍夫曼这样离奇古怪而又富于幻想的天才，屈尊俯就于儿童生活的环境之中，是丝毫不足为奇的：在他自己身上就有许多童贞和稚气、有很多天真无邪的东西，而且没有人能像他那样善于用富有诗意的、为儿童易懂的语言同孩子们讲话！"⑫

在"生就"的儿童文学作家的天赋中，"孩提般天真无邪的心灵""童贞和稚气"是最为核心的要素。从这一角度而言，安徒生可谓"生就"的儿童文学作家的典型。

勃兰兑斯曾写下两篇评论安徒生的长文，一篇是前面提到的《童话诗人安徒生》，另一篇则是《作为人和童话诗人的安徒生》。如果说前者主要是关于安徒生童话的艺术论的话，后者则是关于安徒生的性格的人物论。在《作为人和童话诗人的安徒生》一文中，与安徒生有过交往的勃兰兑斯以很多事例表明安徒生自我中心的天真性格。比如勃兰兑斯写下了亲身经历的一件事——

　　……一天，我从特尔巴尔德森博物馆的旁边走过时，安徒生从靠海岸的一侧迎面走来。
　　"我在葡萄牙受到赏识的事情您听说了吗？"
　　他一边大声喊着，一边横穿大路跑过来。他大声而急切地告诉我，有人翻译了他的数篇作品，有人在翻译作品的后记中提到了他几句。说完以后，转眼就离去了。
　　我不由得脱口自问："这个人的心里究竟是怎么回事儿？"

在该评论中，勃兰兑斯说："喜欢他并理解他的人们并不怎么蔑视他那自我中心的性格。理由只有一个，那就是它过于天真、单纯，以至于赤裸裸地呈现在光天化日之下。"对安徒生这种性格给予理解的勃兰兑斯当听到有人非难安徒生的人品时，曾为安徒生辩护："他可完全是个孩子啊！"在文章结尾，勃兰兑斯对安徒生的儿童心性给予极高的评价："安徒生在根本上是被人格化了的庶民的心灵和庶民的才智。但是，在内心底层，他又是具有奇妙的幼稚性格的人。因为有了这一性格，他比任何一个丹麦人都容易进入孩子的心中。他驱使着幻想力，没有半点儿不自然地把自己置于了孩子的立场上。就这样，他成了一位伟大的、大众的、被孩子们爱戴的童话诗人。"⑬

"生就"的儿童文学作家即使不是专门为儿童创作，也能写出儿童文学来。勃兰兑斯说过，英国人的儿童心性是无可比拟的。事实上，恰恰是众多英国的儿童文学作家敢于宣称，自己不是为儿童，而是为自己在写作。一个有意味的现象是，有些优秀的儿童文学作家，反而强烈地表明自己不为儿童写作的姿态。日本的佐藤晓就说："我不知道别人，反正我是只为自己创作儿童文学。我没有想过'为儿童'而写作。……我在自己的意志之下写自己觉得有趣的事。我创造他人力不能及的只属于自己的世界，在这里，作为作者的我是一种统治者，我掌握着生杀予夺的权力，对他人没有必要作任何妥协。所有的一切都由我来负责，采纳他人的意见当然是我的自由，不过，排斥他人的意见更是我的自由。"⑭

我觉得，对别林斯基所说的"生就"的儿童文学作家和"造就"的儿童文学作家也可以表述为天性型和技艺型这两种类型。尽管别林斯基说儿童文学作家"不应是造就的"，但是，在任何时代都会有"造就"的儿童文学作家存在，而且儿童文学也需要"造就"的作家，"造就"的儿童文学作家也在为儿童文学事业作贡献，我们不应该忽视这样的作家的存在。不过，鲁迅的这段话值得注意："孩子在他的世界里，是好像鱼之在水，游泳自如，忘其所以的，成人却有如人的凫水一样，虽然也觉到水的柔滑和清凉，不过总不免吃力，为难，非上陆不可了。"⑮ "造就"的儿童文学作家就有如鲁迅所讲的进入儿童世界"凫水"的成人，其创作总是显露出"吃力"和"为难"。当然，如果"造就"型作家对儿童生命世界做有意识地涉入，经过勤苦的修炼，还会在一定程度上找回一些自身早年生命的感觉，加深对儿童生命状态的体验，向"生就"型作家靠近一步。

二、从职业化程度划分的作家类型

儿童文学的成立，除了在社会思想上要有现代的儿童观的确立和文化的学校产业的发展之外，还需要具备将儿童文学书籍作为商品来流通的经济条件。

市场经济是社会现代化的必要制度。正是在西方的市场经济体制下，儿童文学得以作为商品而成立。可以想见，在自给自足的封建社会，是不可能出现儿童文学的生产者（作家）的。

在思考作为商品的儿童文学时，我们不能不又一次对活版印刷机投去感激的目光。是活版印刷机将文学从没有传播效率的抄写的束缚中解放出来，使文学也成为生产（创作）、配给（发行）、消费（读者购买）的经济行为的对象，得以广泛传播。印刷技术发展到彩色印刷术时，还促使图画故事这一崭新儿童文学文体的诞生。市场经济的原则是利润的获得。所以，被称为儿童文学起点的约翰·纽伯利印刷、出版儿童文学书籍的行为首先是商业活动。从那一天起，市场经济法则就一直影响着儿童文学的创作。

由于儿童文学可以通过杂志或单行本的出版，作为商品在市场上流通，所以才得以鼓励某些具有才华的人成为儿童文学的生产者（作者）。儿童文学领域里发生的这种产业分工是有一个发展过程的。在这一发展过程中，出现了三类儿童文学作家。

第一类作家是《鲁滨逊漂流记》的作者笛福、《格列佛游记》的作者斯威夫特、《堂·吉诃德》的作者塞万提斯、《雾都孤儿》的作者狄更斯等人。他们并不是为儿童写作的作家，但是，因为其作品富含儿童文学的要素，为儿童所爱读，特别是以此为蓝本为孩子们编写的作品更是被纳入儿童文学的宝库。在儿童文学史论著中，他们也常常被作为儿童文学作家来谈论。

第二类是兼职的儿童文学作家。在西方，至 19 世纪末，儿童文学创作者几乎都是成人文学作家或教育工作者。有的作家，如马克·吐温、斯蒂文森和吉卜林，虽然专门为儿童创作了儿童文学，但是，他们并不是专业儿童文学作家。堪称儿童文学经典的《格林童话》和《爱丽丝漫游奇境记》，两者的作者都是大学教授。在中国，1949 年以前的叶圣陶、冰心、张天翼等也是兼职的儿童文学作家。

第三类是专业的儿童文学作家。从 19 世纪后半叶以后，西方逐渐出现专业的儿童文学作家。进入 20 世纪 20 年代，迎来儿童文学黄金时代的美国儿童文学作家的专业化发展最快。特别是二战以后，随着世界经济的发展，作为文化产业的儿童文学出版日益繁荣，使得专业儿童文学作家的队伍越来越壮大。

三、从创作动机划分的作家类型

日本学者上笙一郎在《儿童文学引论》一书中曾指出儿童文学作家有五种类型，其中第五种类型是具有"儿童文学的天性"的作家，这也就是我们前面所说的"生就"型儿童文学作家。下面介绍的上笙一郎所说的另外四种类型，都是从创作动机这一角度来划分的。

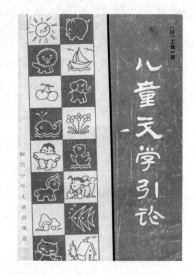

第一种类型，从"社会正义"的立场出发而创作儿童文学。

上笙一郎例举了意大利作家亚米契斯的《心》（即《爱的教育》)，指出:《心》写于1886年，当时独立运动正在遭受法国长期奴役的意大利蓬勃兴起,《心》正是为独立运动推波助澜而问世的。

日本的战争儿童文学，如壶井荣的《二十四只眼睛》也是伸张"社会正义"的作品。小说中的大石老师在送自己的五个学生上战场时，一声"可别做什么'光荣战死'的事，要活着回来呀"的悄悄叮嘱，是对当时疯狂的日本军国主义的反抗。

中国作家叶圣陶的童话集《稻草人》充满了"成人的悲哀"，连叶圣陶自己也知道它太不近于儿童，但是，这种"成人的悲哀"恰恰出自于对没有真正童年的中国社会现实的关注和揭露。叶圣陶对中国的非"现代的人生"悲之切，哀之痛，背后隐含着他对真正的童年即可以拥有儿童文学的童年的强烈要求。在欲创作"儿童本位"的儿童文学而不能的时代，表现诅咒和拒绝这个时代的"成人的悲哀"，正是在为"儿童本位"的儿童文学得以出现创造着前提条件。童话集《稻草人》"为儿童"的现代性正在这里。

第二种类型，出于教育的责任感而创作儿童文学。

如果说"生就"的儿童文学作家具有很深的"童年"情结，那么这种类型的作家则具有浓厚的"教育"情结。

英国的纽伯利于1744年为儿童出版了《可爱的袖珍书》，这本书的副标题是"以小汤米和可爱的波利他们的教育和娱乐为目的"。在那样的时代，纽伯利将"娱乐"与"教育"相并列提出，是具有深刻意义的。至1815年，纽伯利以及他的继承者共出版了近400种童书。"人们常说，纯粹为孩子的快乐而出版童书的，纽伯利是第一人。不过，实际上每本书都具有一定程度的教育目的，娱乐优先的书只有16册。纽伯利相信书籍是给青少年良好影响的手段。但是，作为约翰·洛克的信奉者，他认为良药必须包上糖衣。即是说，书籍应该告诉给儿童的，'是具有作为儿童应有的义务和关心，而与对孩子进行说教相比，应该采用使其快乐的方法'。"⑯

中国素有儿童文学是"教育儿童的文学"（鲁兵语）的观念。持这种观念的作家为数甚众，张天翼就是其中典型的代表。张天翼曾谈到过自己创作儿童文学作品的动机："我在跟孩子们的接触当中，发现有一些个问题"，"有的孩子往往有点懒，有的不爱动脑筋，有的看见好玩的东西就忘了学习，有的孩子在学校里肯劳动，可是回到家里就要大人帮做这做那，……我写的《罗文应的故事》、《不动脑筋的故事》、《宝葫芦的秘密》、《蓉生在家里》等作品，就是针对孩子们这种种问题"。⑰作家还说："有时我直接或间接知道有的孩子因读了我的某些东西而得了些益处（能进步，能变得更好，或是能改正自己的缺点，等等），那真是我的最大快慰，最大喜悦，也是给予我这项劳作的最大酬报。"⑱

需要指出的是，作家出于教育的责任感而创作儿童文学，如果对儿童的心性缺乏了解和尊重，作品就容易陷入教训、说教、冷漠的泥淖，成为艺术水准低下的三流作品。但是，洞察儿童心灵世界的作家，则能够将教育性、文学性和趣味性水乳交融于一起，使作品超越教训，成为蕴含成长启示、温暖关怀的文学。意大利科洛迪的童话《木偶奇遇记》、苏联尼·诺索夫的小说《马列耶夫在学校和家里》都是这样的作品。

第三种类型，从将某种人生经验传达给儿童的愿望出发而创作儿童文学。

上笙一郎认为，这种类型中的很多人是出于父母或祖父母之心，他们或者经历了人生道路的曲折坎坷，或者到了晚年，感慨自己的一生，而自然产生了向孩子传达人生经验的心情和愿望。这样的作品上笙一郎例举的有法国作家乔治·桑晚年为孙女创作的《祖母的故事》、英国金斯莱的《水孩子》、日本坪田让治的儿童小说，以及竹山道雄的小说《缅甸的竖琴》。

第四种类型，为了供孩子们娱乐而创作儿童文学。

很多世界儿童文学名著是作家以具体的儿童为讲述对象而创作出来的，这些作品往往是以娱乐儿童为目的的。我们在前面介绍的刘易斯·卡洛尔的《爱丽丝漫游奇境记》、斯蒂文森的《宝岛》、班娜曼的《小黑孩桑布》、米尔恩的《小熊温尼·菩》、林格伦的《长袜子皮皮》都是这一类作品。

为娱乐孩子而创作儿童文学，往往使作家站在一个正确的位置之上。美国作家李欧·李奥尼的《小蓝和小黄》已经是图画书中的经典。作品中蓝孩子与黄孩子拥抱在一起变成绿孩子的情节，也许在许多被功利心迷住眼睛的成人那里，不过是蓝颜色与黄颜色合在一起会变成绿颜色的知识，可是，李欧·李奥尼的本意并不是要告诉儿童读者一个关于颜色的有用知识，而是要讲述一个关于友情的愉快故事。有一天，年幼的孙子和孙女闯进了李奥尼的工作室。为了能让两个孩子快乐地离去，李奥尼一边用蓝颜色和黄颜色在图画纸上涂抹着，一边即兴讲了这个故事。据说在故事的讲述中，孩子们也好，李奥尼本人也好，都深深地陶醉了进去。这本书就是这样，在李奥尼与孩子们的愉快交流中自然而然诞生了。

四、从创作立场划分的作家类型

艾姿碧塔在《艺术的童年》一书中，从创作立场上将儿童文学作家分成三种类型："母亲"作者、"父亲"作者和"儿童"立场的作者。

艾姿碧塔所说的"母亲""父亲"都是一种立场的象征，而不是指母亲与孩子、父亲与孩子间的实际关系，更不是作为母亲、父亲的性别关系。艾姿碧塔认为，"母亲"的立场和"父亲"的立场就是向儿童读者传授有限的认知世界的知识。一成不变的是，来自"母亲"作者的是具体的知识，来自"父亲"作者的是抽象的知识。

艾姿碧塔进一步解释说："母亲"作者"教育我们一切与身体有关的事物，例如身体各部位的名称，怎样穿衣、吃饭，如何刷牙，如何让自己安然入睡，教育我们感知能力，让我们知道什么是危险与痛楚，等等。孩子通过母亲作者认识了自己小小世界里的房子、花园、小动物以至整个环境"。"至于父亲作者，则教导我们认识家庭以外的世界。他是一部字典、百科全书、科学期刊或是指南。"⑲

第三种类型是"儿童"立场的作者。这也正是艾姿碧塔本人所选取的立场。她认为"儿童"的立场跟所谓父母的立场不同的地方就在于，儿童的世界是开放的。

如果如艾姿碧塔所说，儿童的世界是开放的，那么非儿童立场的"母亲"立场和"父亲"立场恐怕就是封闭的。可是，"母亲"作者能使孩子认识"整个环境"，"父亲"作者是孩子的"百科全书"，这不也是开放的吗？我理解，其实，艾姿碧塔所说的"开放"性，是指儿童的心灵世界面向一切可能的敞开，而成人所能，往往是对既成事实的接受。

刘绪源在《儿童文学的三大母题》一书中，富于创意地阐释了爱的母题、顽童母题、自然母题。他在爱的母题里，又分出了母爱型和父爱型。他所指出的"'父爱型'与'母爱型'，都体现着'成人对儿童的眼光'"这一点，与艾姿碧塔描述的"母亲"作者、"父亲"作者的立场有些相近。而刘绪源所论述的体现儿童自己的目光的顽童母题则与艾姿碧塔自己所选择的"儿童"立场相符合。

应该说"儿童"立场的作者的作品更容易与儿童读者进行深入地沟通和交流。我们读希尔弗斯坦的《不擦盘子的高招》、任溶溶的《我是一个可大可小的人》、高洪波的《懒的辩护》，这些童诗都能引起儿童深深的同感和共鸣。

文学创作是极为丰富也极为复杂的精神劳作，儿童文学创作也不能例外。

因此，需要说明两点：第一，我们从四个方面所划分的儿童文学作家的类型其实也并不能涵盖所有，一定还可以从其他角度来划分儿童文学作家类型；第二，对一名作家不应只嵌定在一个类型的框子里，创作的思考和出发点一定是多元的，所以，一名作家同时属于多种类型也不足为奇。

第三节　儿童文学的创作方式

儿童文学与成人文学一样，作家创作时，也会侧重性地采用浪漫主义、现实主义、现代主义、后现代主义等创作方法，并且也有可以对号入座的作家、作品，比如安徒生是典型的浪漫主义作家，叶圣陶则是现实主义作家，幻想小说《夏洛的网》既有浪漫主义的元素，同时也是现代主义的作品，而图画书《臭起司小子爆笑故事大集合》《三只小猪的真实故事》则有鲜明的后现代主义特征。

我们这里讨论的儿童文学创作方式不同于上述文学共通的创作方法，而是儿童文学自身所拥有的写作规律。

儿童文学创作有两个基本规定：第一，要面向儿童。尽管很多创作出优秀作品的有天赋、有自信的作家声称自己不为儿童、不面向儿童创作，但是其作品依然显示出面向儿童读者的面貌。而且，有更多的作家在创作之初，心中就怀有儿童隐含读者。第二，要表现儿童的生活。虽然不写儿童，只写成人的作品也能成为儿童文学，但是，这毕竟是极少数，而绝大多数作品还是以儿童作为自己的主要表现对象。

上述两个基本规定，深刻影响着甚至左右着儿童文学作家的创作，使儿童文学呈现出一般成人文学所没有的一些特殊的创作规律。

下面，我们归纳出几组具有对应性的创作方式进行研讨。这些相对应的创作方式彼此之间，或许有优劣、高低之分，或许只是各具特点。

一、童年实际体验式和体验虚构式

动用自己过去生活的经验和体验，这几乎是小说家创作时的共同行为。但是，这种心态或创作方式，对有些作家的意义非同小可。比如鲁迅，我认为他就是凭回忆进行创作的小说家。虽然鲁迅也有纯粹虚构的作品，但是鲁迅小说中的精品，如《故乡》《社戏》《孔乙己》都是回忆性质的小说，这些小说大多有故乡这一实有的环境或往日生活中确有的事件或人物。几乎有一个规律，每当鲁迅的小说与他的童年和故乡发生深切的关系，作品往往就会获得充盈的艺术生命力。

由于"儿童"性的规定，儿童文学作家在创作时需要调动的主要是自己童年的生活体验。关于生活经验和生活体验的区别，上笙一郎曾这样论述："童年时代曾经做过何种游戏或交往过哪些朋友一类事是属于日常流水账一类，只能称之为经验。而像幼年丧失父母，或视为身心依靠的家被大火焚烧这样一类事件，从它们与人的自我形成有关联这个意义上，则可称之为体验。"[⑳]可见"体验"比"经验"更具有文学要素。

童年实际体验式创作大多出现在一个国家儿童文学的早期阶段，其形式也基本为短篇作品。在日本，大正时期的优秀儿童文学作家千叶省三和有岛武郎都属于这种写作。

千叶省三曾明确说，他要在自己的幼时的记忆中去创作自己的童话。考察千叶省三的现实性儿童小说，作家的确是在表现生活在记忆中的儿童们的生活。而且作家只是再现了记忆中的儿童生活，而并不期求创造新的儿童世界。

与千叶省三相似，有岛武郎也是将自己的幼时的记忆和体验作品化的作家。

描写偷窃与成长的故事的《一串葡萄》，把溺水求救的妹妹扔在波涛里，哥哥独自一人游上岸逃生并在内心自责、忏悔的《溺水的兄妹》，哥哥与弟弟打架后，看到因吞下围棋子而痛苦不堪的弟弟的苦相，兄长之爱骤然涌出的《吞下围棋子的阿八》，还有《我的帽子的故事》《火灾与小狗》，有岛武郎的儿童文学作品除去《残废者》，都是以自己幼年和少年时代的体验为素材创作出来的，那些作品中的"我"的心态与有岛武郎实在是灵犀相通。

从以上作品可以看出，有岛武郎是持有儿童感觉的作家。那么为什么能够虚构出《一个女人》这样规模宏大的现实主义力作的有岛武郎却只是一味在自己的幼年和少年体验中挖掘素材呢？这与他的求道性格密切相关。因为这种求道性格，他不能不凝视在童年时代曾刺痛自己心灵的过失和错误，并通过自我否定来重建新的自我。如果想写，有岛武郎恐怕也能写出具有虚构力和吸引儿童的生动故事情节的作品，但是，以他的性格，会把这种创作看成是对自己的人生的一种逃避。这种认真、拘谨的性格正是有岛武郎的人生的本质，而结晶成的同时代作家所没有的那些极为严肃甚至有些沉重的儿童文学作品正是这一本质的"自我表现"。

以童年实际体验来构成的作品，往往能真实、生动地再现儿童的心理和生活，不过，固守自己的童年记忆和体验的创作也有局限，那就是拒绝虚构，很可能失去儿童文学丰富的可能性。

童话、幻想小说、科幻小说这些本来就需要对幻想世界的想象力的文体，离不开虚构这一点不言自明，像儿童小说这种写实作品，特别是中、长篇作品，要全面、真实表现儿童的生活世界，特别是要挖掘这个世界的本质，也必须采取虚构的方式。

小说家王安忆说："小说的情节应当是一种什么情节？我称之为'逻辑性的情节'，它是来自后天制作的，带有人工的痕迹，它可能也使用经验，但它必是将经验加以严格的整理，使它具有着一种逻辑的推理性，可把一个很小的因，推至一个很大的果。"[21]儿童文学有着与成人文学不尽相同的文法，比如，秦文君的《男生贾里》这样的"反复故事"就不必墨守王安忆立下的规矩，但是对她的成长小说《天棠街3号》而言，王安忆的观点又是不容怀疑的金科玉律。

小说是一种叙述艺术，作家在叙述之前和叙述之中，必须处理底本（现实生活）与述本（小说文本）之间的关系。一般而言，底本为小说家提供的经验是杂乱无序的，小说家的创作冲动当然首先来自底本提供的感性材料，但是，仅凭这些材料，小说家还难以获得推助叙述向前开展的动力，他还得借助虚构寻找推助叙述的动力。尤其是对表现儿童成长的小说而言，能否寻找到叙述的动力就成了作品成败的关键。彭学军的《你是我的妹》就在叙述"我"的成长时，设置了大量事件与人物性格发展间的因果联系，铺排一系列的"功能体"母题（也可以叫伏笔），并在后面的叙述中进行呼应，因为这些"功能体"母题一旦被悬空或遗忘，因果关系就会被割断，小说的成长意味就会消散。可以说，成长小说这样的写实文学，离开虚构是难以结构成篇的。

需要注意的一个问题是，在儿童小说的虚构过程中，作家的童年生活体验仍然发挥着重要作用。保持孩提时的那种感受事物和人际关系的能力甚至是虚构的儿童文学作品获得真实性的前提或保障。这种能力也就是凯斯特纳所说的"能够历历在目地回忆起儿时的往事"的能力。具有这种能力不仅能使作家虚构的"事件"具有发展的逻辑性，而且在细节中，儿童形象的一言一笑、一举手一投足都是鲜活的。

另一点需要说明的是，在体验虚构式作品中，作家的童年实际体验也往往会杂糅进故事的讲述和情节的设定之中，而且这些情节往往成为作品的生动、亮丽之处。

二、外部观察式和内部体验式

日本作家新美南吉（1913—1943）既创作出了《狐狸阿权》《买手套》等广为流传的童话名著，也写作不太为人所知，但是水准颇高的《久助君的故事》《瘊子》等儿童小说。他在1933年写作的评论《从外部走向内部——一种清算》中，以"昆虫"来比喻儿童，以"昆虫家"比喻某些儿童文学作家，以"观察昆虫的生活"来比喻从外部描写儿童的创作态度，以"昆虫记"比喻在这种创作态度中产生
的作品。新美南吉批评说："我们标榜——昆虫也有生活，'观察昆虫的生活'这正是'昆虫家'的前途。………但是，这是正确的吗？我们的'昆虫记'给昆虫有意义吗？我们的'昆虫记'并非一定要给昆虫。童谣，进一步扩大到儿童文学，是给儿童看的文学，而不是以儿童为素材的文学。把昆虫记给昆虫会有意义吗？"

在这篇评论的结尾，新美南吉这样表达自己的创作主张——

　　我们深入到昆虫的内部，变成昆虫吧。我们去过昆虫的生活吧。在空中飞舞，在地上爬行，在树叶上歇息吧。在我们的心灵中发现昆虫也可以。去发现潜藏在我们心灵的某处，像星星一样闪烁的昆虫吧。不是追求外部而是探寻内部。丢弃昆虫的客观，获得昆虫的主观。用昆虫的视觉去看，用昆虫的听觉去听，用昆虫的嗅觉去闻，用昆虫的触觉去感受。把通过这些器官获得的东西，用一个观念来加以整理。从昆虫蜕变的我们"成人"的观念发挥重大作用的时候，就是这种整理的时候。而且，正因为成人的观念在整理上发挥着作用，我们的作品才和孩子的作品具有不同的意义。

新美南吉所主张的这种创作方法，即使在今天仍有深刻的意义，给人以新的启示。恐怕中国的儿童文学研究者都会由此而联想到陈伯吹在 20 世纪 50 年代所说的话："一个有成就的作家，能够和儿童站在一起，善于从儿童的角度出发，以儿童的耳朵去听，以儿童的眼睛去看，特别以儿童的心灵去体会，就必然会写出儿童所看得懂，喜欢看的作品来。"[22]

新美南吉这样说，也这样做。在他的第二类作品即儿童小说（少年小说）里，我们可以明显感到作家是在运用《从外部走向内部——一种清算》所主张的内部体验这一方法。有日本学者认为，新美南吉首先确定了深入儿童的内部，通过儿童的眼睛描写儿童的现实生活的方法。站在儿童的立场上，这一儿童文学所追求的方法，到了新美南吉这里，终于得以固定下来。

所谓外部观察法，是指成人作家站在成人的角度来描写儿童的方法。

1921 年，27 岁的叶圣陶创作了《小白船》。人们一直将《小白船》归类于童话文体，可是，如果把童话视为幻想故事的话，这个故事却并没有幻想内容。在这篇作品中，叶圣陶描写了两个儿童形象。两个孩子乘坐小白船，被大风刮到离家 20 里地之外的地方，难以回家，这时一个男人提出，如果两个孩子能回答上他提出的三个问题，就送他俩回家。其中一个问题是："为什么你们乘的是小白船？""女孩举起手，好像在课堂上回答老师似的：'因为我们纯洁，只有小白船才配让我们乘。'"于是，"那个人大笑起来，他说：'好，我送你们回去。'"

我们知道，认为孩子是"纯洁"的，这是大人的看法，而孩子自己，却不会自觉自己是"纯洁"的。所以我认为，《小白船》描写儿童的这种方法就属于成人作家从自己的角度即外部来观察孩子的写法。

相反，叶圣陶在小说《一课》《小铜匠》中描写儿童形象时，则采用了内部体验的方法。《一课》写的是小学生"他"将心思全部投注在养在匣子里的小蚕身上，而在上课时不断走神的过程。"他手里拿着一个盛烟卷的小匣子，里面有几张嫩绿的桑叶，有许多细小而灰白色的蚕附着在上面呢。他不将匣子摆在书桌上，两个膝盖便是他的第二张桌子。他开了匣盖，眼睛极自然地俯视，心魂便随着眼睛加入小蚕的群里，仿佛他也是一条小蚕：他踏在光洁鲜绿的地毯上，尝那甘美香嫩的食品，何等的快乐啊！那些同伴极和气的样子，穿了灰白色的舞衣，做各种婉娈优美的舞蹈，何等的可亲啊！""他自己是变更了，不是他平时的自己，只是一条小蚕。"作这样的描写，此时叶圣陶已经完全化作了孩子。

似乎有一个普遍规律，当作家用外部观察的方法写作时，笔墨多为介绍或交代，而采用内部体验方法写作时，笔墨则多为描写，尤其是对细节和心理的描写。下面各举一例——

　　他当然同别的孩子一样，喜欢奔跑，喜欢无意识地叫喊，喜欢看不经见的东西，喜欢附和着人家胡闹。但是他不喜欢学校的功课。他在课堂里难得静心，除了他觉得先生讲演的态度很好玩，先生如狂的语声足以迷住他的思想的时候。若是被考问时，他总能够回答，可是只有片段的，不能有完整的答案。

—— 叶圣陶：《义儿》

（汤姆经常挨姨妈打，这天他挨了一顿冤枉揍，非常委屈。虽然姨妈知道真相后，已经后悔，并渴望汤姆原谅她，但汤姆不肯理睬。——本书作者说明）

他暗自幻想着自己躺在床上，病得快要死了，他的姨妈在他身上弯着腰，恳求他稍说一句简单的饶恕的话，可是他偏要转过脸去向着墙，不说这句话就死去。呵，那时候姨妈的心里会觉得怎样呢？他又幻想着自己淹死了，被人从河边抬回来，头发浸得透湿，他那伤透了的心可是得到安息了。姨妈会多么伤心地扑到他身上，像下雨似地掉眼泪，嘴里不住地祈祷上帝把她的孩子还给她，说她永远永远也不再打他骂他了！可是他却冷冰冰地、惨白地躺在那儿，毫无动静——一个小小的可怜虫，什么烦恼都结束了。他这样拼命地拿这些梦想中的悲伤激动自己的感情，到后来竟不得不老是吞下泪水，因为他老容易把嗓子哽住；他的眼睛也让泪水蒙住了，老是发晕，他一眨眼睛，泪水就流出来，顺着鼻尖往下掉。他这样玩弄着他的悲伤情绪，对他简直是一种了不起的快乐……

—— 马克·吐温：《汤姆·索亚历险记》，张友松译

在作家的实际创作中，似乎不可避免地会出现外部观察的笔墨。但是，如果这种笔墨过多，作品便缺乏生动性，缺乏对读者的吸引力。相反，如果内部体验的笔墨为主体，外部观察笔墨为点缀，那么，作品则可能收到详略得当、一张一弛的效果。

三、象征的、诗的方法和写实的方法

日本作家小川未明的儿童文学主要是以象征的、诗的方法来构成的，其典型代表是《红蜡烛和人鱼》《月夜和眼睛》等童话作品。不过，即使塑造儿童形

象时，小川未明也会采用象征的、诗的方法。

《爬到树上的孩子》这篇作品写辰吉小时候父母双亡，由奶奶抚养大，当他问奶奶，妈妈到哪儿去了，奶奶告诉他："你的妈妈升上天空，变成了星星。妈妈不回来了，她每天晚上都在天上看着你听话地长大。"辰吉把屋顶上那颗发出温柔的红光的星星当成了自己的妈妈，每天晚上都在院子里，仰望天空，呼唤着妈妈。长到12岁，辰吉到别的村子去做帮工，但是，他认为雇主家屋顶的红星是"死去的妈妈跟着自己，来到这户人家的屋顶，在守望着自己"。村边有一棵高耸的大树，小孩子们在为爬到大树上是否可以够到星星争论不休时，辰吉爬了上去，一直没有下来。第二天村里的人在树上发现了辰吉的衣裳，但是，辰吉却不知去向。村里人有的说辰吉变成了蝙蝠，有的说辰吉变成了猫头鹰。

这篇作品像小川未明的其他很多童话一样充满了神秘的色彩。在作品中，争论的小孩子里有的坚持树枝够到了天上，有的则说，天要更高，高出十里、百里，有的说，天看起来离得那么近，是因为秋天空气澄澈的缘故。可见，这篇作品也有写实的成分。正是因此，可以明白无误地说，在辰吉这一少年形象的塑造上，小川未明运用的是象征的方法。辰吉的心理和行为具有情感的真实或者"诗"的真实，但是，不是小说的真实，不是现实中的儿童的真实。

我们可以将洪汛涛的《神笔马良》与小川未明《爬到树上的孩子》相比较。《神笔马良》虽然是童话，在人物描写上有夸张的笔墨，但是，马良的心理和行为却依然符合现实生活中的儿童的心理和行为的逻辑。虽然不及小说所描写的儿童形象细腻，可是，性质上是写实的。

在儿童小说、少年小说创作中，也存在象征的、诗的和写实的这两种不同的方法。

曹文轩的少年小说在表现儿童时，也有写实的笔法在其中，但是，杂糅进了相当多的象征的、诗的手法。他早期的短篇小说，如《弓》《古堡》等作品，象征的、诗的方法相当明显和突出，而后来的长篇小说《青铜葵花》总体上也有这种倾向。《青铜葵花》是将"儿童"作为表现作家的人生哲学的一种方法的小说。"青铜家只有天，只有地，只有清清的河水，只有一番从心到肉的干净。"

毫无疑问，这是象征的、诗的表现方式。在小说中，作家通过对青铜、葵花两个孩子的象征性、诗性刻画，渲染式地展示自己的苦难意识、美学意识和情感取向。似乎可以说，《青铜葵花》是一部童心主义的小说，显示出一种心灵净化的效果。

说到童心主义，自然使人联想到伯内特（1849—1924）的小说《小伯爵》。这部被一些评论者称为"感伤"的小说，是"滥情感伤的书籍中写得最透彻的"作品。小说描写的是一个七岁的年幼的孩子对一位老人的感化。描写老人由冷漠转为温良的过程时，书中有很多这样的抒情："他太自私自利的了，竟致看见别人的不自私，都不会感到快乐的。他从来不知道，一个小孩子的心，是多么温柔，多么忠实，多么可爱；他也从不知道，小孩子们的单纯而仁慈的真情，是多么天真，多么自然。""假使叫他把真情吐露出来的时候，他也许要不自禁地承认那些打动他的心的东西，是他自己所没有的那些美质——那直率而亲切的性情，和绝不会去想到罪恶的亲爱的信心。"

可以与《小伯爵》相对比的是凯斯特纳的小说《两个小洛特》。这也是描写儿童影响大人并使其生活发生改变的作品，而且说过"儿童时代是我们的灯塔"的凯斯特纳也有童心主义的倾向，但是，与《小伯爵》的感伤的、诗的方法不同，《两个小洛特》的方法是充分写实的。《小伯爵》中，给老伯爵以影响的更是"童心"情感的投射，在《两个小洛特》中，使离异的夫妻破镜重圆的是两个孩子的具体的行动。《小伯爵》容易让我们联想到普遍的情境，而《两个小洛特》则让我们看到个别的、具体的生活。

注 释

① 见日本儿童文学者协会:《儿童文学研究必备书》(日文版),东京书籍,1976,第63页。

②③④⑭ [日]佐藤晓:《幻想小说的世界》(日文版),讲谈社,1978。

⑤ 转引自[日]高桥健二:《凯斯特纳的生涯》(日文版),(大阪)骏骏堂,1981,第211页。

⑥ [德]莫里茨·盖格尔:《艺术的意味》,艾彦译,华夏出版社,1999,第169页。

⑦ 郭沫若:《儿童文学之管见》,见王泉根评选:《中国现代儿童文学文论选》,广西人民出版社,1989。

⑧⑨⑲ [法]艾姿碧塔:《艺术的童年》,林微玲译,安徽教育出版社,2005。

⑩ [日]寺村辉夫:《童话的写法》(日文版),讲谈社,1982,第190页。

⑪⑫ [俄]别林斯基:《新年礼物·霍夫曼的两篇童话和伊利涅依爷爷的童话》,见周忠和:《俄苏作家论儿童文学》,河南少年儿童出版社,1983。

⑬ [丹]勃兰兑斯:《作为人和童话诗人的安徒生》,见日本儿童文学学会:《安徒生研究》(日文版),小峰书店,1975。

⑮ 鲁迅:《看图识字》,见《鲁迅全集》(第6卷),人民文学出版社,1981。

⑯ [英]汉夫里·卡本特、玛丽·普利查多:《牛津世界儿童文学百科词典》,神宫辉夫等译,原书房,1999,第547页。

⑰⑱ 张天翼:《为孩子的写作是幸福的》,见《张天翼研究资料》,中国社会科学出版社,1982,第459页。

⑳ [日]上笙一郎:《儿童文学引论》,郎樱、徐效民译,四川少年儿童出版社,1983,第48页。

㉑ 王安忆:《心灵世界——王安忆小说讲稿》,复旦大学出版社,1997,第298页。

㉒ 陈伯吹:《谈儿童文学创作上的几个问题》,《文艺月报》,1956年6月号。

一、思考与探索

1. 给儿童的儿童文学创作与一般的文学创作有何不同?

2. 为什么作家能够在"给儿童"的儿童文学中进行"自我表现"?

3. 在本书列举的儿童文学作家的各种类型之间,是否有优劣之分?为什么?

4. 有没有本书还没有论及的其他儿童文学创作方式?

5. 请你以这一章没有列举的某一作品来说明某一种儿童文学创作方式。

二、拓展学习书目

1. [日]上笙一郎:《儿童文学引论》,郎樱、徐效民译,四川少年儿童出版社,1983。

2. [法]艾姿碧塔:《艺术的童年》,林徵玲译,安徽教育出版社,2005。

3. 周忠和:《俄苏作家论儿童文学》,河南少年儿童出版社,1983。

4. [英]德博拉·科根·撒克、让·韦伯:《儿童文学导论——从浪漫主义到后现代主义》,杨雅捷、林盈蕙译,(台湾)天卫文化图书有限公司,2005。

5. 刘绪源:《儿童文学的三大母题》,少年儿童出版社,1995。

6. 吴其南:《守望明天——当代少儿文学作家作品研究》,宁夏人民出版社,2006。

第五章

儿童文学研究方法论

　　儿童文学是文学，一般文学的研究方法也适用于儿童文学。不过，作为一门具有独立性的学科，儿童文学还有自身的研究范畴和特有的研究范式。研究方法对学科的发展极为重要。在古希腊神话中有这样一个故事：美丽的阿里阿德涅公主送给勇士忒修斯一只会滚动的线团，这只线团引导忒修斯通过多歧而混乱的路进入迷宫，杀死了怪物弥诺陶洛斯，然后，忒修斯又由线团引导从迷宫中走出。这个神话故事具有原型的意味，它表现了在人类文化尚未发达到对外物和自我有较高把握力的时代，人类对方法的感性化理解和渴求。在古希腊语言里，"方法"这一概念是由"沿着"和"道路"两个词组合而成，意为"遵循某一道路"，体现了一种朴素的、直观的方法观念。方法本质上是一种手段、工具，是主体和客观的中介。也有学者指出："方法的本质在于，它一方面是联结主客体的中介，同时，它不仅是一个中介物，而且可以作为独立存在的研究对象，即超越这一中介，达到对本体的把握。"①

　　方法是自觉，方法是效率，方法是优化，方法是发现和开拓。对中国的儿童文学理论研究来说，方法论显得尤为重要。要抵达儿童文学这门独特学科的堂奥，必须寻找引导路径的"阿里阿德涅线团"。

第一节　作为学科的儿童文学

在中国，儿童文学普遍被看成"小儿科"。这个"小儿科"具有贬义性，是幼稚和低水平的代名词。儿童文学之所以被戴上这个贬义性称谓，主要原因有三个：一是社会潜意识里对关于儿童的文化的轻视；二是对以西方为代表的世界儿童文学创作宝库和学术研究缺乏了解；三是我们自己的儿童文学历史较浅，学术研究的水准不尽如人意。

如果儿童文学是"小儿科"，它也应该是褒义上的"小儿科"，就像提升了整个医学水平，为医学作出重大贡献的小儿医学一样。其实，在人类文化里，凡是有关儿童的研究都产生较晚，比如，医学里的小儿科，哲学中的儿童哲学，美学中的儿童审美研究，心理学里的儿童心理学，等等。就是说，只有人类思想智慧和认识能力达到相当的水平，关于儿童的研究才会出现并发展起来。儿童文学也不例外，它是一个历史的概念。自有人类的那天起，就有儿童存在，但是，在人类漫长的历史进程中，儿童被成人社会当作"儿童"来对待，却是西方社会进入"现代"以后的事情。如果儿童不能作为"儿童"被成人"发现"，给儿童的儿童文学是不会产生的。

儿童文学研究有一个清晰的从一般文学中分化出来的过程。从一般文学研究中分化出来的儿童文学研究已经成为一个自足的学科。将儿童文学作为学科来看待，至少有三个依据。

一、儿童文学有明确的研究对象——给儿童的文学作品

儿童文学虽然与成人文学之间有一个模糊的地带，甚至一部作品两栖于儿童文学和成人文学的现象也不罕见，但是，在整体上儿童文学作品与成人文学

作品仍然有不同的审美形态和艺术标准，在文学的版图上，儿童文学已经自然形成了独立王国。

二、儿童文学有自己明确的研究领域和完整的学术体系

一般文学研究的四大领域，儿童文学全都拥有。儿童文学有自己的文艺学（比如儿童文学本质论、文体论、创作论、读者论等），有自己的文学史（而且既包括本国的儿童文学史，又包括世界儿童文学史），有自己的文学批评（作家论、作品论），还有自己的书志文献学。这些领域的形成，既是因为学理对儿童文学研究发展的要求，也是因为大量的学术成果已经为这些领域奠定了基础。

三、儿童文学研究有特定的方法

虽然一般文学研究的方法也同样是儿童文学的方法，但是，由于儿童文学与童年历史学、儿童心理学、儿童教育学、民间文学等学科的极为特殊的关系，它又拥有一些解决自身学术问题的特别有效的方法。

但是，儿童文学研究在我国还没有获得一个独立学科的地位。在国务院学位委员会1997年颁布的《授予博士、硕士学位和培养研究生的学科、专业目录》里，并没有儿童文学。现在，拥有儿童文学师资的高等院校，大都在具有博士、硕士授予权的中国现当代文学或文艺学这样的二级学科里招收、培养儿童文学方向的研究生。但是，无论哪一个二级学科，都无法全面涵盖儿童文学。

将儿童文学定性为一个学科具有十分重要的意义。一方面，争得学科目录上的地位，使其在高等院校获取良性的学术发展条件；另一方面，也是更重要的，是为儿童文学学术研究确立明确的发展、建设目标，使其能动地达到与一个学科名实相符的水平。作为一门学科，如果儿童文学理论研究不能像小儿医学那样，为医学的发展作出独到的贡献，提升医学的水平，就不可能成为褒义的"小儿科"。

第二节　儿童文学研究方法的"拿来主义"

如果我们对中国最早的儿童文学读物"童话"丛书的主体内容，对儿童文学理论的奠基人周作人所接受的儿童学、人类学的神话学、生物学的进化论、人道主义的思想的来龙去脉，对儿童文学创作的开拓者叶圣陶的童话的艺术形式进行细致考察，就可以清楚地看到，中国儿童文学是在西学东渐的文化背景下，在西方的直接而有力的影响下产生的。

这样一个文学史发生的事实，对中国儿童文学的各个领域研究的开展具有决定性的影响。就儿童文学研究方法这一问题而言，方法论立足的基点就离不开西方的儿童文学理论方法。儿童文学是名副其实的现代文学。而中国古代文论缺乏形式逻辑的思维，少有理论体系的创构，对作为儿童文学艺术形式资源的民间文学、近代小说、现代绘画等艺术，特别是对关于儿童的研究的阙如，导致了中国古代文论在建立方法论上的整体无效性。

一、儿童文学理论的本土化问题

近些年来，文艺学的本土化问题一直不断地被提起和讨论。自 19 世纪 80 年代以来，现代西方各种思潮和理论涌进了中国，从弗洛伊德到后弗洛伊德，从分析哲学到新历史主义，从解释学到解构主义，从后现代主义到后殖民主义，从"方法论"到"本体论"，在这股强大的潮流的冲击下，正如有的学者指出的，中国学界逐渐丧失了自己传统文化的"根"。到了 20 世纪 80 年代末，人们又回眸本国传统文化资源，开始反省"偏食症"的后果，重新研究传统文化，在文化心理逆转中出现了"国学热"。中国的文艺学本土化问题的讨论就产生于这一背景之下。

儿童文学理论界也有"本土化"的呼声。李利芳的《关于当前儿童文学理论建设的若干思考》[②]一文，开篇第一句就是"建立中华民族特色的儿童文学理论体系是近年学界热切呼唤的一个话题"。李利芳为"当前儿童文学理论建设"提供了四项对策，其中第一项是"对传统儿童文学理论资源的继承"，第四项是"对世界儿童文学理论的横向借鉴"。李利芳所说的"传统儿童文学理论资源"是指20世纪二三十年代的中国现代儿童文学理论。坦率地说，我对"继承"自己的"传统儿童文学理论资源"，"借鉴""世界儿童文学理论"这一立论是十分怀疑的。

我认为，20世纪二三十年代的中国现代儿童文学理论并没有建立起自身理论的传统。我们可以看20年代里成就最高、影响最大的周作人的儿童文学理论，其思想和理论的资源恰恰都来自西方。周作人的最大功绩在于运用当时西方先进的思想和理论，敏锐、有效地处理了中国问题。周作人的儿童文学理论具有主体性和体系性，但是，其理论根基却不具备原创性，而是从西方拿来的。

如果中国现代儿童文学理论的根基不是原创的，而是西方的，即并没有建立起自身的传统，那么，李利芳的对中国现代儿童文学理论要"继承"，而对世界儿童文学理论则只是"借鉴"这一立场和观点就难以成立。

在"本土化"问题上，儿童文学与成人文学具有不同的语境和价值取向。我认为，建设中国的儿童文学理论，还是要一如既往地采取"拿来主义"的立场。儿童文学是现代文学，其产生和发展的思想基础是以儿童为本位的现代儿童观，学术资源是与儿童研究直接相关的儿童心理学、儿童教育学、儿童社会学、人类学、童年历史学、民间文学理论、儿童美术理论，等等，而追寻这些原创理论的源头，都会上溯至西方。

二、儿童文学理论研究的"拿来主义"

采取"拿来主义"，并非必然导致主体性的丧失。鲁迅当年写《拿来主义》一文时就指出，西方"送来"的和我们"运用脑髓，放出眼光"，"占有，挑选"，自己"拿来"的是不一样的。鲁迅说："没有拿来的，人不能成为新人，没有拿来的，文艺不能成为新文艺。"③ 周作人也反对"中学为体，西学为用"这一"勉强去学"西方的"老主意"，他说："要想救这弊病，须得摆脱历史的因袭思想，真心的先去模仿别人。随后自能从模仿中蜕化出独创的文学来，日本就是个榜样。"④

西红柿是舶来品，但是，中国的西红柿与外国的味道有所不同；现代学校制度是从西方拿来的，但是培养出来的学生却是中国的，一定与西方的学生性质有别。首先拿来，然后改造，最终走向创造——"拿来主义"不是照搬主义，不是生吞活剥、食洋不化。在这一点上，周作人的儿童文学理论给我们以启示。他的（20世纪）二三十年代的富于批判精神的那些理论文章，为时代立此存照，具有鲜明的中国特色。创作上也是同理。我曾经评论过秦文君的《一个女孩的心灵史》，文章的标题就是"儿童的'再发现'"。我把它称为卢梭的《爱弥儿》式的"教育小说"，因为在秦文君的许多笔墨中，从观念到语体，我们都不难看到"发现儿童"的卢梭思想的影响。但是，这是一个典型的中国文本，它是中国（20世纪）八九十年代的儿童心灵生活的一个写照，我们只看一眼"小孩是累不死的吧？"这种章节标题，就会知道它是属于我们身处的这个时代的。这是一个发人深省和应该记取的时代。

"橘生淮南则为橘，生于淮北则为枳。"中国的土壤，特殊的时代，决定了儿童文学理论研究采取"拿来主义"并不会被西方同化。中国儿童文学理论不是从西方"拿来"的多了，而是"拿来"的远为不够。

第三节　儿童文学研究者的素质

儿童文学研究者应该是一些与成人文学研究者有别的人，其应该具有的良好的心性素质是：第一，不忘"童年"之本；第二，因为是应对成长中的人生，所以更具有澄明的人生智慧；第三，具有与儿童文化的融通性，比如，拥有儿童般的存在感觉，对朴素、单纯艺术的审美趣味等。

一、不忘"童年"之本

"文学是人学"，是人的灵魂学、精神主体学。我认为儿童文学研究，不能仅仅从纯学问的立场出发，把它作为谋生的饭碗或者智力的操演形式，而是应该上升到通过对儿童文学的思考，追问自身的生存哲学的层次，即把自己的生命和灵魂投入研究之中，在儿童文学与自身的生存哲学或人生观之间寻找到沟通之路。我相信，超然物外、隔岸观火的冷漠的研究态度，只能使研究者远离儿童文学的真髓。

二、具有澄明的人生智慧和文化融通性

儿童文学理论研究对研究者的素质的要求，不仅体现在心性方面，而且体现在智性方面。作为一门新兴学科，儿童文学理论具有鲜明的跨多学科的性质。在现代学术发展中，许多学科多少都具有跨学科性，拿现代（成人）文学研究来说，肯定也会涉及哲学、历史学、伦理学、宗教学、经济学、社会学、民俗学、语言学、心理学等学科，但是，儿童文学研究与相关学科，比如与童年历史学、儿童心理学、儿童教育学、民间文学等学科的天然关系，显然是极为特殊的。

一方面，理论研究方法是由个体的人来运用的，因此研究者的个性决定着对特定方法的选择。另一方面，理论研究方法也对研究者自身的素质提出规定和要求。我认为，儿童文学研究是至难的一门学问。一般来讲，成人文学研究只需要了解成人，而儿童文学研究既要对成人有认识，更要对儿童有洞察，既要对一般文学理论熟知，还要寻找、建立独特的儿童文学自身理论，它对研究者理论素质要求之高，不在成人文学研究之下，甚至要求更高。即使眼下的儿童文学研究远不尽如人意，也不能证明儿童文学学科本身就在这样的水平线上，而只是说明研究者的能力还不足以将儿童文学理论的蓝图建设成应有高度的大厦。

跨学科的儿童文学对研究者的理论知识结构有着特殊的要求。我以为，不可或缺的学科大致有儿童哲学、心理学（特别是深层心理学）、教育学（特别是教育哲学和语文学科教学论）、人类文化学、民间文学、童年历史学、生物学（特别是动物行为学）、儿童美术等。建立起跨学科的综合的特殊的知识结构，才可能左右逢源地运用独特的方法，建设儿童文学理论。当然，细究起来，在上述学科中，单拿出任意一个学科，都需要人终其一生来搞通。如此一来，这里提出的知识结构实在是一种理想。就现实而言，儿童文学研究者不必成为所跨学科的专家，但是应该对其有基本的了解。

坦率地讲，中国儿童文学理论在百年历程中，学术能力既有进步，也有退化。要改变人们的"小儿科"（贬义）评价，提高儿童文学研究的学术品位，至为重要的就是建立合理、优化的理论知识结构，并在此基础上寻求适合自身的理论方法。

第四节　儿童文学研究的主要方法

应该说，一般文学研究的绝大多数方法，都可以用于儿童文学研究，但是作为一门具有极大特殊性的学科，儿童文学研究自然应该建立有着独特功效的方法。下面简要探讨几种具有学科特殊性的主要的研究方法。当然，其中的每一种特定的研究方法都有局限性，都不能凭此包打天下。事实上，在实际研究中，要想获得学术成果的优化，必然要对各种研究方法进行切合客观实际的融通和整合。

一、儿童哲学的方法

儿童文学研究一方面要像一般文学那样，遵循"哲学—逻辑方法"，为自己建立严谨的逻辑体系；另一方面，还要通过儿童哲学研究，建立自身的哲学思想。在儿童文学理论研究中，关于儿童的哲学思想处于最高层次，它不是具体的理论，但是具有根本的指导作用和意义，是属于"至法无法"的范畴。儿童哲学的方法往往不是呈现为独立的理论系统，而是渗透于许多种儿童文学理论研究之中。

正如不能先于研究人而去研究一般文学那样，我们也不能先于研究儿童而去研究儿童文学。儿童文学创作和研究出现的诸多问题，原因大都出在对儿童这一特殊的生命形态缺乏哲学的认识和把握能力上。

关于儿童的哲学研究其实包含两个层面的含义：一是关于儿童的哲学研究；二是对儿童自身的哲学思考的研究。上述两个层面的研究，后者比前者产生得晚得多，成果也十分有限。国内比较为人知晓的这方面的研究，当数美国当代哲学家马修斯于 1980 年写成、1989 年被译介到中国的《哲学与幼童》。马修斯还有《与小孩对谈》《童年哲学》等儿童哲学著作。台湾地区于 2004 年翻译、出版了哲学博士约翰·泰曼·威廉斯的著作《小熊威尼谈哲学》。该书对英国作家米尔恩的两部描写小熊温尼·菩的书

进行分析认为，从古希腊宇宙学到 20 世纪存在主义的整个西方哲学，在小熊温尼·菩的世界中得到了生动、清澈的阐释。关于儿童的哲学研究则有比较长的历史，约翰·洛克、卢梭、福禄培尔、弗洛伊德、杜威、蒙台梭利等伟大的教育思想家，都在儿童哲学研究方面作出了重大贡献。对于儿童文学理论研究而言，儿童哲学研究中的第一个层面即关于儿童的哲学研究具有整体方法论的指导意义，而第二个层面对儿童自身的哲学思考的研究所起的作用则不那么直接。

儿童哲学的核心问题就是儿童观。儿童观是儿童文学理论的哲学基础，特别是儿童文学本质论的原点。研究者持有何种儿童观，直接决定了他持有何种儿童文学观。儿童观既是儿童文学理论的研究内容，同时也是一种方法。在儿

童文学理论研究特别是儿童文学本质论研究中，没有自己的儿童观，就肯定没有自己的解决问题的方法。

意大利历史哲学派美学家维柯对美学的最大贡献就在于运用了历史发展观点和历史方法。他的历史发展观点和历史方法有一个总的原则作为出发点：凡是事物的本质不过是它们在某种时代以某种方式发生出来的过程。这就是说，事物的本质应从事物产生的原因和发展的过程来研究。如果借用维柯的历史发展观点和历史方法，我们会清晰地看到儿童观对儿童文学的根本制约：儿童文学的发生是以现代儿童观对"儿童的发现"为前提的，而儿童文学发生以后，儿童观不仅影响着儿童文学的发展，而且决定着儿童文学的走向。整个一部儿童文学史，就是在它的操纵下发生着演变。在儿童文学的演变中，各种形态的儿童文学往往一一与特定形态的儿童观相对应。儿童文学研究者如果没有儿童观这一方法的引导，怎么能够登堂入室？

五四时期，陈独秀曾指出："'儿童文学'应该是儿童问题之一。"如果考虑到成人是由儿童发展而来，儿童是"人"的资源，更应该说儿童文学演算的是关于人类发展、人类的前途命运的最大问题。思考、解答（也许永远找不到唯一的答案）这个问题，关于"儿童"的哲学思考是一个根本的方法。

运用儿童哲学方法研究儿童文学的典范成果是波尔·阿扎尔的那部与利丽安·史密斯的《欢欣岁月》一起被并称为世界儿童文学理论双璧的《书·儿童·成人》这位撰写大作《欧洲意识的危机》的著名思想家型学者，以其深刻的哲思和深入浅出的感性化表达，所揭示的儿童文学的真正奥秘，也正是人类心灵世界的真正奥秘。

我在《中国原创儿童文学的困境和出路》⑤一文中曾说："中国社会的不成熟的重要表现之一，是没有学会向儿童学习，没有通过思考'儿童'来获取富于生气与活力的思想资源。……以中国的教育现状和童年生态的现状而言，中国儿童文学尤其迫切地需要思想型的作家，需要作家

用儿童文学来思考、处理这个时代所面临的重大的和根本的问题。"说到儿童文学理论研究，中国同样迫切地需要思想型的研究者，通过对"儿童"的哲学思考来应对、处理这个时代所面临的重大的和根本的问题。

二、心理学的方法

勃兰兑斯在其名著《十九世纪文学主流》中指出："文学史，就其最深刻的意义来说，是一种心理学，研究人的灵魂，是灵魂的历史。"[⑥]虽然儿童文学中有以成人或动物为主要描写对象的作品，但是，仍然可以说，儿童文学基本是描写、表现儿童心灵世界的文学。依据勃兰兑斯的观点，儿童文学就是一种儿童心理学。需要指出的有两点：第一，儿童文学的心理学是特殊形态的心理学，我把它称为感性心理学；第二，因为儿童文学比成人文学更为感性，因而更具有心理学的质感。

儿童文学是儿童的文学，儿童是儿童文学的出发点和归宿。儿童文学比成人文学更具有心理学的质感，也是由于儿童这一存在决定的。德国动物学家海克尔的重演说认为，动物的个体发生迅速而不完全地重演其系统的发生。心理学研究也接受了重演说的观点，认为年幼儿童的心理与原始人类十分相似。儿童像原始人一样，生活在感性世界中，用感性化的方式把握世界，其心理活动具有超思维的特质。艺术是对普通的日常语言的一种弥补，它超语言，因而也超思维。作为儿童的艺术，儿童文学更具有超思维的特质。阐释儿童文学的这一特质，心理学可以提供最为有效的方法。

如今的心理学，已经细化为数十、上百个领域。儿童心理学、教育心理学、审美心理学、社会心理学等分学科都对儿童文学研究具有方法意义和价值，不过，对于具有超思维性质的儿童文学来说，最能有效地进入其深层，揭示其深意的还是以无意识为研究中心的深层心理学。深层心理学的主要代表是研究个体无意识的弗洛伊德的精神分析学和研究集体无意识的荣格的分析心理学。

理性还没有发展或没有完全发展起来的儿童的精神活动中，无意识、潜意识占据着非常重要的地位。弗洛伊德和荣格的深层心理学研究都十分关注儿童、童年以及儿童的艺术。弗洛伊德的《来源于童话的梦的素材》《三个匣子的主题思想》《列奥纳多·达·芬奇和他童年的一个回忆》《歌德在其著作〈诗与真〉里对童年的回忆》等，荣格的《童话中的精神现象学》《集体无意识的原型》《儿童原型心理学》等，都启示着我们，深层心理学为人们进入儿童的神秘而深邃的精神世界，进入儿童艺术的精神底部提供着路径。荣格明确指出：神话和童话是表达原型（即集体无意识）的方式，它们的结构形式与原型极为相像，以至于必须认定二者是彼此相连的。儿童的心理能量和心理发展不仅具有强烈的激荡性，而且因其不能内省而具有盲目性。理性的、机械的、教条的、教训的方式在儿童教育上是难以真正奏效的。而立于儿童的生命空间的儿童文学以其感性心理学表现，对其进行着暗示性的心理疏导和指引。这里有一个研究实例，正可以说明深层心理学是怎样挖掘出儿童文学的这一独特功能。

在民间童话中，主人公不是最小的，就是最不受关心的，或者两者兼而有之。但是，为什么他常常是排行第三呢？对此，著名心理学家布鲁诺·贝特尔海姆这样解释——

在无意识和意识中，数字都代表人：家庭状况和亲属关系。我们很自觉地意识到"一"代表我们自己与时间的关系，就像流行的"自我"参照系证实的那样。"二"表明二人一组，一对，例如恋爱关系或婚姻关系。"二对一"代表竞赛中的不公平，甚至被毫无希望地超过。在无意识和梦中，"一"可能代表本人，在我们的意识心理中便是如此。它也可能代表占支配地位的父亲或母亲——对儿童尤其如此。对成人来说，"一"也指对我们有支配权的人，例如老板。在儿童心理中，"二"通常代表父母，"三"代表儿童自己，与父母有关，而不是与哥哥姐姐有关。那就是为什么无论儿童在血亲亲属中的身份是什么数字，"三"总是指他自己的原因。当童话故事中的儿童是老三时，听故事的儿童很容易以他自居，因为在最基本的家庭成员身份中，儿童数下来是第三，不管他在兄弟姐妹中是最大的、中间的，还是最小的。

超过"二"在无意识中代表比父母干得漂亮。在与父母的关系上，孩子感到自己无足轻重，被忽视了，被虐待了，胜过父母意味着自己已经成长起来，这远比胜过兄弟姐妹有意义。要儿童自己承认他多么想胜过父母是很困难的，在童话故事中，这种愿望就被伪装成胜过蔑视他的两个哥哥或姐姐。⑦

这是贝特尔海姆的《童话世界与童心世界》一书中的一段。贝特尔海姆采用的正是深层心理学中的精神分析学的方法。他通过对儿童在童话中的心理自居问题的阐释，揭开了被历史尘埃掩盖的童话的真实面目。《童话世界与童心世界》这部著作既是心理学名著也是儿童文学理论名著，贝特尔海姆的这一研究成果令人深切感受到了方法的巨大力量。

在西方，自弗洛伊德、荣格率先垂范起，运用深层心理学的方法研究民间童话和儿童文学的成果已经相当丰厚。除了上述《童话世界与童心世界》，还有雪登·凯许登的《巫婆一定得死——童话如何重塑我们的性格》，艾伦·奇南的《秋空爽朗——童话故事与人的后半生》，河合隼雄的《儿童的宇宙》《民间故事的深层》，山中康裕的《绘本和童话的荣格心理学》，等等。

就像深层心理学通过对个体、集体的潜意识和无意识的揭示，将人类对人的生命世界的认识从平面引向立体，从表层引向深层，甚至从一个世界引向另一个新大陆一样，采用深层心理学方法的儿童文学研究肯定也会将我们对儿童文学的认识，从平面引向立体，从表层引向深层，从眼前的大陆引向一个更广阔的新大陆。

三、人类文化学的方法

用人类文化学的方法研究文学，肇始于人类文化学的发祥地西方。受西方"文学人类学"的跨学科构想和实践的影响，20世纪80年代以来，中国的文学研究者开始集体地、自觉地吸取、运用人类文化学的方法研究文学，并产生、出版了一批成果。1996年"中国文学人类学研究会"的组织成立，1997年"首届中国文学人类学研讨会"的召开，1999年开始出版的《文学人类学论丛》，显示着中国文学研究者在文学人类学方面的学科建设意识和实际努力。

上述动态仅局限在成人文学范围之内，儿童文学研究领域里，几乎见不到运用人类文化学方法的研究成果。可是，20世纪初，人类文化学刚刚西学东渐，中国儿童文学理论的创始人周作人，就已经开始自觉地运用文化人类学理论和方法来研究儿童与儿童的文学。在那个时代，周作人的儿童文学研究在运用新方法方面可谓是走在了一般文学研究的前面。

具有极高的学术悟性和敏感的周作人，在日本一遇到用人类文化学阐释神话的安德鲁·朗格的著作，立刻为之倾倒。他这样评价道："于我影响最多的是神话学类中之《习俗与神话》、《神话仪式与宗教》这两部书，因为我由此知道神话的正当解释，传说与童话的研究，也于是有了门路了。"⑧ 他还说："我们对于儿童学的有些兴趣这问题，差不多可以说是从人类学连续下来的。"⑨ 与后来的很多人单纯从民俗学的立场研究民间童话不同，周作人是将人类文化学研究与儿童文学研究结合起来了。比如，他在《童话略论》中就说："童话研究当以民俗学为据，探讨其本原，更益以儿童学，以定其应用之范围，乃为得之。"⑩

周作人深谙人类文化学研究对于儿童文学的意义，他在与赵景深进行童话的讨论时就指出："童话的分析考据的研究，与供给儿童文学的事情，好像是没有什么关系，但这却能帮助研究教育童话的人了解童话的本义，也是颇有益的。中国讲童话大约有十年了，成绩却不很好，这是只在教育的小范围里着眼的缘故。"⑪

在西方，把民俗学视为人类文化学的下属子学科，而在中国，又把民俗学称为民间文学，因为民俗学的范畴虽然包括风俗习惯、民俗文物的研究，但是，其核心却是神话、传说、民间童话和歌谣等文学样式。民间文学是儿童文学产生的直接源流之一，至今仍取之不尽，用之不竭。民间文学对儿童文学的价值不仅在作品方面，在理论方面，民间文学的研究方法对于儿童文学研究也极为重要和有效。比如普罗普的《故事形态学》在儿童文学的题材、主题、结构的类型研究方面，麦克斯·吕蒂的《欧洲民间故事：形式和本质》《童话的魅力》在儿童文学的结构、叙事、语言的研究方面，都具有方法上的启示意义。

四、童年历史学的方法

社会历史学如果不被庸俗化、矮小化，是文学研究的行之有效的方法。中国历来的儿童文学研究中的所谓社会历史学方法所以不甚奏效，是因为童年历史学研究的不在场——在大陆，童年历史学研究几近空白状态。但是我们看一看童年历史学研究发展起来的西方，就知道童年历史学研究对于变革儿童文学研究方法的不可或缺的珍贵价值。

儿童文学是社会现代化进程中的产物。儿童文学之所以在现代社会之前没能产生，根本原因是此前的所有形态的社会都没有"发现"儿童。儿童是一个历史的概念。"儿童"像"人"一样，不是自在的，而是"自为"的。儿童的本质不是先天给定的，而是历史生成的。诠释儿童概念，就应该将其纳入历史这个维度。童年历史学正是从历史的维度，对儿童概念作出了独到而十分有效的诠释。

童年历史学的学术成果对儿童文学研究具有根本意义上的启发性。以我的了解，法国历史学家菲力浦·阿利斯于1960年出版的震动西方历史学界的《"儿童"的诞生》和美国学者尼尔·波兹曼于1982年出版的《童年的消逝》是十分重要的童年历史学著作，这两部著作对西方一些国家的儿童文学研究有十分直接的影响。我本人的儿童文学研究，从这两部著作中也是获益匪浅。比如，我在撰写《中国儿童文学与现代化进程》一书时，就接受阿利斯的儿童是历史的概念的观点，并发挥性地提出儿童文学也是历史的概念，儿童文学没有"古代"，只有"现代"，质疑了中国儿童文学史研究中的儿童文学"古已有之"说。

童年历史学的成果，对儿童文学史研究（特别是儿童文学的发生源头的研究）和儿童文学本质研究具有特殊重要的方法论意义。如果不思考童年史的问题，如果对童年史没有基本的了解，如果不在儿童文学研究中借鉴童年历史学的方法，是不可能把儿童文学史（尤其是发生期）和儿童文学本质理论中的一些重要问题讲清楚的。

五、跨学科的方法

所谓跨学科研究方法，是指综合运用多学科的理论，阐释儿童文学特性的研究方法。

儿童文学是一个学科（虽然目前没有被列入学科目录），其本身不是任何一个二级学科所能涵盖的，比如，儿童文学的硕士和博士常常被放在中国现当代文学、文艺学、比较文学与世界文学等二级学科来培养，这一事实本身就说明了儿童文学具有跨这些学科的性质。因此可以说，一直以来，儿童文学就在一定程度上呈现出了它的跨学科面貌。但是，儿童文学还有更广阔的跨学科的学术空间，还有更丰富的跨学科的学术内涵。如果作一大致梳理，儿童文学研究兼容哲学、儿童学、心理学、教育学、历史学（童年史）、人类文化学、生物学、民间文学、美术艺术、文化产业等多学科的内容。

托马斯·库恩在他的影响力巨大的《科学革命的结构》一书中，创造性地提出了"范式"这一对于科学研究的发展极为重要的概念。虽然库恩在 1962 年出版的书中并没有给"范式"下一个定义，但是，近七年后，他在增写的后记里，明确地说："范式是共有的范例，这是我现在认为本书中最有新意而最不为人所理解的那些方面中的核心内容。"据此，我把"范式"理解为在科学（包含人文科学）研究中具有参照、指导作用的那些"共有的范例"。

一个学科的成熟度，与其是否建立起了明晰的研究"范式"，有没有出现该领域的"公认范例"有重要的关系。儿童文学作为在现代社会发生出的特殊的文学样式，非采用跨学科的知识来诠释，则不能将其说得明白。事实上，在中国儿童文学的发生期，作为儿童文学理论的奠基人的周作人，就已经采取跨学科的方法进行研究了。

周作人在 1944 年以"我的杂学"为题，发表了 20 篇系列文章，对自己的"杂览"作了一个大概的总结和梳理，其中所涉及的学科领域达 20 多项，这其中与儿童文学研究直接相关的就有生物学、文化人类学、神话学、儿童学、心理学、教育学等学科。具备多学科的知识，这是儿童文学跨学科研究的基本前提，而在周作人这里，上述多学科知识并不是单摆浮搁的存在，而是经过了充分的化学反应，生成了新的知识发现，形成了有机的知识系统。正是这样的知识系统，才使得周作人的儿童文学研究具有了跨学科研究范式。

周作人的跨学科研究范式具有"科学革命"性、融通性和整合性、主体性和创造性。如果我们将周作人的跨学科研究范式作为儿童文学"学术共同体"的"共有范例"，将会推动中国儿童文学学科的长足发展。

中国儿童文学的发生有着与西方不同的面貌和规律，它不是从作品创作开始，而是由理论研究先行，也就是说，中国儿童文学理论研究与中国儿童文学的发生同步，已经有了近百年的历史。站在百年的时点，反思和总结中国儿童文学理论研究的发展状况，我以为学科的方法论的自觉问题应该成为最为重要的课题。

注　释

① 胡经之、王岳川：《文艺学美学方法论》，北京大学出版社，1994，第 2 页。
② 见李利芳：《儿童文学的当代解读》，黑龙江人民出版社，2004。
③ 见鲁迅：《鲁迅全集》（第 6 卷），人民文学出版社，1981。
④ 周作人：《日本近三十年小说之发达》，见钟叔河：《周作人文类编·日本管窥》，湖南文艺出版社，1998。

⑤ 朱自强：《中国原创儿童文学的困境和出路》，《文艺报》，2004 年 7 月 24 日。

⑥ ［丹］勃兰兑斯：《十九世纪文学主流（第一分册）》，张道真等译，人民文学出版社，1997，第 2 页。

⑦ ［美］布鲁诺·贝特尔海姆：《童话世界与童心世界》，舒伟等译，西南师范大学出版社，1991，第 111 页。

⑧⑨ 周作人：《苦茶——周作人回想录》，敦煌文艺出版社，1995，第 533 页、第 539 页。

⑩ 周作人：《童话略论》，见周作人：《儿童文学小论·中国新文学的源流》，止庵校订，河北教育出版社，2002。

⑪ 周作人：《童话的讨论》，见钟叔河：《周作人文类编·上下身》，湖南文艺出版社，1998。

一、思考与探索

1. 你认为儿童文学是一门学科吗？儿童文学具有哪些学科特征？

2. 中国儿童文学理论的本土化有哪些途径？

3. 如何理解儿童文学研究的跨学科性？请列举与儿童文学形成交叉的学科。

4. 儿童文学研究者应该具备哪些素质？

5. 运用本书论及的研究方法分析某种儿童文学现象或某部（篇）儿童文学作品。

二、拓展学习书目

1. ［加］培利·诺德曼：《阅读儿童文学的乐趣》，刘凤芯译，（台湾）天卫文化图书有限公司，2002。

2. 胡经之、王岳川：《文艺学美学方法论》，北京大学出版社，1994。

3. 周作人：《儿童文学小论·中国新文学的源流》，止庵校订，河北教育出版社，2002。

4. 方卫平：《中国儿童文学理论发展史》，少年儿童出版社，2007。

5. 朱自强：《儿童文学新视野》，中国海洋大学出版社，2004。

下 编

儿童文学文体论

关于儿童文学的新分类法

儿童文学作为与成人文学不同的一种文学类型，拥有成人文学所没有的独特的文学形式，因此，儿童文学的版图理所当然地应该呈现出与成人文学不同的划分。目前，国内出版的一些儿童文学教材的文体论基本是依照文学体裁将儿童文学分为儿童诗歌、童话、寓言、儿童故事、儿童小说、儿童散文、儿童报告文学等。这样的分类，虽然符合人们早已熟悉的成人文学的分类模式和标准，但是不能很准确、很鲜明地凸显出儿童文学作为独特文学类型的艺术魅力

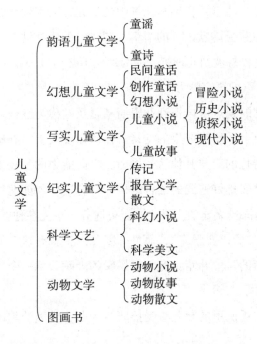

和整体面貌。在这里，我根据多年的研究和教学经验，同时借鉴国外一些儿童文学概论的思路，尝试以新的分类方法描绘儿童文学的版图。

在这一分类里，共有两个层次：第一层次是从内容和形式上对儿童文学进行大类别的划分；第二层次是在大类别的系统之下，再根据文学体裁来进行归类和划分。这样的分类法主要是为了更有效地呈现儿童文学的独特艺术面貌。

一、强调"韵语"在儿童文学中的特殊价值

韵语儿童文学包括童谣和童诗这两种体裁（在创作中也偶见用韵语写成的童话）。成人文学中也有韵语作品，但是，由于儿童与成人对韵语作品的精神、心理需求以及感受能力具有很大的不同，与成人文学相比，韵语儿童文学在儿童的阅读、欣赏中具有特殊的重要地位和价值。

布约克沃尔德在《本能的缪斯——激活潜在的艺术灵性》一书中，提出这样一个结论："本能的缪斯"是儿童与生俱来的一种以韵律、节奏和运动为表征的生存性力量和创造性力量。布约克沃尔德提出的儿童是"本能的缪斯"是一个值得赞同的观点。儿童，特别是儿童中的幼儿，天生地就是诗人。他们的诗人资质主要表现在感受诗歌语言的节奏、韵律时的敏感性上。与散文的语言相比，诗歌的语言更容易被幼儿理解，因为幼儿不必通过头脑（思维），只需使用耳朵就能感受到诗歌的语言魅力。

布约克沃尔德的观点可以得到乔姆斯基以及被称为继他之后的语言学天才史迪芬·平克的语言学研究成果的支持。在认知发展上，乔姆斯基认为人类天生的语言能力是特化的，与其他认知能力、学习能力的发展不同。他相信小孩的大脑在遗传上已安排好普同的语言结构，只有这样才能解释幼儿何以在三岁左右，便学会使用深奥无比的人类语言。史迪芬·平克在他的大作《语言本能》中说，"婴儿是顶尖的语音学家"，而且"婴儿天生就有这个能力，他们并非是听父母讲话而习得的"。"儿童具有句法逻辑的天赋"，"一个三岁的小孩可以说是一个文法上的天才了"。[①]

在母亲怀里或摇篮里的婴儿享受摇篮曲和谐、优美的韵律的本领几乎可以

说是与生俱来，这种本能的力量在幼儿期和童年期里一直在发挥着作用。"斗虫儿飞，斗虫儿飞，/虫儿拉屎一大堆！/大虫往家跑，/小虫后头追！"几乎没有幼儿会对这首童谣不感兴趣，而他们从这首童谣中获得的愉悦首先和主要的不是来自意义而是来自声音——悦耳的节奏。儿童对语言的节奏、韵律的敏感和执着经常表现在他们日常的语言活动中。一个孩子与另一个孩子生气时，自言自语地说出"小柱子，大坏蛋"这句话，他会一下子发现这句话所蕴含的节奏感，并一边拍手一边用吟唱的语调反复喊着"小柱子，/大坏蛋！/小柱子，/大坏蛋！/"从中体味、享受着语言游戏的乐趣，这时的儿童把吵架变成了语言的艺术创造。

与儿童相比，成人对诗歌语言的韵律则失去了早年生命中所具有的那种强烈的需求和感受上的敏感。这两种不同的情形使得韵语文学在儿童文学和成人文学中具有完全不同的作品规模和接受状况，因此，有必要通过韵语儿童文学的划分给以强调，以凸显儿童文学的独特艺术面貌。是否强调儿童文学的"韵语"性，对于儿童文学的分类结果大不一样。

20世纪最引人注目的文学批评家诺思洛普·弗莱在《神力的语言》中说，"诗歌具有'原始'属性一说突然流行起来"，"人们发现，很少社会完全没有诗歌，而散文则晚得多，并且是在相当进步的文明中才发展起来的。同时，诗歌比理性作品更加具体和简朴，它与原始性的亲缘关系在儿童教育中留下缩影"。[②]

儿童文学是年轻的文学样式，但是它的韵语文学，却深藏着全人类文学的古老的历史记忆！人的语言本性（也是人的根本属性之一）在这里得到美好的保存，并凭借现代传播，在儿童这一新的生命中得到维系和发展。

二、凸显儿童文学的"幻想"本色

在国内以往的儿童文学概论的体裁分类里，把童话作为一类，在童话体裁里再区分出民间童话和创作童话（有的连这两者也不加区分），而对幻想小说（Fantasy）则基本没有与童话加以区分并进行研究。幻想小说这一极为重要的儿童文学体裁几乎被童话湮没或遮蔽掉了。更重要的是，一旦民间童话，特别是幻想小说从视野或意识中消失，儿童文学中存在着"幻想"文学这一个大的系统的事实也就被大家视而不见了。

在儿童文学未分化的时代，幻想文学曾经也是一般文学中的重要存在。但是，随着科学发展给人类带来的心理变化，成人对幻想世界越来越失去"相信"的能力，成人文学逐渐疏远了幻想文学。但是，儿童文学创作一直在抵抗成人社会的这一心理倾向，并从 19 世纪后半叶起，由民间童话、创作童话发展出一种崭新的文体——幻想小说。刘易斯·卡洛尔、金斯莱、内斯比特、巴里、托尔金、C·S·刘易斯、特拉弗斯、林格伦、怀特、达尔、恩德等幻想小说大师的作品既标示出儿童文学的半壁版图，也显示着儿童文学的艺术高度。近年风靡全球的罗琳的"哈利·波特"所借的势头正是这些大师们的经典作品所造就的。

对于这样的幻想小说，如果任其湮没在童话之中不作辨识，儿童文学的真实面貌怎么能够如实呈现？而且，从更深层的维度来看，不能发现"幻想小说"，"儿童"的发现是很难彻底的，因为儿童与成人精神品质的根本区别之一，就是两者对幻想世界的"信"与"不信"。

1992 年，我在《东北师大学报》上发表了《小说童话：一种新的文学体裁》一文，第一次将 Fantasy 作为与童话不同的文学体裁进行倡导和研究。当时，我是将 Fantasy 对译为"小说童话"，以显示这种体裁所具有的童话与小说的联姻特征。至 1997 年，儿童文学作家、学者彭懿出版了《西方现代幻想文学论》，将 Fantasy 对译为"幻想文学"。在 2001 年出版的《中国儿童文学五人谈》一书中，我又正式提出将 Fantasy 对译为"幻想小说"。"幻想小说"这一文体概念得到了参加对谈的其他学者的认同——"幻想小说到目前为止是一个最好的概念"。2006 年 12 月，我和何卫青博士合著的《中国幻想小说论》出版，这本小书的一个重要的学术意识是强化"幻想小说"这一文体在中国的"自觉"，促进这一文体术语的"约定俗成"。

要强调、凸显儿童文学的独特艺术面貌，不仅必须明确划分出幻想小说这一文体，而且还需要将"幻想儿童文学"这一类型鲜明标示出来。

当我们对幻想小说这种类型的作品具有了文体自觉意识以后，对世界幻想儿童文学的发展过程就会有准确而明晰的把握。世界幻想儿童文学的文体发展史，经历了从民间童话（Fairy tale）到创作童话（Literary fairy tales）再到幻想小说（Fantasy）这样三个阶段。自有儿童文学的历史以来，幻想儿童文学创作一直是一枝独秀，支举着儿童文学的大半壁江山。

包容着民间童话、创作童话、幻想小说的幻想儿童文学是最具儿童文学特色的艺术类型。因此，幻想儿童文学在儿童文学研究中理应有自身的体系，而不是像迄今为止的儿童文学概论那样，只局限于"童话"（又往往局限于创作童话）这一枝成果。

幻想是人类的一种珍贵的精神品质。幻想儿童文学从民间童话到创作童话，再到幻想小说这一艺术流变的过程，以及它的起落兴衰中，我们也可以看到人类为幻想精神寻找安身立命的场所作出的执着努力。

我在前面说过，在理性的合理主义风行的现代社会，人类的幻想精神受到逐渐被削弱的威胁。对物质生活的无限度追求的时尚，已经使幻想精神被不正常地大大贬值。在这样的时代里，人类更是需要幻想儿童文学建立起来的使幻想精神得以安居和发展的温暖家园。如果有一天，幻想儿童文学从人类精神文化的世界中消失，人类精神的贫困便可谓到了无以复加的地步。那将是人类的极大悲哀之事。

在某种本质意义上，儿童文学可以说就是幻想文学，它以其幻想的坚实质地和丰富多样的艺术表现形式，与成人文学区分开来。因此，将幻想儿童文学单独分类，可以突出儿童文学的特殊面貌。

三、儿童文学与"动物"存在密切的关系

与以往的儿童文学概论不同，在我提出的分类中，明确划分出了"动物文学"这一个大的类别。首先要说明的是，这里所划分的"动物文学"必须符合以下两个准则。

1.真实性、科学性。与写人的写实主义文学一样，动物文学以真实性为自己的第一道生命线。在动物文学中动物的生活习性和行为方式首先要经得住生物学的科学检验。这使动物文学与将动物人格化的寓言和童话相区别。

2. 对个性的文学表现。动物文学中的动物又不是生物学教科书中的动物，而是大自然生活中的富于生活感，具有独特个性和丰富的内心世界的文学形象。因此，动物文学以对个性化的、有灵性的动物形象的艺术塑造为自己的第二道生命线。这又使动物文学与介绍动物习性的知识读物相区别（尽管动物文学包容着关于动物的丰富知识）。

儿童文学与"动物"存在密切关系，是因为儿童与儿童文学中表现的"动物"存在密切关系。"从心理分析的观点来看，孩子和动物分享着一种自然的血缘关系，因为两者都受到不符合人类理性的生物驱力所影响。""儿童和宠物之间的紧密联系，通常是童年时意义最重大的一种联系；其影响力不亚于和父母亲、兄弟姐妹及朋友的关系。……"③儿童通过与动物的血缘关系，通过"生物驱力"而保持与自然的交感。在儿童的成长中，从动物的自然属性那里获得的信息，是一份极为重要的精神营养。

由于儿童文学中的动物文学，我们走进了一个未知的崭新而广阔的世界，获得了描写人的文学所无法替代的独特的审美体验和艺术感动。我们被这些作品所描写和表现的富于灵性的动物的生命世界吸引和迷醉，为动物生命的神秘而震惊，为动物生命的尊严而感动，我们抚怀感喟，唏嘘不已。我们的审美视野因那些作为自然的另一部分的动物形象而变得辽阔和深邃。我们对生命的理解和感受因来自动物的馈赠而变得更为丰富和完整。人类的一些重要品性也存在于许多动物的生命之中，而动物文学帮我们将其看清。

这样的动物文学为儿童文学标示出了成人文学所缺少的一片审美区域，使儿童文学成为具有独特审美价值的文学。

四、给"图画书"以特殊的独立地位

现代的被称为"图画书"的儿童文学读物，并不是指有很多插图的作品，而是指一种特定的儿童文学的创作和出版形式。

日本著名的图画书研究者松居直为了说明图画书与有插图的书的区别，列了这样两个公式：文＋画＝有插图的书，文 × 画＝图画书。松居直论述说："所谓'图画书'，文和画之间有独特的关系，它以飞跃性的、丰富的表现方法，表现只凭文章或只凭图画都难以表达的内容。……把图画只是作为对文章的补充和说明，或是为了加上图画让孩子看了高兴，这类的书，都不能称之为图画书。什么叫图画书？图画书是文章也说话，图画也说话，文章和图画用不同的方法都在说话，来表现同一个主题。它还具有书籍所具有的功能——比如说翻书页的效果、页数和书籍大小等等。这些功能被充分利用，使它们完美地协奏，在结构中充分运用变化和展开，结果使主题被丰富、满意地表现出来。这就是'图画书'。"④

在我们以往的儿童文学教材中，图画书大都只是被作为儿童故事中的一类被轻描淡写地讲述一下（这种状况与我国的图画书创作的水准不高有关）。但是，在世界儿童文学发达的国家，图画书与诗歌、小说、童话、戏剧等相并列，被认为是统一文学和美术并使之发展的一种独立的艺术形式。它在少儿读物的创作和出版领域，几乎就是幼儿文学的代名词，是最现代的领域，并作为具有众多可能性的出版形态引人注目。

在 21 世纪，中国儿童文学要谋求整体上的发展，必须增强对图画书的自觉意识，把图画书作为一种独特、独立的艺术形式来认识和把握，并且把图画书的创作和研究作为儿童文学的最大生长点之一，给其以特殊的独立地位。

注　释

① ［美］史迪芬·平克：《语言本能》，洪兰译，（台湾）商周出版，1998，第310、311、326 页。

② ［加］诺思洛普·弗莱：《神力的语言——"圣经与文学"研究续编》，吴持哲译，社会科学文献出版社，2004，第 53 页。

③ ［美］盖儿·梅尔森：《孩子的动物朋友》，范昱峰、梁秀鸿译，（台湾）时报出版，2002，第 24 页、第 30-31 页。

④ ［日］松居直：《我的图画书论》，季颖译，湖南少年儿童出版社，1997，第178-179 页。

第一章

韵语儿童文学

第一节　童谣

一、童谣的定义及分类

童谣就是指民间流传的或文人拟作的供儿童吟唱的歌谣。童谣的最简洁的定义是"儿童歌谣"。对"儿童歌谣"，取一、三两个字，就是"儿歌"，取二、四两个字，就是"童谣"。

从吟唱者的角度划分，童谣则有"母歌"和"儿戏"两类。"母歌"是指母亲或其他长者为摇篮里或大人怀抱里的尚不会说话的婴儿吟唱的无伴奏摇篮曲（又称催眠曲）和长者逗弄幼儿时唱的歌谣，如"斗虫儿飞，斗虫儿飞，虫儿拉屎一大堆"之类；"儿戏"是指渐渐学会说话的幼儿边嬉戏边吟唱的歌谣，也包括从长者那儿听而识之的"母歌"。

从作者的角度来看，可以把童谣分为民间童谣（又称传统儿歌）和创作童谣（又称新童谣）两大类。

顾名思义，民间童谣就是流传于民间儿童的口头上的歌谣。民间童谣从发生来讲，也属于民间文学的范畴，它具有集体性、口头性、变异性、传承性这些民间文学的基本特征。民间儿歌没有特定的某一个作者，它所体现的是民众的集体智慧；民间童谣发生于口头、存在于口头、流传于口头。民间童谣的这种非文字记载的口头性，带来了传播中的变异情形，比如《小老鼠》《小耗子》一类民间童谣，在山东济南是："小老鼠，／上灯台，／偷油吃，／下不来，／吱吱吱，／叫奶奶，／抱下来。"而在北京则是："小耗子，／上灯台，／偷油吃，／下不来，／急得老鼠两眼直呆呆。"民间童谣的传承性是其精到地捕捉住人类共通的审美情趣后产生的必然结果。

创作童谣是成人作家（诗人）专门为儿童编写的歌谣。从发生的时间上来看，创作童谣远远晚于民间童谣。创作童谣是在成人社会的儿童观发生根本变化，成人意识到儿童需要属于他们自己的文学之后才被创造出来的新的文学样式。与民间童谣相比，创作童谣主要有两点不同：第一，与民间童谣因集体创作而形成的类型化不同，创作童谣是个人的创作，因而具有比较鲜明的个性化特征，其内容和形式都印着作家本人的思想、情感以及审美趣味；第二，民间童谣往往流传年代久远，所反映的生活有的已经成为历史，而创作童谣因为是新的创作，所以具有比较强的现实性和时代感，所表现的生活更为儿童读者所熟悉。

但是，文学的开展并不走一条直线进化的道路，作品的新与旧不能成为判断作品艺术价值高低的标准。民间童谣大都是爷爷、奶奶顺口编出来的，也有些是幼儿自己编唱的，是所谓"天籁"，它们自然而和谐，美在有意无意之间，富于生活情趣，而且朗朗上口。

> 一只哈巴狗，
> 蹲在大门口，
> 眼睛黑黝黝，
> 想吃肉骨头。

像这样的民间童谣，可以说是肖像刻画和心理描写的典范。其简洁、朴素的语言具有高超的艺术表现力，并不亚于诗人的艺术功力。创作童谣当然有其自己的特色和魅力，但是，整体来看，它良莠杂陈，不及经过流传中的漫长岁月洗练的民间童谣那样质量比较整齐。如果我们检视目前出版市场上的创作童谣的选本，就会发现，优秀之作并不太多，许多作品过分强调教育意义，存在概念化倾向，语言不美，声调不动听。

二、童谣的价值

有一位教育专家曾在一次关于儿童教育的讲演中说，在幼儿阶段让孩子念童谣获取不到什么价值，应该让孩子背诵古代的经典；再想想台湾的儿童读经，大陆也时有人效仿，不能不说，对童谣的误识和轻视，并非是偶然现象。

认识童谣的价值需要具有真正的艺术眼光。童谣其实是沉甸甸的，看似浅显，实则蕴藏着厚重的思想和艺术价值。

在思想方面，童谣，特别是传统童谣，传递的是人生必需的、端正的价值观念。

"张打铁，李打铁，／打把剪刀送姐姐。／姐姐留我歇一歇，／我要回家学打铁。"

这首童谣以肯定的儿童形象，张扬了一种踏实可靠的人生态度。

"馒头花，开三朵，／俺娘从小疼着我。／怀里抱，被里裹，／大红枕头支着我。／俺娘得病俺心焦，／摘下金镯去买药。／人人都说可惜了，／俺娘好了值多少？"

在当今时代，这种在金钱和亲情面前具有定力的价值观，是多么可贵。

"新年来到，／人人欢笑，／姑娘要花儿，／小子要炮，／老太太要块大年糕，／老头儿要顶新毡帽。"

朴素、简单的生活需求的背后，是永不磨灭的人类对美好生活的追求和向往。

除了思想价值，童谣的艺术性也是不容低估的。

"小板凳，四条腿，／我给奶奶嗑瓜子。／奶奶吃得香，／我给奶奶熬面汤。／面汤里面加点油，／吃得奶奶直点头。"

"小白菜，／地里黄，／三岁四岁死了娘。端起饭来泪汪汪，／拿起筷子想亲娘。/ 后娘问我哭哪样？/ 我说碗底烫得心发慌。"

如此简洁的语言，白描的手法，其艺术的传神力不亚于任何成人的诗篇。

在思想和艺术方面，童谣在幼儿的精神成长中发挥着重要作用，而在幼儿语言发展的过程中，童谣的韵语也具有任何其他艺术形式都不能取代的价值。

在各种文化之中，我们成人在对婴幼儿讲话时，都不约而同地使用一种非常特殊的语体，这种语体被称为"妈妈语"。比如，"嘿，小宝宝，今天好不好？"说这句话时，大人都会用唱歌一样的语调讲给孩子听，这就是所谓的"妈妈语"。对婴幼儿来说，听电视里讲的那种话，是难以学会语言的，这不仅是因为这种语言缺乏孩子的生活情境，还因为它不是"妈妈语"。

幼儿一开始是用耳朵而不是用头脑来学习语言的。他是听声音，凭借声音了解语言的含义，声音对他的作用远远大于语言意义对他的作用。所以这个时候，大人的"妈妈语"对他就非常重要。即使孩子不知道语言的意义，但通过"妈妈语"的音调可以体会出来。我们可以做一个实验，你对一个婴儿舒缓地、唱歌似的讲"妈妈爱——你"（爱字的发音要拉长），他就会很高兴，表现出愉悦之相。相反，你急促、大声地说"妈妈爱你"，他就会一惊，甚至惊吓得哭起来。

我认为，童谣这种韵语就是"妈妈语"发展至极致的一个结果。在幼儿阶段，童谣这种韵语对他们的语言学习非常重要。经过童谣的韵语的浇灌，幼儿心里的语言萌芽会飞速地破土成长。

还有很重要的一点，作为民间文学，童谣还具有记载、保存民俗的功能和价值。

二十三 / 糖瓜粘

二十四 / 扫房日

二十五 / 做豆腐

二十六 / 去割肉

二十七 / 去宰鸡

二十八 / 把面发

二十九 / 满香斗

三十黑夜坐一宿

大年初一出来扭一扭

在如今物质生活富裕的时代，这种过年的风俗渐渐远去，终有一天会沉淀为历史。但是，恰恰是作为一种不可返回的乡愁，童谣对人类的价值才弥足珍贵。

三、童谣的艺术特质

1. 趣味性

从产生来看，童谣是人类感受到生命的和谐和愉悦时所发出的心声；从接受来看，儿童吟唱童谣，主要是为了从中获得快乐。趣味性必然成为童谣的重要特质。

童谣所蕴含的趣味性主要表现在两个方面。

（1）表现内容上的趣味性。

"大头大头，/下雨不愁。你有雨伞，/我有大头。"词句俏皮，内容幽默有趣。

"一个毽儿，/踢两半儿，/打花鼓，/绕花线，/里踢，/外拐，/八仙，/过海，/九十九，/一百。"这样的游戏歌增添了儿童游戏的乐趣。

"倒骑马，/倒唱歌，/先生我，/后生哥，/生我阿公我炊粥，/娶我阿婆我打锣，/生我爸，/我在门口赶鸡鸭，/生我娘，/我到街上买红糖。"颠倒歌给儿童带来机智和幽默的趣味性。

"兄弟七八个，/抱着柱子过，/老来分了家，/衣服都扯破。"这是猜谜的乐趣。

（2）语言形式上的趣味性。

"扁担长，/板凳宽，/板凳没有扁担长，/扁担没有板凳宽。"儿童在绕口令中自找麻烦，却找到了语言内在具有的趣味性。

"小小子儿，/坐门墩儿，/哭哭咧咧要媳妇儿。"字头歌里的儿化韵给天生具有音乐感的儿童以心理上的愉悦。

2. 浅易性

从幼儿的接受形式上看，不管是传统童谣还是创作童谣，都是口头文学。童谣是供儿童唱诵的，而不是供儿童阅读的。因此，它在内容上必须浅显，适合儿童的生活经验、思想情感和语言程度，这样儿童才能一听就懂。

比如，我们曾经介绍过的《小白鸡》："小白鸡，/ 钻篱笆，/ 过来过去咯咯嗒，/ 小白鸡，/ 屙白蛋，/ 嘟啦嘟啦一小罐。"写家禽，是儿童熟悉、亲近的，使用的拟声词、拟态词以及口语，也是便于儿童理解的。

另外，童谣所表现的主题都明确而单一，一首童谣一般只说明一个意思，而不宜表达多重意思，让儿童抓不住中心。比如，张继楼的创作童谣《蚱蜢》——

> 小蚱蜢，
> 学跳高，
> 一跳跳上狗尾草。
>
> 腿一弹，
> 脚一跷，
> "哪个有我跳得高。"
>
> 草一摇，
> 摔一跤，
> 头上跌个大青包。

只抓住小蚱蜢的一个动作、一个心理、一种性格来描写，读后给人留下一个鲜明的印象，无疑是儿童易于感受和理解的。

童谣的浅易性还表现在易记易唱上。

童谣的篇幅一般都很短小，即使有的篇幅较长，也往往或采用顶针修辞格，或使用反复的手法，或重复相同的语法结构以及词性相同、词义相近的语汇，因此还是好记好唱。

3. 音乐性

音乐性是童谣的生命。没有音乐性，活泼有趣、生气盎然的童谣就会变成枯燥、僵死的一堆没有意义的词语。

童谣的音乐性体现在其语言所具有的优美节奏上。从最普遍的意义上讲，节奏是对比因素有规律地交替出现的结果。对语言的节奏，可以广义地解释成对比因素有规律地交替出现的一连串语音。语言节奏中的对比因素有语音的力度（高低强弱）和语音的时间长度（间歇）。

语音的力度的对比，就是指高低强弱的语音的相间排列。如果这种相间排列疏密得当，错落有致的话，就会产生语言节奏的和谐之美。古代律诗的调平仄就是有规律地排列高低强弱不同的语音的方法。童谣作为"天籁"之音，几乎是本能地运用着调平仄的方法。比如，我在前面例举的"小白鸡，钻篱笆"这首童谣，不仅每句之中的语音有不同力度的对比，而且上下两个段落之间，也有鲜明的力度对比。

童谣的语音的时间长度也就是诗律学上所说的音尺。关于音尺，我们先举闻一多的新诗《死水》的第一节来说明。

这是 | 一沟 | 绝望的 | 死水，

清风 | 吹不起 | 半点 | 涟漪。

不如 | 多扔些 | 破铜 | 烂铁，

爽性 | 泼你的 | 剩菜 | 残羹。

这四句诗的每一行里都有四个音尺：三个"两字尺"和一个"三字尺"。虽然音尺的排列并不十分规则，但是，由于每行的"两字尺"和"三字尺"的数量相同，所以还是产生了抑扬顿挫的节奏。

在童谣中，则音尺必须对应整齐，否则不能产生完美和谐的节奏。

一二 | 三四五，上山 | 打老虎。

老虎 | 打不到，打到 | 小松鼠。

松鼠｜有几个，让我｜数一数，

数去｜又数来，一二｜三四五。

　　在这首流传极广的数数歌里，不仅每一行都有一个"两字尺"和一个"三字尺"，而且各行之间的"两字尺""三字尺"的位置都是相对应的，于是，产生了跌宕回环的节奏感。

　　一般而言，在一行诗句里，如果有"两字尺"和"三字尺"相间，读起来就朗朗上口，否则，只有"两字尺"或只有"三字尺"，读起来的节奏感就有欠缺。比如，"大风起兮云飞扬"这句诗，如果删去"兮"字，就变成了只有两个"三字尺"的诗句，可是，有了"兮"字，就成了有两个"两字尺"、一个"三字尺"的诗句，两者的节奏感迥然不同。

　　童谣更是讲究音尺的排列变化。比如：

满天星——星，

眨眨眼——睛，

那颗最——亮，

照着北——京。

　　本来这首童谣的每一句只有两个"两字尺"，但是，作者特意在第三个字的后面加了破折号，使第三个字的发音时间拉长，这样就变成了每一句有一个"两字尺"和一个"三字尺"。再比如，吟唱陈伯吹写的一首童谣："月亮圆圆，／像个小盘，／月亮弯弯，／像个小船，／坐上小船，／天上玩玩。"也可以把每一句的第三个字拉长，使其节奏感更鲜明。还有，"七岁小孩穿花鞋，扭搭扭搭来上学。老师说她年纪小，她给老师跳舞蹈。倒——倒——倒不了，了——了——了不起，起——起——起不来……"这首组词形式的连锁调也采取了同样的做法。

　　童谣的音乐性还体现在押韵上。童谣是十分注重押韵的一种韵文形式，它的韵往往押得很密。比如，"说了个一，／道了个一，／豆荚开花密又密。／说了个二，／道了个二，／韭菜开花一根棍儿。／说了个三，／道了个三，／兰草开花在路边。/说了个四，/道了个四，/黄瓜开花一身刺。……"这首童谣，每三句换一个韵脚，三句之内句句押韵。这种细密的韵脚收到了悦耳动听的音乐效果。

四、童谣的十种特殊形式

童谣在发展中形成了许多令人喜闻乐见的特殊形式，现择取十种主要的形式作一简单的介绍。

（1）摇篮曲。

摇篮曲又叫催眠曲，是用母亲的口吻唱给婴儿听，哄婴儿睡觉的歌谣。许多摇篮曲是母亲们的即兴创作，里面倾注了母亲对婴儿美好、温暖的感情。如"月儿明，风儿静，/树叶遮窗棂呀。/蛐蛐儿叫铮铮，/好比那琴弦儿声。……"

（2）游戏歌。

在儿童的生活中，游戏具有十分重要的地位。游戏对儿童身心的健康成长起着至关重要的不可替代的作用。儿童的有些游戏在进行的过程中需要伴随着童谣的吟唱，这样的童谣就叫作"游戏歌"。比如女孩子在跳皮筋的时候常唱的："小皮球，香蕉梨，/马莲开花二十一；/二五六，二五七，/二八二九三十一……"

（3）数数歌。

年幼的儿童对于抽象的数字观念不易理解和掌握，数数歌巧妙地把数字与一定的情节联系起来，押韵顺口，让幼儿一方面享受到吟唱童谣的快乐，另一方面掌握了关于数字的知识。比如前面举例的"一二三四五，/上山打老虎……"

（4）绕口令。

绕口令的原理是利用汉语中的双声和叠韵现象，经过精心构思，把双声或叠韵的词语巧妙地安插在一首重重叠叠的歌谣里。由于读音相近，容易混淆，念诵时极易出差错，而这正是绕口令的有趣之处。比如，"一面小花鼓，/鼓上画老虎。/宝宝敲破鼓，/妈妈用布补。/不知是布补鼓，/还是布补虎。"

（5）连锁调。

连锁调也叫连珠体童谣，它与采用修辞格顶针手法结构全歌，即把上句结尾的词语重复用在下一句的开头，或者使用谐音词作为连接上下句的桥梁。比如："板凳板凳歪歪，/上面坐个乖乖。乖乖出来踢球，/上面坐个小猴。小猴出来赛跑，/上面坐个熊猫。熊猫出来拔河，/上面坐个白鹅。白鹅参加啦啦队，/大家来开运动会。"

（6）问答调。

问答调也叫盘歌或对歌，它通过设问作答这种形式，引导儿童认识事物或一定道理。问答调是儿童集体游戏时经常采用的一种童谣形式。比如"谁会飞？/鸟会飞。鸟儿怎样飞？/张开翅膀满天飞。谁会游？/鱼会游。鱼儿怎样游？/摇摇尾巴点点头。……"

（7）谜语歌。

谜语的主要特点是寓意的描绘，谜面用比喻、拟人、象征等手法，含蓄地透露出作为谜底的事物的本质特征，如果是用韵语写成而又适合儿童解谜的，就成为童谣。比如，"弟兄七八个，/抱着柱子过，/老来分了家，/衣服都扯破。"（大蒜）

（8）颠倒歌。

颠倒歌所表现的都是现实中的事物的反面，具有诙谐、滑稽、幽默的意味。颠倒歌又被称为滑稽歌或古怪歌。（如上面的"倒骑马，/倒唱歌，……"）

（9）时序歌。

时序歌是按季节顺序来表现自然景物的变化或人们的生产、生活活动的歌谣。比如介绍一年里的时令蔬菜："一月菠菜才发青，/二月栽的羊角葱，/三月芹菜出了土，/四月韭菜嫩青青，……"

（10）字头歌。

字头歌是一种比较古老的童谣形式，主要的特点表现在押韵上。字头歌有两种押韵方式，一种是以"子"或"头"押韵，一种是采用儿化韵。比如，"天上有日头，/地下有石头，/嘴里有舌头，/瓶口有塞头。""小小子儿开铺儿，/开开铺儿两扇门儿，/小桌子儿小椅子儿，/乌木筷子儿小碟儿。"

第二节 童诗

一、童诗的成立

一些儿童文学的概论性著作在给童诗下定义时，往往会说，童诗是成人专为少年儿童创作的，符合少年儿童的心理和审美特点的诗歌。我在这里，不想给童诗下类似的定义。我想不是从简单的概念出发，而是从丰富的存在着眼，通过对童诗的成立这一问题的探讨，接近童诗的深层或者内核。

意大利历史哲学派美学家维柯对美学的最大贡献就在于运用了历史发展观点和历史方法。他的历史发展观点和历史方法有一个总的原则作为出发点："凡是事物的本质不过是它们在某种时代以某种方式发生出来的过程。"[①] 这就是说，事物的本质应从事物产生的原因和发展的过程来研究。

借鉴维柯的方法，探讨童诗的成立问题，也需要建立一个历史之维。

童诗的创作是从教育的目的开始的。关于诗歌的教育功能，丘科夫斯基说："教育者应该利用年幼的孩子们在生活中的这一'诗的阶段'。不要忘记，在这个阶段，诗歌作用于儿童的思考和感情，成为强有力的一种教育的手段。不用赘言，诗歌能帮助孩子感知周围的世界，有效地促进孩子语言的形成。"[②] 清教徒们早就意识到诗歌的这一功能。约翰·洛威·汤森在《英语儿童文学史纲》一书中指出："瓦茨博士可以说是第一个童诗的诗人，比说谁是第一个童书出版者或小说作家更为确然。《圣歌》非常受欢迎，在接续的两世纪里，它在英美两国共印了六七百版；这绝非由于其教导的目的，而是因诗文的简单易懂及易记。"[③]《圣歌》（1715）具有"教导的目的"，灌输的是清教徒的道德观念。这也是艾塞克·瓦茨本人在《圣歌》的前言里所言明的："以这样的方式学习真理和义务更令人感到愉快。诗句有种快活又有趣的特质，使儿童会将这种学习方法视为娱乐……"④

瓦茨具有相当的天赋，被认为是 18 世纪初最富有想象力的诗人。但是他不是主流诗人。接下来一位写童诗的重要诗人威廉·布莱克就是一个主流诗人，尽管他在世时默默无闻。

英国浪漫派诗人们在"儿童的发现"上的重要历史贡献，我已经在本书的上编，讨论"儿童观的几种主要历史模式"时作过评价。浪漫派诗人威廉·布莱克的诗集《天真之歌》（1789）以及《经验之歌》（1794）里的《小学生》等一些诗作，在建构童诗的传统方面也留下了不可磨灭的功绩。不仅如此，他的歌咏纯真无垢的孩童的《天真之歌》，也成为英语诗歌文化传统的一部分。

用它做一支土造水笔，

在笔中注满清清河水，

我用它写下快乐的歌谣，

孩子们都能高兴地听到。

（张炽恒译）

这是《天真之歌》的《序诗》中的一节。它清楚表明，《天真之歌》是为孩子们创作的童诗。但是，《天真之歌》在当时几乎没有到达孩子们的手中。因为这本由布莱克和他的妻子用手工刻版印刷的诗集，并不是用来销售的。《天真之歌》是童诗的先驱，但是，产生巨大影响却是一百年以后的事情。

布莱克的《天真之歌》在当时并不有名，有影响力和读者的诗人是安·泰勒和珍·泰勒姐妹。她们在 1804 年出版了《写给儿童的诗》，后来又出版了《儿童歌谣》（1806）、《给幼童的歌》（1808）。安·泰勒的《我的母亲》一诗闻名于世，而珍·泰勒的《一闪一闪，小星星》一诗也广为人知。

谁自她温柔的胸脯哺喂我，

又抱我在她怀中让我安歇，

在我脸颊上印上甜蜜的吻？

我的母亲。

……

当你虚弱、年老、满头白发，

我健康的臂膀将扶持你，

我也会抚慰、减轻你的疼痛，

我的母亲。

——《我的母亲》（谢瑶玲译）

对这首广受欢迎的感伤的诗，约翰·洛威·汤森评价道："这首诗被形容为'英语抒情诗中最优美的其中一首'。以现代的成人看来，这似乎是一首坏诗，一首好的坏诗。读这首诗或听这首诗被念颂，很少人不能不被它的真诚感动。"⑤应该说，这首"好的坏诗"出自成人立场，表达的是成人的感情，它距儿童的情感生活尚有距离。

泰勒姐妹也写了不少训诫诗，但是，其诗歌的底蕴仍然是接受浪漫派影响的浪漫主义倾向。

18 世纪的儿童文学的教训主义色彩，也涂抹在童诗的创作之上。到了 19 世纪，两个奇异的天才——爱德华·利尔（1812—1888）和刘易斯·卡洛尔的荒诞诗的出现，彻底颠覆了童诗的教训性，给孩子们带来了笑声和解放。

爱德华·利尔一生以绘画为职业，但是给他带来巨大名声的却是他自己配插图的《荒诞书》（1846）。利尔因《荒诞书》被称为英国荒诞诗的开山鼻祖。这些荒诞诗有着出人意料的奇想、荒唐的逻辑、独到的评语和风趣的措辞。

有个爷们胡子大，

他说，"就怕——

一只母鸡两只夜猫，

四只云雀一只巧妇鸟，

都飞到俺胡子上筑巢！"

有个壮汉，

吃兔子成了习惯；

吃了十八只——发胀，

脸色铁青——直晃，

这才撒手使兔子得以生还。

（沈小均译）

这些诗均为五行，在英文中一、二、五行押韵，用抑抑扬格三音步，三、四行抑抑扬格两音步押韵，读来节奏鲜明、顺口悦耳。

刘易斯·卡洛尔在《爱丽丝漫游奇境记》（1865）和《爱丽丝镜中游记》（1871）中创作了各种模仿、讽刺诗歌和荒诞诗歌。其中最有创意、最有名的是《爱丽丝镜中游记》中的《海狮和木匠》和《说瞎话》。

有四个小蛎蟥儿很想来，
它们想的不得了：
它们刷了衣裳，洗了脸，
把鞋带儿也系好——
可是这很怪，因为你知道，
它们轧根儿就没脚。

（赵元任译）

这是《海狮和木匠》中的一节。这首诗有荒谬的逻辑、出人意料的发想和对伪善的嘲讽。而在《说瞎话》里，卡洛尔独创性地造了很多词语，构成一首读不懂的荒诞诗，然后又在第六章里作了奇妙的怪解释。

利尔和卡洛尔的荒诞诗的出现恐怕是对成人以教训来压抑儿童的一种反拨。

除了这种怪异天才的荒诞诗，19 世纪以来的童诗的创作主要有两个立场，即歌咏儿童的立场和抒发儿童心声的立场。

歌咏儿童的立场是和浪漫派诗人的诗歌美学一脉相承的。中国的五四时代，曾经产生过童心主义思潮。《中国儿童文学大系》（希望出版社，1990）所选入的五四时期的儿童诗，大多数都处于歌咏儿童的立场。其中，周作人的《路上所见》《对于小孩的祈祷》，叶圣陶的《儿和影子》《成功的喜悦》，朱自清的《睡吧，小小的人》，冰心的《可爱的》《回顾》以及《繁星》和《春水》的选诗，都是歌咏儿童的典型作品。

　　属于外源型、后发的中国儿童文学与西方儿童文学的发展存在着时间上的错位。在童诗创作方面，当中国还处于歌咏儿童这一阶段时，西方的童诗创作已经超越了这一阶段，进入了抒发儿童心声的阶段。

　　英国小说家、诗人斯蒂文森（1850—1894）的《一个孩子的诗园》（1885）是19世纪最为重要的童诗集。虽然支撑这一作品的情感根底是斯蒂文森对幼年时代的乡愁，但是，其方法却是表现儿童的现实生活并观察和体会儿童的心灵。《孩子夜里的幻想》《夏天在床上》《被子的大地》等诗作，孩子的心声都透过纸背传递出来。

　　英国作家Ａ·Ａ·米尔恩（1882—1956）为20世纪留下了两本畅销的童诗的经典：《我们小的时候》（1924）、《我们六岁了》（1927）。在《宾克》《一个人真好》《自立》《你乖吗》等诗中，儿童隐秘的内心世界和奇特的想法得到巧妙的表达。米尔恩在

一个孩子的诗园

斯蒂文森　著

自传中曾经强调："就算存在缺点，我的诗在技巧上是出色的。《我们小的时候》不是诗人的游戏之作，也不是喜欢孩子的人在表现对孩子的爱。虽然写的是儿童房间里的情景，却是我全力以赴创作的轻妙诗作。"[⑥]

　　童诗的创作也在随着时代生活的变化而变化。汤森在评价20世纪后半叶的童诗创作时说："近年来的一般趋势是由'诗意'走向通俗，由花园走向街头，且诗人不再以成人对儿童说话的口吻写作，而是直接以孩童的口气对他们说话。"[⑦]

我将做一个什么

（加拿大）丹尼斯·李　任溶溶译

"你将做一个什么？"
大人问个没完。
"做舞蹈家？做医生？
还是做个潜水员？"

"你将做一个什么？"
大人老是缠着问，
好像要我不做我，
改做一个什么人。

我大起来做喷嚏大王，
把细菌打到敌人身上！

我大起来做只癞蛤蟆，
呱呱呱呱专门问傻话！

我大起来做个小小孩，
整天淘气，把他们气坏！

我想，这首诗就是"直接以孩童的口气"创作的。这样的诗歌是真正的儿童本位的儿童文学。

当童诗"由'诗意'走向通俗，由花园走向街头"时，童诗的定义就进一步被扩大了。英国童诗作家麦克·劳兹就主张，童诗的语言与科学的报告书、新闻广播、谚语、购物单、车站广播等数百种语言相联系着。的确，在当代的英语童诗中，我们能够看到为数不少的去传统的"诗意"的作品。

频　道

（美国）希尔弗斯坦　叶硕译

1 频道不好玩。

2 频道全是新闻。

3 频道看不清楚。

4 频道没劲。

5 频道真无聊。

6 频道早已坏掉。

7 频道和 8 频道——

全是老掉牙的电影，也不好。

9 频道简直是浪费时间。

10 频道结束了，我的宝宝。

难道你就不想跟我聊聊？

这样的童诗，有没有"诗意"？如果有，体现在哪里？这样的思考也许会指向童诗的新的美学倾向。

二、童诗的艺术特质

童诗不是成人诗的半成品、边角余料、降格以求。首先是一首好诗，然后才能成为一首好的童诗。我之所以强调这一点，是因为如汤森所说："写童诗的人也有相当多天份较低，或甚至颇为拙劣的诗人。"⑧儿童文学作家约翰·艾肯也说："令人吃惊的是，为孩子创作的诗被大量出版着，可是，其中的大多数都太差了。"她甚至认为："诗是否应该专门为孩子创作，这是个问题。"⑨

鉴于汤森和艾肯所指出的事实，在探讨童诗的艺术特质时，选取什么样本就是一个十分重要的问题。

另外，在探讨童诗的艺术特质时，有些方面，我将通过与童谣进行对比的方式，分析童诗与童谣的区别，以揭示童诗的艺术特质。

1. 童诗的 "独白"

童诗是自由诗的一种。虽然很多童诗依然讲究节奏，有韵律，会押韵，比如："晚霞烧得紫了，/慢慢融进苍茫的暮色中；/耀眼的小花隐去了，/山只留下它高高的身影。"（金波：《流萤》）这首诗就有一种沉静的内在韵律，但是与童谣相比，童诗的音乐性明显在减弱。

我认为，从文学语言的发展过程来说，自由诗是从歌向散文进行过渡的一种中间状态。在这一过程中，韵律性在弱化，但是，思维性和意义性在强化。

维果茨基说："在言语中，还有其他重要的功能区别。其中一个区别是对话和独白之间的区别。书面言语和内部言语代表独白；而在大多数情形中，口头言语则代表对话。"[10] 如果可以说童谣是口头言语，童诗是书面言语，那么借用维果茨基的言语的功能区别研究的观点，是否也可以说，童谣这种口头言语是代表对话，而童诗这种书面言语则代表独白。

维果茨基还说："口语的速度是不利于系统阐述的复杂过程的——它没有时间细细琢磨并选择。对话意味着未经实现沉思的发声。它由一些回答和巧辩组成；它是一系列反应。比较而言，独白是一种复杂的结构；可以从容不迫地和有意识地进行语言的精心组织。""独白确实是一种更加高级更加复杂的形式，而且属于晚些时候的历史发展产物。"[11]

作为对话，童谣的意义是可以说出的，意义基本止于言内。比如（河南民间儿歌）——

> 公鸡叫，翅膀扎，
>
> 公公犁地婆婆耙，
>
> 女婿后边把种下，
>
> 小媳妇后边砸坷垃。
>
> 过路人，别笑话，
>
> 我们是家好人家。

　　可是，作为独白的童诗的言语则有很多说不出的东西，意义常常含于言外。

　　比如，希尔弗斯坦的诗集《阁楼上的光》里的《孩子和老人》一诗：

> 孩子说："有时我会把勺子掉到地上。"
>
> 老人说："我也一样。"
>
> 孩子悄悄地说："我尿裤子。"
>
> 老人笑了："我也是。"
>
> 孩子又说："我总是哭鼻子。"
>
> 老人点点头："我也如此。"
>
> "最糟糕的是，"孩子说，
>
> "大人们对我从不注意。"
>
> 这时他感觉到那手又皱又暖。
>
> 老人说："我明白你的意思。"

　　这首诗看起来是对话的形式，其功能却是一种独白。通过表现孩子和老人这生命的两端被大人们漠视的生活状态，揭示人生的本质样相。如果从政治学角度看，也可以阐释成是对壮年阶层的生活霸权的批判。不管怎么阐释，这首诗的意义都是意在言外。

　　"诗言志，歌咏言。"童诗不像童谣是即兴的吟唱，而是沉思的结果。

静静地坐着

（中国台湾）郑文山

> 静静地坐着
>
> 什么也不去想
>
> 许多听不见的声音都听见了
>
> 篱笆外，风轻轻地来又轻轻地去
>
> 花架上，花悄悄地开又悄悄地谢
>
> 墙壁上，时间答答地走又答答地来

> 静静地坐着
>
> 什么声音都听见了
>
> 更听见心里的声音
>
> 过去的事
>
> 永远不再回来

这首诗正如题名"静静地坐着"所示，是沉思的诗（而一切童谣，都是要站起来大声吟唱的）。每个生命中，都会有"听见心里的声音"这种体验，其状态就是"沉思"。

由于童诗的独白性质，它既可以朗诵，也适宜于默读。

2. 童诗的意象

童谣的形象是生动的，同时又是直接而具体的。童谣的形象常常是对印象的白描，是一种客观的形象或情景，比如（安徽童谣）——

> 小西瓜，圆溜溜，
>
> 红瓤黑子在里头。
>
> 瓜瓤吃，瓜皮丢，
>
> 瓜子留着送朋友。

童诗却可以"意在象外"，所以，童诗的形象往往是一种意象。我们也选取一首描写水果的童诗，来看童诗的意象与童谣的形象之不同。

柠 檬

（日本）畑地良子　朱自强译

> 柠檬
>
> 一定是想到远方去。
>
> 薄薄地切一切，

就会明白柠檬的心。

薄薄地切一切，
滚出来好多个车轮。

散发着好闻的香味儿，
车轮，车轮，车轮。

柠檬
一定是想到远方去！

《柠檬》这首童诗所具有的就不是形象，而是意象。这一意象不是纯然客观的，它是在托物言志，借景抒情；它包含着一个主观的思想："柠檬／一定是想到远方去！"另外，"薄薄地切一切，／滚出来好多个车轮"，这也是富于个性的主观的感受和想象力。"想到远方去"——这是柠檬和一个隐含的抒情主人公的物我两忘的境界。

赵毅衡说："诗歌意象须有内涵，须有深度，须有动势。"⑫《柠檬》一诗是一个证明。

3. 童诗的"个我"

童诗和童谣的读者的年龄阶段不同。一般而言，童谣的读者是学龄前的幼儿，童诗的读者为小学和初中的少年儿童。作为观照儿童精神世界，帮助儿童心灵成长的文学，童诗必然要参与少年儿童精神世界的建构。而童诗所应对的年龄，正包含着寻找、建设"自我"的时期，因此，童诗自然会以表现"个我"为己任。

童谣中虽然也有"我"出现，比如，"姐姐留我歇一歇，我要回家学打铁"，"小板凳，四条腿，我给奶奶嗑瓜子"，但是，相对来说，这个"我"不是"个我"，而是"群我"。

在童诗中，我们可以毫不费力地找到一个"我"，而这个"我"往往是诗中的抒情主人公。斯蒂文森的童诗集《一个孩子的诗园》就有一个鲜明的儿童形象。这本诗的主要部分写于诗人卧病在床的 1883 年。在病床上，斯蒂文森唤醒了对在苏格兰度过的病弱童年的回忆，并将其凝练成诗。在许多诗里，我们能够看到一个向往旅行和探险的孩子，并从他的身上看到其长大后的命运——创作传奇和历险故事，然后在南太平洋的海岛上结束一生。

我们再来看看一首童诗中的"个我"——

宾　克

——我叫他这名字

——是我的秘密，不对别人说，

正因为有了宾克，我才从来不寂寞。

不管我在儿童室里玩，在楼梯上坐，

不管我忙着干什么，他总陪着我。

噢，爸爸聪明，是个聪明爸爸，

妈妈真好，是有史以来最好的妈妈，

保姆关心我，这没说的，

可是他们

全看不到

宾克。

（任溶溶译）

这是 A·A·米尔恩的童诗集《当我很小的时候》里的《宾克》一诗的前两节。在后面的诗中，诗人还写道，宾克"他说话有时候爱用怪腔，嘎嘎嘎嘎，/ 他说话有时候哇哇大叫，叫人耳朵聋……"而爸爸、妈妈、保姆不仅"全看不到宾克"，而且"全不喜欢宾克"。爸爸"没空玩耍"，妈妈"有时候不在家"，保姆"弄得我不快活"，"可宾克就是宾克，他一定在那里陪着我"。

宾克是另一个"我"吗？或者"我"是由"我"和宾克组成的吗？"我"和宾克哪个是真正的"我"？或者哪个是主体的"我"？这分明已经是一个哲学的问题。不管怎么说，米尔恩真是诗技高超，让"我"分身有术，可以看到另一个"我"——宾克。

4. 童诗的修辞

中国古代文论中有"情欲信，辞欲巧"一说；意大利的薄伽丘也说，不管诗的冲动多么深入地激荡了诗人的心灵，但是，如果缺乏表达思想所必需的某些手段，如语法和修辞的一些规则，那么还是很难完成值得赞赏的作品。

童诗是诗，所以修辞对童诗也是必需的手段。不过，童诗所使用的修辞当与成人诗歌有所区别。比如，象征、通感、矛盾修饰等修辞手法在童诗中都是很少使用的。

说出生命是"死神唇边的笑"这一惊人语的李金发特别推崇波特莱尔、兰波、魏尔伦、马拉美等法国诗人虚幻缥缈、朦胧晦涩的诗风，开创了中国现代象征诗派。可是，李金发式的象征手法显然不适用于给儿童的写作。

"你的声音柔美如天使雪白之手臂，/ 触着每秒光阴都成了黄金。"（何其芳）"像知了坐在森林中一棵树上，/ 倾泻下百合花也似的声音。"（荷马）"碧空里一簇星星喷喷喳喳像小鸡儿似的走动。"（帕斯科里）这些将听觉化为视觉，视觉化为听觉的通感手法，在童诗中也很难找到。

"一切都是命运 / 一切都是烟云 / 一切都是没有结局的开始 / 一切都是稍纵即逝的追寻 / 一切欢乐都没有微笑 / 一切苦难都没有泪痕 /……一切爆发都有片刻的宁静 / 一切死亡都有冗长的回声。"北岛的这首《一切》整体就是由矛盾修饰的手法结构而成。理解这种修辞，儿童尚有待生活阅历的积累。

成人诗运用象征、通感、矛盾修饰等修辞，增加了诗的意蕴，但是，并不是说，不采用这些修辞手法的童诗在营造诗意方面就束手无策。

童诗也运用修辞。运用最多的当然是比喻、拟人，我们在此不作示例。

苹果和橘子

（日本）赤冈江里子　朱自强译

从爸爸的故乡，

寄来了苹果。

拨开箱子里的稻壳，

红红的苹果滚了出来，

这些曾经在岩木山麓

燃烧的一团团的火。

从妈妈的故乡，

寄来了橘子。

箱子里挤满了

金黄的小太阳，

还飘出樱岛前的小村里的风

浓浓的，沾染了橘香。

高高地堆在桌子上，

闪耀着光芒的

爸爸的故乡，

妈妈的故乡。

"高高地堆在桌子上"的，本来是苹果和橘子，却变成了"闪耀着光芒的／爸爸的故乡，／妈妈的故乡"。将物理的现象转变为情感的生活，这就是诗的魔法。

很明显，这首童诗运用了借代法。借代法与比喻不同。当两者间有相似之处时，才可以运用比喻。但是，故乡和苹果、橘子间没有相似性，而只有关联性，所以，运用的是借代。借代法多用于情感饱满、物我交融之时。因为苹果、橘子来自故乡，所以睹物思故乡。

稻　田

（中国台湾）朱邦彦

稻田	风翻来翻去
这本书	太阳一读再读
风好爱翻	一直读到——
太阳好爱读	熟

这首童诗里有拟人，但是，结构全诗的还是谐音法和双关法。稻子熟了的"熟"和读书读得熟的"熟"并非一回事，可是两者之间又有内在的联系。读书如种田，需用力才有收获；种田如读书，须用心才有成绩。

一般来说，用到谐音，就容易产生双关效果。这样的童诗很多，如蝉鸣和"知了"，小鼓"咚咚咚"和"懂懂懂"，布谷鸟的叫声和"布谷"，等等。

聋子唐

（美国）希尔弗斯坦　叶硕译

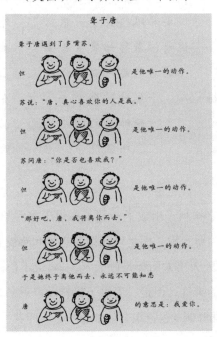

　　这是一首富有想象力和创意的童诗。爱有多种方式。多嘴苏和聋子唐代表了两种方式的爱。多嘴苏表达爱是使用语言，她对爱的确认方式也是是否有语言的表白。聋子唐表达爱则是用动作，我把它解释为用行动。不错，聋子唐使用了"我爱你"这一手语，可是，既然是"聋子"唐，他就能够讲话，但他却不去讲话，而是使用了动作。我认为，诗人是以聋子唐象征一种爱的方式，默默地用行动来表达爱的方式。

　　这首诗的上述艺术信息和效果来自诗人对图像的创意式运用。我把这种方法看作一种独特的修辞。

　　童诗中有图像诗这一类别，也可以看作是采用了与《聋子唐》相似的一种修辞。比如台湾作家陈木城的《烘干机》——

```
抱一轰            衣            再天家
成直轰        弟服转            也天里
一到轰      爸弟裤动轻          不出新
堆大，      妹爸追子了轻衣      怕太买
，家大    要妹跟得开，一服只    外阳了
觉都家  抱妈伸着妹始轰按丢要咚  面都一
得跑玩    妈着妹妹玩轰，进把    下是部
好不得    手妈哇起轰太去        不好烘
暖动好        跑哇躲的阳        下天干
和了热        叫猫绕            雨气机
。，，            猫            。，，
```

　　诗人以独特的文字排列，组成了一部正在烘干衣服的烘干机的形状。这绝不是为形式而形式的简单比附，而是强化读者想象和感受的诗的"修辞"。家里新买了一部烘干机："天天出太阳都是好天气，/再也不怕外面下不下雨。"这两句诗看似写梅雨季节的天气，但是，等烘干机转动以后，"衣服裤子开始玩起躲猫猫 / 弟弟追得妹妹哇哇叫 / 爸爸跟着妈妈跑 / 妹妹伸着手 / 要妈妈 / 抱"，一家

人"抱成一堆，觉得好暖和"，读者会由此醒悟，前面那两句诗原来也是在写一个充满爱的家庭。而到达这样的诗的境界，转动的烘干机的图像起到了重要的引领作用。

秋天的枫树

（中国台湾）林焕彰

夏天的枫树，

每一棵都是一个

大鸟巢；

它们的每一片叶子，

都是绿色的。

一只只睡着了的鸟儿，

甜甜地睡着了的鸟儿，

秋天来了，

它们才会醒来；

醒来了，

它们才会叫；

它们叫了，

就有风；

有风了，

它们才会飞；

会飞，它们就

高高兴兴，

缤缤纷纷地

飞了起来！

如果单从修辞的角度看，这首童诗的比喻并没有特别耀眼之处。它的表现力在于整体想象和意境。它纯然以儿童文学式的方式，对"伤春悲秋"这一诗歌情感定式进行了彻底颠覆。它带给人们一种对秋天（人生）的新的理解和感受——叶落不是生命的结束，而是生命的开始；它鼓舞起人们对于秋天（人生）的崭新的心情——"高高兴兴，／缤缤纷纷地／飞了起来！"这不正是诗的本质的力量之所在吗？

我举出这首诗，是因为关于童诗的修辞，我想强调一点，那就是如果童诗为修辞而修辞，就很容易沦为技术主义。对诗歌的表现力来说，自然的想象、自然的感情是最为根本性的东西。而童诗恰恰因为有了自己独特的想象力和独特的感情世界，有了独特的理解生活的方式，才使自己的修辞成为诗歌王国独具价值的存在。

说到底，想象力是童诗的最好的修辞。

5. 童诗的童趣

儿童文学本身就是充满童趣的艺术。不过，在童诗这里，童趣表现得尤为集中、突出。这是童诗区别于成人诗的重要一点，是童诗十分核心的艺术质地。如果童诗能够成为被成人诗人承认甚或赞赏的艺术，能够博得成人读者的喜爱，我想童诗的富于童趣是重要原因之一。

童趣是童诗的重要美学特质。

童诗的童趣有两个层面的因素：第一个层面是诗人所表现的儿童生活中特有的情趣；第二个层面是诗人的富于童趣的看取生活的眼光和富于童趣的诗歌表现。

童趣常常蕴藏在孩子们特有的感受事物的方式之中，如：

> "小弟弟，我们来游戏，
> 姐姐当老师，
> 你当学生。"
>
> "姐姐，那么，小妹妹呢？"
>
> "小妹妹太小了，
> 她什么也不会做。

我看——

让她当校长算了。"

　　这是台湾诗人詹冰的《游戏》。它显然是属于表现儿童生活中特有的情趣的诗。安排什么也不会做的小妹妹当校长，实在是成人做梦也不会有的想法。这就是年幼的孩子以自身的价值观阐释成人社会形态的一种姿态和努力，它绝不符合现实，但是，绝对成就文学，更促进儿童的成长。

　　正如《游戏》一诗所示，儿童生活中的童趣特别适宜用儿童语言似的"浅语"（台湾儿童文学作家林良将儿童文学定义为"浅语的艺术"⑬）来表现。这恰恰是童诗的难写之所在。林良先生是使用"浅语"的名家。他有一首诗《你几岁》是拟一个成人与一个幼儿的对话，其中有："你家人口多不多？／很多。／一共有几个？／七个。／哪七个？／爸爸妈妈小弟弟，／一个我，／一个九宫鸟，／还有两条大金鱼。"这首诗表现的幼儿特有的思维形式，令人想起浪漫派诗人华兹华斯的《我们是七个》一诗。但是，从儿童文学立场来看，显然运用"浅语"的林良的诗作更为单纯、洗练，从而传递出令人会心一笑的童趣。

　　《四胡同的狗》是日本诗人野口雨情的重要代表作——

一胡同的孩子

跑啊跑啊，跑回家。

二胡同的孩子

哭啊哭啊，逃回家。

四胡同的狗啊，

四腿长长身高大。

站在三胡同的路口处，

它的眼睛朝着这边眨！

（朱自强译）

这样的生活情景不会成为大人们的关心事，但是，它却是孩子们看似平常的生活里的惊心动魄的巨大波澜。我所佩服的是诗人捕捉孩子生活中的情趣的独到而敏锐的目光和明净如水的白描笔墨。

接下来，我们看童趣的第二个层面，即诗人的富于童趣的看取生活的眼光和富于童趣的诗歌表现。

雾

（美国）卡尔·桑德巴克

雾
像小猫一样走来

它静静地蹲着
看看港口
看看街道
然后悄悄地走了

在我眼里，这首诗的独特的想象力是孩童式的，就是说，它看取景色的眼光是孩童式的。这种描写景物的方法与很多成人诗判然有别，但是却与很多孩子写的诗相似。《雾》的表现让我想起一个叫陈正泰的小朋友写的《雨刷》一诗："下雨时 / 汽车像迷路的小孩 / 手不停地擦着 / 眼泪。"

谁厉害

高洪波

我们院的小胖和小嘎，
最崇拜杨六郎和李元霸。
他们忠实于自己的主将，
常常争论得耳鸣眼花。

小胖说杨六郎智勇双全，

杀得辽兵丢盔弃甲。

他是当然的大英雄，

李元霸嘛，算啥！

气得小嘎结结巴巴，

（据说李元霸也这样说话）：

"谁不知主将力大无穷，

捏你就像捏个蚂蚱！"

说着说着动了手，

两员"部将"一阵开打！

结果无论六郎还是元霸，

都厉害不过发火的爸爸……

应该说，这首诗既有上述第一层面的孩子们生活本身的童趣，也有第二层面的诗歌表现上的童趣，而且两者已经融为一体。细细体会，能够觉察出诗中并不都是儿童生活情趣的客观描摹。"（据说李元霸也这样说话）"一句应该是诗人兴致勃勃的介入；"结果无论六郎还是元霸，/ 都厉害不过发火的爸爸……"，这里也有诗人的介入，是诗人在幽默地玩味着童趣，其中即使有着蕴含善意乃至爱意的揶揄，却决没有丁点儿的教训。读这样的诗，我们能感受到诗人那未遭成熟的大人心所压抑的孩童心性，他仍然热烈地喜爱并完全地肯定着小胖和小嘎所代表的孩子们这种看似"荒唐"的生活——那里面蕴含着旺盛的生命活力和真正的成长的力量。

三、童诗的种类

童诗的分类也可以比照成人诗歌，分成抒情诗和叙事诗两大类。

我们说，童诗里应该包含适合儿童欣赏的成人诗，而这样的成人诗便大多属于抒情诗。郭沫若的《天上的街市》、冰心的《纸船》、徐志摩的《再别康桥》、何其芳的《我为少男少女们歌唱》等诗作，虽然抒情主人公是成人，但是诗中的想象、亲情、离情别绪、青春激情却都是可以直接唤起儿童读者的感情共鸣的。所以，一些童诗选本往往也会将这样的诗作选入其中。

专给孩子们创作的童诗也有抒情诗这一大类别。在抒情诗创作中，中国的儿童诗人用力很多，其在童诗中所占的比例也较大。成就较为突出的是诗人金波的作品。

在专门为儿童创作的抒情诗中，抒情主人公一般都是儿童自己。优秀的诗人在创作时，将自己化身为儿童，从儿童的立场出发，以儿童的眼睛去听，以儿童的眼睛去看，尤其以儿童的心灵去体会。斯蒂文森的《一个孩子的诗园》、米尔恩的《我们小的时候》《我们六岁了》、任溶溶的《我是一个可大可小的人》、高洪波的《懒的辩护》，这些诗集是这类创作的典型而优秀的代表。

给儿童的抒情诗中还有一种比较特殊的类型，这就是朗诵诗。由于是专门为儿童朗诵之用而创作，其音韵和节奏朗朗上口、铿锵有力。另外，朗诵诗因为往往使用于节庆、夏令营等大型活动中，其主题一般具有一定的规定性，情绪也应能撩拨人心，篇幅一般也比其他抒情诗长。

叙事诗是表现一定的事件、情节的诗歌。作为诗，叙事诗当然要比散文性作品情感外露一些，但是与抒情诗相比，它在感情的宣泄方面，又是低调和内敛的。一般来说，叙事诗的篇幅会比较长，不过，由于儿童读者对具体事物和故事的关心，很多篇幅不长的诗也会有叙事的成分。在中国，柯岩在20世纪50年代创作的《小兵的故事》《看球记》等是有名的儿童叙事诗。

给儿童的叙事诗中有两种特殊的类型。

一种是童话诗。它是诗与童话这两种文体相融合的产物。童话诗所叙述的故事具有幻想性特征，比如，俄国诗人普希金的《渔夫和金鱼的故事》，中国作家阮章竞的《金色的海螺》、熊塞声的《马莲花》就是用诗歌的语言讲述一个神奇的童话。

一种是寓言诗。与童话诗一样，寓言诗也是两种文体相结合的产物。法国的拉封丹、俄国的克雷洛夫都是著名的寓言诗人。

童诗还有一些可以区分的种类，如图像诗、文字诗、荒诞诗、讽刺诗等。

▶ 注 释

① 转引自朱光潜：《西方美学史（上卷）》，人民文学出版社，1994，第332页。

② ［苏］丘科夫斯基：《从两岁到五岁》（日文版），树下节译，理论社，1997，第405页。

③⑤⑦⑧ ［英］约翰·洛威·汤森：《英语儿童文学史纲》，谢瑶玲译，（台湾）天卫文化图书有限公司，2003，第113-114页，第115页，第312页，第312页。

④ 转引自［英］约翰·洛威·汤森：《英语儿童文学史纲》，谢瑶玲译，（台湾）天卫文化图书有限公司，2003，第113页。

⑥ ［英］彼得·亨特：《儿童书籍的历史》（日文版），柏书房，2001，第252页。

⑨ ［英］约翰·艾肯：《童书的创作方法》（日文版），猪熊叶子译，晶文社，1996，第181页。

⑩⑪ ［俄］列夫·谢苗诺维奇·维果茨基：《思维与语言》，李维译，浙江教育出版社，1997，第156页、第158页。

⑫ 赵毅衡：《诗神远游——中国如何改变了美国现代诗》，上海译文出版社，2003，第264页。

⑬ 参见林良：《浅语的艺术》，（台湾）国语日报社，2002。

一、思考与探索

1. 很多教材列有"儿童诗歌"一章，本教材却用"韵语儿童文学"来表述。你如何理解本教材使用"韵语"的用心？

2. 你同意童谣蕴含着厚重的思想和艺术价值这一观点吗？如果赞同，请你列举一些童谣作品并加以阐述。

3. 如果你还没有童谣创作体验，就请尝试创作一两首童谣，以此体会童谣的艺术特质。

4. 请你找出一些分别属于歌咏儿童的立场和抒发儿童心声的立场的童诗。

5. 本书在分析童诗的艺术表现时，举出独白、意象、"个我"这三个与童谣相区别的特质。你赞同这样的区分吗？童诗与童谣的艺术特质之间是否还存在着其他不同？

二、拓展学习书目

1. 朱自清:《中国歌谣》,金城出版社,2005。

2. 林文宝:《儿童诗歌研究》,(台湾)铨民国际,1995。

3. 金波:《能歌善舞的文字——金波儿童诗评论集》,河北教育出版社,2006。

4. 陈子典、谭元亨:《台湾儿童文学·诗歌论》,华中师范大学出版社,1994。

5. 黄云生:《人之初文学解析》,少年儿童出版社,1997。

第二章

幻想儿童文学

第一节 民间童话

一、民间童话释义

民间童话属于民间文学的范畴，同时也与儿童文学相交融，因此，民间童话释义需要从民间文学和儿童文学这两个角度来切入。

首先，我们看看民间童话在民间文学中的位置。

民间文学拥有十分丰富的类别，有神话、传说、民间故事、史诗、叙事诗、民间歌谣、民间谚语、谜语、民间说唱和小戏等。刘守华、陈建宪主编的《民间文学教程》对民间故事是这样界定的——

> "民间故事"一词的英文是 Folk tale。对民间故事的定义，学术界有广义与狭义之分。广义的指称民众口头创作的所有散文体的叙事作品，包括神话、传说、幻想故事、生活故事、民间寓言、民间笑话等。狭义的指称神话、传说之外的散文体口头叙事，包括幻想故事、生活故事、民间寓言、民间笑话等。①

这里面并没有出现"民间童话",只有"幻想故事"。再看该书对幻想故事的界定——

　　幻想故事又称"民间童话"、"神奇故事"、"魔法故事"。这类故事的幻想色彩十分浓厚,是以丰富的想象及虚构为手段,来表现人类的生活和理想愿望的故事。[②]

上述两个界定中,有两个重要的信息:一是,民间故事是一个大概念,民间童话是一个小概念,它被包括在民间故事之中;二是,从刘守华、陈建宪主编的《民间文学教程》来看,"幻想故事"是大名,而"民间童话"是"幻想故事"的别称,只是小名(幻想故事又称民间童话)。读钟敬文等民间文学家的著作,也是多用"幻想故事"这一概念,很少使用"民间童话"一语。看来,"民间童话"是儿童文学界的惯用语。

　　其次,我们看看民间童话的缘起及其与神话、传说的关系。

　　周作人是中国最早研究民间童话的学者。他早在1914年就写下了《古童话释义》一文,指出:"中国虽古无童话之名,然固有成文之童话,见晋唐小说,特多归诸志怪之中,莫为辨别耳。"周作人在文章里举出的唐人段成式所撰《酉阳杂俎·支诺皋》的《吴洞》(即《叶限》)故事类型就属于"灰姑娘"型。

　　中国古代没有"童话"之名,那么"童话"一语何时而生,来自何处呢?据研究者指出,在中国,"童话"一词最早见于1905年《教育杂志》第618期上发表的日本佐藤善治郎的《实验小学教授法》一文之中[③]。关于"童话"一词的来源,周作人在1922年与赵景深通信讨论童话时曾说:"童话这个名称,据我知道,是从日本来的。中国唐朝的《诺皋记》里虽然记录着很好的童话,却没有什么特别的名称。十八世纪中日本小说家山东京传在《骨董集》里才用童话这两个字,曲亭马琴在《燕石杂志》及《玄同放言》中又发表许多童话的考证,于是这名称可说已完全确定了。"[④]因为后来有研究者质疑周作人的这一观点,我也曾撰文考证"童话"一词之确实来自日本。[⑤]

　　关于民间童话与神话、传说之关系,周作人也有很好的阐释:"原始社会——上古，野蛮民族，文明国的乡民与儿童社会——的故事，普通分作神话（mythoe）传说（saga）及童话（märchen）三种。这三个希腊、伊思兰（即伊斯兰）和德国来源的字义，就只是指故事，现在却拿来代表三种性质不同的东西。神话是创世以及神的故事，可以说是宗教的；传说是英雄的战争与冒险的故事，可以说是历史的。这两类故事在实质上没有什么差异，只是依所记的人物为区分。童话的实质也有许多与神话传说共通。但是有一个不同点，便是童话没有时与地的明确的指定，又其重心不在人物而在事件，因此可以说是文学的。往往有同是一件事情，在甲地是神话或传说，在乙地却成了童话，正如从宗教与历史里发生传奇的小说一样。经过这个转变，在形式上也生了若干变化，因为没有了当初的敬畏与尊崇的拘束，对于事件的叙述可以自由处置，得到美妙动听的效果。英国麦加洛克（Macculloch）著了一本童话研究，称作《小说的童年》，可以说是确当的名称。所以我的意见是，童话的最简明的界说是'原始社会的文学'。文学以自己表现为本质，童话便是原人自己表现的东西，所不同的只是原人的个性还未独立，都没于群性之中而已。"⑥

按照周作人的观点，民间童话的最早创作者和欣赏者是原始初民。关于原始初民的心理状态，英国著名的人类学家、历史学家，同时也是文学家的安德鲁·朗格的著作《神话仪式与宗教》列举了五个特点：一为万物同等，均有生命与知识；二为信法术；三为信鬼魂；四为好奇；五为轻信。了解了原始初民的这些心理特点，我们对民间童话的幻想意味就不难理解了。麦加洛克在《小说的童年》一书中，将包括民间童话在内的民间故事称为初民之小说，这对我们理解初民对民间童话中的幻想世界的态度很有启发性。就像小说对于我们是现实的表现一样，表现幻想世界的民间童话对初民而言，恐怕也是非常现实的。正是因为原始初民将超自然的现象作为现实的一部分来接受，所以，原始初民的小说——民间童话才从没有在表现超自然现象时，流露出惊异。

再说说民间童话的存在形态的问题。

民间童话有两种存在形态：一是口头讲述中的民间童话，一是被记录在纸上、印刷在书上的民间童话。对绝大多数现代人来说，关于民间童话的概念或印象，基本上是从印刷的出版物中得来。

当代国际民俗学和民间文学著名学者阿兰·邓迪斯指出："民俗具有多种多样的存在和变异的特点，在明显的对比之中，它甚至是处于一种流动的状态。民俗中不存在一个单一的文本，只有一些文本。民俗一旦从口头传统中被记录下来就不再是民俗了……"⑦根据这一民俗学的立场、观点，邓迪斯尤其不能接受格林兄弟整理、记录民间童话的方式："当格林兄弟，特别是比雅各布更多地涉及《儿童与家庭故事集》后来诸版的威廉，开始把同一个故事类型的不同异文合并起来，就像他们说的那样'把许多异文表现为一个'时，他们犯下了民俗的一桩大错，尽管可以肯定这也是19世纪的收集者们经常犯的一种错误。"⑧日本民俗学、民间文学学者小泽俊夫也说："我注意到，现在的日本，对待民间故事的态度存在着问题。民间故事被做成图画书、被改写后出版，在幼儿园和小学校，民间故事被收入教材，用前面论述的'民间故事的语法'中一观点来看，这些作品中有很多和口头传承下来的民间故事的语法区别很大。很多作品或者因为改写者的文学喜好而加入了太多的文学的修饰，或者根据改写者的道德观、教育观进行改动，以有用于儿童的道德教育。在叙述语言方面，很多作品脱离了民间故事这一体裁所拥有的口语叙述语调，而原封不动地将书面文学的叙述语调搬了过来。"⑨

邓迪斯和小泽俊夫从民俗学的立场，指出了记录口头传承的民间童话时，改写做法存在着破坏民俗的问题。但是，从文学的立场，特别是从儿童文学的立场来看，又不能不说，对搜集来的民间童话进行大幅度的改写，"把许多异文表现为一个"的格林童话具有很高的文学创作上的价值。也许正是因为格林兄弟"犯下民俗的一桩大错"，才成就了一部儿童文学的经典之作。

约翰·洛威·汤森指出："自从有印刷业以来，卑微的民间故事便一直被排除在可敬的印刷厂之外。在英国的都铎王室和斯图亚特王室（Stuart）时代，识字的人将民间故事视为粗鄙的农村产物。清教徒拒斥这些故事是因为它们不真实、轻佻，又没有道德寓意。对理性时代的人而言，民间故事既粗俗又没有理性。"⑩但是，随着儿童文学张扬想象力、幻想精神的进程，随着民俗学研究的蓬勃开展，特别是深层心理学方法的运用，加上现代人因传统生活在现代社会逐渐失落而产生的乡愁，人们越来越发现并重视民间童话具有的珍贵的思想和艺术价值。

关于民间童话的思想价值，请读者参阅上编中"民间文学：儿童文学的源流"一节里的"民间文学的价值"一题；关于民间童话的艺术价值，我将在下面专门论述。这里录下《格林童话》中的《寿命》，以共同体味民间童话里蕴含的人生智慧——

上帝创造好天地，要规定一切生物的寿命长短的时候，驴走了过来问："上帝，你叫我活多久呢？"上帝回答说："三十年，你满意吗？"驴回答说："啊呀，上帝，这是一个很长的时间。请你想想我的艰难困苦的生活；我从清晨到夜里背着很重的东西，把一袋一袋的谷子拖到磨房里，让别人吃面包，鼓励我的只是拳打和脚踢！请你把这太长的时间减少一部分吧！"上帝可怜它，给它减了十八年。驴很高兴地走了。狗走来，上帝向他说："你要活多久呢？驴觉得三十年太多了，你或许可以满意吧！"狗回答说："上帝，这是你的意思吗？请你想想，我是应该跑的，我的脚不能跑这么多年；如果我的嗓子不能叫，牙齿不能咬的时候，除了哼哼着从这个角落跑到那个角落里以外，还有什么法子呢？"上帝看见它说得有理，就给它减掉了十二年。之后猴子来了，上帝向他说："你大约愿意活三十年吧？你不用像驴和狗一样工作，你总是很高兴的。"猴子回答说："啊呀，上帝，看来好像是这样，其实不然。如果天上落下小米粥，我没有调羹。人总是叫我干些滑稽的举动，做鬼脸，使人发笑，如果他们递给我一个苹果，我咬着是酸的。快乐的后面总是隐藏着悲哀的！三十年我支撑不住。"上帝很慈悲地给他减了十年。

最后人来了。他很快乐、又健康、又活泼，请求上帝规定他的寿命。上帝说："你应该活三十年，你觉得够吗？"人叫道："这是一个很短的时间！如果我造了房子，有了家庭，如果我种了树，树开花结果，我正在享受人生乐趣，就要死了！哦，上帝，请你延长我的寿命吧！"上帝说："我要把驴的十八年加在你的寿命里。"人回答："这不够。""那么把狗的十二年也给你吧。""还是太少。"上帝说："好了，我把猴子的十年也给你，再多你就得不到了。"人走了，但是还不满意。

因此，人就活到七十岁。最初三十岁是他"人"的年龄，很快就过去了；那时他健康、愉快，高兴工作，高兴生活。接着是驴的十八年，一层一层的负担加在他身上；他应该背粮食来养活别人，拳打和脚踢是他忠实服务的报酬。然后是狗的十二年，他躺在角落里哼，没有牙齿咬东西了。这个时间过去之后，就是猴子的十年来做结束。那时他呆头呆脑，糊里糊涂，做些蠢笨事情，被孩子们嘲笑。

（魏以新译）

二、民间童话的艺术形态

在汗牛充栋的民间文学研究著作中，对民间童话的艺术特征进行研究的成果也为数甚多。这里，我们借鉴一些关于民间童话的艺术形式研究理论，结合具体作品，论述民间童话的艺术形式。

1. 口语讲述性

"人类有文字，不论中西，大约都是五千年左右的事；有纸张，大约两千年的事；有印刷在纸张上的书籍来供阅读，中国大约一千三百年，西方大约五百年前的事。总之，在人类演化的四百万年的历史中，阅读文字，尤其是阅读书籍中的文字，是极为短暂的事情。在文字与书籍出现之前，人类的'阅读'并不是不存在的——只是以声音、图像、气味、触感，甚至意念而存在。"[11]

作为口头传承文学的民间童话的传播，就是人类早期而且漫长地通过声音、图像（讲述者的动作和表情）来进行的"阅读"。

在本质上，民间童话只存在于用口语讲述的那段时间里，民间童话是"听"的艺术。因此，口语讲述性在民间童话的诸种艺术形式中，占据着最为重要、最为核心的地位。在构成民间童话的本质方面，口语讲述性这一特征具有决定性和生成性，民间童话的其他特征往往源出于此。

从前，有一个国王和他的王后。他们每天都说："唉，要是我们有个孩子，那该多好！"可是，他们一直没有。

有一次，王后正在洗澡，有一只青蛙从水中爬上岸来，对她说："你的愿望就要实现了。一年之内你会生下一个女儿。"

果然，青蛙的话应验了。王后生了一个女儿，长得非常美丽。国王高兴极了，为此举办了盛大的庆祝活动。

这是格林童话《玫瑰公主》的开头。没有详细的描写，也没有附加的修饰，没有赘言，单纯、明快，一清二楚，进展迅速，直奔目标。

口语讲述是通俗易懂的，这种语言使传达的信息变得明确、可靠，最终使人对故事产生信赖。

我们在本书中介绍民间童话的口语讲述性时，依然不得不依赖文字，像前面《玫瑰公主》的那段开头，它没有语音（更别说方言的语音）、语调、节奏、韵律，甚至没有讲述者的情感和表情。人们往往有一种误解，以为民间童话的语言简单、苍白、乏味，原因就在于凭据的是阅读文字记录的民间童话的感受，是在"读"它，而不是在"听"它，是判断标准的不对接。其实，将上述文字记录的语言还原到讲述现场，就会发现民间童话的口头讲述语言是生动传神的语言。

美学家莫·卡冈在《艺术形态学》中就说："有声语言作为口头文学创作的材料，可以说是这种创作所表现的理智—情感内容的'第一性符号'，而书面语言已经是'第二性符号'或者'符号的符号'（'影子的影子'，像柏拉图所可能说的那样）；从而书面语言距离它所标志的精神内容，比有声语言要远得多。这就是比起书面文学中的语言来，口头文学中的语言所具有的情感信息要无可比拟地多的原因——因为音响能够使语言形象不借中介地、有语调地传达人的感情、体验和情绪，就像音乐所做的那样——无论在原始'缪斯'艺术中，还是在民间创作中口头文学和音乐的联系不是偶然的！而音响形式的丧失极大地缩小了语言形象的情感荷载。"⑫

吕蒂在《童话的魅力》一书中说："'从前……'这一优美的表达形式不仅仅出现在德语童话中。所有的欧洲民族都熟悉它并且喜爱它。"⑬民间童话的口语讲述性语言是优美、生动，富于表现力的语言，这种"第一性符号"更具有语言的质感。在文学传播过于依赖印刷文字的现代，应该时常回到讲故事的方式。特别是在亲子阅读、语文教育的现场，口语讲述儿童文学的故事，尤其是讲述民间童话，不仅可以使孩子感受、掌握语言的本真、质感的一面，而且也给被"现代"疏远的真实的身体—情感的交流提供契机和平台。

2. 一次元性

民间文学研究著作将民间童话用"幻想故事"来称谓，是很有道理的，因为"幻想故事"这个概念直接凸显了童话（包括民间童话和创作童话）这种文学体裁的根本特征。日本学者上笙一郎就这样给童话下了一个定义："所谓童话，是指将现实生活逻辑中绝对不可能有的事情，依照'幻想逻辑'，用散文形式写成的故事。"⑭

按照童话的定义，民间童话讲述的当然是一种幻想故事。但是，它所依照的"幻想逻辑"却与"幻想儿童文学"一章后面要介绍的幻想小说的"幻想逻辑"不同。简要说来，民间童话的"幻想逻辑"是一次元的，幻想小说的"幻想逻辑"则是二次元的。

民间童话里存在着两个世界，一个是神魔、幽灵等居住的超自然的世界，另一个是普通人类居住的现实世界。吕蒂将前者称为"彼岸"，将后者称为"此岸"。他指出："民间童话里的人类没有自己和彼岸者之间相隔绝的体验。对他们而言，彼岸者作为援助者或者迫害者才是重要的，至于彼岸者的出现本身，并不引起他们的兴趣。"⑮ 就是说，在民间童话中的人物的精神世界里，现实世界和超自然世界之间是浑然一体，互不隔绝的。吕蒂将表现这种状态的方式称为一次元性。

在我们现代人的日常感觉中，幻想世界与现实世界是相隔绝的，它们处于不同的次元（维度）。但是，由于在民间童话的最早作者原始初民的意识中，现实世界与幻想世界是浑然处于一体的，因此，民间童话对幻想世界与现实世界的表现是一次元的。

在格林童话《青蛙王子》中，公主对青蛙的感觉就是一次元的。公主之所以讨厌青蛙，是因为青蛙的长相丑陋，令人不愉快，而青蛙竟然能像人一样开口讲话这件事并没有引起公主任何异样的感觉。同样是格林兄弟搜集、整理的民间童话《亨舍尔和格莱特》，讲到因被父亲抛弃而在森林里迷路的兄妹二人突然发现了用糖果做成的房子时，兄妹俩对在这种地方会出现糖果房子没有感到丝毫的奇怪。民间童话里，人类遇到魔怪或者得到宝物都不会觉得不可思议，相反，都能处之泰然地接受。

民间童话的一次元性也在一定程度上印证了安德鲁·朗格在《神话仪式与宗教》中列举的原始人心性的五个特点：一为万物同等，均有生命与知识；二为信法术；三为信鬼魂；四为好奇；五为轻信。

3. 模式化

只要有过一些民间童话阅读（听讲）经验的人都会注意到民间童话的艺术表现上的模式化。

民间童话的叙述的开头和结尾的模式是："从前……""在很久很久以前……""倘若他们还没有死，那么他们今天还活着""从此他们过上了幸福的生活"。可以说，世界上几乎所有民族的民间童话的开头和结尾都是这种固定不变的表达形式。

民间童话的人物性格、故事结构都表现出明显的模式化倾向。

民间童话中的人物性格都非常单纯，属于佛斯特在《小说面面观》里讲的"扁形人物"，这些"扁形人物"要么好，要么坏，要么聪明，要么愚蠢，中间性格是没有的。不仅如此，在民间童话中，好人就万般皆好，坏人就十恶不赦，聪明人是聪明绝顶，愚蠢汉是愚蠢到家。由于人物的性格是类型化的，其名字也就大都被固定了，一般来说，德国的叫汉斯，俄国的叫伊万，日本的叫太郎，英国的叫汤姆或杰克，中国的叫张三、李四、砍柴的、打猎的。

民间童话的故事结构也是模式化的，这种故事结构与数字有关。民间童话对数字有固定的偏好，吕蒂指出欧洲民间童话出现较多的是三、七、十二、四十、一百这些数字。而世界上的所有民间故事似乎都对"三"这个数字最情有独钟（210 篇格林童话中，篇名中出现"三"的就有 16 篇）。白雪公主的继母皇后分别三次用致命的礼物引诱她；灰姑娘两度参加舞会，令王子为她着迷以后，在第三次参加舞会时丢掉了玻璃鞋；还有，有一家有三个儿子（或三个女儿），国王有三个王子（或三个公主），主人公要回答三个难题，或者要经受三次考验等，这样，民间童话就大都采用三段式的故事展开模式。故事的结局也基本都是一个模式，主人公历经磨难，终于如愿以偿，或者成为国王，或者与公主结婚，等等。

民间童话是一种模式化的文学样式，但是这种模式化不是艺术能力无奈的沦落，而是艺术睿智的能动选择。民间童话的模式化艺术方式使故事里的人物、生活、世界变得简单、明晰，易于把握。

4. 非写实性

吕蒂认为：民间童话"使听众体会到的不是形形色色具体的东西，而是一种抽象化的提取物。民间童话犹如一种数学形体，一种晶莹剔透的、线条清晰的水晶玻璃。它不是现实主义艺术，而是几乎近于抽象艺术"⑯。"民间故事正如其名字所示，是以故事的开展为欣赏的乐趣，所以，只是把类型化的登场人物从这一点引向下一点，而不会为了描写停留在某个地方。"⑰

正如吕蒂所说，民间童话基本是不采用写实描写手法的，它从来不想达到现实主义小说的细节描写所造成的那种逼真效果。对吕蒂所说的民间童话"不会为了描写停留在某个地方"，小泽俊夫解释说："如果是对森林进行描写，就会去描写森林里有小溪流过，鸟儿在飞翔，去写森林里有什么种类的树木，有什么样的洞穴等等。这也就是说，要停留在森林里。民间童话不这样做。它喜欢只说一句'阔大的森林'或者'阴暗的森林'，然后就不停地让故事向前发展。民间童话不作描写，只讲述发生的事件，与具象的文学相比，它具有的是抽象的形态。"⑱

吕蒂曾经在《童话的魅力》中，将民间童话的非写实性与传说故事的写实性进行过对比。有一则托格尔鬼怪的传说，其中有这样的文字："托格尔用严肃而又坚定的声音命令那个牧民作为高山牧场的头目留下来，其余的都被允许开路，但在没有到达拐弯处之前不能回首张望。就这样，那个牧民留在了那里，其他人就带着牲口下山了。当他们走到拐弯处时，回头望去。他们看到，托格尔在屋顶上正撕开那个牧民血淋淋的皮。他们惊恐失色、浑身颤抖。从那以后，这个地方就叫屠夫山了。"吕蒂分析说："在童话中，当一事无成的猜谜人或乐于助人的动物被砍下脑袋和凶恶的王后被四匹马撕咬得皮开肉绽时，我们却看不到鲜血流淌、伤口裂开。鲁姆珀尔施蒂尔茨辛将自己撕成两半。没有人真的去想象那两半是否完全一样大小，就像撕纸人那样轻而易举。童话失去了真实意义，而传说却迫使我们想象真实的东西。插在城墙上九十九个毫无成就的求婚者的脑袋像是一种装饰和点缀。单单使用负数这一点就不会使我们同情不幸者，分担他们的痛苦。而在戈尔茨高山牧场或戈圣纳高山牧场鬼怪传说中那个可怜的牧民的命运却使听众感到不寒而栗。"⑲

民间童话的非写实例子可以信手拈来。格林童话《小红帽》写到狼吃掉小红帽时，只有狼"把可怜的小红帽一口吞下了"这一句交代，写实性的描写一点也没有。小红帽述说在狼肚子里的感觉时，也只是说："啊，把我吓死了，狼肚子里非常黑！"英国民间童话《杰克和豆茎》里，妖魔顺着爬到天边的豆茎下来追赶杰克，杰克用斧头砍断豆茎，"妖魔一松手摔在了地上。妖魔摔断了脖子，立即一命呜呼"，对摔死的妖魔的惨状没有一点写实性描写。

抽象一词的本义是指人类在认识思维和艺术思维中，对事物表象因素的舍弃和对本质因素的抽取。抽象的民间童话和写实的小说就像毕加索的抽象绘画和米勒的写实绘画，只有艺术类型的不同，没有艺术价值的高下。

三、民间童话与儿童

我在前面已经明确指出，民间文学本身不是为儿童而创作的，它不是儿童文学，但是，由于民间文学所拥有的丰富的儿童文学要素，在儿童文学产生和发展的过程中，它一直都是儿童文学的丰富的资源。

现在我们从儿童文学的角度，探讨一下民间童话与儿童的关系。

民间童话不是专为儿童创作的。周作人在《童话略论》中说：民间童话"流行区域非仅限于儿童，特在文明之国，古风益替，此种传说多为儿童所喜，因得借以保存，然在农民社会流行亦广，以其心理单纯，同于小儿，与原始思想合也。或乃谓童话起原由于儿童好奇多问，大人造作故事以应其求，则是望文生义，无当于正解也"⑳。

但是，民间童话又从一开始就具有儿童读物的性格特征。究其缘由，"重演说"理论为我们道出了一二。

德国动物学家海克尔于 1866 年发表《生物体普通形态学》，提出了重演说：动物的个体发生迅速而不完全地重演其系统发生。其后，泰勒、安德鲁·朗格等人类学家运用重演说，阐释个体的儿童心理发展和系统中的原始人心理之间的关系。人类学的"重演说"也被用于解释民间童话这种原始社会的文学。受安德鲁·朗格影响的周作人就认为："照进化说讲来，人类的个体发生原来和系统发生的程序相同：胚胎时代经过生物进化的历程，儿童时代又经过文明发达的历程；所以儿童学（Paidologie）上的许多事项，可以借了人类学（Anthropologie）上的事项来作说明。……儿童的精神生活本与原人相似，他的文学是儿歌童话，内容形式不但多与原人的文学相同，而且有许多还是原始社会的遗物，常含有野蛮或荒唐的思想。"[21] "……童话者，幼稚时代之文学，故原人所好，幼儿亦好之，以其思想感情同其准也。"[22]

虽然民间童话具有儿童特点，但是正如我在上编已经谈过的，将民间童话给予儿童时，需要进行现代转化。《小红帽》的文本变化应该是有说服力的事例。阿兰·邓迪斯认为，格林兄弟的《小红帽》应该是改编了夏尔·贝洛的异文。两者最大的区别是在结尾——

> "外婆，你的牙为什么这么大呀？"
> "为的是吃你呀！"
> 说着，这只凶恶的狼扑到小红帽身上，把她吃掉了。
>
> ——贝洛:《小红帽》

……他不射击，拿起剪刀开始剪开那睡着的狼的肚皮。他剪了几下，看见一顶小红帽子，又剪几下，女孩就跳了出来，叫道："啊，把我吓死了，狼肚子非常黑！"后来祖母也出来了，她还活着，可是几乎不能呼吸了。小红帽赶快去拿大石头来填到狼肚子里。狼醒了想逃走，但是石头非常重，它马上倒下死了。

于是三个人都高兴；猎人剥下狼皮带回家，祖母吃了小红帽拿给她的鸡蛋糕和葡萄酒，身体好了起来。小红帽想："如果母亲说不要离开大路独自跑到森林里去，我就永远不该去。"

——格林兄弟：《小红帽》，魏以新译

贝洛的童话集不是面向儿童来整理出版的，所以《小红帽》保留了不幸又残忍的结局，而魏以新翻译上述格林兄弟的《小红帽》，依据的至少是格林童话的第四版以后的版本，格林兄弟这时的写作已经有了明确的面向儿童的意识。两相对比，哪个结尾适合儿童是不言而喻的。

吕蒂说："众所周知，过去成年人给成年人讲的不仅有传说，而且也有童话。然而，童话在今天却像弓和箭、石斧和羽毛头饰那样已下降为孩童们的玩物了。"[23] 从民间童话给儿童带来的悦乐来看，说它是儿童的"玩物"自有道理。不过，民间童话能深深地吸引着孩子，当不仅只有悦乐。

心理学家雪登·凯许登在《巫婆一定得死》一书中就指出："但童话故事不只是充满悬疑，能激发想象的冒险故事，它所提供的并不只是娱乐效果。童话故事在追逐奔跑，千钧一发的情节后，还有严肃的戏剧起伏，能反映出孩童内心世界发生的事件。虽然童话故事最初的吸引力可能在于它能取悦孩子，但它的魅力持久不衰，则是因为它能帮孩子处理成长过程中必须面对的内心冲突。"[24]

在阐释民间童话触及并解决儿童成长的深层心理问题时，雪登·凯许登紧紧抓住"女

巫"（凡是对故事主角造成致命威胁的都是女巫）这一形象。他认为民间童话处理的正是虚荣、贪吃、嫉妒、色欲、欺骗、贪婪和懒惰这"童年的七大罪"，它由"女巫"来代表和呈现。但是，女巫并非真实的人，而是一种心理力量的表征，在无数民间童话中，女巫都代表所有孩子努力抗拒的某种天性。

雪登·凯许登说："童话故事之所以能解决这些冲突，是因为它提供孩子一个舞台，演练内心的冲突。儿童在聆听童话故事时，会不自觉地把自己内心各部分投射到故事中不同角色身上，在各个角色身上'存放'内心对立的各种特质。举例来说，《白雪公主》的邪恶皇后，是自恋的代表，而读者认同的小公主，则代表儿童心中渴望克服自恋的部分。打败皇后就代表自我的正面力量战胜了虚荣的冲动。"[25] 为什么在民间童话中"巫婆"即代表邪恶力量的角色一定得死？雪登·凯许登的解释是："从心理观点来看，快乐结局象征自我正面的力量获胜，女巫被除掉，她代表的邪恶部分随之消灭，儿童就不再受到自我谴责，自我怀疑的干扰。自我经历了变化——也就是所谓的洗涤，让小读者感到安全，自我肯定。"[26]

像凯许登以及贝特尔海姆等心理学家从儿童的自我确立这一心理学的角度，探讨民间童话对于儿童精神成长的意义和价值，令人对古老的民间童话刮目相看。"我们不再将它视为孩子和不懂世事的人的单纯消遣物。心理学家们和教育学家们都知道，童话是儿童成长过程中一种必不可少的养料和最佳教育辅助手段。……因此我们希望，尽管有不少成人对童话抱有片面的唯理论看法，但不要让我们的孩子和我们的艺术失去童话。"[27]

第二节 创作童话

一、创作童话释义

创作童话是与民间童话相对的称谓，又称为文学童话、艺术童话、文人童话、作家童话等。

创作童话的历史比民间童话的历史要浅很多，它是进入现代社会以后，文人、作家考虑到儿童阅读文学的审美需要而创作出来的。与民间童话不同，创作童话的绝大部分是作家怀着为儿童写作的明确意识而创作，它们一产生就直接成为儿童的文学。如果说，搜集、整理民间童话是几乎所有儿童文学的内源型国家在儿童文学的诞生期必须进行的首要工作的话，那么，走过诞生期之后，儿童文学的发展则主要由作家们的创作童话来推动。

约翰·洛威·汤森在《英语儿童文学史纲》中对幻想儿童文学中的几个文体概念作过一定程度的辨析："童话故事无论古今，都是魔法的故事，时间是不确知的过去，且含有传统的主题和因素——例如巨人、侏儒、巫婆、会说话的动物和各种异类生物，还有好神仙和坏神仙、王子、可怜的寡妇和最小的儿子。民间故事是流传在民间的传统故事，常常像是童话，但也不尽然；'民间'便指出了故事的来源，'童话'则是指故事的本质。就我看来，幻想故事是近代的发展，属于小说（novel）流行后的时代，而且种类极多；可能关于新世界的开创，也

可能是某种自然法则的错乱——如时间的转换。要清楚地划分现代童话和幻想故事并不容易；我将篇幅较长的作品视为幻想故事，即使它运用了许多童话的要素，因为我认为童话的特色之一便是它的简短。"㉘

为了帮助理解，我对汤森的上述话语作几点说明：汤森所谓"童话故事"即前面一节所论"民间童话"；汤森所谓"幻想故事"即 Fantasy，在本书中，我称为"幻想小说"；汤森所谓"现代童话"即本节所论"创作童话"；上述话语中的"幻想故事是近代的发展"中之"近代"，完全可以翻译为"现代"，因为不论是德国浪漫派作家的"幻想故事"，还是英国儿童文学作家的幻想小说，其滥觞之作，均产生于 19 世纪。

汤森论述道："在理智之名的钳制下被禁锢了许久的想象力，到十九世纪初终于获得解放。原本只是以口述和廉价书的方式流传的古老童话故事，开始在'被认可'的儿童文学中找到一席之地。童话故事在整个世纪中继续迈向复苏之路，且有现代童话和幻想故事的加入。"㉙

创作童话，顾名思义，与集体创作、口头传承的民间童话不同，是个体的作家的劳作，大多以印刷文字的形式传播；一般情况下，创作童话是作家怀着为儿童读者写作的意识完成的作品；创作童话在早期阶段与民间童话有着明显的传承关系，但随着时代发展，渐渐拉开了与民间童话之间的距离。

在幻想儿童文学的系统里，创作童话是继经过现代转化的民间童话之后产生的一种文学体裁。在创作童话之后，很快发展出了成熟的幻想小说体裁。创作童话在艺术形态上，往往呈现出民间童话与幻想小说之间的过渡状态。不过，即使在幻想小说产生、成熟之后，创作童话也依然在与幻想小说并行发展。

二、创作童话的源流

儿童文学不是世外桃源，它是历史发展、社会思潮、文学运动的一个有机的组成部分。纵观西方儿童文学的历史，浪漫主义是现代的儿童文学的思想和艺术的源头活水。虽然 18 世纪中叶，就已经出现了儿童文学的比较成熟的形态，但是，儿童文学的质的飞跃，却依靠的是 18 世纪末兴起的浪漫主义运动的推动力，是浪漫主义运动给儿童文学插上了飞翔的翅膀。

农业社会的文化是想象性的、幻想性的，是浪漫主义；而工业社会的文化是现实主义。德国、英国，浪漫主义运动勃兴于工业文明之中，实在是对工业文明的现实主义带来的危机的一种反抗和挣脱的结果。浪漫主义是对过去的理性时代的一个反动，是一个美学、哲学的思潮。在这一思潮中，文学、艺术，特别是童话（民间童话和创作童话）客观上成了浪漫主义哲学表达的一种方式和手段。

1. 德国浪漫派的艺术童话

探寻创作童话的源流，目光首先应该投注于德国的浪漫派文学之上。

1805 年至 1808 年间，德国的阿尔尼姆和布伦坦诺出版了汇集古老的德意志民间故事（其中也收有童谣）的《少年的魔笛》一书。这本书从悠久的德意志文学的源泉中，汲取了启蒙主义者根本未作想象的民众文学这一新鲜活水，"成为浪漫主义兴起的一个开端，也指出了通往新儿童文学的道路"[30]。

紧接着，德国的幻想文学喷涌出两个脉流。一个脉流是格林兄弟搜集、整理、改写的《给儿童和家庭的童话》。格林童话意义重大，它标示出德国文学和儿童文学的新的方向，如果没有它，难以想象会有浪漫派的儿童文学。另一个脉流就是所谓艺术童话，即创作童话，代表性作品是霍夫曼的《咬胡桃小人和老鼠国王》（1817）、《侏儒查赫斯》（1819），沙米索的《彼得·史勒密奇遇记》（1814），豪夫的《大漠商旅》（1836，又译《商队》）、《亚历山大城总督和他的奴隶》、《施佩萨特林中客栈》（豪夫的上述"童话"集中有大约三分之一并没有超自然的力量出现，是现实故事）。

需要特别说明的是，上述艺术童话中的作品形态较为复杂。豪夫的"童话"集里的《小矮子穆克》《矮子长鼻儿》《假王子》等作品具有鲜明的创作童话的特质，而霍夫曼的《咬胡桃小人和老鼠国王》《侏儒查赫斯》、沙米索的《彼得·史勒密奇遇记》、豪夫的《冷酷的心》则已经不同程度地显露出幻想小说（在很多场合被称为"童话小说"）的一些面目。

在上述作品中，作为儿童文学最具有可读性和完成度的是霍夫曼的《咬胡桃小人和老鼠国王》。别林斯基曾赞扬这篇作品："……《叩头虫和小老鼠王》就是把幻想当做人的精神世界中必不可少的因素来加以赞颂的。因此这篇童话的主旨就在于发挥儿童身上的幻想因素。"而对霍夫曼这位作家,别林斯基更是深为折服:"像霍夫曼这样离奇古怪而又富于幻想的天才,屈尊俯就于儿童生活的环境之中,是丝毫不足为奇的:在他自己的身上就有许多童贞和稚气、有很多天真无邪的东西,而且没有人能像他那样善于用富有诗意的、为儿童易懂的语言同孩子讲话。"[31]

2. 安徒生:创作童话之父

"在北欧阴郁而寒冷的车站,安徒生的容貌明亮地浮现了。这个用鹅毛笔写作童话的人,是浪漫主义史上最伟大的歌者之一,所有的孩童和成人都在倾听他。在宇宙亘古不息的大雪里,他用隽永的故事点燃了人类的壁炉。"[32]

波尔·阿扎尔曾在《书·儿童·成人》中说,儿童书籍就像一个个翻山越海去寻求异国友情的使者,最终缔结起了一个儿童的世界联邦。丹麦作家安徒生就是其中最伟大的一个使者。他走遍了世界上的所有国家,对于那里的儿童,安徒生的到来,就成为一个盛大的节日。安徒生改变了全世界儿童的命运。他像阿拉丁一样,手举着神灯,让每一个读到他的童话的儿童梦想成真。

勃兰兑斯说,安徒生是丹麦发现儿童的人。安徒生在自传中曾说:"我的童话故事刚刚出现时,人们(指成人社会——本书作者注)并不欢迎,只是到了后来,才得到应有的承认。……人们认为这样的作品没有价值;事实上,我在前面也提到过,人们甚至对此表示遗憾,认为我刚刚在《即兴诗人》中迈出了可喜的一步,现在不该又退回原位,写出像童话故事这样幼稚的作品。"[33]安徒生不久就以他的童话改变了丹麦落后的成人本位的儿童观——人们终于知道:儿童是与成人不同的人,有着特殊的文学需求;给儿童的文学(童话)并不是幼稚的作品。

在儿童文学史上,安徒生素有"创作童话之父"的美誉。这里有必要谈谈德国的创作童话作家与安徒生之间在文学史地位上的关系。

从时间上来讲,霍夫曼的《咬胡桃小人和老鼠国王》《侏儒查赫斯》、沙米索的《彼得·史勒密奇遇记》以及豪夫的所有童话都写在安徒生之前。不仅如此,霍夫曼还是安徒生所尊敬的作家。但是,从对世界儿童文学发展的推动作用来看，德国的这些浪漫派作家的创作童话和具有幻想小说因素的作品尚不能与稍后诞生的安徒生童话相比拟。独创的安徒生童话为后继的无数童话创作者们提供了艺术童话的无比珍贵的模式。我认为，与相隔18年的创作时间相比，作家为儿童的创作姿态，作品的数量和质量以及对后世作家和读者的影响程度，才是标示文学史地位的最重的砝码。因此，安徒生当之无愧地是创作童话的鼻祖。

因为童话创作，安徒生成为世界上最著名、作品最普及的一位作家，其童话作品被翻译成近150种不同的语言，在不可计数的儿童和成人中流传。安徒生的名声远远超出了莎士比亚、但丁、歌德、托尔斯泰这些伟大的作家。但是，也许因为主要是以儿童文学作家的身份出现："人们轻易地忽略了在世界文学的行列中，安徒生同其他伟大作家一样，是一个严肃的文学作家；一个社会与人的洞悉者；一个大自然的独特的描绘者；一个能洞悉日常琐事和浩瀚宇宙的万象之谜、既为科学技术的进步欢欣又为人类和社会容易忽略、忘却自然的倾向担忧的诗人。"[34]安徒生的童话对于人类思想和艺术历史的价值还是有待发现、有待发生的动态过程。

3. 英国的拉斯金、王尔德的童话

在英国，艺术评论家和社会哲学家拉斯金的《金河王》(1851)是在19世纪英译德国民间童话的深刻影响下创作的童话，被视为英国创作童话的先驱性作品。

《金河王》显示出创作童话对民间童话的继承和超越这一艺术姿态。它的想象力和景物描写是作家的个性创造，而艺术手法则有许多处继承了民间童话的财富。在故事模式上，对三兄弟的描写，老大、老二的坏，老三的善良，以及兄弟间的关系，都是采用民间童话的模式；作家采用了民间童话的忠告实现的方式：如金河王所说，大哥、二哥都变成了黑石；对情景的讲述也有多处是民间童话三次反复式的：汉斯被西南风先生一吹，"找擀面棍儿去了"，斯瓦茨被西南风先生一吹，也"找汉斯和擀面棍儿去了"，"就这样，汉斯、擀面棍儿和斯瓦茨三个家伙堆在了一起"。哥哥汉斯和斯瓦茨去金河的路上，也是三次不顾他人只管自己喝水，而弟弟格拉克去金河的路上则三次将水让给了他人。

《金河王》闪亮地开英国创作童话的先河，堪称创作童话中的世界性经典。

与只有《金河王》这一篇创作童话的拉斯金相比，王尔德则以《快乐王子》(1888)、《石榴之家》(1891)两本创作童话集，为自己留下了童话作家的不朽名声。

童话创作是王尔德唯美主义艺术实践的重要一环。收入两部童话集的9篇作品都是可以称为散文诗的优美文章。其中最为后世传扬的是《快乐王子》这篇童话。

快乐王子是一座雕像，"他满身贴着薄薄的纯金叶子，一对蓝宝石做成他的眼睛，一颗大的红宝石嵌在他的剑柄上，灿烂地发着红光"。他得到了人们的赞美。但是，快乐王子并不快乐，他的眼里装满了泪水，因为他看到生病却没有食物的小孩在哭，看到饥饿、寒冷的年轻人，看到没鞋没袜的卖火柴的小女孩的火柴掉在水沟里。于是，快乐王子让陪伴他的燕子将自己剑柄上的红宝石、眼睛里的蓝宝石和身上纯金叶子送给了这些受苦的人们。结果，放弃南归的燕子冻死在快乐王子身旁，而快乐王子因为变得难看，被拆下来熔化掉。快乐王子的不能熔化的铅心和燕子的尸体被上帝派来的天使带回了天堂。

《快乐王子》和王尔德的其他童话一样，是饱含寓意的作品。它的主题是爱和自我牺牲的奉献精神，但是也表达了王尔德对于美的观念。上帝对天使说，快乐王子的铅心和燕子的尸体是"这个城里两件最珍贵的东西"，这也是唯美主义者王尔德的观念。如果说，王尔德的长篇小说《道连·格雷的画像》是表达了他的艺术优于生活的著名论断，那么，《快乐王子》则表达了心灵优于生活的美学思想。

爱和自我奉献这一主题也贯穿于《自私的巨人》《夜莺和蔷薇》《星孩》《少年国王》《打鱼人和他的灵魂》等童话之中。深藏寓意的王尔德童话中还包含着

基督教的思想和讽刺人生的观念。具有这种资质的王尔德童话超越了仅仅作为
儿童读物的局限，常常令成人读者流连忘返。当然，王尔德童话的深刻寓意和
艺术表现能否被儿童直接接受是值得讨论的问题。周作人就曾经这样评价王尔
德童话："安徒生童话的特点倘若是在'小儿说话一样的文体'，那么王尔德的特
点可以说是在'非小儿说话一样的文体'了。因此他的童话是诗人的，而非是
儿童的文学……"㉟

　　虽然周作人指出了王尔德童话与安徒生童话在文体上的不同，但是，王尔
德在童话创作上，却是受到了安徒生的深刻影响。别的不说，我们单看看王尔
德童话式把握物性的描写——

　　　　某一个夜晚，一只小燕子飞过城市的上空。他的朋友们六个星期以前
就到埃及去了，但是他还留在后面，因为他恋着那根最美丽的芦苇。他还
是在早春遇见她的，那时他正沿着河顺流飞去，追一只黄色飞蛾，她的细
腰很引起他的注意，他便站住同她谈起话来。

　　　　"我可以爱你吗？"燕子说，他素来就有马上谈到本题的脾气。芦苇对
他深深地弯一下腰，他便在她的身边不停地飞来飞去，用他的翅子点水，
做出许多银色的涟漪，这就是他求爱的表示，他就这样地过了一整个夏天。

　　　　"这样的恋爱太可笑了，"别的燕子呢喃地说，"她没有钱，而且亲戚太
多。"的确河边长满了芦苇，到处都是。

　　　　　　　　　　　　　　　　　　　　　　——《快乐王子》，巴金译

　　熟悉安徒生的文笔，而又没有读过王尔德童话的人恐怕会误把这样的文字
划归到安徒生的名下吧。

4. 俄罗斯的普希金、托尔斯泰的诗文

　　谈论19世纪创作童话是使儿童文学消除劣等感，增添自豪感的一件事情，
因为人们徜徉于创作童话的花园时，总是一再地与文豪们相遇。

　　19世纪俄罗斯的创作童话，上半叶有普希金，下半叶有列夫·托尔斯泰，
两人一诗一文，如日月闪耀在俄罗斯广袤的天空。

普希金，俄罗斯的伟大诗人，他的诗歌掀开了俄罗斯文学史的崭新一页，对俄罗斯语言发展产生了深刻影响。童话诗是普希金文学创作的重要的、有机的组成部分。他的童话诗《关于沙皇萨尔坦、他的儿子光荣而威武的勇士格维顿·萨尔坦诺维奇公爵及美丽的天鹅公主的故事》（1831）、《神父和他的长工巴尔达的故事》（1832）、《渔夫和金鱼的故事》（1833）、《死公主和七勇士的故事》（1833）、《金鸡的故事》（1834）虽然不是专为儿童所写，但是这些诗作中的富于幻想性的故事、明白晓畅的寓意以及朴实生动的语言使其成为了世界儿童文学无比珍贵的遗产。

普希金的童话诗的题材大多来自民间文学。普希金能够掌握民间童话的特色，但是又不原样照搬，而是加以创造性的改造。在普希金的心性深处，有着与儿童文学灵犀相通的才华。他在《论叙事文学》一文中写道："我对咱们那些瞧不起用朴素语言来描述普通事物，而以为为了把给孩子看的故事写得有声有色，就拼命堆砌补语、形容词和毫无新意的比喻的作家，能说些什么呢？这些人从来不给孩子好好讲讲友谊，讲讲这种感情的神圣和崇高，以及其他应该描写的东西。'一大早'，这样写就满好，可他们偏要这样写：'一轮旭日刚把它第一束光芒投射在红彤彤的东边天穹'，难道说，句子写得长就精彩吗，哟，这可真是新鲜透了。"[36]普希金对当时给儿童的创作存在的问题的批评，即使在今天也是切中肯綮而又适时的。这样的普希金创作的童话诗如果不能成为儿童文学，反倒是不可思议的事情。

19世纪40年代，别林斯基就在指出俄罗斯缺乏儿童文学作品的同时，大力推荐了普希金的童话诗。那篇文章正是为评论霍夫曼的两篇童话而写作的。普希金的童话诗能与德国的高水平创作童话几乎同时产生又平行发展，实在是令人称奇的一件事。

列夫·托尔斯泰作为俄罗斯大文豪的世界性盛名当然是与《战争与和平》

《安娜·卡列尼娜》《复活》联系在一起的。但是，托尔斯泰又是属于儿童甚至是低幼儿童的作家。托尔斯泰是一位求道者，为了改善农民的生活，他在家乡领地创办了农民子弟学校，并亲自为农民的孩子编写《初级读本》《读本》等教科书，创作了包括《高加索的俘虏》（1872）、《三只熊》（1875）、《小菲利普》（1875）、《李子核》、《跳水》等名篇在内的大量生活故事、童话、寓言、小说（据不精确统计，有近 500 篇），其中有的篇章至今仍收录在语文教科书中。

托尔斯泰从不看轻这些给年幼孩子的作品，他说："它们中间的每则故事我都加工、修改、润色多达十来次。它们在我的作品中所占的地位是高出于其他一切我写的东西的。"[37]苏联诗人马尔夏克这样解读托尔斯泰的创作意图："托尔斯泰写他的儿童读物时，谋求解决的不只是一个教育内容问题，还要同时解决一个艺术的课题。他认为作家声誉的获得，不能光靠大部头的鸿篇巨制……能够写短小精悍、质朴无华的作品，他认为是艺术技巧达到炉火纯青的表征和实证。"[38]

在托尔斯泰创作的童话中，《傻瓜伊万》（1885）是最重要的一篇。完成《安娜·卡列尼娜》（1877）以后，长期以来对人生目的的苦苦探索使托尔斯泰经历了一场精神危机。1880 年以后，托尔斯泰花了大量时间，就自己的宗教观点、社会观点、道德观念进行思考和写作。托尔斯泰认为，生命的意义必须在普通灵魂里面去找，而不是在人类伟大的理性里去找；无知的村夫比圣彼得堡的博学鸿儒还要明白。童话《傻瓜伊万》的伊万这一形象，便在一定程度上反映了托尔斯泰的摈弃任何形式的暴力、放弃私有权、完善道德的心境。

进入 20 世纪，儿童文学从短篇时代走向了长篇时代，幻想儿童文学中的幻想小说创作蔚然大观（儿童文学后发国家存在着时间上的滞后性错位），主要以短篇形式存在的创作童话逐渐离开了儿童文学舞台的中央。尽管如此，创作童话仍然有其发展的空间。特别是在儿童文学的后发国家，创作童话依然十分活跃。在亚洲，日本的小川未明、浜田广介、新美南吉，中国的叶圣陶仍然是本国儿童文学史上的重要作家。

大体看来，创作童话作家可以分为两种类型：一种是非儿童本位的童话作家，其主要是浪漫派童话家，他们将童话作为一种艺术形式，用以表达自己的世界观和艺术观，"为了儿童"并不是创作的立足点；另一种就是儿童本位的童话作家，以安徒生和20世纪的绝大部分童话作家为代表，其创作的出发点是"为了儿童"，由于其儿童心性，他们的"为了儿童"也变成了"为了自己"，即实现了自我表现。

三、创作童话的艺术特征

考察创作童话的艺术特征，将其与民间童话进行比较研究，应该是一个十分有效的途径。

从创作的角度看，创作童话与民间童话有两点关键性的区别。民间童话是集体性的创作，而创作童话是个体性的劳作；民间童话使用的媒介是口头语言，而创作童话使用的媒介是书面语言。个体创作、书面语，这是创作童话的艺术特征的根本性由来。

1. 独特的书面语写作

我在论述民间童话的口语讲述性时曾说，在构成民间童话的本质方面，口语讲述性这一特征具有决定性和生成性，民间童话的其他特征往往源出于此。现在，我同样要强调，创作童话的书面语写作，不仅自身构成了创作童话的一个重要艺术特征，而且也在很大程度上引发了其他艺术特征，比如，创作童话的诗性特征、个性化特征都与书面语写作有无法割离的内在联系。

从媒介的角度对后现代文化提出深刻见解的尼尔·波兹曼说："我们对语言的了解使我们知道，语言结构的差异会导致所谓'世界观'的不同。""正如伟大的文学批评家诺斯洛普·弗莱所说的：'书面文字远不只是一种简单的提醒物：它在现实中重新创造了过去，并且给了我们震撼人心的浓缩的想象，而不是什么寻常的记忆。'""人类学家知道书面文字不仅仅是话音的回声，这一点诺斯洛普·弗莱也曾提到过。这完全是另一种声音，是一流魔术师的把戏。"㊴

书面语写作的活跃基于两个现实：一个是读者大众的兴起，一个是活字印刷机的商业使用。一经活字印刷机将口头语言变成眼睛阅读的语言，文学创作便迅速加快了书面语化的进程。书面语写作这一"一流魔术师的把戏"，使创作童话在思想和艺术的张扬方面取得了更多的可能性。

创作童话是用书面语写作的一种文体。书面语的使用，使创作童话获得了民间童话所缺少的艺术效果。

　　小人鱼把那帐篷上紫色的帘子掀开，看见那位美丽的新娘把头枕在王子的怀里睡着了。她弯下腰，在王子清秀的眉毛上亲了一吻，于是她向天空凝视——朝霞渐渐地变得更亮了。她向尖刀看了一眼，接着又把眼睛掉向这个王子；他正在梦中喃喃地念着他的新嫁娘的名字。他的思想中只有她存在。刀在小人鱼的手里发抖。但是正在这时候，她把这刀子远远地向浪花里扔去。刀子沉下的地方，浪花就发出一道红光，好像有许多血滴溅出了水面。她再一次把她迷糊的视线投向这王子，然后她就从船上跳到海里，她觉得她的身体在融化成为泡沫。

（叶君健译）

这段许多人都熟悉的文字摘自安徒生的童话名著《海的女儿》。每个读过《海的女儿》并为之感动过的人，都会由这段描写性的文字回想起小人鱼的爱情悲剧。向往人间美好生活的小人鱼为了得到人类拥有的不朽的灵魂和王子的爱情，离开了她的亲人和家，付出了她迷人的声音，日复一日地忍受着永无止境的走路时的剧痛，而王子却一无所知，王子甚至不知道是小人鱼救了自己，而把要娶的邻国的公主当成救命恩人。因为得不到王子的爱情，小人鱼就只能在王子新婚的第一个早晨变成水上的泡沫。为了挽救小人鱼的生命，小

人鱼的姐姐们用自己美丽的长发从巫婆那里换来一把刀子，只要小人鱼在太阳

升起之前，把刀子插进王子的心脏，小人鱼就能回到海底，安度三百年的生命。而小人鱼的最后选择，前面的那段描写已经告诉了我们。

《海的女儿》表现的是小人鱼为爱情献身的悲剧，它将美好的爱情那残酷的另一面揭示给读者，令读者感动、悲伤和无奈。这样一个思想、情感、心理都十分丰富、复杂的故事，安徒生是用他那朴素而优美的书面语创作出来的。这样的故事，民间童话的口语讲述是无法传达的，民间童话的听讲这种"阅读"方式，只适合思想、情感、心理都十分单纯的故事。"听"这种状态，使得"读者"像为直奔目的地而一心赶路的匆匆过客，他们没有欣赏路边的野花和风景的余暇。用来阅读的书面语改变了读者欣赏作品的心理状态，他们可以从容地、反复地品味作品丰富、复杂的内涵。

但是，我们必须认识到创作童话的书面语所具有的独特性。

与一般文学，比如成人小说相比，有些创作童话仍然比较多地采用讲述式的书面语。这一点不仅体现在着意汲取民间童话营养的 19 世纪的安徒生的某些作品上，而且也体现在一些与民间童话没有明显继承关系的 20 世纪的童话作家的某些作品上。

另外，创作童话的书面语在整体上是富于行动性的。一般来说，这种书面语较少使用形容词，而更多地使用动词。这是因为儿童读者关心的是故事中人物的行动和事件的动态发展。

2. 个性化的表现

有人说，艺术家的创作是出于"自爱的本能"；有人说，艺术是"自我创造"的方式；还有人说，"文学和艺术是照出自己脸孔的一面镜子"；也有人说，"艺术是充满主体生命的审美创造"。其实，以上说法都在证实一个观点：文学是以艺术形象进行自我表现的创造活动。因为要进行自我表现，文学作品必然表现出个性化的特征。可以说，如果文学作品缺乏个性，一定就是平庸之作、失败之作。

需要说明的是，在自我表现方面，民间童话是个特例。民间童话作为产生于原始初民之手的文学，它所表现的原始初民的"自我"是个体意识还没有建立起来的"自我"；民间童话作为集体的创作，它所表现的"自我"是集体的

"自我"。这样的创作必然造成民间童话的类型化特征。

儿童文学是人类社会步入现代化进程之后的产物。所谓现代，就是人类从任何类型的强权统治，从旧的中世纪或封建主义的规范中解放出来，恢复"人"的自身权威的时代，在这个时代，人、个人、个性、自我等越来越受到尊重和保护。在这样的时代浸染下，作为现代文学之一翼的创作童话显示出了民间童话所欠缺的个性化特征。

创作童话的这种个性化特征也与书面语这一媒介有内在关系。关于阅读和谈话如何构造不同的主体，阿尔文·柯南论述说："在谈话中，参与者是面对面的，互动的，为确保理解彼此间不断地进行调整。在公众场合，每一听众的理解都被演讲者以及其他听众牵引，这种情况往往排斥离心性的和个人性的反应，而接纳较为规范的回应。但是阅读就其本性来说，则有利于形成私人性的和内向性的自我，形成那些构成现代社会之'孤独人群'的独立个体。口语性强化社会的和公共的生活，偏爱友好的性格，促进社群之协同。口语生活是部落的生活，而阅读则推动由独立个体所组成的现代社会。"⑩

在创作的个性化方面，安徒生是最为典型的例子。考察安徒生的创作，就是在那些取材于民间传说、民间童话的再创作的作品中，也能感受到他的个人化的态度。《打火匣》与《大克劳斯和小克劳斯》这两个故事的主要着眼点都是金钱，而金钱正是当时处于贫穷之中的安徒生十分需要的东西。或者在他当时的需要上还应该加上一个公主，于是，我们又看到了那篇《豌豆上的公主》。在安徒生的独创的童话，比如《海的女儿》《丑小鸭》《小意达的花》中，他个人的生活经历、人生观念、艺术气质更是得到了入木三分的表现。

叶圣陶的《稻草人》是中国第一部创作童话集。从这本童话集里的最初几篇童话，我们看见作家努力站在儿童的立场上，捕捉儿童的心理想象和情感，以表现一个儿童喜爱的艺术世界，但是，叶圣陶在这条路上，很快就走不下去了。在五四时期，作为"为人生"的文学研究会的作家，叶圣陶面对现实人生，不可能不产生浓烈的"成人的悲哀"。叶圣陶的这种"成人的悲哀"，在儿童文学创作中，可以在"儿童本位"意识下掩盖一时，但是，只要叶圣陶也是将儿童文学作为文学来创作的话，他的"成人的悲哀"终究是要透过纸背、浸漫于字里行间的。正如郑振铎为《稻草人》作序时所说："然而不久，他便无意地自己抛弃了这种幼稚的幻想的美满的'大团圆'。如《画眉鸟》，如《玫瑰和金鱼》，如《花园之外》，如《瞎子和聋子》，如《克宜的经历》等篇，色彩已显出十分灰暗。及至他写到快乐的人的薄幕的破裂，他的悲哀已造极顶，即他所信的田野的乐园此时也已摧毁。最后，他对于人世间的希望便随了稻草人而俱倒。"[41]叶圣陶童话是打上了深刻的时代烙印和鲜明的作家个性的儿童文学，这种具有主体性的儿童文学已经形成了独特的资质和艺术风格。

3. 创作童话的象征和诗性表现

童话是一种幻想故事，它与写实的生活故事不同，是人类的想象力、幻想力、情感和愿望的结晶。

德国的诺瓦利斯是浪漫主义者中的诗哲。诺瓦利斯就说：我的哲学的核心是，诗是绝对的真实，万物越富于诗意便越真实。因此，诗人无须理想化，只要施行魔法就是了。真正的诗是童话的诗。一篇童话有如一片不连贯的梦境，童话的长处在于同真实的世界完全相反，又同它十分相似。真正的童话必须同时是预言的表现，理想的表现，绝对必然的表现。真正的童话作家是个先知。[42]诺瓦利斯在这里不仅明确指出了童话的诗性特征，而且还涉及了一些童话的诗性的呈现方式。比如，童话的似幻犹真、似真犹幻；童话的象征意蕴（预言的表现）；童话的超越性（理想的表现）。

童话在本质上是一种象征的艺术。勃兰兑斯就这样指出安徒生的《丑小鸭》所具有的象征意蕴："若要问安徒生给人下了什么样的定义，他准会这么回答：人是一只孵化于自然这个'鸭池'中的天鹅。"[43]

童话又是一种"诗"的艺术。勃兰兑斯那篇评论安徒生童话创作的名文，其题目直接就是"童话诗人安徒生"。勃兰兑斯在文中也指出了安徒生童话诗意的成因："赋予安徒生童话以诗的价值的，正是他那童稚的语言、天真的构思和描述奇妙之物的真切方式。"[44]勃兰兑斯的话给人以启发：童话的诗性不是来自诗的外形，而是来自诗的神髓。

曾被誉为日本的安徒生的小川未明也在童话中追求一种成人所陶醉的诗意。他说："我的童话并不是只让儿童感到有趣。另外也不满足于仅是一篇有寓意的故事。我追求的是更广阔的世界和从所有事物中发现美丽心灵以及如何把它们置于最正确的调和的状态，我希望把这些变成诗。"⑤象征性、梦幻感、神秘感以及乡愁，这些未明童话的特质都是指向诗的。

去年的树

（日本）新美南吉　朱自强译

有一棵树，它和一只小鸟是非常要好的朋友。小鸟整天在这棵树上唱歌，树整天聆听小鸟的歌唱。

可是，寒冷的冬天已经临近，小鸟不得不与树分别了。

"再见了。明年请你再回来，让我听你的歌声吧。"

"好啊，你等着我吧。"

小鸟说着，向南方飞去。

春天回来了，田野和森林里的冰雪融化了。

小鸟又飞回到它的好朋友——去年的那棵树身边来了。

可是，究竟是怎么回事呢？去年的树不见了，只有树桩留在那里。

"这里的树到哪里去了？"小鸟问树桩。

树桩说："伐木人用斧头把它砍倒，然后运到了山谷那儿。"

于是，小鸟向山谷的方向飞去。

山谷那儿有一座很大的工厂，里面发出"吱嘎吱嘎"的锯木头的声音。

小鸟落在工厂的大门上，问道："大门先生，你知道我的好朋友——树怎么样了吗？"

门回答说："是树吗？它在工厂里被锯成小木棍，做成火柴，卖到了那边的村子里。"

于是，小鸟又向村子的方向飞去。

油灯的旁边有一个小女孩。

小鸟问她："请问，你知道火柴在哪里吗？"

小女孩告诉小鸟："火柴烧没了，可是，它点燃的油灯还在燃烧着。"

小鸟盯盯地注视着油灯的火苗，然后为火苗唱起了去年的那支歌。火苗微微地摇晃着，似乎心里十分高兴。

唱完那支歌，小鸟又盯盯地看了火苗一阵，然后飞走了。

这篇幼儿童话是一首来自新美南吉生命深处的诗。体弱多病的新美南吉仅仅 29 岁便英年早逝。在他短暂的生涯中，死亡这一巨大的阴影一直笼罩在他的心头，而对生命的期待，对友情的渴望，对人与人之间心灵的沟通的渴望，是新美南吉当时的强烈精神需求。是生命、友情、生离死别这些萦绕心头的情愫，孕育出了《去年的树》这首撄激心灵的诗章。

最后说明两点。民间童话中，比如《白雪公主》《灰姑娘》《睡美人》等也有诗性的蕴含，不过相比较而言，以书面语写作，表现作家个人心境的创作童话具有更为强烈的诗的质感；说创作童话具有诗性特征，只是就优秀作品所反映出的一种较为普遍的倾向而言，它当然不能囊括所有的、具体的创作童话作品。

4. 一次性写作

创作童话的写作是一次性的。这一点与民间童话的创作方式有根本的区别。

民间童话的创作是允许"抄袭"的，不仅一个民间童话可以有许许多多个版本，而且还不会有人站出来声称某个故事抄袭了某个故事。民间童话的创作的这种多次性既出现于同一个国家、同一种文化之中，也出现于不同国家、不同文化之中。中国著名的"老虎外婆"型故事在许多地方都有大同小异的版本，这些版本的基本故事内容不变，但是在不同的地域，故事里的动物却有很多变化：在江苏、浙江、湖南等地是老虎，而在山西、安徽是狼，在广西、四川则是熊。中国的"老虎外婆"型故事与欧洲的"小红帽"型故事十分相似，在亚洲国家和欧洲国家也都有"灰姑娘"型故事。

创作童话则必须具有原创性，它是作家个人想象力的结晶，它的每一个故事，不论是人物、事件还是思想题旨、语言表现都应该是独特的。安徒生的《丑小鸭》、王尔德的《快乐王子》、金近的《狐狸打猎人》，这些优秀的作品，不论是作家本人，还是其他作家，都是来不得第二次的，也就是说，对这些作品是不能进行简单模仿的。

想象力是童话的核心要素。民间童话的想象具有人类的共通性、相似性，可是创作童话的想象却必须是作家的一次性想象。举例来说，张天翼在《大林和小林》里写过，狐狸平平的帽子飞到了天上，挂了月亮的尖角上，狐狸平平不知道该怎么办，名叫皮皮的狗就让平平在那里等半个月，等到月亮圆起来，就挂不住帽子了。英国童话家唐纳德·毕塞特也曾以月亮的圆缺为构思的依凭点写了《月亮的大衣》这个故事。月亮请月中人为自己做一件温暖的大衣，月中人就量好了月亮的尺寸，用半个月的时间做好了大衣。可是月亮一试，太大了。月中人就又重新量了月亮的尺寸，把大衣改小了。这次月亮一穿，又太小了。"你这样一下子胖，一下子瘦的，叫我怎么替你做合身的大衣呢？"说是说，月中人还是为月亮做了两件大衣，一件胖的时候穿，一件瘦的时候穿。这两个故事使用的生活素材是相似的，但是写出的故事却各有千秋。

法杰恩、毕塞特、艾肯、辛格、恰佩克、中川李枝子、阿万纪美子、孙幼军，在这些 20 世纪优秀的童话作家的作品之中，是绝难找到模仿其他创作童话的痕迹的。

当然，我们往往也会与一些似曾相识的童话相遇，这些童话读过也不能留下什么印象，这不是别的什么原因，都是因为它们不是第一次写作，不是真正的原创童话。童话创作对作家的创造力是严苛的考验。

第三节 幻想小说

一、幻想小说的定义

由于在中国，幻想小说并没有完全从童话中分化出来，人们还没有建立起关于幻想小说的感性知识，所以，认识幻想小说，我们还是从儿童文学研究者的定义式的论述入手。

在中国，幻想小说这个概念是从英文 Fantasy 这一文体称谓来的。

1992 年，我发表的《小说童话：一种新的文学体裁》一文，第一次将 Fantasy 作为与童话不同的文学体裁进行倡导和研究。当时，我是将 Fantasy 对译为"小说童话"。在此之前，还有两篇研究、介绍 Fantasy 的论文。一篇是陈丹燕的《让生活扑进童话——西方现代童话创作的一个新倾向》（1983），另一篇是周晓波的《当代外国童话"双线结构"的新发展》（1985）。陈丹燕的论文，是我国最早的较系统地评述西方现代童话出现的"让生活扑进童话"这一倾向的文章，具有打开一扇窗户的功绩。在其后的周晓波的文章研究对象与陈丹燕的文章相同，虽然对陈丹燕论述的问题范围没有太多的超逸，不过其对"双线结构"的集中论述，进一步深入地廓清了"让生活扑进童话"的西方现代童话或曰外国当代童话拥有"双线结构"这一重要特征。

陈丹燕和周晓波的论文所研究的西方现代童话或曰外国当代童话是什么作品呢？如果也以这两篇文章所列举过的作品为例，那就是《时代广场的蟋蟀》《夏洛的网》《奇怪的大鸡蛋》《长袜子皮皮》《随风而来的玛丽·波平斯阿姨》，等等。在两篇论文发表的当时，虽然中国针对上述作品还没有一个区别于童话的文学体裁上的称谓，但是，在上述作品的诞生地却是有一个区别于童话的文学体裁上的称谓的，那就是 Fantasy。

在西方的儿童文学中，对如格林童话那样的经过搜集、整理的民间童话，在德语中叫作 Märchen，在法语中叫作 conte desfées，在英语中叫作 fairy tale。对像安徒生童话那样的作家在民间童话类型基础上的独特创作，英语称作 Literary fairy tales。对 19 世纪后半叶以后诞生的《爱丽丝漫游奇境记》《小熊温尼·菩》《随风而来的玛丽·波平斯阿姨》《地板下的小人》《长袜子皮皮》这样的作品，英语称为 Fantasy。Fantasy 一词在两种场合下使用，一种场合是指"幻想"，一种场合是作为表示文学体裁的专用名词。本文使用的 Fantasy 一词属后者。

加拿大的利丽安·史密斯在她的那本著名的《儿童文学论》中指出："所谓幻想小说是从独创性的想象力中生成的，这种想象力就是超越了从我们用五官所能了解的外界事物所导引出的概念，形成更为深刻的概念的一种心灵力量。"[46] 将非现实的世界"表现得如在眼前存在"一样的"幻想小说要求我们在阅读一般的故事时的精神准备之上，还要具有一种第六感那样的东西"。[47]

日本的《文学教育基本用语辞典》对幻想小说所下的定义要更为规范："将现实中不可能发生的事情，描写得如同发生了一样的文学作品的总称。幻想小说与童话的极大差别在于，前者具有二次元性世界，后者却是一次元性的。"

在英美儿童文学研究上深有造诣的日本学者神宫辉夫给幻想小说下的笼统定义是："包含着超自然的要素，以具有小说式的展开的故事，引起读者惊奇的感觉的作品。"[48]

美国学者西拉·伊果夫认为："可以怀着确信来讲的是，幻想小说是有意识地或大或小地破坏自然的法则，或者是因为超越了自然法则而使整个故事获得了趣味性的作品。"[49]

美国作家罗伯特·内桑这样给幻想小说下定义："所谓幻想小说就是将没有发生过的，也不可能发生的事情描写出来，让人觉得这些事情也许真的发生过。"[50]

如果将以上关于幻想小说的定义式解释加以归纳，可以认为幻想小说有这样几个要素：（1）幻想小说表现的是超自然的，即幻想的世界；（2）幻想小说采取的是"小说式的展开"方式，将幻想"描写得如同发生了一样"；（3）幻想小说与童话不同，其幻想世界具有二次元性，有着复杂的组织结构。

这三个要素，对幻想小说的成立，具有本质的规定性。在幻想小说中，这三个要素是一种经过艺术思维整合的有机状态，而不是单摆浮搁地孤立地存在于作品之中。

二、幻想小说的特质

论述幻想小说的特质，幻想小说的三个要素是重要的出发点；另外，为了凸显同是作为幻想文学的幻想小说与童话是两种不同的文学体裁，有必要对幻想小说与童话进行文本上的比较。从比较典型的幻想小说文本来考察，它与童话的重要区别主要有两点：一是与童话的故事性质不同，幻想小说采用的是写实主义小说的表现手法；二是与一次元性的童话不同，幻想小说具有二次元性，有着复杂的组织结构。这两点区别正是衍生自幻想小说对幻想世界、超自然现象的惊异心态。

1. 幻想小说的"第六感"

利丽安·史密斯曾经这样指出幻想小说的重要特征："幻想小说有着与其他虚构作品不同的风土条件，那就是它存在于非现实中的现实之中，存在于难以置信的世界的真实性之中。"[51]幻想小说要创造出能够说服儿童读者的"难以置信"的幻想世界的"真实性"，是一件很难的事情。也就是说，幻想小说是一种很难完成的文体。托尔金就说："人们所熟悉的只不过是这个世界的一小部分，却自以为它就是世界的全部。于是，人们愚蠢地，甚至怀着敌意，把'幻想'和'幻梦'故意混同起来。但是，'幻梦'不需要技巧[52]。另外，人们同样把'幻想'和妄想和幻觉等精神异常混同起来，可是，妄想和幻觉等活动中，别说是技巧，连抑制力都没有。……'幻想'有一个根本的弱点，这就是很难达到完成的境地。在我看来，幻想小说与其他文学样式相比，可能是更高层次的准创造[53]。但是，实际创作起幻想小说时，要通过幻想调和出本质的真实，这真的比其他文学样式更困难。"[54]

虽然托尔金认为"技巧"在想象力和想象力所生成的最终结果——准创造之间，具有重要的连接作用，但是创造一个幻想世界，能够起根本性决定作用的是利丽安·史密斯所说的"第六感"。

所谓"第六感"，就是人类的心灵所具有的超越五官所能感知的现实世界的能力。"第六感"还不仅仅是幻想力，它还包含着对可视的幻想世界的信任能力。

金斯莱的《水孩子》和C·S·刘易斯七卷本的《纳尼亚传奇》的第二卷《狮子、女巫和衣橱》里都写到一位教授。《水孩子》里的教授拒绝承认眼睛能看到的世界以外，有天使、神仙、妖怪，也包括水孩子存在；而在《狮子、女巫和衣橱》里，当孩子们问那位教授，就在那间屋子，就在那个衣橱里，是不是真有另一个世界存在时，老教授的回答是："是的，极有可能！"

这两部幻想小说名著在写到对幻想世界的态度时，都安排一位教授出场是颇有深意的。金斯莱是想说，理性和知识是幻想精神的敌人吗？刘易斯是想说，人类强大的幻想力量能够超越理性和知识吗？我举出这两处可以对比的情节，是想让大家想象一下，如果故事中的这两位教授，也想学牛津大学的托尔金教授、C·S·刘易斯教授（我这里没有加上写《爱丽丝漫游奇境记》的道奇森，是因为托尔金认为道奇森不是真正的教授，而只是学院讲师）创作幻想小说的话，哪一位可能成功？

　　我要说的是，幻想小说创作需要作家具有"第六感"这一资质。作家对幻想的信任程度，直接影响到幻想小说的质地。比如，《宝葫芦的秘密》在对幻想的态度上就存在着很大的问题。作品结尾处让王葆从梦中醒来，读者才知道原来前面发生的一切，不过是一场梦。这一处理既是中国文化传统对幻想的暧昧态度的影响所致，也是作家表达教育观念的创作模式的必然选择。《宝葫芦的秘密》是一部以幻想小说的表现方式引起儿童读者的兴趣来开始，以教训来压抑儿童幻想而结束的作品，它在本质上不是把幻想当作人的精神世界中必不可少的因素来加以赞赏，不是以发展儿童的幻想力为目的，而这正是《宝葫芦的秘密》作为幻想小说作品的最大局限性，也是我称其为非自觉的幻想小说创作的最重要的理由。

　　自觉的幻想小说必定拥有肯定、张扬"第六感"的精神。幻想小说显然要遗弃对幻想的暧昧态度，敢于正视幻想、证明幻想。世界著名的幻想小说家内斯比特的《沙子里的妖精》写四个孩子挖沙子玩时，挖出了一个妖精，妖精满足孩子们的愿望，用魔法把他们变成了长相漂亮的孩子。开始时，四个孩子面面相觑，以为面前是三个素不相识的人。但是，长相虽然变了，可是衣着却没有变。"哎呀，是你呀！我记着你上衣上有个洞。你是杰妮吧！那么你肯定是安茜娅了！看一下你那脏兮兮的手帕就知道了。手指头破了的时候是用它包的，没换新的。"魔法的有效性得到了确认。特拉弗斯的《玛丽·波

玛丽·波平斯阿姨回来了

[英国]帕·林·特拉弗斯著

平斯阿姨回来了》中也有对故事中怀疑幻想事件的真实性的人物的说服。小女孩简失手打裂了瓷盘，令瓷盘上画的男孩瓦伦丁膝盖受了伤。简被瓦伦丁拉进了瓷盘，用自己的手绢包扎瓦伦丁的伤口。经过一番游历，简被进到瓷盘里的玛丽阿姨拉出瓷盘后，怀疑自己的经历是否真实时，惊奇地发现那瓷盘里的男孩膝盖上的确扎着自己的手绢，而玛丽阿姨丢失的头巾正落在瓷盘里的草地上，头巾上的"玛丽"两个字还清晰可辨。

中国的幻想小说的自觉创作是从 20 世纪末开始的。在一些作品中，已经显示出作家对幻想的暧昧态度的克服。在彭懿的《疯狂绿刺猬》中，从绿刺猬变回人的雪萤嫣然一笑时，得马上"用手捂住缺少两颗门牙的嘴"，因为在她身为绿刺猬时，为了不害别人，曾用砖头敲断了自己的牙齿。陈丹燕的《我的妈妈是精灵》写陈淼淼送给精灵妈妈的照片又"从野草丛里飘出来"，"妈妈到底没能把人间的礼物带回去，她把它们还给我。只是在每张照片上她都为我贴上了一朵蓝色的小花朵，现在，它们成了妈给我的礼物，使我记住有一个精灵妈妈的童年"。彭学军的《终不断的琴声》写幽灵（老大）在夜里来过后的"第二天早上，小二一醒来就跳下床，撩开紫红色的天鹅绒，看见老大的书包确确实实是藏在钢琴琴肚的下面，小二欢畅地舒了口气——昨天晚上老大是真的来过"。缺少两颗门牙的嘴，照片上的蓝色小花朵，幽灵（老大）留下的书包，这些都是幻想世界存在的"物证"。

不是写到幻想的就是幻想小说。魔幻现实主义小说，如马尔克斯的《百年孤独》不是幻想小说；莫言、迟子建、残雪等当代作家的存在着大量幻想因素的作品，也不是幻想小说。何卫青这样分析个中原因："因为这些作品中的幻想性元素并不处于小说的主叙述层上，它们常常是作为叙事情境中其他的人或事的对立面、对照物出现的，在精神上与这些人事保持着足够的距离，它们往往以其有意味的显示，对叙事起着点缀、装饰的作用，……但是，幻想小说中人物的行动、情节的发展、故事的展开都要以幻想性元素作为催化剂。如果说在一般的非现实叙事文类中，幻想性元素往往是通过象征、变形、夸张、错位等艺术手法来获得，因而带着现实的影子的话，幻想小说中的'幻想性元素'——魔法、超自然、奇异的场景等等——却在小说中创造了一个自足的世界，这个世界完全可以用写实的笔法塑成。"⑤

简单来说,在一部涉及幻想的小说中,如果幻想不是内核,不是因果,不能成为作品各个层面发展的发动机和推动器,那么,就很难称其为幻想小说。

2.写实主义小说方法

幻想小说采用写实主义小说的表现方法是十分必然的。幻想小说对幻想的惊异是现代人对超自然现象的"不信"这一心像的折射。为了在文学世界中确认幻想的存在,说服"不信"的读者,便要营造幻想世界的真实性和现实感。当人的想象力接受适当的刺激和相关联的信息之后,它就能超越现实,描绘出肉眼所看不见的第二现实(即非现实)。19世纪后半叶,以对现实的真实和客观的描写为基本特征的写实主义小说成为现代文学的主流。探究人的本质的写实主义小说将人视为个性的存在,深入个人的内心世界,以揭示人物的本真面目。在这一文学潮流的推动下,写实方法终于被运用于幻想小说创作之中。在写实主义方法所施展的魔法下,虚幻的幻想世界露出了清晰的面目。

童话的描写是非写实性的,也可以说童话基本是不采用描写的。安徒生在《打火匣》中写士兵杀死巫婆:"兵士一下子就把她的头砍掉了。她倒了下来!"根本没有身首分家、鲜血飞溅的具体描写。《海的女儿》里,巫婆要求小人鱼用美丽的声音换取能使她变成人形的药物:"于是,她就把小人鱼的舌头割掉了。小人鱼现在成了一个哑巴,既不能唱歌,也不能说话。"被割去舌头的小人鱼的痛苦感觉和情状一点都不上纸端。就是写到小人鱼服药后变成人形,也只是"她马上觉得好像有一柄两面都快的刀子劈开了她纤细的身体",然后鱼尾就变成了人类的双腿。但是,彭懿的幻想小说《疯狂绿刺猬》,在写到雪萤被绿刺猬咬过脚踝的蜕变时,描写却十分细腻——

> 她似乎是控制不住自己了,她恶魂附体,完全被一种看不见的魔力左右了。她飘到半空,在脚尖离地大约有几十厘米的地方停住不动。一阵抽搐之后,她佝偻的身子突然旋转起来,转得飞快,像一只在冰封的湖面上打滑的陀螺。起先,夏瀛还能够看清她的脸,渐渐地就模糊得只剩下一团光影,什么也看不见了。屋里烟尘滚滚,好似平地刮起一股龙卷风……

这种电影镜头似的"魔变"场面，在民间童话中自不待言，就是在安徒生的那些富于个人独创性，蕴含着幻想小说萌芽的创作童话中也难以见到。

童话的非写实性，必然带来表现的单纯化和模式化，比如，写到杀人，大都就用"砍掉了头"或"杀死了他"这种简单的交代了事。而采用写实手法的幻想文学的表现则是富于个性的。陈丹燕的《我的妈妈是精灵》写到的精灵的"魔变"就与上述彭懿的"魔变"迥然不同——

爸爸走过来抱住妈妈，爸像抱一个人一样去把手臂合过去，可抱了个空。妈已经开始变空了。爸爸没料到妈是这样一点一点变空而走的，我们还能看到她，像真的一样，就站在我们跟前，可已经摸不到了。爸有点着慌，只会说："你放心，你放心，你自己不要太伤心。"

她在月光下一点一点变蓝，她的脸上开始被一种淡蓝色的雾气笼罩，我看不清。我叫："妈！妈！"

妈张张嘴，可她说不出话来，她的脸越来越模糊了。

我伸手去拉妈妈，可她的衣服像影子一样从我手里一掠而过。我抓到的只是一小块蓝色。而我头顶上的大星星，突然发出特别明亮的光来，轻轻抹掉了我手掌里最后剩下来的一点蓝光。

"妈妈！"

与彭懿的描写一样，陈丹燕的这段写实性描写也具有逼真的临场感。这一人与精灵的骨肉离别的逼真场面的后面，有心理、情感的真实性作为依托。所以，幻想小说的写实性应涵盖场面、情节、人物等各个方面，非如此，则不能达到将幻想表现得如同真的发生过一样这种艺术效果。

幻想小说采取向作者一个人的内部世界进入的叙述方式，而不是像童话那样，将人们心中存在的共通的非现实部分原封不动地昭示于外部。为了让肉眼看不到的超现实的幻想世界，通过读者的想象而呈现于读者的"眼"前，作家就必须采用平实的写实性手法。幻想小说是彻头彻尾的散文艺术，它的精神可以是诗的，但语言却不能是诗的，而应该是具有写实质感的明白晓畅的散文语言。就我的幻想小说阅读经验而言（不包括翻译作品），中国的《我的妈妈是精灵》（陈丹燕）、《终不断的琴声》（彭学军），日本的《谁也不知道的小小国》（佐藤晓）、《树荫之家的小人们》（乾富子）等在运用散文化语言方面是典型之作。

幻想小说用写实主义小说的手法刻画人物形象。与童话人物的类型化不同，幻想小说中的人物是个性化的"这一个"。借用英国的佛斯特在《小说面面观》中的说法，童话中的人物是扁形人物，而幻想小说中的人物则是圆形人物。张天翼的《大林和小林》虽然已有现实的因素介入幻想，但其中的人物还是童话式的扁形人物，而他的《宝葫芦的秘密》中的王葆则是写实主义小说式的圆形人物。作家通过幻想媒介宝葫芦所造成的一系列富于波澜的生活描写，塑造了一个由幼稚走向成熟，由惧怕困难到勇于克服困难，由意志薄弱到意志坚强的成长着的少年形象。

由于童话中人物的类型化或曰非性格化，所以，童话的故事也不是像性格剧那样，由每个个性性格决定情节的发展，相反，却是每个类型为了使故事发展而存在和活动着。幻想小说的故事情节则是由人物富于个性的性格来推动着向前发展的。如果借用佛斯特的"故事"与"情节"这两个概念，童话的人物隐没于"故事"的后面，而幻想小说的人物则站在"情节"的前面。

与写实主义小说一样，幻想小说的人物具有性格的历史，而童话人物则没有历史；幻想小说的人物性格是发展变化的，而童话人物的性格却是固定不变的。幻想小说直接表现着儿童文学的"成长"这一主题。

在审视、评价幻想小说作品的质感时，我特别看重幻想小说作家在小说文体方面的天赋或修炼。创作幻想小说的作家，特别是从童话故事创作向幻想小说创作转型的作家，其小说创作方面的天赋往往成为其作品成败的关键性因素。

3. 二次元结构

幻想小说与童话的另一个主要区别表现在作品的结构方面。

同是幻想故事型作品的幻想小说与童话，都拥有一个幻想世界，但是幻想小说的这个世界具有二次元性结构，而童话的结构则是一次元性的。对童话的一次元性，日本学者相泽博在分析格林童话《青蛙王子》时作过阐述："这篇童话有值得注意之处，那就是公主讨厌青蛙是因为青蛙给人的感觉上的不愉快再加上它的厚脸皮，公主对令人不快的青蛙像人一样能开口说话这一点并不感到讨厌和恐怖。当青蛙一旦变回王子，公主就马上与王子结婚，对王子不久之前还被魔法变成青蛙的不吉利的过去毫不计较。在童话中，就是这样对脱离人类世界的超自然的东西、神妖魔法的东西，毫无感觉。就是说，在童话里面，现实世界与发生魔法和不可信之事的世界被认为都是处于相同的次元，不论发生什么异常事都处之泰然，并不感到讨厌或恐怖等。这就是童话的一次元性，与传说的二次元性明确地区别开来。在传说中出现的人物，如果青蛙开口对他讲话，一般来说，他就会受到极大震惊，或者吓呆在那里，或者即使逃回家里，也要陷入神经失常。这是因为传说中的人物，与现实中的人相同，把妖怪或魔法的世界与这个现实世界作为不同次元的存在明确区分开来的缘故。"⑤⑥

与童话相反，幻想小说的世界则具有二次元性。比如张天翼的《宝葫芦的秘密》，王葆最初听到宝葫芦向他讲话时，并不像童话中的人物那样觉得这是理所当然的事，而是："我摸了摸脑袋。我跳一跳。我捏捏自己的鼻子。我在自己腮巴上使劲拧了一把：嗯，疼呢！'这么看来，我不是做梦了。'"王葆在家里与宝葫芦说话，奶奶听见了，问："小葆你跟谁说话呢？"这时王葆只能回答："没有谁。我念童话呢。"而不能像童话中的人物那样毫无顾忌地

把宝葫芦的事告诉奶奶。在《宝葫芦的秘密》里并存着现实和幻想这两个次元。王葆在这两个次元中可以像从一个房间进入另一个房间那样自由来往。

幻想小说的二次元结构与现代人的现实意识和世界观是相对应的。在现代人的现实意识和世界观中，幻想世界与现实世界之间出现了裂痕甚至是沟壑，因此，现代人面对幻想世界才会产生"惊异"感。幻想文学的二次元结构是现代人的这种"惊异"心态的文学化结果。

幻想小说的两个次元——幻想世界与现实世界在作品中的相互对接或相互进入往往是具体可感的。C·S·刘易斯七卷本的《纳尼亚传奇》的第二卷《狮子、女巫和衣橱》中，现实世界与幻想世界靠一扇大衣橱的门来对接；张天翼的《宝葫芦的秘密》靠宝葫芦的出现，将超现实的生活引入现实之中；陈丹燕的《我的妈妈是精灵》中的精灵是靠与真正的人产生的感情来加重自己的重量而变为人形，并靠小青蛙的血来维持人形；彭学军的《终不断的琴声》中连接幽灵世界和人间世界的，表面上是琴声，而内面则是幽灵（老大）的未了的情感和愿望，一旦情感和愿望了却，即使琴声再起，幽灵也不再露面。

幻想小说有着自身的逻辑和法则，而具有内在逻辑性的幻想世界与现实世界对接方式的设定，是幻想小说获得真实性的关键一着。在幻想小说中，现实这一次元的真实性描写对确证幻想的真实性当然具有重要作用，而幻想次元的存在本身的被证明尤为重要。幻想小说作品往往特别着意幻想次元与现实次元的相互对接、相互介入之后留下的"物证"。像《宝葫芦的秘密》那样，将超自然现象最后仅作为梦中发生的事情来处理，对幻想小说是较大的伤害。

当然，文学创作现象要远比文学理论的概括丰富多彩。幻想小说中也存在着并不明晰划分幻想与现实两个次元的作品，比如托尔金的著名的《魔戒》《哈比人历险记》（中译为《小矮人奇遇记》《小矮人闯龙穴》），但是这类作品会采用小说的方法，注重复杂的情节和细节，以此使幻想世界真实可感。C·S·刘易斯就曾经这样评论《哈比人历险记》："再没有比托尔金教授创作的儿童故事，能让你有角色栩栩如生、历史历历如绘的感受，他对书中内容的了解深刻

入微。"⑤另外，也有《夏洛的网》这样的优秀幻想小说，幻想与现实两个次元并不交叉而是平行发展。

英语圈国家的研究者把《魔戒》这样在"完全凭空设想出来的世界中展开"的幻想小说称为"high fantasy"，与之相对的"写到超自然力量闯入'真实'世界"的作品则称为"low fantasy"⑧，"玛丽·波平斯"系列、《夏洛的网》可为后者的代表。对于这两个名称，国内尚无统一而确切的译法。有人把前者译为"高越奇幻"（"地海传奇"系列译者蔡美玲）、"善恶奇幻"（祁寿华），把后者译为"真实奇幻"（祁寿华），⑨均未能把握幻想小说的本质。同时，对一部作品究竟该属于 high fantasy 还是 low fantasy，也不宜作机械的划分。比如"哈利·波特"系列这样既写到"真实"世界（每部前几章在哈利姨妈家里发生的事件），其主要情节又是在"完全凭空设想出来的世界中展开"（占每部书大部分章节的魔法学校里发生的事件）的作品，到底该算作哪一类，在幻想小说的发源地也存在诸多争议。

三、幻想小说的起因及其价值

1. 幻想小说兴起的原因

人类不是神仙，人类在有限的世界上生活，处在种种制约之下。然而作为"宇宙的精华、万物的灵长"的人类，却又无时无刻不怀着超越现实生活中的种种制约的愿望。在这种愿望驱动下的心灵的活动，便是幻想。幻想乃是人类的一种极为宝贵的品质。富于创造精神和行动力的人类是不可能把幻想这种强大的心理能量封存于心，让其自消自灭的，尤其是幻想精神十分丰富的人类的童年时代。幻想精神释放的结果便是创造了宏大的神话、激动人心的传说和神奇的童话。泛灵思想是原始人的重要心理特征，可以说，原始人并不怀疑童话中的精灵、仙妖、魔法的真实性。人们对童话中的幻想世界生起怀疑恐怕是近代科学和理性精神勃发以后的事情。然而，即使知道童话中超自然的奇异事件不是真实的，人们却还是对此怀着浓厚兴趣，正说明了人类心灵中幻想的执着。

　　其实，在文学史上，幻想作品是从受难的历程中走过来的。16、17世纪基督教的清教徒们对人持着原罪的观念，认为人如果不对神灵忏悔，洗净灵魂，死后便会被投入地狱。他们决不允许在天国和地狱之间存在他物，所以将小人、精灵、美人鱼等视同恶魔。他们采取的做法就是严禁给孩子们看出现仙妖、魔法的童话故事。不仅是宗教，重视道德和知识的思想也敌视出现仙妖魔法的童话。18世纪，片面接受卢梭教育思想中消极部分的儿童文学作家们否定幻想力，创作了宣扬知识和美德的教训主义作品。而产业革命以后，近代社会重视理性的合理主义盛行，其结果是幻想力、想象力受到了轻视和压抑。其实，如果从西方哲学思想的源头来看，古希腊柏拉图的《理想国》就对文学作品中的幻想力的产物——幻象深恶痛绝："不许任何诗人这样对我们说：诸神乔装来异乡，变形幻影访城邦。也不许任何人讲关于普罗图斯和塞蒂斯的谎话，也不许在任何悲剧和诗篇里，把赫拉带来，扮作尼姑，为阿尔戈斯的伊纳霍斯河的赐予生命的孩子们挨门募化，我们不需要诸如此类的谎言。做母亲的也不要被这些谎言所欺骗，对孩子们讲那些荒唐故事，说什么诸神在夜里游荡，假装成远方来的异客。"[60]

　　在文学领域的家园里，人类幻想精神面临着荒芜的威胁。对近代社会重视合理主义的现象和近代社会人的异化现象表现出厌恶和反抗的英国的浪漫派诗人们为振兴童话作出了贡献。浪漫派诗人认为儿童的本性就像是充满着喜悦，在天空中自由飞翔的小鸟。在这一思想的影响下，人们渐渐认识到把关在"笼子"里的"小鸟"（儿童）解放出来，恢复其自由飞翔的本性才是儿童文学的第一要义。那么如何解放儿童呢？创作《金河王》的拉斯金、创作《蔷薇和戒指》的萨卡雷等作家采取了将民间文学特别是富于幻想力的民间童话重新送到儿童手中的办法。以愉悦、解放儿童为目的的儿童文学终于因民间童话的复归而进入了新的出发点。

　　此后不久，幻想文学作品迎来了巨大的转

折，这就是金斯莱的《水孩子》（1863），卡洛尔的《爱丽丝漫游奇境记》（1865）和麦克唐纳的《北风后面的国家》（1871）这三部幻想小说的先驱性作品的出现。这三部英国作品有两个共同特色：第一，作品中描写的是作家独创的幻想世界；第二，作家把生活在现实世界中的儿童送入了自己独创出来的幻想世界。

进入 20 世纪以后，幻想小说创作不断走向成熟。内斯比特的《护身符的故事》《沙子里的妖精》，巴里的《彼得·潘》，特拉弗斯的"玛丽·波平斯"系列，圣-埃克苏佩里的《小王子》，菲利帕·珀尔丝的《汤姆在深夜的花园里》，恩德的《毛毛》《讲不完的故事》，达尔的《女巫》……这样一个无法一网打尽的幻想小说名单，在 20 世纪的文学天空中，是一片十分独特的迷人星空。

幻想小说的产生既是人类渴求解放想象力的结果，也与现代社会的科学发展有着直接、密切的关系。对幻想小说来说，现代科学称得上是"成也萧何，败也萧何"。幻想小说萌生时，正是西方的现代化迅猛推进的时代。达尔文进化论的出现，科学精神、合理主义的急速发展，使科学的世界观挤压甚至扭转着传统的宗教世界观和泛灵思想。人类对现实的认识已经不是一元的，而是出现了现实世界和幻想世界的分裂。现代人对幻想世界、超自然现象持着明显的惊异甚至不信的心态。现代的合理主义思想，造成了幻想精神家园的水土流失。但是，幻想作为人类精神领域中的第二现实，是挥之不去的。为了守护幻想这一人类天赋的伟大神性，以保持人类精神的丰富性和超越性，儿童文学作家打造了幻想小说这一有力的武器。在科学的、合理主义的世界观威胁幻想的生存的时候，幻想小说运用科学的实证主义方法（即写实主义小说的方法），以文学的方式，对人类精神中的幻想的真实性作了"实证"。可以说，幻想小说的诞生和繁荣是人类幻想力争取"市民权"的一大胜利。

2. 幻想小说的价值

（1）"弄假成真"以强化幻想品质。

幻想乃是人类的一种可贵的品质。与想象力紧密联系着的幻想，是人类创造力的本源之一。许多迹象表明，儿童向大人成长的过程，是幻想力逐渐走向衰弱的过程。如果在儿童时代，人类的幻想力得不到充分的发展和巩固，在长大成人时，幻想力的衰弱将来得更快和更彻底。儿童文学中的幻想型故事作品，便具有发展和巩固儿童旺盛丰富的幻想力的功能。

如果对儿童阅读幻想型故事的情况作认真观察，就会发现在总体上，学龄前和小学低年级儿童对民间童话（比如格林童话）、创作童话（比如安徒生童话）怀着浓厚的兴趣，至小学高年级，尤其是进入初中，便对前两类童话逐渐降低兴趣，而向少年小说等真实表现现实生活的文学样式倾斜。然而，这个时期，并非儿童不再需要幻想型的作品，而不过是由于儿童自然科学知识的增加和理性精神的萌生，对民间童话、创作童话这样"明知道不能相信却还是要听"的类型，在阅读欣赏上产生了一定的心理障碍（怀疑）。可以说幻想小说的出现，成功地完成了一次远征，把幻想型文学的版图扩大到了儿童文学读者的高年龄层。

幻想小说往往具有二次元结构（比如 C·S·刘易斯的《狮子、女巫和衣橱》），它通过使幻想逼真地在现实中存在、发生，来说服并吸引具有了一定的自然科学知识和理性思维的儿童读者。把幻想引入现实，这既是给自己出的难题，同时也是给走向幻想的新的层次铺设的一级台阶。

幻想小说采用了"让人觉得也许真的发生过"的现实主义小说的展开方式，从而达到了一种"弄假成真"的艺术效果。幻想小说萌生时便是达尔文进化论出现，科学精神、合理主义急速发展的时代，幻想小说以文学的方式对人类头脑中存在的幻想的真实性作了论证。可以说，幻想小说的诞生和走向繁荣是人在幻想力争得"公民权"的一大胜利。幻想小说既加强了幻想的力量，又延长了儿童发展幻想力的时期。

（2）创造个性以吸引读者。

民间童话和创作童话，塑造的多是类型化人物，而幻想小说则以现实主义小说的描写手段，创作富于个性的性格。但是，尽管运用了现实主义小说的手法，创作的人物却又与现实主义小说的人物不尽相同，主要原因就是幻想小说的人物处于幻想与现实交织的二次元世界。这一特殊的环境使幻想小说的人物对儿童读者产生了特殊的魅力。

由于是具有个性的非类型化人物，便更加使儿童读者感到可感、可信、可亲，仿佛那人物就是自己或者至少是自己身边的伙伴，即是说更容易把儿童读者拉入"同化"这一阅读的佳境。由于幻想小说的人物能够在幻想与现实这两个世界自由来往，就更能满足儿童读者的愿望和好奇心。不用说，"哈利·波特"系列中的主人公不仅自己大出风头，而且也解放了儿童心中的想象力，满足了他们与主人公相同的愿望。

（3）观照现实以深化思想。

童话由于是由幻想这一个次元构成的世界，所以，一般来说并不直接反映现实，而是以象征的意蕴来对现实作折光反映。幻想小说大多则直接切入现实，表现出作家对现实社会的观照。幻想小说中，由于幻想与现实交织于一起，往往给作家认识和评价生活带来一个与童话和现实主义小说均不相同而又十分有效的角度，从而在无法超越现实的写实主义小说所鞭长莫及的位置上揭示生活的真相。比如，米歇尔·恩德的《毛毛》就是以一群灰绅士夺取构成人们生命的时间，将人的本质异化的故事，直接对现代文明提出了质疑。另一位德国

作家的《出卖笑的孩子》则揭示了金钱本身并不是人生幸福的保证这一容易被现代人遗忘的生活真实。被誉为战后英国儿童文学旗手的玛丽·诺顿的《地板下的小人》描写了寄居在人类家庭地板下的小人们，被人类发现后，被迫出走的受难过程，明确地对资本主义现代文明进行了批判。

幻想小说需要思想。尽管托尔金本人很反对人们对《魔戒》的寓言式解读，但是《魔戒》的确深藏思想和寓意。传记作家麦可·怀特在《托尔金传》中说："托尔金出名之后，曾很得意地宣称他是个哈比人。这当然是个玩笑，但托尔金的个性和典型的哈比人的确有相似之处。在许多方面，托尔金和比尔博·巴金斯没什么两样，托尔金不信任、甚至还轻视二十世纪，他认为科学和科技对人类的命运毫无建树，他不愿买车，直到买车成为实际的需要，才让艾迪丝买了

一辆（即使如此，几年后他们还是把车给卖了）。他从没买过电视机，也很少听收音机。他讨厌现代文学、音乐和戏剧，也没有时间理会当代政治，我们可以说他并不真想活在现代世界里，而这种不认同却是他创作的原动力，他更喜欢'中土'。"⑥ 非常了解父亲的托尔金的儿子克利斯多福也明确说："他讨厌现代世界，他认为现代世界基本上就是机器，而潜伏在《魔戒》中的，正是机器。"⑫

如果罗琳的"哈利·波特"系列作品最后被证实无法与托尔金的《魔戒》比肩而立，思想上不如后者厚重而独特一定是重要原因之一。

幻想作为人类可贵的品质，对阻碍人类真正健康发展的东西有着本能的反抗基因。幻想小说这一幻想型文学样式，便在无法超越现实的现实主义小说所鞭长莫及的位置上，努力在批判现实的弊病，探求着更美好、健全的人类的未来。

注　释

①② 刘守华、陈建宪：《民间文学教程》，华中师范大学出版社，2002，第141页、第145页。

③ 见李利芳：《中国发生期儿童文学理论本土化进程研究》，中国社会科学出版社，2007，第26页。

④⑥ 周作人与赵景深讨论童话的通信，见王泉根：《周作人与儿童文学》，浙江少年儿童出版社，1985。

⑤ 见朱自强：《"童话"词源考——中日儿童文学早年关系侧证》，《东北师大学报》，1994年第2期。

⑦⑧ ［美］阿兰·邓迪斯：《用精神分析学解释小红帽》，见阿兰·邓迪斯：《民俗解析》，户晓辉编译，广西师范大学出版社，2005。

⑨⑱ ［日］小泽俊夫：《民间故事的语法》（日文版），福音馆书店，2003，第222页。

⑩㉘㉙ ［英］约翰·洛威·汤森：《英语儿童文学史纲》，谢瑶玲译，（台湾）天卫文化图书有限公司，2003。

⑪ 网络与书编辑部:《阅读的风貌》,现代出版社,2005,第31页。

⑫ [苏]莫·卡冈:《艺术形态学》,凌继尧、金亚娜译,三联书店,1986,第345页。

⑬⑯⑲㉓㉗ [瑞士]麦克斯·吕蒂:《童话的魅力》,张田英译,社会科学文献出版社,1995,第24页、第120页、第47页、第45页、第99页。

⑭ [日]上笙一郎:《儿童文学引论》,郎樱、徐效民译,四川少年儿童出版社,1983,第30页。

⑮⑰ [瑞士]麦克斯·吕蒂:《欧洲民间童话——形式和本质》,转引自[日]小泽俊夫:《民间故事的语法》,福音馆书店,2003,第206页,第221-222页。

⑳ 周作人:《童话略论》,见周作人:《儿童文学小论·中国新文学的源流》,河北教育出版社,2002。

㉑ 周作人:《儿童的文学》,见周作人:《儿童文学小论·中国新文学的源流》,河北教育出版社,2002。

㉒ 周作人:《童话研究》,见周作人:《儿童文学小论·中国新文学的源流》,河北教育出版社,2002。

㉔㉕㉖ [美]雪登·凯许登:《巫婆一定得死》,李淑珺译,(台湾)张老师文化,2001,第32页、第38页、第64页。

㉚ [日]日本儿童文学学会:《世界儿童文学概论》,郎樱、方克译,湖南少年儿童出版社,1989,第43页。

㉛ [俄]别林斯基:《新年礼物·霍夫曼的两篇童话和伊利涅依爷爷的童话》,见周忠和:《俄苏作家论儿童文学》,河南少年儿童出版社,1983。

㉜ 朱大可:《缅怀浪漫主义》,见朱大可:《逃亡者档案》,学林出版社,1999。

㉝ [丹]安徒生:《我生命的故事》,黄联金、陈学凰译,中国档案出版社,2002,第200页。

㉞ 小啦、约翰·迪米留斯:《丹麦安徒生研究论文选》,安徽少年儿童出版社,1999。

㉟ 周作人:《王尔德童话》,见钟叔河:《知堂书话(下卷)》,海南出版社,1997。

㊱㊲ 转引自韦苇:《俄罗斯儿童文学论谭》,湖南少年儿童出版社,1994,第19页、第30页。

㊳ 转引自韦苇:《世界儿童文学史概述》,浙江少年儿童出版社,1986,第153页。

㊴ [美]尼尔·波兹曼:《娱乐至死》,章艳译,广西师范大学出版社,2004,第11页、15页。

㊵ 转引自金惠敏:《媒介的后果》,人民出版社,2005,第51-52页。

㊶ 郑振铎:《〈稻草人〉序》,见郑尔康、盛巽昌:《郑振铎和儿童文学》,少年儿童出版社,1990。

㊷ 见[丹]勃兰兑斯:《十九世纪文学主流·德国的浪漫派》,刘半九译,人民文学出版社,1997,第212页。

㊸㊹ [丹]勃兰兑斯:《童话诗人安徒生》,见小啦、约翰·迪米留斯:《丹麦安徒生研究论文选》,安徽少年儿童出版社,1999。

㊺ [日]小川未明:《今后做童话作家》,《东京日日新闻》,1926年5月13日。

㊻㊼ [加]利丽安·史密斯:《儿童文学论》(日文版),石井桃子、濑田贞二、渡边茂男译,岩波书店,1987,第273页、第278页。

㊽ [日]神宫辉夫:《儿童文学的主将们》(日文版),日本广播电视出版协会,1989,第115页。

㊾ [美]西拉·伊果夫:《讲述故事的力量》(日文版),酒井邦秀等译,偕成社,1995,第47页。

㊿ 转引自佐藤晓:《幻想小说的世界》(日文版),讲谈社,1986,第60页。

51 [加]利丽安·史密斯:《儿童文学论》(日文版),石井桃子、濑田贞二、渡边茂男译,岩波书店,1987,第277-288页。

52 托尔金认为,幻想小说创作需要"技巧"。调和出本质真实的能力:"是和想象力完全不同的东西,呈现出另一种样相,有必要对其另外命名。这个名字就是技巧,在想象力和想象力所生成的最终结果——准创造之间,技巧是连接的纽带。"见托尔金:《幻想文学的世界——关于妖精故事》(日文版),猪熊叶子译,福音馆书店,1985,第93页。

(53) 准创造：因为文学作品创造出的是“第二现实”，所以托尔金将其称为“准创造”。

(54) [英]托尔金:《幻想文学的世界——关于妖精故事》(日文版)，猪熊叶子译，福音馆书店，1985，第92–94页、第95页。

(55) 朱自强、何卫青:《中国幻想小说论》，少年儿童出版社，2006，第15–16页。

(56) [日]相泽博:《童话的世界》(日文版)，讲谈社，1970，第35页。

(57)(61)(62) 见麦可·怀特:《托尔金传》，庄安祺译，(台湾)联经出版，2002。

(58) C. W. Sullivan Ⅲ (1996) High Fantasy, International Companion Encyclopedia of Children's Literature, New York: Rotuledge.

(59) 祁寿华:《西方文学样式研究的传统与走向》,《外国文学研究》，2007年第2期。

(60) [古希腊]柏拉图:《理想国》，郭斌和、张竹明译，商务印书馆，2002，第78页。

一、思考与探索

1. 从儿童文学立场来看，民间童话与儿童有什么关系？

2. 民间童话与创作童话在艺术特征上有何不同？请通过具体作品的比较来加以说明。

3. 举例说明童话的“一次元”性。

4. 举例说明幻想小说的“二次元”结构。

5. 分析具体作品，论述幻想小说与童话在文体上有何区别。

6. 简要论述幻想儿童文学的文体演变过程。

二、拓展学习书目

1. 刘守华、陈建宪:《民间文学教程》，华中师范大学出版社，2002。

2. [美]阿兰·邓迪斯:《民俗解析》，户晓辉译，广西师范大学出版社，2005。

3. ［日］日本儿童文学学会：《世界儿童文学概论》，郎樱、方克译，湖南少年儿童出版社，1989。

4. 吴其南：《童话的诗学》，中国文联出版社，2001。

5. 彭懿：《西方现代幻想文学论》，少年儿童出版社，1997。

6. 朱自强、何卫青：《中国幻想小说论》，少年儿童出版社，2006。

第三章

写实儿童文学

写实儿童文学与前面论述的幻想儿童文学是相对应的一种文学类型。与幻想儿童文学以对幻想世界、幻想生活的表现为主轴不同，写实儿童文学以对现实世界、现实生活的真实描写为根本原则。从文学史的发展过程来看，写实儿童文学的成熟要稍晚于幻想儿童文学。

写实儿童文学与后面将论述的纪实儿童文学都具有"写实性"，但是区别在于写实的方法不同。写实儿童文学采用的是虚构的方法，作品中的人和事不必确实存在，而纪实儿童文学采用的是如实记录的方法，作品中的人和事应该是确实存在过的，如果纪实儿童文学还有"不真实"之处，也只是其使用的叙述策略使作品的真实与生活的真实出现了微妙的不同，就像照片与真人不同一样。

写实儿童文学主要有两种类型：一是儿童小说（亦称少年小说），其读者主要是小学中高年级和初中阶段的儿童；二是儿童故事，其读者主要是幼儿和小学低年级儿童。

写实儿童文学凝视并表现儿童的现实生活和心理世界，支撑起儿童文学的又一片广阔、迷人的天空。写实儿童文学所倾力塑造的"儿童形象"不仅对儿童文学的成立起着举足轻重的作用，而且也使整个"人的文学"的艺术形象宝库不再有遗珠之憾。

第一节　写实儿童文学的特质

一、写实性

在幻想儿童文学系统里，创作童话是以民间童话为资源，甚至为摹本发展起来的。写实儿童文学，比如儿童小说，其文学传承的谱系则是写实主义（亦称现实主义）小说。幻想小说是童话传统与写实主义小说传统的有机结合，它也具有"写实性"，但是这种写实性是指向幻想的写实，与写实儿童文学的写实性又截然不同。

吕蒂在《童话的魅力》中指出："……然而，在歌德时代却掀起了一场反对奇迹在诗歌中占统治地位的斗争。这场斗争由启蒙运动引导，结果在十八世纪、十九世纪发展起来一种现实主义文学创作。现实主义文学创作竭尽全力在不借助外来奇迹力量的情况下吸引读者。"[①] 吕蒂还例举了德国作家莱辛于1779年出版的戏剧诗《智者纳旦》，说这部作品不仅没有出现天使和魔鬼，而且还明确表示反对传统的信仰奇迹。的确，在这部作品中富商纳旦（给纳旦这个人物以富商的身份是耐人寻味的）宣称："真正的奇迹有可能并且应该是我们日常生活中的平凡琐事。这才是奇迹中的奇迹。没有这种普遍意义上的奇迹，一个思想家恐怕很难将那些仅仅使孩子们欣喜若狂的东西称作奇迹，因为小孩儿只知道猎奇，只关心新鲜事。"吕蒂认为："这不仅是纳旦说话的核心，而且也是近代整个人类虔诚的信条。"[②]

写实主义小说的发展与启蒙运动、与理性思潮、与现代科学的实证主义都有着内在的联系。而写实儿童文学则是写实主义小说的一个支脉。虽然文学在整体上是诉诸人的感性的，不过，相对来看，比较来看，写实儿童文学侧重支持儿童理性的发展，幻想儿童文学侧重支持儿童感性的发展。

写实儿童文学的发展还与成人社会对儿童的认识的深化有直接的关系，特别是 19 世纪末儿童心理学的兴起及其日后的发展，对整个社会对于儿童的认知产生了深刻的影响，这些必然成为写实儿童文学生长的温床。

要真实地描写儿童以及儿童身处的现实生活环境，儿童文学必然采用写实的方法。写实儿童文学把儿童人物形象拉到了读者的身边，让读者看个明明白白、真真切切——

> 一个盛夏的下午，热得发昏，小男孩乔迪无精打采，在牧场周围东张张西望望，想找点东西玩玩。他到牲口棚去过，往棚檐底下的燕子窝扔石头，把一间间泥屋砸开，窝里铺的草和脏羽毛掉了下来。在场房子里，他在老鼠夹子里放了变了味的干奶酪，又把夹子放在那只大"双树杂种"常去嗅鼻子的地方。乔迪不是有心恶作剧，他是因为下午这段时间又长又热，心里闷得慌。"杂种"笨拙地把鼻子伸进夹子，给砸了一下，痛苦地吠叫，鼻子流血，瘸着腿走开了。它不管哪里痛，痛了总是瘸腿。它就是这个样子。它小时候掉进过捕狼的陷阱里，打那时候起它总是瘸着腿，挨了骂也瘸着走。
>
> "杂种"叫喊的时候，乔迪的母亲在房子里面喊道："乔迪！别弄那条狗，找别的东西玩去。"
>
> ——斯坦倍克:《小红马》，石枚译

这个乔迪和"很久很久以前"的"小红帽"给人的模糊、概然的感觉不同，他就是我们邻家的一个男孩，或者是童年时的我们自己。这种写实性，也给读者一个清晰的、个性化的形象。写实（现实）主义小说的兴起本来就与对个人主义的强调有关。

儿童文学的写实，不仅针对人物，对环境、人物关系、事件的开展也都是充分写实的。对儿童读者来说，这样的写实，是对儿童身处的人生状态、生活环境的一种确认。在这里，写实儿童文学发挥着"镜子"的功能。我所说的"镜子"功能，不是指写实儿童文学像镜子一样反映了生活，而是指儿童读者通过反映儿童或与儿童相关的生活的写实儿童文学这面镜子，照见了自己。当局者迷，旁观者清。阅读写实儿童文学，儿童读者是旁观者，当他看清了同类的生活状态时，又会回过头来反观自身，形成对自己周遭现实和自我的认知。

对现实和自我的确认，是儿童成长中不可缺少的一个过程，写实儿童文学应对的正是这一过程。

二、鲜活的感性心理学

苏联著名儿童文学作家尼·诺索夫的儿童小说《马列耶夫在学校和家里》有一段对小学生马列耶夫心理活动的描写。马列耶夫（作品中的"我"）数学成绩很差，总是得2分，可是这一天妹妹丽卡求教他的偏偏是数学问题。看看马列耶夫是怎么对付的——

> 我把那个问题看了一下，全身就冷起来了。假如我也不能解答，可怎么办呢？那么一个哥哥的权威在哪里呢？因此我说："我现在忙死了。一大堆家庭作业要做。你出去散散步吧。等你回来，我来帮你。"
>
> 同时我心里想着："我要在她出去的时候，把那个问题算出来，等到她回来的时候，我就能解释给她听了。"
>
> "好吧，我到我朋友那儿去。"丽卡说。
>
> "对，你去吧，"我催着她。"可别急着回来。你可以在外面逗留两小时，甚至三小时也可以。总之，去作一次时间很长的散步吧。"

妹妹一走，马列耶夫就赶快算题。他费了九牛二虎之力，才算把题解答出来，然后就跑到同学那儿奔走相告。当马列耶夫给妹妹讲解完这道题以后，他说："简单极了，假如你在问题上再有困难的话，我一定教你怎样解答。"

马列耶夫的这些心理活动既让读者感到幼稚好笑，同时又勾画出了这个因贪玩、怕困难而学习差的孩子内心深处不甘落后的自尊心、上进心，而这正是他后来成长进步的基础。

《马列耶夫在学校和家里》的这段描写的是儿童的具体的、比较清晰的心理活动。儿童小说还会描写儿童潜意识层面的心理活动，比如美国作家贝佛莉·克利林在《拉蒙娜和妈妈》中，写到拉蒙娜把家里新买的大型装牙膏筒里的牙膏全部都挤出来，就是深层心理活动对行为的支配。瑞典作家玛丽亚·格里珀的《艾尔韦斯的秘密》整部作品都是在探寻、揭示艾尔韦斯的心理隐秘，标示艾尔韦斯心灵成长的轨迹。

我把儿童文学，尤其是深入表现儿童精神世界的写实主义儿童小说称作一种鲜活的感性心理学。

心理学是从哲学分离出来的一门年轻的科学，在短短的百年时间里，这门学科获得了快速的发展，原因就在于，它为人类认识自己的心灵世界开辟了一条柳暗花明的坦途。心理学特别是儿童心理学的成果，无疑给当代的儿童文学作家认识儿童的心灵提供了诸多的启示，不过，也必须认识到，儿童心理学并没有为我们展示儿童心灵世界的全部。可以说，包容着情感、想象、自我意识的儿童心灵世界，在儿童心理学这里，还是一个没有完全被打开的"黑箱子"。另一方面，儿童文学也可以为心理学研究提供宝贵的资源，因为正如勃兰兑斯所说，文学史就其最深刻的意义来说，是一种心理学。所以儿童文学也是一种心理学，是感性的儿童心理学。

虽然儿童文学中有以成人或动物为主要描写对象的作品，但是，仍然可以说，写实儿童文学基本是描写、表现儿童心灵世界的文学。从儿童文学史和心理学史的事实来看，儿童文学先于儿童心理学理论，已经开始建立一种感性的儿童心理学：一方面，儿童文学在儿童心理学研究比较忽视的想象力和感情这一纯粹主观的人性方面发掘出了丰富的矿藏，沿着马克·吐温、巴内特、斯比丽、凯斯特纳、林格伦等优秀的儿童文学作家挖掘的坑道，我们得以深入地走进儿童那隐秘的内心世界；另一方面，儿童心理学所揭示出的儿童心理发展过程，比如，第一反抗期、第二反抗期、自我同一性、性意识、快乐原则与现实原则的冲突等，在《彼得·潘》《玛丽·波平斯阿姨回来了》《红发安妮》《拉蒙娜和妈妈》《我是我》《艾尔韦斯的秘密》等作品中得到了生动形象的展现。这些作品绝不是儿童心理学成果的图解，恰恰相反，它们所描写的儿童心灵生活正是那些心理学解释得以成立的依据。在儿童文学作品中，儿童是完整、生动、个性化的生态生命，而实证主义的儿童心理学则往往将儿童分解成诸多可以测量的要素，两者的不同，正可以在我们认识儿童时形成互补。

我们考察杰出的写实儿童文学作家，比如尼古拉·诺索夫、林格伦、凯斯特纳、玛利亚·格里珀、贝弗莉·克利林、葛西尼、杰奎琳·威尔逊等人，就不能不说，他们都是杰出的感性儿童心理学家。波尔·阿扎尔在其名著《书·儿童·成人》中曾说：毫不夸张地讲，仅凭儿童书籍，就能够重新建起一个英国。我们同样可以说，凭着全世界的儿童文学作品，就可以建立起完整的感性儿童心理学。

把儿童文学看作是感性心理学，这对写实儿童文学创作极为重要。走向感性儿童心理学，就可以消解说教，可以避免观念化和概念化，可以防止故事的生编硬造和人物性格的虚假，可以消除成人化，可以从拟似的儿童表现走向本真的儿童表现。

三、儿童情趣

充满儿童情趣虽然是儿童文学的整体特质，但是，由于写实儿童文学是专注于表现儿童的现实生活，因此对儿童情趣有最为突出、最有质感的艺术表现。

写实儿童文学中的儿童情趣不是纯然客观地来自儿童的生活，而是包含着作家的审美发现和审美创造。儿童情趣是儿童文学作家创造出的一种审美形态，是儿童文学区别于成人文学的重要所在。

在《马列耶夫在学校和家里》中，班上看过马戏团表演以后，西什金也学着训练小狗数数目，可是他和马列耶夫教了半天，小狗洛布吉克也学不会，于是，西什金想出了新办法——

"它不懂，"西什金大声地说，他心烦死了，"我们非惹恼它不可。我知道了！我不教它，而来教你。这样它要学得快一点儿。"

"教我！亏你想得出！"

"是的，你用手和膝盖趴在地上叫。它看着你，就学了。"

于是，我用手和膝盖趴在洛布吉克的旁边。

"那么回答吧，这儿有几块糖？"西什金问。

"汪——汪！"我大声叫着回答。

"好狗！"西什金拍拍我的头，塞了一块糖在我嘴里。

我咯吱咯吱地嚼着糖，拼命弄出响声来，好让洛布吉克羡慕。洛布吉克看着我，口水都流出来了。

当代美国作家赫尔曼·沃克创作的儿童小说《纽约少年》被评价为像《汤姆·索亚历险记》一样，也具有那种罕见的老少咸宜的感染力。《纽约少年》的确是一部洞悉儿童世界的力作。在这部表现少年成长的小说中，不乏精彩的儿童情趣。

赫比与伦尼是同学，但是冤家对头。赫比学习成绩好，可是身材矮胖；伦尼人高马大，是体育健将，可是学习成绩不好。赫比平素常被伦尼欺负，吃了许多苦头。这一次在全校的演出中，赫比班上排练的是南北战争中的格兰特将军接受罗伯特·李将军缴剑投降的一段戏。赫比扮演格兰特，伦尼扮演李。演出前，在化妆室，赫比因为身架撑不起戏装，假胡子像油毡布，被以伦尼为首的同学们嘲笑。伦尼羞辱赫比为"垃圾将军"，还喝斥赫比放下李将军的剑。就在赫比屈辱地想放下伦尼的剑时，发现了剑柄上有一个开关，只要按下去，剑就无法抽出来。赫比知道伦尼并没有发现这个开关，于是，他悄悄地把开关按了下去。演出开始了——

他高声朗诵："是什么事妨碍李将军前来？"听到全场回荡着自己的声音，他恢复了活力。于是他以夸张的语气热情洋溢地朗诵着下面的台词："是的，他比我年长十六岁，当然有权利让我等待。哈，哈！"他有力地把雪茄烟塞进嘴里，引起观众一阵惊笑。从这个时候开始，他的表演开始自如，简直可以说是掌握了舞台艺术上称之为"深入角色"的最佳传统演技。由于他那种夸张的表演手法，缺少一部黑胡子的缺陷几乎不曾引起注意。

罗伯特·李将军服装华丽，神气十足，一出场就大出风头，引起全场一阵欢呼。

"格兰特将军，我想我到得不算太迟。"他说，声音微弱，只有坐在离他五英尺之外的高斯先生勉强能够听到。伦尼并不是怯场。他就是不愿意让自己认识的男孩子们听到他口齿伶俐地说出规范的英语，他认为这会永远有损于他的男子汉气概，这是对戈尔金夫人最沉重的打击和报复。伦尼热爱军服和宝剑，对于有机会在全体师生面前穿着军服佩带宝剑大出风头感到高兴。他觉得这就已经够了。戈尔金夫人也无能为力。

演出继续进行。格兰特将军大声吼叫，声震屋宇，李将军则只对站在右侧（背对观众）的勤务兵窃窃私语。结果给观众的印象是罗伯特·李既是个聋子，又爱忸怩作态，这完全是作者当初塑造人物时所不曾料到的特点。戈尔金夫人已经把台词作了修改，观众只要听到格兰特将军的话就能够理解剧情。但是两个人物轮流吼叫和低语，效果实在奇怪。最后高斯先生出面干预了。

"大声说话，李将军，谁都听不见你的话。"他说。女生中间发出了一阵咯咯的笑声。

伦尼受到刺激，突然大喊一声："我交出了武器，给你的只是南方的剑而不是它的灵魂。"他用手掌击了一下剑柄，使劲一拨，不由得转了一个圈。剑在鞘中，纹丝不动。

他大吃一惊，又猛力拔剑。剑还是毫不动弹。观众发出吡吡的笑声。他深深吸了口气，喊叫道："阁下，我交出了武器，给你的只是南方的剑而不是它的灵魂。"他用两只手紧抓剑柄，奋力一拉，把皮带拉到胸口，军服和衬衣都翻卷起来，露出了赤裸的胸部。而宝剑仍在鞘中。

"我不管你的灵魂，"赫比突然灵机一动，顺口说道，"把宝剑给我就行。"

全场哄堂大笑，经久不息。戈尔金夫人在化装室大声提醒说："解开皮带的带扣，解开带扣！"伦尼昏了头，不停地拔剑，并且开始骂娘。高斯先生站起身来，准备行动。赫比见自己随机应变，效果很好，胆子更大了。他突然举起手来，高声喊道："等一等，将军。"

笑声止住。伦尼莫名其妙地看着他。赫比走到李将军身边，抓住剑柄，轻而易举地拔出鞘来，仿佛加了润滑剂一般。观众不胜惊异。赫比转身对勤务兵说道："给李将军倒一杯咖啡。他似乎饿坏了，力气不足。"语气很和蔼。

这一着引起全场一片喝彩和掌声，高斯先生走向前去同赫比握手。短剧到此结束，众人纷纷称道，演出异常精彩。

当天傍晚，从四点到七点半，伦尼一直埋伏在荷马路1075号楼房附近，准备在赫比回家途中，对他进行袭击。但是结果只是白白错过了晚饭。赫比在六点就回家了。他是穿过田纳西路1042号的地下室回到楼内的，荷马路1075号公寓大楼的地下室与前者之间有地道相通。"垃圾将军"又一次成功地智胜李将军。

（常弓、骆莹译）

这一段堪称表现儿童情趣笔墨中的经典。上述富于儿童情趣的描写，也是人物性格刻画的重要笔墨，是作品所表达的主题的有机组成部分，它与少年赫比的精神成长密切相关。

对儿童文学来说，儿童情趣不是一种可有可无的东西，也不是一种为了博得读者一乐的噱头，不是为了增色的一种点缀。儿童情趣是儿童文学的一种十分本体的东西。像林格伦的长篇小说《淘气包艾米尔》、葛西尼的系列故事"小淘气尼古

拉"（桑贝插图）、笛米特·伊求的系列故事"拉拉与我"等作品正是在孩子的淘气行为上面，发现了珍贵的价值，它揭示着一种观点：儿童文学的儿童情趣是对儿童精神状态、心灵世界的肯定和张扬，是一种人生态度，是一种世界观。

　　写实儿童文学所表现的儿童情趣绝不只是供儿童读者欣赏的艺术创造，它也应该是成人读者的艺术需求。如果我们成人也能从这样的儿童情趣中得到生命深处的愉悦和精神上的一种解放，我们的社会、我们的生活将会变得生动、有趣得多。

第二节　儿童小说

一、儿童小说与儿童故事的区别

　　儿童小说也称少年小说。目前也有人同时使用这两个概念，将小学高年级、初中生阅读的小说称为少年小说，将小学中年级以下儿童阅读的小说称为儿童小说。本书的儿童小说是上述两者的合称。

　　给小学中高年级以上读者的儿童小说与给小学低年级以下读者的儿童故事之间是存在着文体上的区别的。

1. 儿童小说的"情节"与儿童故事的"事件"

　　在人们日常的习惯用语，甚至在一些专业的用语里，我们常常能遇到"故事情节"这一说法。在这个说法里，情节与故事成了一个东西。但是佛斯特在他的小说研究中提出了一个重要观点：小说中的故事与情节是两个不同的要素。我在讨论儿童小说与儿童故事（作为文体）的区别时，将借鉴佛斯特的观点，为了将作为文体的"故事"与作为作品要素的"故事"加以区别，我将后者称为"事件"。

　　佛斯特在《小说面面观》中论述了故事与情节的区别："现在，我们该给情节下个定义了。我们曾给故事下过这样的定义：它是按照时间顺序来叙述事件的。情节同样要叙述事件，只不过特别强调因果关系罢了。如'国王死了，不久王后也死去'便是故事；而'国王死了，不久王后也因伤心而死'则是情节。虽然情节中也有时间顺序，但却被因果关系所掩盖。又例如：'王后死了，原因不详，后来才发现她是因国王去世而悲伤过度致死的。'这也是情节，不过带点神秘色彩而已。这种形式还可以再加以发展。这句话不仅没涉及时间顺序，而且尽量不同故事连在一起。对于王后已死这件事，如果我们再问：'以后呢？'便是故事，要是问：'什么原因？'则是情节。这就是小说中故事与情节的基本区别。"③

佛斯特上面论述的故事与情节是小说中的两个基本层面，对两者的区别，具有小说创作艺术经验的佛斯特作出了令人们普遍接受的阐释。关于故事文体里的"故事"（即我所说的"事件"）与小说文体里的情节的区别，我认为，基本可以接受佛斯特的说法。不过，讨论两种不同文体中的事件与情节的区别，仅仅挪用佛斯特在单纯讨论小说时得出的结论，则简单了一些。

为了使我们对儿童小说中的情节与儿童故事中的事件的印象更具体而清晰，让我们看一看具体作品。日本作家新美南吉的故事《糖块儿》中，事件是依时间的顺序来安排的：母子三人上船—武士上船—孩子们为争糖块而争吵—吵醒武士—武士拔刀走来—武士把糖块劈成两半，分给孩子—武士重新回去打盹。我相信，作家在创作这篇作品时，有一个艺术上的构思和安排，从这篇故事的结果来看，作家在构思时显然把精力和着眼点用在了讲一个什么样的故事上面，而不是用在怎样讲一个故事上面。在《糖块儿》里，作家似乎从事件的叙述中隐退了，换句话讲，作家的叙述策略（如果存在的话）与事件的展开本身接近于重合，作家对事件的叙述没有分离成一种形式。在这个故事里，事件本身是自信而有力的，事件几乎成了故事的一切。

俄罗斯作家契诃夫的《万卡》是短篇儿童小说中的名篇。这篇小说的主轴并不在万卡给乡下爷爷写信这件具体事情上，这件事本身支撑不起小说来。小说中写了太多的"事"，这些"事"互相之间并没有联系。必须有一个有力的东西把这些"事"粘合并支撑起来，使它们变成情节。我认为，这个有力的东西就是万卡的心理活动——想回到爷爷身边的愿望。万卡这些心理活动又是由信里对城里学徒生活的描绘和写信时对乡下生活的回忆支撑起来的。小说的这样一种艺术效果来自作家煞费苦心的叙述策略。作家在构思时，精力和着眼点不是放在讲一个什么样的故事上面，因为这篇小说本来就不是"一个"故事。如果想写一个"故事"，可能按事情发生的物理时间顺序写更讨好：万卡的乡下生活—万卡被送到城里学徒—万卡的学徒生活—万卡给爷爷写信—万卡寄信。

如果一篇作品，作者只是意在把事件按照现实生活中的本来面貌讲述给读者，它基本上就属于故事文体；如果作者面对事件首先和主要考虑的是如何讲述事件，那它就基本上会成为一篇小说，作者为安排事件所设计的后置、添枝加叶、设置玄机、倒叙等，就成为小说的情节。

在将故事的事件与小说的情节进行比较时，我们应该意识到，写给成人的某些小说与写给儿童的儿童小说，其情节与故事的事件之间的差别是有程度之分的。李洁非说："在我看来，只存在两种小说：一种是情节与故事接近重叠的小说，一种是情节与故事明显分离的小说。愈是手法简单的、叙事变形不大的小说，就愈趋向于故事性；反之，愈是增强和丰富了艺术构造过程的小说，就愈显示出情节性。"④儿童小说，比如马克·吐温的《汤姆·索亚历险记》、尼·诺索夫的《马列耶夫在学校和家里》、凯斯特纳的《两个洛蒂》等都是"情节与故事接近重叠""叙事变形不大"的作品，而某些成人小说，特别是20世纪的现代主义小说，比如詹姆斯·乔伊斯的《尤利西斯》、马塞尔·普鲁斯特的《追忆逝水年华》等，则是"情节与故事明显分离"，背弃事件走向情节的作品。但是，需要指出的是，儿童小说（也包括艺术风格与儿童小说相近的许多现实主义成人小说）并不因为"手法简单""叙事变形不大"，就是艺术水准偏低的作品，而现代主义小说也并不因为"情节与故事明显分离""增强和丰富了艺术构造过程"，就一定在艺术上高于儿童小说以及现实主义成人小说。

2. 小说中的人物与故事中的人物的区别

作为叙事文学，小说中的人物和故事中的人物都是作品的一个要素。但是，小说的人物与故事的人物存在着以下区别。

（1）扁平人物与圆形人物。

佛斯特指出："17世纪时，扁平人物称为'性格'人物，而现在有时被称作类型人物或漫画人物。他们最单纯的形式，就是按照一个简单的意念或特性而被创造出来。如果这些人物再增多一个因素，我们开始画的弧线即趋于圆形。真正的扁平人物可以用一个句子表达出来。"⑤从佛斯特对扁平人物的解释中，我们已经可以知道，圆形人物不是"按照一个简单的意念或特性而被创造出来"的，他不是平面和单一的，而是立体和复杂的。

佛斯特的这一理论被介绍到中国以后，似乎许多人对其产生了一种误解，即在艺术性的评价上，把扁平人物看得较低，而把圆形人物看得较高。其实，在佛斯特本人那里，倒基本上没有这样的偏见。虽然他有时对圆形人物的称赞多一些，但是，也对扁平人物在某些类型的小说（比如狄更斯的小说）里的意义和作用进行了肯定。认识扁平人物与圆形人物各有各的价值这一点十分重要。尤其是在评价给儿童的文学作品时，这一意识尤为重要，因为在儿童文学作品中，相当多的人物都是扁平人物。

佛斯特笔下的扁平人物和圆形人物均指小说中的人物。但是，世界上的许多事物都是相对的。由于故事文体中的人物的性格更为平面和单一，所以，小说中的扁平人物与故事中的扁平人物相比，似乎也显得立体和复杂起来。正是在相对的意义上，我们指出，儿童故事中的人物是扁平人物，而儿童小说中的人物相对来说则是圆形人物。

（2）人物优先与非人物优先。

我们知道，作为叙事文学，小说与故事都具有人与事这两大要素。但是，在小说和故事里，人物与事件的关系是不同的。

下面，我们以苏联作家班台莱耶夫的儿童小说《表》来说明小说里的人物与事件之间的关系。

《表》的主人公是一个名叫彼奇卡的少年。彼奇卡是一个孤儿，在流浪生活中，身上沾染上了一些坏毛病。有一次，他为饥饿所迫，在偷人家的面包时，被关进了拘留所。在拘留所里，彼奇卡骗取了醉汉库德亚尔的金表。第二天，彼奇卡被送往教养院，路上，他曾伺机跑掉，但是，因遗失了金表，只好又回来。在教养院，为藏匿金表，他费尽心机，最后把金表埋在了院子的角落。彼奇卡本想半夜起来，挖出金表逃走，但是因为埋表的地方新堆上了冬季取暖用的木材，他在夜里挪木材时着了凉，结果不但金表没挖出来，自己反倒住进了医院。后来，在把木材移到仓库的劳动中，彼奇卡出于快挖出金表的目的而干得很欢，结果被大家选为管总务的组长。为大家发各种东西的彼奇卡最愿意发的就是木材，所以，那一年的冬天，教养院的屋子烧得最热。但是，后来，彼奇卡在发木材时却变得越来越吝啬，大家都奇怪起来。原来，彼奇卡在教养院的生活中，既尝到了集体生活的温暖，又得到了大家尤其是院长的关怀和信任，决心成为一个新人的彼奇卡此时已经改变了对金表的态度，最后他把金表还给了库德亚尔的女儿。

在《表》这部小说中，彼奇卡这个人物占据着更为重要的地位，他优先于事件而存在。在作品中我们看到，彼奇卡的思想性格是事件发展变化的动力。他围绕金表展开的所有行为，都受其思想性格的驱使。从金表的得而复失到失而复得，从不能逃而想逃到能逃又不逃，这一系列事件的展开，都依照着彼奇卡思想性格的变化这一逻辑。所以，阅读故事性很强的这部小说，我们对彼奇卡这个人物的关注最后超过了对事件的关注。

在儿童故事中，人物的地位就没有小说中的人物那么高了。比如，在"小淘气尼古拉""拉拉与我"等系列故事作品中，与那些性格已经定型的人物相比，读者会对事件的结果更感兴趣、更为关注。另外，"完璧归赵""负荆请罪"等历史故事，人物性格都没有获得主体的能动性，由于故事中的人物的性格单一而又缺少变化、发展，所以，事件不是人物性格推动的结果，而是先于人物性格，为说明人物性格而存在。

从以上儿童小说与儿童故事的对比中，对小说这一文体的情节和人物两个要素的分析中，不难看出，儿童小说文体的艺术构成显然比儿童故事文体丰富、复杂了很多。我这样讲并没有扬儿童小说而抑儿童故事的意思，因为简单的艺术也有简单的艺术的价值和创作上的难度。

二、儿童小说的几种主要类型

儿童小说是一个具有很大包容性的文体，它除了拥有下面要讲到的属于写实儿童文学的几种类型，还包容着前面已经论述过的幻想小说，以及后面将要论述的动物小说、科幻小说。另外，这里要介绍的儿童小说的几种主要类型基本上限于中长篇作品。

1. 冒险小说

日本学者三宅兴子等人指出了冒险小说产生的心理原因："人类具有一些基本的欲求，其中如何充分满足追求生命、生活的安全性（A）和追求新的经验、冒险、创造（B）这一对相矛盾的欲求，是人生的重大课题。文学的开始是在炉边讲述英雄故事，这种情形就与想满足上述欲求的心灵活动有关系。（A）使家庭故事得以产生；（B）使冒险故事得以产生。"⑥

其实，与成人相比，儿童更加向往不平凡的事物，由于这一普遍心性，儿童文学本来就丰富地蕴含着冒险元素，比如儿童文学中的历史小说、侦探小说、幻想小说、科幻小说也都常常出现冒险情节。所以，冒险小说的范围很广泛，风格也是多种多样的，这里所论述的冒险小说是一个比较狭义的概念，它的纯度更高。

冒险小说的源流最早可以上溯到英国笛福的《鲁宾逊漂流记》（1719）。这部对写实主义小说贡献颇大的小说，也是海洋冒险小说的鼻祖。真正为少年儿童创作的海洋冒险小说出现于 19 世纪，比较重要的有瑞士作家约翰·大卫·威斯的《新鲁滨逊漂流记》（1820）、英国作家 W·H·G·金斯顿的《捕鲸手彼得，他的早期生活和在北极地区的历险记》（1851）、R·M·巴兰坦的《珊瑚岛》（1858）、斯蒂文森的《宝岛》（1881）、法国作家儒勒·凡尔纳的《两年的假日》（1888）（中译为《十五少年》《孤岛历险记》等），其中多为冒险小说的经典。

冒险小说的成立需要一些特别条件，比如，主人公失去传统的家庭或失去父母；再比如主人公离开日常生活。与斯蒂文森一起成为英国两个标志性冒险小说作家的 A·朗萨姆的《燕子号和鹦鹉号》（1930）描写的就是孩子们外出休假之间发生的冒险故事。而美国作家柯尼斯伯格的《天使雕像》（1967）写的是姐弟二人离家出走到博物馆的一星期冒险生活，这样的冒险形式已经显示出时代生活的变化。

描写日常生活中具有冒险色彩的小说，当首推美国作家马克·吐温的《汤姆·索亚历险记》（1876）和《哈克贝利·费恩历险记》（1884），这两部冒险小说不论思想性还是艺术性，作为儿童文学都是经典之作。日本作家今江祥智的《山那边是蓝色的海》（1960）、中国作家萧育轩的《乱世少年》（1983）也属于这类冒险小说。

《水池の子ども》の発見 《ハックルベリィ·フィンの冒険》より
E. W. Kemble 画

毫无疑问，冒险小说给儿童的阅读带来极大的乐趣。不过，这种阅读乐趣并不是单纯的感官乐趣，而是丰富的心灵愉悦。这其中有冒险本身的激动人心的乐趣，也有冒险激发的心灵成长的乐趣。在冒险小说中，主人公面对并且要超越陌生环境和巨大困难，要处理在特殊环境下人与人之间的关系，这些描写都会给儿童读者带来一个在安定生活中难以获得的看待人生的重要视点，促进儿童的心智发展。

2. 历史小说

对儿童历史小说，B·杰克布斯有一段定义式的解释："给儿童的历史小说是对和现代不同的某一时代、某一时期的生活进行重新建构的作品。它将选取的时代（时期）的精神、氛围、情感进行写实式地再现，以使读者像真的亲身经历了一样。它是运用想象力，再造逼真的生活。历史小说会利用历史背景、发生的事件、人物，但是，写这些并不是目的。利用这些是为了打造一个框架，作品的真正目的是在唤醒了的生动的过去生活中，深入追究儿童主人公了解人生的过程。"⑦

历史小说是难写的一种文体，它不仅仅是题材问题。"历史小说是一种必须从历史和文学两个角度进行评价的文学形式。但如果过于强调历史事实，则会迫使在文学虚构上后退，从而可能丧失故事性的魅力。相反，如过于强调虚构

性，就有可能对历史事实造成歪曲。因此在历史小说的写作方面经常存在着如
何将事实与虚构相结合这个难点。"⑧

在思考历史和文学的两难问题时，我们应该看到历史学与文学之间存在着
二律背反。历史的发展犹如一支巨大的火箭升空，需要人类消耗、牺牲无数的
个体生命作为推进的燃料。历史学跨过个体生命的命运过程，把目光放在历史
发展的结果上来作价值判断，它主要关注人类在发展过程中得到了什么。与历
史学的这一立场不同，文学始终用温暖的感情注视着历史发展的过程，它更关
注的是人类在发展过程中失去了什么。而且文学把历史学所忽视的个体生命拉
到自己的舞台的中心，用强光将其照射并放大。这是两种不同的思维方式。当
个体的生命从视野中消失的时候，历史学将人类社会的千年化作了自己思维的
一瞬；而以在历史长河中犹如一瞬的个体生命的命运去对人类作终极关怀的文
学则是将这一瞬的个体生命化作了永恒。

对现代历史小说的发展作出很大贡献的英国历史小说作家 R·萨托克丽
芙就把俯视人类社会发展的客观主义历史学家的观点比作无所不知的"神的
观点"，而她自己的历史小说则是用"人的观点"来看待历史，认为"历史就
是人"。

处理事实与虚构的关系是历史小说创作方法的核心问题，对此，英国历史
小说作家赫斯特·巴顿提出了很有见地的三个规则：

第一，对于自己所要描述的历史上的一个时代，以至于事件都很熟悉，这
就意味着——"我必须在心中看到登场的人物所住的屋子，他们的穿着，旅行
时的行李车、马车、船等；必须知道他们吃什么，在高兴时唱什么歌，在大街
上行走时注意什么东西，嗅到什么样的气味；也要了解他们的宗教、政治野心、
职业——更重要的是要了解构成其家族的各个不同世代人与人之间的关系。"

第二，不使用历史上实际存在的人物做作品的主人公。巴顿说：必须首先
按照上述规则再现出历史上的一个时代，然后再把用想象力产生出来的虚构人
物放到那个时代中去，而决不将实际存在的人物放到虚构的情节之中。

第三，要通过一个或一群人的眼睛来再现历史的状况。⑨

对历史小说的真实性问题，英国学者尼古拉斯·塔卡似乎持有与巴顿不同

的看法。塔卡说："因为儿童的历史知识不足，所以，反过来为孩子创作的历史小说作家就可以在登场人物的思考问题的方法和说话方式上，明晃晃地完成与时代不符的伪造；还可以把只有历史专家或者细心的成人才能看出破绽的令人兴趣盎然的情节巧妙地放进作品中，比如设定秘密地道，给登场人物穿上不易受伤的乔装，让人物尝试采用一般不会考虑的逃脱方式等等。"⑩

　　说到历史小说作家首先就会想起英国的 W·司各特（1771—1832）。司各特是历史小说的开创者。他的《艾凡赫》（1819）、《罗伯·罗伊》（1817）、《中洛辛郡的心脏》（1818）等历史小说不仅为成人读者所喜欢，儿童读者也深为喜爱。1888 年，爱德华·萨尔蒙所作《儿童文学的实情》上介绍了由 790 位少年儿童投票选出的受欢迎的作家，其中司各特名列第三位。司各特的历史小说的方法被很多作家效仿，使历史小说在儿童文学领域成为人气很高的一种文体。勃兰兑斯曾这样评价司各特的历史小说："……他对于种族性格和历史的理解是如此新颖独特，以致他对每一个文明国家的历史著作产生的影响，足以与他对小说写作所起的影响相媲美。"⑪我想，这既是对作为历史小说作家司各特的最高评价，也指出了历史小说对待历史所应采取的态度和所应承担的责任。关于司各特作为历史小说家的资质，勃兰兑斯说："他不太愿意赋予作品中的主人公以自己时代的特色，因为在他的内心深处，他更偏爱古代的那种绚丽多彩和激动人心的生活，而不喜欢现代生活一切按常理办事的单调乏味。"⑫

　　儿童阅读的历史小说大致可以分为两类：一类是成人和儿童都可以阅读的司各特和大仲马的历史小说，它产生在前；另一类是在司各特之后渐渐出现的以儿童的眼光看待历史的作品，这类作品往往具有专为儿童创作的意识。以儿童的眼光看待历史的作品和成人眼光的作品不同，有着独特的趣味。

　　创作于 19 世纪，至今仍盛传不衰的供少年儿童阅读的历史小说有意大利历史学家、语文学家、作家乔万尼奥里的《斯巴达克思》（1874）。这部长篇历史小说描写的是领导了公元前 1 世纪罗马发生的一次规模最大的奴隶起义的角斗士斯巴达克思。

　　在 20 世纪，给儿童的历史小说取得了较大的发展和成绩。以 1945—1970 年美国纽伯利儿童文学奖获奖作品为例，其中有 10 部作品为历史小说，可见美国儿童文学对历史传统的重视，以及历史小说创作的水平。获奖作品中有斯·奥台尔的《蓝色的海豚岛》（1960），这部作品不仅被拍成优秀的电影，而且也奠定了奥台尔作为历史小说的旗手的地位。

美国作家凯利的《波兰吹号手》（1928）、英国作家辛·玛哈纳特的《羊毛包的秘密》（1951）、R·萨托克丽芙的《第九军团的雕》（1954）也是历史小说中有影响的作品。

3. 侦探小说

侦探小说在写实儿童文学中并不是一个主要角色，出自儿童文学作家的作品产量也不大，但是由于它所具有的通俗文学性以及与成人文学的交叉性，因此也是一个十分有代表性的小说类型。

侦探小说又称为推理小说，是对罪案过程进行叙述和解剖的文体，情节在作品中具有决定性意义。侦探小说的创作手法是设置犯罪事件，布置悬疑，然后就此展开调查、寻找证据，推理活动伴随着小说情节的全过程，主人公多为案件的侦破者。阅读侦探小说，给读者留下最深刻印象的往往不是作者名、书名，而是侦探的名字，比如福尔摩斯、波罗、邦德。

与历史小说一样，成人的侦探小说也是儿童的阅读对象。儿童阅读侦探小说的历史应该与成人侦探小说的历史同步。

美国作家爱伦·坡（1809—1849）被称为西方侦探小说之父。在爱伦·坡的大量短篇小说中，真正的侦探小说只有《玛丽·罗瑞神秘案》（1843）、《莫格街谋杀案》（1844）、《失窃的信》等5篇，但是，他凭这些作品发明了侦探小说这种文学形式，创造出抽象分析的推理方法，确立了侦探小说的文学价值，明确了西方侦探小说的一些基本特点，对其后的创作产生了重要影响。

在爱伦·坡之后，西方产生了大量侦探小说，其中英国柯南·道尔的福尔摩斯探案系列作品，阿加莎·克里斯蒂的《斯蒂勒斯奇案》《东方快车谋杀案》《尼罗河上的惨案》等作品也是少年儿童的读物。

身为儿童文学作家，又是专为儿童创作的最早的侦探小说应该是德国作家凯斯特纳的《埃米尔和侦探们》（1928）（有中译本《埃米尔擒贼记》《德国小豪杰》），其后日本作家江户川乱步的《怪人二十面相》（1936）、瑞典作家林格伦

的《大侦探小卡莱》（1946）、C·D·刘易斯的
《奥特波利的少年侦探》（1948）等作品也广受儿
童读者的热烈欢迎。

　　写给儿童读者的侦探小说，在题材（案件）、
人物（"侦探"）、情节（悬疑）等方面都有与一般
侦探小说不尽相同的价值取向。

　　作为一种特殊的文体，侦探小说必得以案件
为题材。但是，儿童侦探小说并非像一般侦探小
说那样，表现一切犯罪案件，而是往往回避性侵
犯和极端暴力案件，即使写到杀人案件，也没有
血腥场面的细致描写，没有暴力呈现，从中我们可以感觉到为儿童写作侦探小
说的作家在儿童心理健康教育方面的考量。

　　侦探小说的人物大致有三类：破案的侦探，罪犯，受害者、知情人。在这
三类人中，破案的侦探往往处于中心地位。在凯斯特纳的《埃米尔和侦探们》、
林格伦的《大侦探小卡莱》等儿童侦探小说中的侦探大都是少年儿童。让儿童
活跃于探案的过程中，让儿童发挥重要的作用，能让儿童读者产生浓厚的阅读
兴趣，获得更大的心理满足。

　　侦探小说的情节核心在于悬疑的设置和谜底的解破过程。世界著名的悬念
大师希区柯克认为观众的介入乃是制造悬念的基础。对于儿童侦探小说来说，
要想使读者参与故事之中，将被作家在叙述中有意中断了因果关系的情节连接
起来，就要设置出适合儿童读者思维水平和推理能力的悬疑解破过程。优秀的
儿童侦探小说能使人感到作家对儿童读者阅读侦探小说的能力颇有心得，既布
下了"山穷水尽"的疑阵，又铺设了通往"柳暗花明"的路径。

　　第二次世界大战以后，以美国为代表，兴起了硬派侦探小说这一流派，其
特点是小说背景大大加强了现实主义内涵。日本的侦探小说自松本清张起，也
有关注社会性的推理小说一派。似乎儿童侦探小说与成人侦探小说注重思想性
的创作倾向也有相通之处。比如日本作家殊能将之的《恐怖孩子王》在叙述小
健为解救朋友由野而卷入致死孩子王这一事件的过程中，描写了儿童在探求未

知的生活时的隐秘心理。小健为解救朋友竭尽全力的结果正令他失去了朋友。了解了人性的复杂性，小健跨出了成长的一步。小野不由美的《黑暗之神》则在讲述竞争遗产继承人的故事中，通过耕介的父亲想一选择放弃竞争遗产继承人这一情节，引导儿童思考金钱与人生价值的关系问题。

侦探小说是一种智者操纵的艺术。如果读者读了前几章就铁定猜出了结果，就不会再有继续阅读的兴趣，作品也就只能以失败告终了。创作侦探小说也好，阅读侦探小说也罢，都是作家与读者的一场拼力智斗。以我的阅读体验来讲，还是作家成为赢家时，读者获得的阅读乐趣最大。

4. 现代小说

由于儿童文学面向的儿童读者的阅读兴趣和品位还没有出现明显的分化，因此儿童文学在总体上具有通俗性、大众性倾向。但是，在儿童文学内部，相比较而言，依然存在着较为通俗和较为艺术的两种作品类型。

不管人们对通俗文学是褒是贬，都会承认它的最基本的特征是"流行性"，而"畅销"则是一部通俗文学成功的必要条件。从这个意义上讲，在儿童小说这个文体中，如果说冒险小说、历史小说、侦探小说可以划分到通俗文学中去的话，那么，现代小说则属于纯文学的范畴。

《简明不列颠百科全书》的"儿童文学"词条有这样一段话："……到了18世纪中叶，儿童文学终于开始发展起来。儿童虽得到了承认，但其文学有时仍然把他看作是一个小大人。'现实主义'作品对他只作出了部分的反映，全面反映儿童的作品远比反映成人的为少。儿童文学的发展，部分地有赖于抛弃这种机械的、以偏概全的态度。20世纪下半叶各先进国中的儿童小说令人鼓舞之处是，出现了比较有机的看法。"⑬这段话所说的对儿童持有"比较有机的看法"的"各先进国中的儿童小说"，其实就是所谓"现代小说"。

神宫辉夫在《儿童文学中的儿童》一书中论述说，大体来看，儿童文学的儿童观是被两个思想潮流左右：一个是18世纪以约翰·洛克为中心产生的经验主义的思想，它认为人的认识是从经验那里产生出来的；另一个是柯勒律治、华兹华斯等浪漫主义诗人的儿童观，他们认为儿童最接近永恒不变的事物，而随着变成大人就逐渐远离了那些事物。这种儿童观中存在着儿童与成人的对比模式。神宫辉夫认为，这两种思想对 20 世纪 50 年代以前的儿童文学产生了巨大的影响。经验主义思想作用于儿童文学创作时，就体现为教育甚至教训的倾向，18 世纪的教训主义儿童文学不必说了，19 世纪的奥尔科特的《小妇人》（1868）、斯比丽的《夏蒂》（1880）、科洛迪的《木偶奇遇记》（1883）等作品，也留有这一思想的痕迹，即使是 20 世纪，虽然不再采取直接教训的姿态，但是把儿童看作"未完成品"这一观念的底蕴还是经验主义思想。属于浪漫派的对比式儿童观影响下的儿童文学，则以马克·吐温的两部冒险小说、伯内特的《小伯爵》（1886）、凯斯特纳的儿童小说等作品为代表。这些作家并非不了解、并非有意无视狄更斯笔下的那些凄苦的儿童生活，他们之所以不作反映是因为要用儿童文学表现超越现实的理想的"桃花源"，要把"儿童"当作人生的依凭和生存的希望。这些人是真正的理想主义者。[⑭]"进入二十世纪以后，在前五十多年内，把儿童的世界和成人的世界远远加以分离的思想方法仍占据主要地位。因而，作品描述的儿童世界——当然有个别例外——充满了喜悦，而在旁边观看的成人，眼中也含着怀旧之情。另一方面，一些成人仍认为孩子是成长中的不成熟的人的看法，长期以来在作品中塑造出来的儿童形象，比现实更接近于自己理想中的孩子的形象，在他们身上寄托了自己的愿望。对于这些成人来说，孩子们的世界有时是可以成为逃避现实的场所的。"[⑮]

　　儿童文学的"现代小说"兴起于 20 世纪 50 年代以后，它与儿童观的变化有关，以改变"机械的、以偏概全"的儿童观为前提。而这种儿童观的转变，又与整体的社会生活的变化密切相关。

　　一方面，第二次世界大战中一部分人类的野兽行径改变了人类对自身存在状况的乐观主义态度。这种人性观的变化也反映在儿童观上，1983 年诺贝尔文学奖得主、英国作家威廉·戈尔丁的《蝇王》（1954）便发其先声，提供了描写儿童的人性恶的哲学寓言式的文本，而匈牙利作家雅歌塔·克里斯多夫的《恶童日记》（1986）更是加剧了儿童的人性恶描写的冷酷性。另一方面，在现代人愈演愈烈的"异化"过程中，儿童变成大人愈发艰难，成长期的烦恼愈发深重。美国作家塞林格的影响深远的《麦田里的守望者》（1951）是儿童身处这种"艰难时世"的真实写照。正是这两方面的社会现实，从根本上动摇了理想主义的儿童观。

因此，现代小说不是指描写、表现现代生活的小说，现代生活题材对它不具有规定性。现代儿童小说与 20 世纪 50 年代以前的儿童小说的区别在于处理现代生活题材时把握"儿童"的方法。在现代小说中，儿童与真实的社会生活发生了深刻的联系，儿童的多面体的、有机的心灵世界和艰难的成长轨迹成为艺术表现的重心，自我和社会问题成为作家关注的主题。

儿童文学的现实主义终于在现代小说的引领下得到确立并走向深入，同时也在人物刻画、环境描写、情节结构、思想内涵等方面提高了儿童文学的文学性。

由于现代小说在描写儿童时采用了"比较有机的看法"，被以往的儿童小说过滤掉的很多儿童生活现实出现在作家笔下。比如，家庭不再是人生避风的港湾，单亲家庭、离异家庭使儿童的成长充满了艰难（杰奎琳：《手提箱孩子》《非常妈妈》），父母也不再都是儿童的呵护者，而是时常成为儿童成长的障碍（山中恒：《我是我》）；性的问题不仅进入作家的视野，而且成为精神问题的重要部分（格·雅可布森：《佩塔的婴儿》、钱伯斯：《在我坟上起舞》）；另外，毒品的问题、种族的问题、阶级的问题也都进入了现代小说的视野。

不管反映何种题材，几乎所有的现代小说都与成长主题相关，现代小说处理的是思春期少年儿童特有的精神问题。

在儿童时代，儿童遭遇到的最为困难但又在心灵成长上最具有价值的问题就是"自我同一性"（Identity）的问题。"自我同一性"是美国精神分析学家埃里克森在其自我心理学理论中提出的一个极为重要的概念。所谓"自我同一性"，用简单的一句话来说明即"我是我"。"自我同一性"是一个内含生命时间和生命空间（生存环境）的概念，即如埃里克森所说："自我同一性的感觉是一个不断增长的信念，一种一个人在过去经历中形成的内在的恒常性和同一感（心理上的自我），一旦这种同一性的自我感觉与一个在他人心目中的感觉相配时，那么，就表明一个人的'生涯'是大有前途的。"⑯埃里克森认为，不能确立"自我同一性"的人，就会陷入"角色混乱"或者"消极同一性"。埃里克森把"消极同一性"解释为："是一种违背意愿地建立在发展的关键阶段并向个人呈现出所有最厌恶的、最危险的，然而也许是最真实的各种自居作用和角色之上的同一性。"⑰

思春期本身不应该被看作是具有"自我同一性"的时期，而应该是一个寻找"自我同一性"的时期。由于寻找或者说建立"自我同一性"十分艰难，在不正常的环境中，这一寻找很可能会导致"角色混乱"或者"消极的同一性"，因此，人们常常把思春期称为"危险的年龄"。写给儿童的现代小说正视思春期的成长困难，涌现了具有非光明结局的作品。

英国儿童小说作家威廉·梅因一方面被认为是给成人创作的儿童文学作家，另一方面又被认为是最适合得诺贝尔文学奖的儿童文学作家，因为他的作品提高了儿童文学的文学性。《砂》（1964）是重要的儿童现代小说。作品的主人公是一群没有考入高中，进大学没有指望的少年，他们是被家里人、镇上人轻蔑的所谓没有出息的人。积聚在少年们内心的不满和苦闷促使他们去发掘埋在海岸的砂子里的矿车铁轨线路。即使他们修复了这种被舍弃的铁轨线路，也不会得到任何好处和利益，但是，他们仍然重复着这种无用的努力。我想这也是他们证实自我存在的一种行为。少年们因为挖掘出了巨大的动物骨骸而引起了一定的轰动，但是并没有改变他们在人们心目中的形象。作品的没有前途和光明的结尾揭示了少年成长的艰难。

写出《英语儿童文学史纲》的约翰·洛威·汤森的《阿诺尔德的动荡夏天》（1969）描写16岁少年阿诺尔德在偏僻的海边小镇度过的一个动荡夏天。在阿诺尔德面前出现了一个和自己同名的男人，此人说，自己才是真正的阿诺尔德，从而使少年不安地开始追问，自己究竟是谁。而新来到小镇的一对姐弟也令阿诺尔德自觉到自己的身份与他们属于不同的阶层，并陷入了不安之中。在故事的高潮处，自称是阿诺尔德的男人被海潮淹死，而少年阿诺尔德依然回到原来的生活之中。作家并没有给少年一个光明未来的承诺。

日本作家那须正干的《我们驶向大海》（1980）堪称日本现实主义小说的一部厚重的力作。这部小说以应试生活为背景，既写到少年多田嗣郎为了抢救能够证实自己价值的木筏而付出生命，也让少年大道邦俊和小村诚史驾起木筏驶向大海，以对不幸结果的暗示降下了帷幕，从而激发人们对将少年的生存逼入困境的日本应试教育以及支持这种教育的社会的思考。

现代小说不仅在思想上有深刻的挖掘，而且在艺术手法上也对传统小说有所颠覆。如钱伯斯的写少年同性恋这种禁忌题材的《在我坟上起舞》（1982），舍弃了传统儿童小说的按事件发生的时间顺序来叙述的方式，采用大量的日记片段、动作回放、报告、剪报等手段，作家希望用多种手段来呈现故事的另一种真实。钱伯斯的作品从主题到叙述技巧，都在某种意义上是对儿童文学的一种"越界"写作。

儿童文学的现代小说蕴含着儿童文学更为丰富、深远的可能性。

第三节　儿童故事

儿童文学是"故事"文学，"故事"是儿童文学中的极为重要的元素。我们现在要讨论的故事是一种文学的体裁，这种体裁对故事性这一儿童阅读的文学的要素，进行了最单纯、最直接的吸纳和表现。需要说明的是，幻想儿童文学中的民间童话、动物文学中的动物故事，也都属于故事文体，但是不列在本节所谈论的儿童故事的范围，本节所谓儿童故事，专指讲述儿童现实生活的虚构的写实故事。

一、故事是什么？

在汉语中，"故事"一词的本来含义是"过去的事"；无独有偶，在英语中，

"故事"（story）一词的古义是"历史"或"史话"——也是"过去的事"。实际上，任何一个故事讲述的都是过去所发生的事。但是，这里有两点需要说明：第一，并非所有的过去发生的事都能成为故事；第二，故事里的"过去"所发生的事不一定是历史上确有的事情，而是可以虚构。

接下来，我们看看什么样的"事"不能成为故事，什么样的"事"可以成为"故事"。

曹雪芹的《红楼梦》第五十四回里，有一处写到王熙凤给大家讲故事："一家子也是过正月半，合家赏灯吃酒，真真的热闹非常。祖婆婆、太婆婆、婆婆、媳妇、孙子媳妇、重孙子媳妇、亲孙子、侄孙子、重孙子、灰孙子、滴里搭拉的孙子、孙女儿、外孙女儿、姨表孙女儿、姑表孙女儿……暖哟哟！真好热闹！……"这时，众人议论王熙凤又要编排谁，凤姐就说不讲了。贾母催凤姐："你说你的，底下怎么样？"凤姐想了一想，说道："底下就团团的坐了一屋子，吃了一夜酒就散了。"

接下来，凤姐又给大家讲了一个故事："几个人抬着个房子大的炮仗往城外放去，引了上万的人跟着瞧去。有一个性急的人等不得，就偷着拿香点着了。只见扑哧的一声，众人哄然一笑，都散了。这抬炮仗的人抱怨卖炮仗的捍的不结实，没等放就散了。"这时，史湘云问道："难道本人没听见响？"凤姐回答："本人原是个聋子。"

有过听故事经验的人，都能比较出前者不像是故事，而后者则是一个故事（尽管很简单）。两者的区别有两点：第一，前一个所谓的故事里没有具体的"事"，虽然故事里的时间很长（"吃了一夜酒"），而后一个故事里则有具体的"事"，虽然故事里的时间很短（"没等放就散了"）；第二，前一个故事里的"事"对听者而言没有意味，所以，众人才"只觉冰冷无味"，而后一个故事里的"事"对听者则具有意味，所以，当凤姐讲完，众人才"想了一回，不觉失声都大笑起来"。

可以这样给故事这种文体下一个定义：以讲述能够引起读者或者听者兴趣的具体事件为目的的作品。

二、儿童故事的艺术特点

1. 事件具体而完整

我们还是先来回顾一下前面王熙凤讲的两个"故事"。第一个"故事"之所以不是故事，是因为里面没有具体的"事"。虽然里面也有"事"——"赏灯吃酒"，但是，怎样赏灯吃酒的，却没有一点具体的陈述、交代。第二个故事虽然也和第一个"故事"一样短，但不但"事"是具体的，而且还是完整的。讲第二个故事时，如果凤姐不回答史湘云的疑问，交代"本人原是个聋子"，事件就不是完整的。

下面我们看一个比较典型的故事。

糖块儿

（日本）新美南吉　朱自强译

一个温暖的春日，有位妇人带着两个很小的孩子乘渡船过河。渡船正要出发，传来了一声大喊："喂！等一等！"一个武士一边挥着手，一边从河堤对面跑来，跳进了船里。

渡船出发了。

武士一屁股坐在了渡船的正中央。因为天气十分暖和，不一会儿，武士就开始打起盹儿来。

孩子们看到那留着黑胡须，样子很威风的武士头一磕一磕的，觉得很好笑，就"嘿儿嘿儿"地笑了起来。

如果惹武士生气，那可不得了。于是，孩子的妈妈把手指竖在嘴边，小声说："别出声。"

孩子们不出声了。

过了一会儿，一个小孩儿伸出手说："妈妈，给我糖块儿。"于是，另一个也说："妈妈，我也要。"

妈妈从怀里掏出一个纸袋，可是，里面只有一块糖。

"给我！""给我！"两个孩子都缠着妈妈央求着。因为只有一块糖，妈妈十分为难。

"好孩子，等一会儿吧，到了对岸，妈妈再给你们买。"

可是，孩子们不听，还是"给我""给我"地缠着妈妈。

这时，刚刚还在打盹儿的武士眼睛睁得老大，盯着缠磨妈妈的两个孩子。

妈妈吓了一跳，心想，武士一定是因为被吵醒而生气了。她赶快哄两个孩子："乖一点儿啊。"

可是，孩子们不听妈妈的话。

于是，武士刷地抽出刀来，走到了妈妈和孩子们的面前。

妈妈脸吓得煞白，紧紧地护着孩子。她认为，武士是要砍死打扰他睡觉的两个孩子。

"把糖块儿拿过来！"武士说道。

妈妈战战兢兢地将糖块儿递了过去。

武士把糖块儿放在船沿上，用刀嚓地劈成了两半儿，"给！"一边说着一边把糖块儿分给了两个孩子。之后，武士又回到原来的地方，头一磕一磕地打起盹儿来。

这篇只有数百字的儿童故事对"事"的描述十分具体而完整，给读者或听者以完全的满足感。从这个事件具体而完整的故事里，我们还能感受到一种非常明快的节奏，因为作品清晰地展示出了事件的发生、发展、高潮、结局。与事件的发生、发展、高潮、结局相对应，这个故事呈现出的是起、承、转、合的结构——起：武士打盹；承：孩子们吵醒武士；转：武士抽刀走向孩子；合：武士把糖块分给孩子，又开始打盹。这样看来，一篇好的故事还要有波澜。

一般来说，故事文体在本质上大多具有《糖块儿》这样的结构（当然具体作品中的事件，并不绝对非呈现上述四个过程不可，发展与高潮，高潮与结局之间，有时并不那么泾渭分明）。曾有研究者认为这是一种并不高级的构思方式，将导致作品千篇一律。其实故事的发生、发展、高潮、结局也好，作品结构的起、承、转、合也罢，都既反映着人生与生活的本质，也符合儿童的心理特征。

世界上几乎所有的事物都要经过发生、发展、高潮、结局这一过程。太阳有日出、正午、西斜、落山，草木有春萌、夏茂、秋衰、冬枯，人类有出生、壮年、衰老、死亡。故事的结构正暗合了这种自然和人生的规律，是有着经久常新的生生不息的生命力的。从儿童读者的心理来看，他们的成长是始终伴随着心理不安的，故事的有头有尾将会给儿童读者以安心感，这对儿童的健全成长是必要而有益的。其实，即使是写给成年人的故事，如果都没有结局的话，我们也会在心理上难以承受（前面讲到的王熙凤讲故事，众人就在听完第二个故事后，"又想着先前那个没完的"，问凤姐："先那一个到底怎么样？也该说完了。"心里明显是没有着落）。正如时而出去旅行会有新发现的惬意，但是一旦永在旅途不能归家，旅行也就成了一种受难。另外，以为追求有头有尾的故事就必然会导致作品的千篇一律，这也不过是杞天之虑。我认为正是在这个问题上才验别出作为故事作家的真伪和优劣。那些编织故事的高手，那些驾驭故事的大师，总能于不变中创造千变万化的独创故事，这些故事既入情理之中又出意料之外。

2. 事件能引起并满足好奇心

著名的《阿拉伯故事集》有这样一个开头：国王山鲁亚尔因为受了女人的欺骗而决心对所有的女人进行报复。他报复的办法是每天娶一个妻子，过一夜就把她杀掉，然后再娶另一个，如此循环杀戮不已。为了结束这个灾难，一位大臣的女儿山鲁佐德主动要求进宫为妃。到了晚上，她就开始给国王讲故事，讲到天亮，故事还没讲完便戛然而止。急于知道故事结局的国王便特许她多活一天，好让她讲完故事。而到了第二天晚上，她又如法重演一番，于是得以再延长一天生命。就这样一直拖延了一千零一夜，终于感化了残暴的国王。

讲故事的山鲁佐德显然有效地抓住了国王的好奇心理。在这个故事里，人类的好奇心理显示出强大的力量，为了满足它，连啮咬人心的报复欲望都可以压抑起来。

在听故事时，我们会情不自禁地向讲故事的人发问："后来呢？"在读故事时，我们也会在心里默默地发问："后来呢？""欲知后事如何"这一心理期待表明，听故事与读故事的行为后面的一个最大动力，是人类的好奇心。能唤起并满足读者的好奇心的未必一定是个好故事，但是，不能唤起和满足读者的好奇心的则必是一个不好的故事。

儿童故事一般是面向小学低年级以下的读者，要引起并满足年幼儿童的好奇心，作者往往要将构思放在故事里的人物做什么事，怎么做事上面。

笛米特·伊求的系列故事"拉拉与我"里面的《奶油蛋糕》写的是吃蛋糕的事。"吃"对幼儿来说，是一种重要的、有魅力的生活。当然，要使故事吸引读者，怎么吃更为重要。弟弟"我"听姐姐拉拉说冰箱里有一个大蛋糕，就一起去"看"，可是妈妈说蛋糕是招待两位姑妈的。妈妈去买咖啡了，拉拉以"也许有人偷咬了一口"为由，又去"看"蛋糕。"我"就喊，不许碰它，那是给客人的。拉拉说："我根本不想碰它，只是担心鲜奶油坏掉了，两位姑妈吃了中毒。""我"可不想让自己的姑妈中毒，就问："那怎么办？"拉拉说："很简单，我们先尝一口。"结果是蛋糕真好吃。可是，蛋糕的这边是没有毒，但是那边呢？于是拉拉和"我"，尝了这边尝那边，尝了外边尝里边。妈妈回来一看，气坏了，拉拉和"我"赶快解释：我们是不想让姑妈中毒。妈妈生气地说："都给我吞下去。"于是，姐弟俩就照妈妈的话做了，结果两个人都撑得肚子疼。拉拉对"我"说："你看，这个蛋糕是坏掉的吧。"

在拉拉和"我"吃蛋糕的过程中，一直有一个牵动读者阅读兴趣的一条线：怎么能吃到蛋糕？得找个理由。还想吃怎么办？再找个理由。全都吃光了之后，还是有理由。这一系列幼儿逻辑使故事具有了吸引读者的魅力。

3. 类型化的性格

儿童故事里的主人公大都是儿童。儿童故事中出现的人物所具有的是类型化性格，就是佛斯特在《小说面面观》中所说的"扁平人物"。扁平人物的性格与典型人物（"圆形人物"）的性格不同，它不是立体的、多侧面的，而是平面的、单一的。或者也可以说，扁平人物的性格是漫画式的，它十分单纯，被突出的只是一点。

桑贝和葛西尼的"小淘气尼古拉"里的众多儿童形象，也包括成人形象，每个人物被突出的确实是某一点，而且这一性格特点一旦被揭示，也就固定在那里，不再变化。同是法国的作品，著名的儒尔·勒纳尔的《胡萝卜须》就不太像是故事，因为里面的人物性格、关系都较为复杂，虽然从每篇作品的篇幅、结构来看，又很难说它是小说。

儿童故事的人物性格的类型化与这种文体的讲述性有很大关系，因为如果人物性格过于复杂的话，年幼读者（听者）的理解力和记忆力就会跟不上讲述中的故事的速度。

与许多小说塑造的典型人物相比，故事中的人物因其类型化的性格，更容易被读者理解和记忆。在这个意义上，故事文体更适合年幼的儿童。

注　释

①② ［瑞士］麦克斯·吕蒂：《童话的魅力》，张田英译，社会科学文献出版社，1995，第 127 页、第 129 页。

③⑤ ［英］爱·摩·佛斯特：《小说面面观》，苏炳文译，花城出版社，1984，第 75-76 页、第 59 页。

④ 李洁非：《小说学引论》，广西教育出版社，1995，第 70 页。

⑥ ［日］三宅兴子、岛式子、畠山兆子：《儿童文学初探》，世界思想社，1996，第 28 页。

⑦ 转引自［日］神宫辉夫：《现代英国的儿童文学》（日文版），理论社，1986，

第 128 页。

⑧⑨⑮ ［日］日本儿童文学学会：《世界儿童文学概论》，郎樱、方克译，湖南
少年儿童出版社，1989，第 132 页，第 134–135 页，第 155 页。

⑩ ［英］尼古拉斯·塔卡：《儿童和书籍》（日文版），玉川大学出版部，1986，
第 265 页。

⑪⑫ ［丹］勃兰兑斯：《十九世纪文学主流·英国的自然主义》，徐式谷等译，
人民文学出版社，1997，第 120 页、第 140 页。

⑬ 《简明不列颠百科全书》（第 2 卷），中国大百科全书出版社，1989，第
794 页。

⑭ 参见［日］神宫辉夫：《儿童文学中的儿童》（日文版），日本广播电视出版
协会，1975，第 65–72 页。

⑯⑰ ［美］赫根汉：《人格心理学导论》，何瑾、冯增俊译，海南人民出版社，
1986，第 162 页、第 163 页。

一、思考与探索

1. 本书作者认为，写实儿童文学是"感性心理学"，你同意这一说法吗？
谈谈你的想法。

2. 写实儿童文学对"儿童情趣"是否具有独占权？为什么？

3. 举例说明儿童小说的艺术特点。

4. 儿童文学的"现代小说"是一种什么性质的小说？其质的规定性是
什么？

5. 你如何理解、评价本书下面的说法？

"写实儿童文学所倾力塑造的'儿童形象'不仅对儿童文学的成立起着
举足轻重的作用，而且也使整个'人的文学'的艺术形象宝库不再有遗珠
之憾。"

二、拓展学习书目

1. ［英］爱·摩·佛斯特：《小说面面观》，苏炳文译，花城出版社，

1984。

2. ［英］约翰·洛威·汤森:《英语儿童文学史纲》，谢瑶玲译，（台湾）天卫文化图书有限公司，2003。

3. 任大霖:《儿童小说创作论》，少年儿童出版社，1987。

4. 周晓:《少年小说论评》，宁夏人民出版社，1990。

5. 芮渝萍:《美国成长小说研究》，中国社会科学出版社，2004。

第四章

纪实儿童文学

纪实儿童文学是以事实的记录和传达为重心的儿童文学。事实是纪实儿童文学的灵魂。纪实儿童文学的相对概念是虚构的儿童文学。

可能有很多人有这样的认识：虚构的文学更具有文学性。的确，虚构可以让作家充分发挥想象；虚构可以使作品生活与读者产生距离，而距离产生美；虚构还可以整理纷繁杂乱的生活现象，使作品获得意味。但是，对文学来说，虚构有虚构的魅力，事实有事实的魅力。有句流传的话：事实比小说更令人惊奇。

从一定意义上讲，虚构的文学可能更趋近生活的真实；不过，似乎也可以反过来说，从一定的角度来看，纪实的文学可能更趋近文学。因为我们常常说，某人的经历就像一部小说，某人的一生就像一出戏，说明生活本身就是文学。

就像虚构文学要对生活重新安排一样，纪实文学也会对事实进行选择。经过选择的生活，会显露其文学的质地。

虚构文学有虚构文学的魅力，纪实文学有纪实文学的魅力。当儿童读者为生活中实在的人物的经历和命运感动、感慨、兴奋时，他们体味到的文学会别有一番滋味。

第一节 传记

一、传记释义

传记是将历史上实有的，在某个方面为社会做出贡献的人物的一生，以故事叙述的形式表现出来的文学读物。传记不是对事实的单纯记录，而是含有诸多的文学要素。

传记是纪实儿童文学的最重要门类。传记文学包括他人为传主立传和传主自述的自传。在儿童文学的传记里，绝大多数是传记作家考虑到儿童这一特定的读者对象而创作的传记。

传记创作必须处理纪实和虚构之间的矛盾，处理历史和文学之间的矛盾。一方面，如既写小说也写传记的马克·萧芮所说："传记作家给定了内容，他必须与事实严丝合缝。当然，这是一个负担，可是他常常发现，这个负担也是乐在其中。因为事实可能会变得异常友好，它们常常富于雄辩，甚至隐含着诗意。或许，这是想象的虚构所望尘莫及的。"① 另一方面，传记不可能百分之百地纪实，正如虚构的小说不能百分之百虚构一样。传记不可避免地要对没有历史文献记录，而又不能不补足的部分（特别是生活细节）进行想象。

二、传记与文学的关系

在研究传记文学时，有一个现象值得注意，这就是很多作家并不愿意别人为自己写传。威廉姆·迈克庇斯·萨克雷、T·S·艾略特、马休·阿诺德都有这种态度，有的作家，例如塞林格，甚至不接受采访，并用威胁和法律手段阻止传记作家为他作传。狄更斯、亨利·詹姆斯、弗洛伊德都曾烧掉自己的书信，弗洛伊德甚至尽力买回并毁掉他写给别人的信。传记专家利昂·伊德尔的话似乎道出了个中原因："一些人认为'传记'是刺探、窥视甚至掠夺的过程。传记作品被称作'英国文学的疾病'（乔治·艾略特）；职业传记作家被叫做'鬣狗'（爱德华·塞克威尔－韦斯特）。他们也被叫做'精神剽窃者'（纳博科夫），而且传记文学被说成是'总是多余的'和'品味低下的'（奥登）。"[②]

但是，儿童文学界往往正面地看待传记对儿童阅读和成长具有的积极作用。当然，由于给儿童的传记文学有作家的教育顾虑蕴含其中，所以，曾经有的传记为贤者讳，比如在林肯的传记里，就不会写林肯夫妇的恶劣关系，在野口英世的传记中，也不会说他是借钱不还的人。儿童传记文学容易被目光短视的教育者利用，成为教训的工具。在这种情况下，传记容易走向伪造。

真实性也是给儿童的传记的重要着力点。美国儿童文学学者梅·阿比尤斯诺特在谈到传记文学的进步时说："读者希望在这些新的传记中，读到某一个人生涯的真实情况。在目前这个科学的时代，我们不管是向好的方面或是向坏的方面，都不只相信生物学上的发展，而是相信人物性格上的发展。我们知道人的美、智慧、力量等等都是从人类的软弱、迷惑——这些是绝对克服不了的——等等的混沌中逐渐产生出来的。同时，我们对有时会从善良可爱的性格中产生出弱点也不会感到惊讶。"[③] 可见，写出真实的、有机的人性是传记文学的努力方向。

给儿童的传记也是文学，因此也有它的艺术标准。日本的矢野四年生就列出了下列五条：

（1）是否将传主的行为和业绩置于历史的、社会的背景中描述；
（2）是否将传主的生涯作为一个完整的整体（也包括缺点）来把握；
（3）作者和传主之间，是否具有精神上的联系；
（4）是否通过文献和实地考察进行过考证；
（5）文学形象是否丰满，作品是否感人。[④]

如果按照这样的标准衡量，坊间所见给儿童的传记文学的大部分，都或多或少存在问题。其中主要的表现是：作品缺乏作者的个性，对传主缺乏深入调查、研究；给小学中年级以下读者的传记，往往偏重于传主童年、少年时代的轶事趣闻，反而忽略了对传主来说最为重要的业绩贡献、成长历程以及社会背景等。

成为给儿童的传记文学的传主一般需具备这样一些条件：他们在某个领域有相当的成就、贡献；他们的生命历程波澜曲折；他们应该具有富于魅力的个性和独到的见解。这样的传主经过具有人生经验和智慧，富于文学才华的作家立传，无疑会给儿童读者以积极的影响。利丽安·史密斯就说："阅读历史和传记能够矫正短视的人生观。当孩子意识到自己生活的时代，只是从人类在这个地球上诞生之始到未知的将来这一漫长旅途上的一小段路程，就会产生了解其他时代、其他国度的生活的愿望。这样的阅读给予孩子内省的观点，帮助孩子学会鉴别只有一时价值的事物，学会全面的思考方法。"⑤

在儿童的传记文学中，被收入最多的是哥伦布、林肯、南丁格尔、居里夫人、爱迪生、海伦·凯勒等人，他们都是人类历史上的优秀人物。

第二节　报告文学

一、报告文学释义

报告文学是一种"现代"文体，因为只有在现代新闻事业发展的基础上，才有报告文学萌发的土壤。在西方，经过 19 世纪中叶到 20 世纪初的发展期，在社会主义革命运动的推动下，报告文学出现了繁荣。

报告文学在中国出现较晚。一般认为，五四运动前后才有了报告文学的萌芽，比如发表在《每周评论》上的《旅中杂感》（1919，作者明生）、《一周中北京的公民大活动》（1919，作者亿万），当然也有人将其称为通讯。在 20 世纪

30 年代，报告文学以清晰的面目和固有的名称出现，其代表作品是夏衍的《包身工》（1936）。

关于报告文学的概念，有广义和狭义两种解释。

日本儿童文学学会主编的《世界儿童文学概论》所取报告文学的概念较为宽泛："报告文学包括传记、探险记、生活记录、自传、知识书等各种不同形式。"⑥ 本概论则取相对狭义的解释，比如茅盾所说的："'报告'的主要性质是将生活中发生的某一事件立即报告给读者大众。题材既是发生的某一事件，所以'报告'有浓厚的新闻性；但它跟报章新闻不同，因为它必须充分地形象化。必须将'事件'发生的环境和人物活生生地描写着，读者便就同亲身经验，而且从这具体的生活图画中明白了作者要表达的思想。"⑦ 按照茅盾的这一论述，报告文学有两个基本的要素：一个是新闻性，这是真实的、客观的；一个是文学性，这是情感的、主观的。

对报告文学的新闻性要给予弹性的理解，因为也有新闻性特征不显著的报告文学，比如报告文学的经典作品约翰·里德的《震撼世界的十天》（1919）就是十月革命两年后才写成的，但是，对于反映依然发生影响的无产阶级革命这一重要历史事件来说，也不能说这样的作品不及时。还有伏契克的《绞刑架下的报告》，在狱中完成于 1943 年，出版已经是 1945 年，但是，正如作品结尾的"人们，我爱你们！你们可要警惕啊！"这一呐喊所显示的，整部作品都是对人类的一种唤醒，所以也是及时的作品。

报告文学的真实性是最为核心的要素。夏衍认为，报告文学不但不能虚构，甚至连夸张也是不允许的。他曾回忆《包身工》的写作，就是"力求真实，一点也没有虚构和夸张"，"他们的劳动强度，他们的劳动和生活条件，当时的工资制度"，作者"都尽可能地作了实事求是的调查"。因此，作品中那个"七尺阔、十二尺深的工房楼下，横七竖八地躺满了十六七个'猪猡'"的情景，"穿着一身和时节不相称的拷绸衫裤的男子"粗野的喝骂声，那些"打呵欠，叹气，寻衣服，穿错了别人的鞋子，胡乱地踏在别人身上，叫喊"的一片忙乱的起床情形，对"成人期女孩所共有的害羞感觉"迟钝了的种种表现，"东洋婆""抄身婆"迫害"芦柴棒"的情景，才写得那么生动逼真、历历在目。

报告文学的文学性也是必需的要素。尽管事实的报告是报告文学的核心，但是，这"事实"却并不是像照相机摄取物象一样，用机械的语言文字来表现，而是要有对事件、事件发生的环境以及人物的形象化、活生生的描写，要于具体的生活图画中蕴含作者的思想，这些茅盾已经强调过了。要补充一点的是报告文学的语言。"从门口到窗子七步，从窗子到门口七步"，这是《绞刑架下的报告》里的一句话，它的有名程度、它的言说方式，都让人想起鲁迅的《秋夜》的开头："在我的后园，可以看见墙外有两株树，一株是枣树，还有一株也是枣树。"两者都是耐人寻味的文学语言。

二、报告文学的创作

报告文学的创作似乎在动荡、变革的时代格外活跃。在中国，抗战期间的1937年到1940年，报告文学成为许多作家首选的文体。特别是1938年前后，几乎所有的文艺刊物都以十之七八的大篇幅发表报告文学，读者以极大的热情期待着新的报告文学的发表，既成的作家、诗人大都写过报告文学。1978年，中国进入改革开放的新时期，思想解放，万象更新，报告文学也随之出现了创作的热潮。报告文学的这样一个发展规律也决定了报告文学应该有鲜明的情感倾向和思想的冲击力。在中国儿童文学领域，报告文学是最年轻的文学样式，它也是在20世纪50年代中期才发展起来，在改革开放后的80年代取得了较大的成绩。

像捷克作家伏契克的不朽作品《绞刑架下的报告》、夏衍的《包身工》虽然不是专为儿童写作的报告文学，但是无疑可以推荐给儿童阅读，而且儿童也会愿意阅读，因为这样的作品也同样能够引起儿童读者的共鸣。

还有，奥地利的乔·亚当森的名著《猛狮爱尔莎》是写他们夫妇对一只雌性小狮子进行由野生到驯养，再由驯养到野生的科学实验的全过程，其中充满了对动物的真情，是一部珍贵的关于动物的报告文学作品，也深受儿童读者的喜爱。

作家专门为儿童创作的报告文学，有其独特的价值。在信息过剩、情报泛滥的现代社会，信息的选择和接受是一种主体的行动。深含作家的情感和思想的报告文学应该能够给儿童以处理生活信息方面的启发，并培养儿童的思考能力和判断能力。专为儿童创作的报告文学往往以儿童的生活、环境为报告对象，儿童读者自然会在其中照见自己的影子，对作品产生亲近感，获得伴随反思的阅读乐趣。

第三节　散文

一、散文及儿童散文释义

在中国，散文这一文体观念的自觉似乎起始于周作人。1921 年 5 月，他作《美文》一篇时介绍："外国文学里有一种所谓论文，其中大约可以分作两类。一批评的，是学术性的。二记述的，是艺术性的，又称作美文，这里边又可以分出叙事与抒情，但也很多两者夹杂的。"周作人后来编《中国新文学大系·散文一集》作《导言》时说："以后美文的名称虽然未曾通行，事实上这种文章却渐渐发达，很有自成一部门的可能。"可见，《美文》里言简意赅的文字，可以看作是对散文的一个定义。

散文小品的倡导者周作人最初的这一文体意识还是来自西方。五四以后的散文小品的发展也依然与西方文学的影响有关。如周作人所说："我们可以看了外国的模范做去，但是须用自己的文句与思想，不可去模仿他们。"⑧

但是，周作人也看到了，中国不仅在诗歌方面，而且在散文创作上也有深远、丰厚的文学传统。周作人就说："现今的散文小品并非五四以后的，实在是'古已有之'，不过现今重新发达起来罢了。"⑨他对此做过这样的比喻："现代的散文好像是一条湮没在沙土下的河水，多少年后又在下流被掘了出来；这是一条古河，却又是新的。"⑩他又说："我常这样想，现代的散文在新文学中受外国的影响最少，这与其说是文学革命的还不如说是文艺复兴的产物，虽然在文学发达的程途上复兴与革命是同一样的进展。"⑪

在今天，散文这一概念有多层含义：（1）与韵文相对应的最广义的散文；（2）与虚构文学如小说、童话相对应的散文，这种散文包括报告文学、传记、回忆录、具有文学性的知识读本和狭义的散文，在欧美，这个意义的散文被称为纪实作品，本章所论作品即属于这个范畴；（3）最狭义的散文，即第二个层次中的狭义散文，本节所论就是最狭义的散文。

对最狭义的儿童散文，浦漫汀教授主编的《儿童文学教程》一书下了这样的定义："儿童散文是写给少年儿童，适于他们阅读欣赏的，包括记人、叙事、写景状物、抒情、议论等篇幅短小、文情并茂的一类文章。"

关于中国的儿童散文，有一重要事实须作说明：虽然中国并不是儿童文学的世界性的大国，但是儿童散文创作的大国，在中国有较多的主要从事儿童散文创作的作家，也有大量的儿童散文作品。这种儿童散文创作的发达，必然影响、驱动儿童文学的研究。在中国，几乎所有的儿童文学概论都要把儿童散文作为专节来阐述。

这一文学传统也润泽了儿童散文创作这片园地。与欧美儿童文学发达国家相比，中国可称作对儿童散文十分重视的国家。也可以说，儿童散文是中国儿童文学创作中受欧美影响较小的文类。尽管如此，就中国自身的格局而言，儿童散文仍然是一支小小的偏师。儿童散文的这一处境就与这一文体的感性化程度有关。儿童散文在写人、叙事方面远远无法与小说和童话相抗衡，而人与事，又是儿童感性思维的最根本依托。散文的优长在于表现内心情绪，议论人生，托出作者本真的精神世界，但这样的艺术境界却很难在儿童读者那里得到回应。因此，我们就在儿童散文领域发现两个有意味的现象：叙事性散文占大多数；能对儿童在艺术上产生感染力的散文在品格上大都属于叙事散文，比如中国作家任大霖

（1929—1995）的那些经得起时间检验的描写"童年时代的朋友"和成年时代的小朋友的优秀散文，几乎所有篇章都充分的叙事化，有些作品在文体上与他的小说如《蟋蟀》十分相似。儿童散文要在儿童读者那里得到承认和欢迎，就必须适当地向小说的故事性靠拢。当然，这样做也有危险，即作者一不小心就可能让自己的散文投靠到小说的队伍中去。儿童散文注定要在夹缝中生长，儿童散文在数量上永远也不可能成为儿童文学的主力军。它甚至很难出现类似于近几年成人文学中的散文热潮，因为它几乎不可能像目前的成人散文随笔那样强化散文表现内心情绪、议论人生哲理、托出作者本真精神世界这些散文文体的优长。（这一点也显示出儿童文学在感性化程度方面比成人文学要求更高。）但这并不影响我们对儿童散文的敬重。正如方卫平所言：我们总是在其他门类的儿童文学作品中碰到良莠不齐、质量高下悬殊的情形，但却很少在散文中碰到类似情况，散文作者很少为我们提供一塌糊涂的作品。⑫

儿童散文创作之所以很少出现伪劣产品，恐怕与散文这种文体的性质有关。散文的艺术真髓在于它的亲历性、自然性、真率性。散文的这种非虚构性，一方面影响了它的产量，但另一方面也免去了虚构性作品如小说的那种艺术失真之虞，从而保证了它的质量。儿童散文凝结着儿童文学作家对人生精华的体验和记忆，是领悟了人生的作家在生活沧海中打捞出的不可多得的珍珠。

二、儿童散文的题材和类别

1. 直接描写儿童生活的散文

儿童文学是立于儿童生命空间的文学，因此，绝大多数儿童文学是以儿童的生活作为自己的表现对象。直接描写儿童生活的散文，是成人走进儿童生活的一种书写。

任大霖的《我的朋友容容》是这类散文中比较典型的作品。

　　在我所有的朋友中，容容也许能算是最亲密的一个了，虽然，她也是最年轻的一个：今年共总三十六个月，就是说，正满三岁。

　　我们住在一个院子里。住在这院子里的人可不少，但最著名的人物却还得算容容，关于她的生活故事，这院子里"流传"得可多呢。下面，就是我记载下来的一部分。

　　《我的朋友容容》其实是一组散文，上面一段是开篇文字。在富于幽默的笔调的背后，我们能够感受到作家与幼儿容容的和谐关系。虽然"最著名""流传"等词语的使用有调侃的味道，但是还是传达出作家尊重儿童的儿童观。这种尊重随着作品对容容生活、性格描写的展开，升格到一种赞美。这样的写作姿态，在 20 世纪 60 年代初的中国是难能可贵的。

　　任大霖在看似平常的幼儿生活中发现了珍贵的价值。同院子的一位老先生听说"我"要为容容"写传"，很不以为然，因为他认为容容"除了吃就是玩，有何可传乎"，对此，任大霖也很不以为然，他反驳说："……说容容的生活'除了吃就是玩'，这样的'评价'却是不够公允的。至少从容容的角度来看，她一天到晚'除了吃'之外，大部分时间是忙于劳动、工作、公益等项，甚至有时忙到连吃饭也忘了，需得她奶奶拿着饭碗，紧跟在后面，瞅空就喂她一口，实行'监督吃饭'，因为当时容容正坐在一排椅子上，忘我地在为一群无形的乘客驾驶着公共汽车。"（《从狩猎到饲养》）

　　任大霖描写容容的散文采取的不是超然物外的旁观者的立场，他笔下的生活都是"我"与容容的共同生活。《金铃子的故事》里，容容把自己最心爱的一对金铃子送给了生病住院的"我"，她要金铃子唱歌给"我"听，以排解病床的寂寞。《一封奇怪的信》里，容容对"我"收到的信好奇，了解一点寄信的方法后，用"我"收到的朋友的旧信封给"我"寄了一封信。"我"从邮局拿到这封"欠资待领"的信，里面只有一片树叶。虽然大家都拿这件事当笑话，"我"却从那片树叶上读出了"好朋友"的心意。《"大学生"》里容容怎么会被大家称为"大学生"呢？原来"她从我的书架里找书念。她看了《呐喊》，又看《彷徨》，接着又阅读《西游记》《红楼梦》和《莫泊桑中短篇小说选集》，不到一天，她已经读完了全部的安徒生童话和契诃夫小说集"。容容何以如此了得？原来认识了阿拉伯数字的她不读正文，只读页码。

任大霖的《我的朋友容容》给我们以重要的启示：创作表现儿童生活的散文时，如果作家把自身融入儿童的生活之中，会使作品的笔触力透纸背。

2. 回忆童年往事的散文

在狭义的儿童散文中，也许这类作品的数量最多，而且质量也比较整齐。这也不奇怪，散文与写他者的小说相比，是书写"我"的艺术。当经历了人生的风霜雨雪，在生活的路上摸爬滚打过来的作家，回首往事，抒写童年的自我的时候，积淀的人生智慧会给作家以极为重要的帮助。

童年是文学的珍贵资源，许多作家都珍视并利用它。回忆童年往事的散文，有的成了给儿童的散文，有的则更适合给成人阅读。这里有一个写作的视角问题。

我们可以将鲁迅的《风筝》和任大霖的《风筝》做一比较。在鲁迅和任大霖的《风筝》里，都是"我"在叙述关于风筝的故事，但是，这两篇散文的叙述却出自不同的视角和眼光。鲁迅的《风筝》的讲述者在叙述时，表现更多的不是童年"我"的体验，而是成年"我"的心境。"我"在少年时代，曾经损毁十岁小弟的风筝，成年以后，当"我"了解了"游戏是儿童最正当的行为"，心"很重很重的堕下去了"。"我"很想求得小弟的宽恕，可是向小弟提起时，小弟却全然不记得有过这么回事。散文的结尾写道——

全然忘却，毫无怨恨，又有什么宽恕可言呢？无怨的恕，说谎罢了。

我还能希求什么呢？我的心只得沉重着。

现在，故乡的春天又在这异地的空中了，既给我久经逝去的儿时的回忆，而一并也带着无可把握的悲哀。我倒不如躲到肃杀的严冬中去罢，——但是，四面又明明是严冬，正给我非常的寒威和冷气。

这种鲁迅特有的复杂的成人心境，与儿童的经验和理解能力之间显然存在着较大的距离。

任大霖的《风筝》就全然不同了。虽然文章的开头、结尾是成人"我"的叙述，但是，与鲁迅的文章中童年往事为成年感怀作引子或铺垫这种写作策略恰好相反，它是为童年"我"的叙述服务的。在任大霖的《风筝》里，童年"我"在讲述与贵松哥哥经历的故事时，一直是以一个孩子的眼光去观察，以孩子的心灵去体会的。这样的方法贴近了儿童的感受、感情和价值观。

"儿童的眼光"在回忆童年往事的散文中具有举足轻重的作用。既打动人心，又具有儿童文学质感的散文，往往就放出了"儿童的眼光"。

范锡林的《竹节人》是将"儿童的眼光"放大到最大限度的作品，因为在文中，如果没有"我们小时候""跟现今"这两个一闪而过的词语，就全然找不到成年"我"存在的蛛丝马迹。

"我们小时候的玩具，都是自己做的"，有一段时间，"我们"用毛笔竹竿做竹节人，有头有脚有手臂。手脚由线连在身子上，扯动连线，竹节人就会做出各种动作，黑虎偷心，泰山压顶，双龙抢珠，挺像是那么回事。于是，那一段时期，"我们全迷上了斗竹节人"。下课时玩不够，上课时手还痒痒的。有一次"我"与同桌上课时也忍不住玩了起来，结果被老师发现，人被罚站，竹节人被没收。

　　下课后，眼巴巴看别的同学重新开战，玩得欢，不禁沮丧得要命，便一起悄悄溜到办公室窗户下的冬青丛里去转悠，希望老师能像往常一样，把一些没用的东西扯散了，随手扔出窗外。

　　蹲着身子，瞪大眼，可一无所获，正悻悻然准备归去，却见同桌趴在窗玻璃旁看得津津有味。

　　我也凑过来，一探头，咦，看见了什么？

　　只见老师在他自己的办公桌上，玩着刚才收去的那竹节人。双手在抽屉里扯着线，嘴里念念有词，全神贯注，忘乎所以，一点儿也没留意到我们在偷看。

　　他脸上的神情，就跟我们玩得入迷时一模一样。

　　于是，我跟同桌相视一笑，两手空空，但心满意足，轻手轻脚地溜了。

　　方才的那份小怨恨和沮丧化为乌有。

《竹节人》里的"儿童的眼光"显然投向了作为成年人的老师。老师自己偷偷玩竹节人的行为竟然有如此巨大的"化干戈为玉帛"的作用，我不能不钦佩作家发现生活、教育奥秘的敏锐、独到的眼光。如此说来，在回忆童年的儿童散文中，所谓"儿童的眼光"并不纯然出自童年"我"的眼中，它也融入了作家（成年"我"）的艺术功力和人生智慧。

在回忆童年往事的散文中，中国作家的佳作较多。任大霖、吴然、陈丹燕、高洪波、桂文亚、王淑芬等都有好作品。

3. 表现大自然的散文

刘绪源对儿童文学进行母题研究时，把表现大自然作为儿童文学的三大母题之一。对散文文体来说，不论写给成人还是儿童，作品都有关注自然、亲近自然的倾向。所以，儿童阅读的表现大自然的散文，不一定专为儿童写作。

由于儿童和大自然的亲近性，只要文字表现上可以理解，写大自然的散文都可以成为儿童的散文。波尔·阿扎尔就指出过："孩子们曾经把唐·吉诃德，以及诗人当中感情最细腻的范·拉蒙·希梅尼兹（Juan Ramon Jimenez），用简洁的笔调写出的，令人感动的作品——《灰毛驴和我》，从大人的手里夺过来。作者希梅尼兹很高兴地说：'我的作品带有浓厚的童趣，是孩子们所喜爱的。'因为他跟诺瓦里斯一样，认为有儿童的地方，就有黄金的年华，也浮现着可以终生幸福过日子的岛屿……"[13]童趣、"我"与毛驴小银的情感交流以及对大自然的歌吟，使希梅尼兹的经典作品《小银和我》（即《灰毛驴和我》）也成为儿童的散文。

苏联作家普里什文堪称创作表现大自然散文的大师。对大自然的挚爱和拥有一颗童心也使他成为儿童散文的大师。在《"发明家"》这篇作品中，"我"将几只野雏鸭带回家养大。杜霞和慕霞是两只母野鸭，但是，与杜霞不同，慕霞不愿意孵野鸭蛋，"我"就把慕霞的野鸭蛋放在母鸡黑桃皇后的窝里，要她来孵。后来出现了这样的一幕——

过了几天，天气转暖，杜霞领着自己黑茸茸的小鸭仔儿往池塘走去，而黑桃皇后则带着自己的小鸭仔儿到菜园找蚯蚓去了。

"啾啾，啾啾！"池塘的小鸭子吹着口哨。

"嘎嘎，嘎嘎！"母鸭回答。

"啾啾，啾啾！"菜园里的小鸭子叫着。

"咯咯咯，咯咯咯！"母鸡回答。

小鸭子自然弄不明白，"咯咯咯"是什么意思，而从池塘那边传来的声音它们却很熟悉。

"啾啾，啾啾"——这是说："自己人找自己人。"

而"嘎嘎，嘎嘎"——是说："你们是雏鸭，是野鸭子，快点来游水吧！"

这些小鸭仔儿情不自禁地向池塘那边望去。

"自己人找自己人吧！"

小鸭子跑了过去。

"游吧，游吧！"

小鸭子游了起来。

"咯咯咯，咯咯咯！"黑桃皇后在岸上固执地叫着。

小雏鸭吹着口哨一个劲儿地游啊，游啊，游到一起汇合了。杜霞高兴地接受它们为自己的家庭成员。可不，从慕霞的关系来说，它们还是它的亲外甥呢！

我感到，这种童话式地表现，并不仅仅是普里什文用来吸引儿童读者的手段，而是具有自然与人同一这一意识的普里什文感受、理解大自然里的生命的一种方式。作品对野鸭和家鸡的不同天性、遗传的表现，可以开启儿童对生命本性的感悟和思考。

普里什文的《大自然的日历》《林中水滴》《赤裸的春天》等散文集中，有着众多可供儿童阅读的表现大自然的散文。

在表现大自然方面，中国的郭风、吴然等作家也有优秀的作品。

包括表现大自然的散文在内的大自然文学，对于儿童的精神的健全成长至为重要。一位俄国批评家在论普里什文的创作时说："他想解决一些世界性的问题……要做到这一点，首先就必须与你生活其间的自然世界融为一体……"⑭阅读优秀的大自然文学，将可能培育出能够"解决一些世界性的问题"的心灵。

4. 表现旅行见闻的散文

表现旅行见闻的散文又有一个专门的名称，叫作游记。游记，游记，边游边记便为游记。"仁者乐山，智者乐水"，很多游记都是文人墨客向仁智的山水敞开心扉的产物。当然，游记也并非只描写天造的自然景物，它也描写人造的人文景观，而且，游记也可以记人、记事，即表现所游之地的风土人情、奇闻异趣。

冰心的《寄小读者》是一部著名的散文作品。冰心写《寄小读者》的最初起因，是她有了远行游学的计划后，三位弟弟们的学友，一共十多位少年，他们都要求冰心常常给他们写信，报道沿途见闻和游学景况。在冰心动身前夕，《晨报》的"儿童世界"专栏创刊（冰心正是这个栏目的提议者），特约冰心为儿童写游记以在专栏发表。冰心在《通讯一》中对小读者说："我去的地方，是在地球的那一边。""我十分的喜欢有这次远行，因为或者可以从旅游中多得些材料，以后的通讯里，能告诉你们些略为新奇的事情。"《寄小读者》的前七篇，除了第二篇之外，都是介绍旅途见闻、感想的篇什，车到济南，过泰安、临城，至上海，船发上海，经神户至美国波士顿，旅行见闻的色彩尚浓，但是自《通讯八》起，情况有变。因为思乡和病弱，冰心将本应是记述"新奇的事情"的游记，写成了表现个人的"悱恻的思想"的散文。

普里什文的《赤裸的春天》也是一部游记，作家自己标示为"旅行笔记"。其中有很多富于情趣、吸引儿童读者的作品，如《笃笃》《带果核的奶油甜面包》《驼鹿》《候鸟》，等等。

单篇的游记作品甚多，可以提及狄更斯的《伦敦之行》、聂鲁达的《马德拉斯水族馆巡礼》、巴金的《索桥的故事》、菡子的《黄山小记》等。

说到儿童散文的类别，前面我们讲到的题材分类也是分类的一种方式。当然，我们也可以按照一般文学的散文分类方式，把儿童散文分为叙事散文、抒情散文、哲理（议论）散文。

注 释

① 转引自赵白生：《传记文学理论》，北京大学出版社，2003，第5-6页。

② 转引自［美］詹姆斯·希尔曼：《破译心灵》，蒋书丽、赵琨译，海南出版社，2001，第202页。

③⑥［日］日本儿童文学学会：《世界儿童文学概论》，郎樱、方克译，湖南少年儿童出版社，1989，第186页、第185页。

④［日］日本儿童读物研究会：《纪实儿童书籍900册》（日文版），一声社，1997，第99页。

⑤［加］利丽安·史密斯：《儿童文学论》（日文版），岩波书店，1987，第344-345页。

⑦ 茅盾：《关于"报告文学"》，见周国华、陈进波：《报告文学论集》，新华出版社，1986。

⑧ 周作人：《美文》，见周作人：《谈虎集》，止庵校订，河北教育出版社，2002。

⑨⑪ 周作人：《陶庵梦忆序》，见周作人：《苦雨斋序跋文》，止庵校订，河北教育出版社，2002。

⑩ 周作人：《杂拌儿跋》，见周作人：《苦雨斋序跋文》，止庵校订，河北教育出版社，2002。

⑫ 方卫平：《形式及其他》，《儿童文学研究》，1996年第1期。

⑬［法］保罗·亚哲尔：《书·儿童·成人》，傅林统译，（台湾）富春文化事业股份有限公司，1999，第147页。

⑭ 转引自刘文飞：《普里什文：伟大的牧神》，长江文艺出版社，2005。

一、思考与探索

1."作为纪实文学，传记必须百分之百的真实。"你认为这一说法能成立吗？为什么？

2.伟人传记是否应该特别注重童年表现？为什么？

3.如何理解报告文学的新闻性？

4.本书认为："儿童散文要在儿童读者那里得到承认和欢迎，就必须适当地向小说的故事性靠拢。"你认为这一观点是否揭示了儿童散文创作的一个重要艺术规律？

5.请你谈谈儿童散文的艺术魅力。

二、拓展学习书目

1.赵白生：《传记文学理论》，北京大学出版社，2003。

2.浦漫汀：《儿童文学教程》，山东文艺出版社，1991。

3.方卫平、王昆建：《儿童文学教程》，高等教育出版社，2004。

4.王泉根：《儿童文学教程》，首都师范大学出版社，2008。

第五章

科学文艺

第一节 科学文艺是什么?

一、科学文艺释义

在中国,一些儿童文学概论对科学文艺的解释具有将文学矮小化的倾向,将文学与科学骨肉分离的倾向。比如:"科学文艺创作要求进行艺术构思,采取各种艺术手段去反映科学,表达科学,寓科学内容于文学艺术形式之中,人们从中既可受到科学的启迪,又能获得艺术的审美享受。"[①]这样论述科学文艺时,人们常举鲁迅的观点为支持:"盖胪陈科学,常人厌之,阅不终篇,辄欲睡去,强人所难,势必然矣。惟假小说之能力,被优孟之衣冠,则虽析理谭玄,亦能浸淫脑筋,不生厌倦。"[②]其实,在科幻小说尚不发达的时代,鲁迅对科幻小说的这一认识是大有局限的。

与上述观点不同,创作科幻小说《飞向人马座》的作家郑文光指出:"一般认为,科学文艺读物是科学和文学的结合,这是不错的。然而,怎么样的结合?是科学其内容、文艺其形式吗?这样把形式与内容割裂开来,也是不可取的。应当说,科学文艺读物既是科学读物,又是文艺读物,是一个科学与文学的辩证统一体。"[③]

　　科学文艺"寓科学内容于文学艺术形式之中",科学文艺"是一个科学与文学的辩证统一体",这是两种不同的科学文艺观。其主要区别在于,前者将文学仅仅作为手段,文学自身缺乏主体性,后者则将科学文艺中的科学和文学作为一个统一的整体来看待,文学没有被简单化地降格为手段。

　　我认为,科学文艺不是以文学为手段去演绎科学,甚至介绍知识,科学文艺的境界在于:写实作品致力于发现科学世界中的美,发现科学生活中的诗意(比如法布尔、梭罗的科学美文),虚构作品致力于以艺术形象表现与科学密切相连的社会生活中的矛盾和问题(比如威尔斯、阿西莫夫的科幻小说)。在科学文艺中,文学依然要保持其主体性,文学依然是一个最高的概念,文学发挥着整合性的功能。科学文艺中的科学以及科学幻想,高于一般的知识,更不是与科学沾些边的常识。

　　为了说清这个问题,需要将科学文艺与科普读物区分开来。

　　科普读物的写作也往往采用文艺的手法,但是,科普读物并不属于科学文艺的范畴。理由是,科普作品是以介绍、宣传具体科学知识为主,它采用文学手段是为了增添阅读的趣味,但是科学文艺的目的却不在于介绍、宣传具体的科学知识,而是表现作者的与科学思想融为一体的某种思想、哲理、人生态度。比如,诺贝尔奖获得者、美国分子生物学家埃里克·维绍斯写给儿童读者的《不久就有两个我吗?》一文,在介绍了克隆技术之后,这样说:"尽管如此,当你想到将会得到一个酷似你的人,你的心里一定会直犯嘀咕。像我这样的研究人员有权利进行这样的试验吗?这个问题不容易回答。也许,我可以说,我们会发现很有价值的东西,可以帮助我们治愈疾病。但是我也知道,我们这样做,是在玩一种危险的游戏。如果我们克隆被我们认为特别尊贵的遗传物质,并让其他的遗传物质淘汰的话,我们可能会犯严重的错误。大自然比我们更有远见,所以我们必须保持它的多样性,基因的多样性,这种多样性导致不同的种族、气质、文化和社会,因为正是我们大家都如此的不一样,才使得人类在这个星球上存活了这么久。"这样的科学美文,让我们看到,作者既是一位科学家,也是一位思想者,富于同情心的个性的人。毋宁说,正因为他是一位思想者、博爱者,才是一位了不起的科学家。

科普读物尽管使用了文学手法去介绍、宣传科学，但是，它仍然是一个客观的作品，可是《不久就有两个我吗？》虽然有对克隆技术的客观论述，但是，文章的核心思想却是主观的，同时也有个人的情感渗透其中。

科学文艺包含哪些类作品呢？

现有的概论、教程类著作，一般在划分科学文艺的范围时，列入科幻小说、科学小品、科学童话、科学故事、科学诗等，有的还列入科学寓言、科学相声、科学谜语等。

按照我对科学文艺的诠释，我将科学文艺分为科幻小说和科学美文两类。科幻小说属于虚构的作品，科学美文属于纪实的作品。

我之所以不将所谓的科学童话、科学诗、科学寓言、科学谜语等列入科学文艺的范畴，是因为我所看到的这些类型的作品，即使是名篇，比如《小蝌蚪找妈妈》《"小伞兵"和"小刺猬"》《我们的土壤妈妈》《时间伯伯》等，里面具有的只是知识甚至任何人观察即可得的常识，而没有科学。在我看来，童话、诗、寓言、谜语这些文学体裁难以应对真正的科学，如果一定要说那里面表现的是科学，也一定是被矮小化、庸俗化的科学。完全可以把《小蝌蚪找妈妈》《"小伞兵"和"小刺猬"》看作是好童话，但是没有必要把它们定性为科学童话。

科学文艺是最容易为成人和儿童所共同拥有的文类之一。很多孩子到了小学高年级，会狂热地阅读科学文艺，特别是其中的科幻小说，许许多多为成人创作的科幻小说，成了少年儿童倾心喜爱的作品。这种阅读状况提醒着专为少年儿童写作科幻小说的作家，不要把科学和文学降低高度，不要蹲下身子，作儿童腔写作。

二、科学与文学的关系

科学研究是逻辑、理性思维，文学创作是形象、感性思维。当这两种不同性质的思维相遇，处理不当，的确容易发生矛盾。

德国美学家席勒又戴着诗人的桂冠，他始终徘徊于诗与哲学之间，哲学有时妨碍他的诗，诗也有时妨碍他的哲学。在给歌德的一封信里，席勒意识到并承认了自己的这种矛盾："我的知解力是按照一种象征方式进行工作的，所以我像一个混血儿，徘徊于观念与感觉之间，法则与情感之间，匠心与天才之间。就是这种情形使我在哲学思考和诗的领域都显得有些勉强，特别在早年是如此。因为每逢我应该进行哲学思考时，诗的心情却占了上风；每逢我想做一个诗人时，我的哲学的精神又占了上风。就连在现在，我也还时常碰到想象干涉抽象思维，冷静的理智干涉我的诗。"④

哲学思考与诗的构想之间尚且如此，科学思维与艺术想象之间的矛盾也就可想而知了。

科学有时被视为文学的障碍。盖瑞·保罗·纳布旱在为梭罗（1817—1862）的科学美文《种子的信仰》一书写的序言《学习土地和森林的语言》中指出，《梭罗日记中的心灵》一书的编辑施普德认为，梭罗 1857 年以后的日记沉溺于狭隘和学究气的执迷中："从日记中的这里到最后，我们看到梭罗里面的那个思想家和诗人被观察家逐渐控制了。原本'宽广如天堂的思想'现在被逼到'显微镜下面'，正如他以前自己也害怕的……梭罗有时也担心是否沉浸在科学中会损害他的艺术感觉。1851 年，他问道：'什么样的科学丰富了人的理解力，但抹杀了人的想象力？'"⑤

梭罗凭据自己对科学的态度解决了这一矛盾。梭罗相信种子里有强烈的信仰。他说："研究科学的人，若不是寻求表达而是对一些事实感兴趣，那么自然就不过是死了的语言……"⑥小罗伯特·D·理查森指出："梭罗对科学的兴趣离不开他的超验论者背景。美国的超验论者都强调人类和自然的关系，所以爱默生和梭罗都肯定科学的重要，并认为它与其它知识的关系密不可分。超验论最重要的珍贵遗产之一就是承认科学的主观性。科学对爱默生和梭罗来说，不可以与研究科学的人分开。爱默生也许会说，根本没有科学只有科学家。"⑦盖瑞·保罗·纳布旱称赞道："梭罗是我第一个遇到的奇人，他不但

不将诗歌和自然生态世界对立起来，反而跨越了两者界限，构拟出一个更广阔的生态世界，丰富了我们的感觉、心灵和精神。"⑧

梭罗在科学中"寻求表达"，建立"科学的主观性"，"构拟出一个更广阔的生态世界"的作品是什么面貌呢？这里摘录《种子的信仰》一书中的一段——

> 我只知道新英格兰的种子能到宾夕法尼亚州去发芽生长，就是秋天造就了这种历险，至少其中每一个成功的故事都令我感到有趣，为了这种成功，那些丝绸般的飘带整个夏天都在发奋图强，在温暖的怀抱中不断完善自己，当之无愧地面对着这种成功，它们不仅是秋的预言，而且撒播着无数春天的希望。看到一棵棵小小的马利筋都在专心致志地孕育着种子，谁还再相信但以理和米勒的预言！这个世界岂能在这个夏天就终结？
>
> ——《随风而散的马利筋》

在这样的文字中，我们已经难以分辨出哪个是科学，哪个是文学，难以将科学与文学截然分开。可见，科学与人生结合，才有科学文艺。梭罗《种子的信仰》，成功地使科学与文学成为彼此充实而非彼此排斥的存在，是对科学与文学的双重发现。梭罗的这些文字完全印证了伊林的观点："对世界充满诗意的描写是科学文艺的一个特点。"⑨

科学文艺必须始终保持作者的力量，即文学的力量。但是这文学的力量与科学的力量是浑然一体的，是一个整体的结构。

科学文艺，不论是科幻小说还是科学美文，作品中文学与科学都不是表现与被表现，反映与被反映，手段与目的，形式与内容的关系，而应该是互融、互动，互为方法的关系。科学与文学在交互作用之后，产生了与科学无关的作品所不具有的艺术新质。

科学文艺中的科学应该具有高度。与艺术形象融为一体的科学思想，崭新的科学发现，是提升科学文艺高度的原动力，因此科学文艺必须由真正懂科学的人来创造。

三、科学文艺的价值

首先需要正名——科学文艺不是通俗文学！尽管科学文艺，比如其中的科幻小说往往拥有比较广泛的读者，但是，如让·加泰尼奥所说："科学幻想小说也许不是一种'群众文学'。"⑩ "……它是一种严肃的文学，文字和思想构成了它的基本组成部分，想象的成份则使其不成为一种评论。"⑪ "想象的作用在科幻作品中是如此重要，以致使科幻小说与文学的传统形式更加接近，而不是离得更远。"⑫创作《纳尼亚传奇》的 C·S·刘易斯说："某些科幻小说所讨论的问题较诸那些现实主义小说的主题确实要严肃得多：它们是涉及人类命运的真正的问题。"⑬

科学文艺以自身在人类科学时代的矛盾中的犹疑、彷徨、思考、求索，证明着自己不是通俗文学，而是严肃文学。这样一种性格，在科学文艺诞生之时，就被赋予，并一直延续至今。

英国作家玛丽·雪莱（1797—1851）的《弗兰肯斯坦》（1818），别名《科学怪人》，被视为世界上第一部科学幻想小说。这部作品不仅呈现出作家对科学发展的想象力，而且触及到了科幻文艺的近似原型式的主题。虽然玛丽·雪莱在小说的序言中强调自己讲这个故事的目的是想颂扬人类的亲情，但是，后世的人们从中读出的是盲目的科学发展和创造将给人类的生存带来的威胁，特别是转基因技术、克隆技术的发明和运用使科

技伦理问题变得越来越重要的今天，《弗兰肯斯坦》的超越时代的意义不言自明。

斯蒂文森于 1886 年出版了他的唯一一部科幻小说《化身博士》。故事写的是杰基尔博士发明了一种可以使人内在的恶劣性格被释放的药品。博士在自己身上实验这种奇药，于是定期变成邪恶的海德先生，当他想服药来改变自己时，不料药物未起作用，致使他未能恢复本来面貌，最终绝望自杀。这部小说也体现出科幻文艺从自身的角度思考社会与人性问题时所具有的特殊表现能力。

在科学文艺中，存在着作者对科学的态度问题。加泰尼奥说："从儒勒·凡尔纳时代起，在占据主导地位的意识形态内，它就是历史的原动力和崇拜的对象。对它给我们带来的好处的范围产生质疑是很自然的事情；一直到两次世界大战期间，人们仍然对人类因为有了科学从而得以实现的一切津津乐道。但是，20年代，在科幻领域内已经流露出了对科学进步的反抗倾向。"⑭

科学文艺作家一方面思考科学的发展和运用与人类社会的命运之间的关系；另一方面在科学与文学之间寻找沟通之路，将科学的发现与人的发现结合在一起。

梭罗说："一个富足而强壮的人，/肯定与他生活的乡土密不可分。/我在这儿长达40年，/学习这方水土的话语，/它是最能表达我心意的语言。"在梭罗这里，大自然与他所要表达的"心意"有着同构的关系，就如爱默生所说："这浩浩苍穹下的小小学童（指学者——本书作者注），明白了他与这博大的自然竟还是同根而生的。一个是叶，一个是花，他的每一条血脉里都涌动着他与自然的亲谊和感通。他与自然所同之根是什么呢？那不就是他灵魂的灵魂吗？……属于自然的美就是属于他自己心灵的美。自然的规律就是他自己心灵的规律。……一句话，那古代的箴言'认识你自己'与现代箴言'研究大自然'最后成了同一句格言。"⑮

在现代社会这个科学时代中，科学文艺的作用越来越重要。科学的进步是一种动力，但是，科学是朝着什么方向推动人类社会，是朝向天堂，还是朝向地狱，却需要另外一种力量来把握。如果把这种力量称为信仰，那么科学文艺正是在努力寻找、建立人类的信仰，一种能把人类带进真正的"美妙的新世界"的信仰。科学文艺在现代文明的发展中的作用功不可没。

科学文艺不仅有高度的思想价值，而且还有独特的艺术价值。这是一种新的审美形式，它拓展了人类的审美疆域，提供了新鲜的审美感受。就如诺贝尔奖获得者穆勒所说的，透过科学的眼睛，我们愈来愈领略到：真实的世界并非有如人类童年所见的秩序井然的小小园圃，而是一个雄伟奥妙得使人惊讶的宇宙。如果我们的艺术不去探讨人类朝向这一宇宙进发时所引致的各种崭新的处境与反思，也不去反映这些反思带来的希望与恐惧，那么，这种艺术只是一种虚假的风花雪月，是一种死的艺术。但人类不能没有艺术。因此，在一个科学的时代，人类创造了科学幻想小说。

第二节　科幻小说

一、科幻小说的定义

科幻小说是舶来品。在英语圈，它叫作"科学小说"（Science Fiction），简称 SF；在中国，则已经约定俗成地被称为"科学幻想小说"，简称"科幻小说"。

关于科幻小说，有许多定义或者定义式的解释

我国 1982 年第 2 版的《辞海》给"科学幻想小说"下的定义是："依据科学上某些新发现、新成就以及在这些基础上所可能达到的预见，用幻想的方式描述人类利用这些发现完成某些奇迹的小说。优秀的科学幻想小说，把科学和艺术很好地结合起来，能培养青少年对科学和文学的兴趣和爱好，促进他们智力的发展。"现有的很多概论、教程类著作大体沿用了这一定义的基本内容。

英国科幻小说作家布里安·阿尔迪斯说："科学小说是一种文艺形式，其立足点仍然是现实社会，反映现实社会中的矛盾和问题。科学小说的目的并不是要传播科学知识或预见未来，但它关于未来的想象和描写，可以启发人们活跃思想，给年轻一代带来勇气和信心。"⑯

美国科幻小说作家海因莱因说："几乎所有的科学小说，都是根据对过去及现在的现实世界的正确认识，同时在完全理解科学方法的本质和它的重要性的基础上描写的未来可能的事件的现实的想象。"⑰

美国科幻小说作家艾萨克·阿西莫夫认为，科幻小说是文学的一个分支，主要描写虚构社会，这个社会与现实社会的不同之处在于科技发展的性质与程度。

王晶在《西方通俗小说：类型与价值》一书中说，科幻小说"是把那些在

科技上可能产生的巨大成就和奇迹作为小说的题材。人们通过小说了解现代科学可能带来的进步或灾难性后果"⑱。

科幻小说的作品类型众多，面貌复杂，单一的定义都可能以偏概全。在上述定义中，共通的一点是，它们都反映出科学小说这种文体对科学的立场和态度。甄别各种定义对于科学的立场和态度，可以看出论者观点的焦点。

中国《辞海》的定义中"人类利用这些发现完成某些奇迹"的说法，是忽视了"人"在科学利用中的"恶"的可能性；而科幻小说"能培养青少年对科学和文学的兴趣和爱好，促进他们智力的发展"这一观点多少具有普及科学知识的实用主义的色彩。

阿尔迪斯和阿西莫夫的观点的共通点在于：科幻小说与科学有关，但是立足点不在"科学"，而是与科学密切相关的"社会"。阿尔迪斯的科幻小说应该"反映现实社会中的矛盾和问题"这一观点是紧紧抓住了"文学"；阿西莫夫的这个"描写虚构社会"的"社会"很重要，因为它不是"科学"，而是能够展示科技发展的性质和程度的"社会"。

科幻小说这一概念内含三个要素：科学、幻想、小说。科幻小说是人创造的，因此人对这三个要素的整合方式最为重要。

我给科幻小说下的定义是：科幻小说是以小说的表现形式，在科学现实的基础上，对科学未来的开展进行幻想性描述，以预言人类社会的各种可能性。

二、科幻小说的特质

有的科幻小说作家，比如中国的郑文光，认为科幻小说是一种独立的文学样式。这说明科幻小说有着强烈的个性。科幻小说的特质大略可以归纳为小说性、科学性、幻想性。需要申明的是，在科幻小说中，小说性、科学性、幻想性三个要素不具有孤立的价值，不可以机械分割，相反，它们就如同化学中的化合物一样，在作品中交融一体，密不可分。下面分别而谈，乃不得已而为之。

1. 小说性

玛丽·雪莱的《弗兰肯斯坦》给后世的科幻小说定下了一个很好的基调：

在还没有科幻小说概念的时代，它是作为文学、作为小说创作的，其创作缘起和过程完全符合小说创作的普遍规律。"我所以想到要写这部小说，说起来，还是在无意闲谈中得到的启发。开始时，既想提供点茶余饭后的谈资，同时也顺便借此发挥一下才思，锤炼一下智力。在后来落笔的过程中，又掺杂进了另外一些动机。作品中的情趣和人物，以及寓于此中的道德倾向对读者的影响，凡此种种，我决不敢掉以轻心，然而在这方面，我主要关心的还是——如何避免当前小说感染力量日渐削弱的这一流弊，如何展现天伦手足之情的亲切感人，并揭示人类普遍美德的难能可贵。"⑲作家要"发挥一下"的"才思"，对"情趣""人物"和"道德倾向对读者的影响""决不敢掉以轻心"，还有对"如何避免当前小说感染力量日渐削弱的这一流弊"的"主要关心"，这些都是属于对小说艺术的追求。

从作品的创作结果来看，《弗兰肯斯坦》对后来的科幻小说创作产生长远影响的重要原因，就在于这部作品所达到的小说艺术成就的高度。

如果说，玛丽·雪莱在开拓幻想小说之初，就将文学性、小说性这面旗帜插在了科幻小说的领地，另一位英国作家 H·G·威尔斯（1866—1946）则带领着受他的创作影响的众多作家将许许多多的艺术旗帜插向了广阔的疆域。威尔斯的《隐身人》（1897）、《时间机器》（1895）等作品运用小说的艺术功能，使科幻小说成为复杂的表现形式，既表现玄妙的科学想象，更揭示社会现实的本质，寻求现代的意义。

美国科幻小说作家约翰·坎贝尔于 1937 年出任《惊险的科学小说》杂志的主编。当时有许多科幻小说杂志如《惊奇故事》《星际故事》《惊悚故事》《未来船长》等都质量下滑、经营惨淡，但是，坎贝尔主编的《惊险的科学小说》却取得了较好的经济效益。坎贝尔的秘密武器就是运用小说的艺术性。"他本人有着丰富的创作经验，因而知道读者的口味和创作的方向。他倡导作家要跳出传统的太空冒险、机器人题材的圈子，将注意力转向科学文明可能给社会带来的负面影响，与此同时，要改变重情节轻人物的陋习，在小说风格与技巧方面精益求精。在约翰·坎贝尔的影响下，《惊险的科学小说》很快团结了一大批才华横溢的作家。他们在心理学、哲学、政治等领域大胆探索，发表了不少优秀的科学小说，从而又掀起了一轮创作高潮。……他们的题材范围更宽，主题更深刻。而且他们更重视小说技巧，讲究文学性。"[20]

在美国，20世纪30年代末至50年代初这一时期被视为科幻小说的黄金时代，而这一时代又被称为坎贝尔时代。小说性在其中发挥的重要作用不言自明。

2. 科学性

加泰尼奥说："没有科学，也就没有真正意义上的科学幻想小说。"[21] 被誉为科幻小说之父的法国作家儒勒·凡尔纳的创作有力地说明了这一事实。

凡尔纳的第一部科幻小说《气球上的五星期》（1863），是原型式的作品，它能够显示在凡尔纳漫长的创作生涯中，是如何将现代科学运用于自己的幻想小说之中的。在这部小说中，凡尔纳把机械原理、地理科学、气球和非洲探险巧妙地结合在一起。

凡尔纳曾参加朋友纳达创立的一个"航空旅行"团体，而纳达建造的"巨人号"气球在1863年升上了天空。让气球在不同的高度利用不同的气流进行长距离的飞行，这一想法是凡尔纳从空气静力学的伟大先驱者之一默斯尼埃船长的文章里获得的。可见科学经验对凡尔纳的科学幻想构成了直接的启发。在当时，气球的长距离飞行的难题是控制问题。这个问题通常是这样来解决：抛出沙袋使气球上升，或放出一些气体使气球下降，直到找到一阵可以使它按正确的方向飞行的风为止。如此复杂的操纵，造成长距离气球飞行都以失败告终。在小说中，凡尔纳则用一个精巧的装置解决了"维多利亚号"气球的飞行问题。这个装置能使氢气受热，于是气球膨胀上升。他用了好几页篇幅对自己发明（想象）的这种装置作详细的"科学论述"，尽管这是一个可能致人丧命的装置。

凡尔纳在创作《从地球到月球》（1865）和续集《环绕月球》（1870）之前，对空气压力、飞行速度、起飞的合适地点、在宇宙间的失重现象以及溅落等都一一做过精确的研究，并仔细绘制图形，仿佛真要做一次宇宙航行。正因为如此，当人类在20世纪60年代登月成功时，人们才发现很多实际情况与凡尔纳当年的预言恰相吻合。

凡尔纳的科幻小说创作不仅证明了科学在科幻小说中的重要地位，更显示出对科学的可能性进行想象的巨大魅力。

需要指出的是，科幻小说的科学性问题一直是争论的问题。科学家们往往要求科学幻想严格地符合科学，但是，有些科幻小说作家则声明，科幻小说可以不按照科学原理去写，可以夸张，只要是可能的，就应该被允许。这两方面的说法都让人产生疑惑：严格地符合科学，还有幻想吗？不按照科学原理去幻想，难道还叫"科学幻想"吗？

3. 幻想性

把科幻小说与幻想小说两者的"幻想"作一下比较，有助于理解科幻小说的幻想性质。

在西方，至少是西方的英语世界，在概念上是将科幻小说（Science-fiction）与幻想小说（Fantasy，亦译为幻想文学）明确区分的。加泰尼奥指出："雨果·根斯巴克于1927年首先将'科学的幻想'（Scienti-fiction）这个词缩写成'科学幻想'（Science-fiction），后者迅速地转换成'科幻'（SF）。这种体裁的新颖性清晰地表现在它的名称上，尽管人们会说威尔斯早就在使用'科学的幻想小说'（Scientific romance）这个名称，然而，这一次，所有与过去的幻想文学有关的一切联系都消失了，唯有想象继续存在着。而且这个词与当时指称该体裁的一个极为通俗的词'fantasy'即'幻想'形成对照。"[22]

科学文艺研究专家郑军认为，幻想文学（即幻想小说）是指那些同样有超现实情节，但把这类情节建立在灵异、魔法等超自然现象上的作品。幻想文学与科幻文学的前身都是古代的浪漫主义文学，但是，有没有科学内涵这个前提将它们一分为二，各自发展。

幻想小说和科幻小说虽然都是表现以当下的常识性观念来判断并不存在的

生活世界，但是，两者的幻想的指向却完全不同。

眼下风靡全球的 J·K·罗琳的"哈利·波特"系列中的《哈利·波特与魔法石》一书，写到了哈利·波特因为能够隐身而成功地走进了禁书区这一情节；H·G·威尔斯的名作《隐身人》更是以整部作品写了天才的物理学家格里芬的隐身故事。我们可以清楚地知道，哈利·波特能够隐身是因为他披上了父亲给他留下的隐身衣，而这件隐身衣的魔力来自超自然的魔法的世界，与科学毫不相干。可是，物理学家格里芬的隐身则是运用了自然科学中的光学原理，是"因为服了使血液脱色的药"，才变成了隐身人。

幻想小说与科幻小说采用了两种不同的思维方式。

郑军说，科幻小说的"最基本的原则，就是一定要以严谨的科学理性为父，浪漫的想象力为母，才能孕育出科幻小说中那些准确的预言"[23]。科幻小说是一种预言，它以科学的方法预测人类的未来。由于遵循科学方法的本质，科幻小说基本上排除了超自然的因素。儒勒·凡尔纳出版于1869年的《海底两万里》对巨型潜水艇的预言，H·G·威尔斯出版于1899年的《当沉睡者醒来》对飞机的预言，都不是凭空臆测，而是有着当时科学活动的启发，并依据了科学理性的方法。科幻小说的幻想建立在现代科学假设的基础上，建立在一种可望核实、可待应用的可能性上。具有预言情结的科幻小说是指向未来的。

幻想小说虽然并不反对科学，但是，它的想象力也并不与科学理性联姻。E·内斯比特的《沙子里的妖精》、C·S·刘易斯的《纳尼亚传奇》、J·K·罗琳的"哈利·波特"，这些幻想小说在超越现实世界时，凭借的是与科学相向而踞的超自然的想象力。而且，与科幻小说指向未来的预言性思维方式相反，幻想小说往往悄悄地把读者的思绪引向对过去的泛灵论时代的缅怀。1902年，E·内斯比特笔下的沙妖精的魔法就已经明显衰退，而50年后，玛丽·诺顿的幻想小说《地板下的小人》所描写的小人已经不再拥有魔力。这种对过去的缅怀，隐含着对恢复人性的丰富性和超越性的渴望。

所以，科幻小说的幻想在性质上是"科学幻想"。"科学幻想"是一个不可分割的整体。

三、科幻小说的类型

从创作方法上，可以将科幻小说分为"硬科幻"和"软科幻"两大类。

有研究者指出，科幻小说从开始至今存在着两大类作品：一类是从科学到幻想，即首先奠基在科学理论、实实在在的技术实践上，然后通过丰富的想象，以达到可能延伸的新领域；还有一类是从幻想到科学，作者从幻想开端，离开创作之时代的科学知识，但是借用科学背景来描述故事。前者以儒勒·凡尔纳为代表，后者可以举 H·G·威尔斯为代表。[24]

凡尔纳和威尔斯创作过题材相同的作品，但是写法却不同。我在前面介绍过，凡尔纳在《从地球到月球》（1865）和续集《环绕月球》（1870）动笔之前，作过充分的科学知识的准备。威尔斯也写过登月题材的《第一批月球人》（1901），里面的登月器是用一种据说能遮断万有引力的物质制成的球体，月球上有一种像昆虫模样的月球人，那里有社会、国王、警察以及严格的等级制度，有工人和工人失业，还有用"无工作时使之入睡"来解决失业问题的措施。威尔斯不受科学发展水平的拘束，大胆驰骋想象，针砭世俗，批判社会。

在科幻小说史研究领域，一般认为，在题材上，凡尔纳是注重科技的"硬科幻派"，威尔斯是注重幻想的"软科幻派"。可以说，在两个人的代表性作品中，凡尔纳的科幻小说重在对未来科学技术可能达到的境界的展望，具有较强的科学预见性，并且对科学给人类社会带来的进步怀着乌托邦式的乐观主义情绪；威尔斯的科幻小说的着重点在于通过科学幻想表现人类社会面临或可能面临的问题，对人类的未来怀着忧虑和不安。

在美国，人们把科学幻想分为"硬科幻"与"软科幻"时，"硬科幻"是指幻想以物理学、化学、生物学、天文学这些自然科学为基础，"软科幻"则是指幻想以社会学、历史学、哲学以及心理学为基础。

从读者对象的角度上，也可以将科幻小说分为两大类：专为少年儿童创作的科幻小说与面向一般读者的科幻小说。

在中国，郑文光、童恩正、叶永烈等都专门为少年儿童创作过科幻小说。在西方，像凡尔纳、威尔斯、阿西莫夫、亚瑟·克拉克等影响巨大的作家的作品显然是为更广泛的一般读者所创作的。

从创作题材上，科幻小说可以分成众多的类别，比如，以宇宙和异星生物为题材的作品，以未来社会为题材的作品，以时间、次元为题材的作品，以人类进化或突变为题材的作品，以生态毁灭、地球末日为题材的作品，等等。

第三节　科学美文

一、科学美文释义

"科学美文"是我经过慎重考虑后提出的新的文类概念。我用"科学美文"替代的是一直被广泛使用的"科学小品"这一文类概念。

一般来说，已经或几乎约定俗成的文类概念能不改当不改。但是，由于"科学小品"存在误导读者的意识和不能涵盖一些重要作品的问题，所以，我提出"科学美文"这一替代的概念，以提供一个新的思考契机。

"科学小品"是一个中国化的名字。最早提出"科学小品"这一文类概念的很可能是陈望道。1934 年 9 月陈望道主编的《太白》半月刊创刊号出版，其上辟有"科学小品"专栏，共发表了 4 篇科学小品。这是"科学小品"第一次见诸报刊。1962 年，陈望道在写给科学文艺作家叶永烈的信中说："至于'科学小品'一词究竟是谁最先提出，我也已经记不清楚，可能是我提出，并得到《太白》编委诸同志，撰稿的诸科学家同意的。"㉕

"科学小品"这一概念的问题主要出在"小品"身上。

"小品"概念是中国式的，从晚明一直称呼到现代。在现代，是用中国古代的现成词汇，对译西方的 Essaya、Familiar Essaya，其间生出种种问题。最大的问题，是"小品"的"小"。有人认为，把小品的"小"理解为篇幅短小，是肤浅、片面的，小品并不限于篇幅短小的作品。但是，很多人都把"小品"理解为多指篇幅短小的作品，表明"小品"概念确有导向"小"的功能。比如，《中国大百科全书·中国文学卷》对小品的定义是："散文品种之一。'小品'一词在中国始于晋代，称佛经译本中的简本为'小品'，详本为'大品'。后遂以'小品'统称那些抒写自由、篇幅简短的杂感随笔文字。"㉖20 世纪 30 年代，一些小品研究者的小品定义中，大多有"简短""短文""短小精悍"等字样。阿英在 30 年代回顾现代小品的发展时，推周作人为"正式的作为正统小品文的美文"的首创者，而周作人的小品文也正具有"短小"这一特征。

现代的"小品"常常对译的是 Essay 一词。对 Essay 一词，现代作家、学者有不同的理解和译法，有人译作随笔、论文、美文等，但更多的人则主张译作"小品"或"小品文"。周作人在 1921 年时，将 Essay 这类作品称作"美文"，但是后来，也把英法的 Essay 说成是"小品文"。

把 Essay 译作"小品"是不合适的。诗人朱湘就不同意这样翻译，他指出 Essay 并不一定篇幅短小。"有一种最重要的'文章'：'爱琐'文。这便是普通称为'小品文'的那种文章；不过我个人不满意于'小品文'这个名称，因为孟坦（Montaigne）在西方文学内是正式的写这种文章的第一人，他有许多 Essays 在篇幅上一毫不小，有的甚至大到数万字的篇幅，至于在品格上，他的 Essays 的整体是伟大的，更是公认的事实。"㉗查尔斯·兰姆是被称为地地道道地属于蒙田一派的英国散文大家，他的两辑《伊利亚随笔》是 19 世纪英国浪漫主义运动的产物，是英国文学的瑰宝，不论是篇幅还是内容，以"小品"相称，显然也是不合适的。

在"科学小品"这里，也有同样的情形。法布尔的《昆虫记》是科学文艺的经典作品，称其为"科学小品"并不恰当。劳伦兹的《所罗门王的指环》《狗的家世》当然是动物行为学的名著，但我也把它们看成是科学文艺的杰作，我完全无法把这样伟大的作品，装进"科学小品"这个小篓子里。还有梭罗和普里什文的文章，虽然它们篇幅不长，但是并不是芥川龙之介所比喻的"点心"

和鲁迅所比喻的"小摆设",里面有真正的科学和深邃的思想。

所以,我主张用"科学美文"取代"科学小品"。科学美文具有包容性,既包含了短篇,也涵盖了长篇,不论是短篇还是长篇,科学美文都不是"点心"或"小摆设",科学美文不"小"。

二、科学美文的特质

如果将科学美文与科幻小说进行对比,就会看到科学美文具有以下特质。第一,科学美文与科幻小说不同,它是散文的一种,因此属于纪实文学,具有非虚构性。第二,科学美文以给予读者有关大自然、有关客观物质世界的规律性认识为主要目的,是对科学的发现而非对科学的预言或幻想。第三,在对科学的揭示中,发现文学的美和生活的价值。

写动物的科学美文与动物文学具有一定的联系。大约以介绍关于动物的科学知识为主要目的,描写普遍的动物习性的作品将成为科学美文;以描写动物的情感生活为目的,描写富有个性的动物形象的作品将成为动物文学。科学美文只能纪实,动物文学则可以虚构。

由于科学美文的上述特征,文中的科学的含金量就变得尤为重要。是否具有对科学的原创性发现,往往决定着科学美文质地的优劣和水准的高下。

法布尔的《昆虫记》表达了他的两种爱：一是对昆虫生命的挚爱；一是对科学真理的挚爱。在科学发现方面，《昆虫记》取得了巨大的成功，法布尔因此被当时法国与国际学术界誉为"动物心理学的创导人"。《昆虫记》中充满了对昆虫"灵性"的发现。法布尔通过这些发现，质疑达尔文的变形论和适应论。

梭罗的《种子的信仰》既是地地道道的文学，也是地地道道的科学。小罗伯特·D·理查森指出："《种子的传播》的理论与当时流行的植物'自发'生长的观念背道而驰，当时流行的观念认为植物不是通过根、插枝和种子来生长。……梭罗则在报告中指出，在他这么多年的观察中，他从未发现自发生长的真实例子。他定义，如果排除插枝和植根，植物总是从以各种方式传播到各地的种子中长出来，很多方式是人们以前都没注意到的。"㉘《种子的信仰》的魅力使我们相信，真正的、优秀的科学美文必须拥有真正的科学，而不是对科学的一知半解、鹦鹉学舌。

但是，另一方面，科学美文又对作家的艺术气质和艺术功力有着特殊的要求，因为在对科学的揭示中，发现文学的美和生活的价值有其特殊的难度。

法国的布封本身就是科学美文作家，他的《动物素描》对后人颇具影响。"风格即人"是他的名言。在科学美文的创作中，"风格即人"显示得尤为突出。

优秀的科学美文作家是哪一类人呢？从他们的作品中，我们能感受到他们是理性与感性协调发展、有机融合的人。法布尔应该是其中的典型。

法布尔被称为"昆虫界的荷马""昆虫世界的维吉尔""科学的诗人"，法国学术界和文学界曾推荐法布尔为诺贝尔文学奖的候选人，可惜法布尔与世长辞，没有给诺贝尔评奖委员会下决心的机会。法布尔的作品的最大特色，在于对科学观察的记载十分翔实，对情感、价值观的表达至为真挚。

《知了》是法布尔广为人知的名文。文章从调侃也很有名的拉封丹的寓言诗《知了和蚂蚁》中的知识错误开始，详尽叙述了知了的地下、地上的生活，然后在文章的结尾，从知了的真实生存中，发掘出令人动容的文学的人生观——

在地下蛰伏四年，就是为了在阳光下活一个月。这就是知了的生活。请不要责备知了为了表达欢乐而高声喧哗。它穿着简朴的外衣，在黑暗的地下过了四年，除了掘土就是挖洞。突然间，满身土灰的挖泥工换上了漂亮的外衣，长出了可跟鸟类媲美的翅膀。暖风徐吹，阳光普照，它怎能不欣喜若狂，它怎能不为这费尽艰辛、历尽磨难才迎来的、如此短暂的节日而放声高歌呢？

（谭常轲译）

可见，求真务实的科学家和尊重、热爱渺小生命的诗人，两者同时集于法布尔一身，才有了《昆虫记》这部空前绝后的科学美文的巨著。

法国似乎在科学与文学、理性与感性的融合方面得天独厚。让－玛丽·佩尔特、马塞尔·马祖瓦耶、泰奥多尔·莫诺、雅克·吉拉尔东合著的《植物之美》一书，像他们的同胞法布尔面对昆虫一样，在揭示植物的生存奥秘的同时，展示了植物的生命之美。

由于科学美文的性质和创作上的难度，我们无法奢望科学美文产生层出不穷的佳作。

注 释

① 浦漫汀：《儿童文学教程》，山东文艺出版社，2000，第 134 页。

② 鲁迅：《〈月界旅行〉辨言》，见《鲁迅全集（第 10 卷）》，人民文学出版社，1981。

③ 郑文光：《科学文艺杂谈》，见黄伊：《作家论科学文艺（第一辑）》，江苏科学技术出版社，1980。

④ 转引自朱光潜：《西方美学史》，人民文学出版社，1994，第 438 页。

⑤⑧［美］盖瑞·保罗·纳布旱：《序言：学习土地和森林的语言》，见［美］亨利·D·梭罗：《种子的信仰》，何广军等译，中国青年出版社，2005。

⑥⑦㉘［美］小罗伯特·D·理查森：《"种子的传播"引言》，见［美］亨利·D·梭罗：《种子的信仰》，何广军等译，中国青年出版社，2005。

⑨［苏］伊林：《文学与科学》，见［苏］马·伊林等：《科学与文学》，余士雄、余俊雄编译，科学普及出版社，1983。

⑩⑪⑫⑭㉑㉒［法］让·加泰尼奥：《科幻小说》，石小璞译，商务印书馆，1998。

⑬转引自刘文刚：《20世纪世界儿童文学名著精粹》（科幻小说卷）"前言"，湖南少年儿童出版社，1992。

⑮［美］R·W·爱默生：《自然沉思录》，博凡译，上海社会科学院出版社，1995，第70—71页。

⑯转引自杜渐：《谈谈中国科幻小说创作的一些问题》，见黄伊：《作家论科学文艺（第一辑）》，江苏科学技术出版社，1980。

⑰［日］福岛正实：《科学小说的定义》，见黄伊：《作家论科学文艺（第一辑）》，江苏科学技术出版社，1980。

⑱王晶：《西方通俗小说：类型与价值》，云南人民出版社，2002，第111页。

⑲［英］玛丽·雪莱：《〈科学怪人〉序》，安徽少年儿童出版社，1992。

⑳黄禄善：《美国通俗小说史》，译林出版社，2003，第307页。

㉓郑军：《科幻小说——预言与真相》，东方出版社，2003，第125页。

㉔徐知免：《凡尔纳传》"中译本代序"，见［英］科斯特洛：《凡尔纳传》，漓江出版社，1982。

㉕见叶永烈：《写给"小叶永烈"》，上海科学普及出版社，2005，第273页。

㉖《中国大百科全书》，中国大百科全书出版社，1986，第1084页。

㉗朱湘：《文学谈话（七）·分类》，转引自欧明俊：《现代小品理论研究》，上海三联书店，2005，第17页。

一、思考与探索

1. 你怎么理解科学文艺中的科学与文学的关系？

2. 列举你读过的作品，论述科幻小说的幻想与幻想小说的幻想之不同。

3. 你如何评价"科学美文"和"科学小品"这两个概念？

4. "是否具有对科学的原创性发现，往往决定着科学美文质地的优劣和水准的高下。"你赞同本书提出的这一观点吗？请谈谈你的看法。

5. 你重视本书作者说的下面这段话吗？请结合本章论述的内容，思考它的含义。

"在现代社会、科学时代中，科学文艺的作用越来越重要。科学的进步是一种动力，但是，科学是朝着什么方向推动人类社会，是朝向天堂，还是朝向地狱，却需要另外一种力量来把握。如果把这种力量称为信仰，那么科学文艺正是在努力寻找、建立人类的信仰，一种能把人类带进真正的'美妙的新世界'的信仰。科学文艺在现代文明的发展中的作用功不可没。"

二、拓展学习书目

1. ［法］让·加泰尼奥：《科幻小说》，石小璞译，商务印书馆，1998。

2. ［苏］马·伊林等：《科学与文学》，余士雄、余俊雄编译，科学普及出版社，1983。

3. 郑军：《科幻小说——预言与真相》，东方出版社，2003。

4. 吴岩、吕应钟：《科幻文学入门》，福建少年儿童出版社，2006。

5. 韩松：《想象力宣言》，四川人民出版社，2000。

第六章

动物文学

第一节　动物文学是什么?

一、动物文学释义

如果说，描写到动物的文学就可以称为动物文学的话，这种文学可以分为三种类型。

第一种类型是寓言、童话作品。在这类作品中，动物是被拟人化的，它们操着人类的语言，并仿照人类的思想、情感、社会关系乃至伦理道德来行动。《伊索寓言》《列那狐的故事》就是这类作品的代表。寓言和童话作品也会在一定程度上，部分地依据动物的习性进行描写，但是，这些习性对于动物形象没有质的决定性。

第二种类型的作品，其中的动物角色虽然拥有动物的属性，但是能够像人类一样思考和讲话。英国女作家安娜·西韦尔的《黑骏马》(1877)被一些研究者视为动物小说的鼻祖。这部作品的故事由黑骏马来叙述，马能够思考，马与马之间可以讲话，但是马与人不能对话，尽管它可以听懂人讲的话。小说里的马除了能思考、讲话，其他生活经验和事实全部符合马的习性。其实，早于《黑骏马》的有法国作家得·塞居尔夫人的《驴子的回忆》(1859)，这部作品的手法令人感到《黑骏马》倒有些像是它的翻版。奥地利作家费·察尔腾的《小鹿班比》（1924）采用的描写动物的方式与《驴子的回忆》《黑骏马》也十分相似。

第三种类型的作品，是以人类能够客观观察到的本真的动物为主人公的作品。开辟这一动物表现新方法的人是加拿大的汤普森·西顿（1860—1946），作品是《我所知道的野生动物》（1898）。有些研究者（包括我在内）把西顿视为动物小说的真正鼻祖。西顿动物小说方法的后继者众多，加拿大的查尔斯·G·D·罗伯茨（1860—1943）、美国作家杰克·伦敦（1876—1916）、日本的椋鸠十（1905—1987）是其中的佼佼者。

日本的《文学教育基本用语辞典》为动物文学下了一个明晰的定义——

> 动物文学是以动物为主人公，或者以动物为题材的文学作品的总称。动物文学既有《伊索寓言》这类通过拟人化的动物呈现人类的善和恶的作品，也有描写自然中的本真的动物以及动物与人类之间交流的作品。说到动物文学时，一般指的是后者，其特征是写实式地真实描写动物的世界。优秀的动物文学是以对动物的生态认识、研究、观察、情感为根基。[①]

这个定义基本上是将寓言、童话这样的拟人化动物故事排除在动物文学之外。我也认为，将人类社会的价值观和道德标准以及属人的情感、思维、性格等借动物的面孔和身体来表现的作品并不是动物文学，因为它不具有"生态性"。动物文学必须是生态文学。

另外，即使是在所谓"写实式地真实描写动物的世界"的作品中，也存在着我们在前面介绍的第二类和第三类作品。本章所论述的动物文学虽然也包括了上述第二类作品，但是将第三类作品作为动物文学的主体和典型。

二、动物文学的艺术原则

在阐述动物文学的性质时，我们把将动物拟人化的寓言故事、童话故事排除掉了。因为动物文学是表现动物的文学（虽然常常会与人类放在一起来表现），而寓言和童话的目的却不在表现动物，而在表现人类。

那么，表现动物的动物文学有哪些艺术原则呢？

1. 遵循生物学的规定

动物文学是以真实性为准则的文学。动物文学的真实性是指写出动物生命的真实状态。虽然动物文学不是照着生物学著作来写，但是写出的动物的生命、生存状态却应该与生物学相符合。

动物文学也要进行虚构，特别是在动物行为的细节描写上，不可能全部出自作家的亲身观察，一定要有推测性的虚构。但是，动物文学的推测也是有限定的，作家没有一个全知全能的视角。我们可以用西顿的动物小说来说明这个问题。

《春田狐》这篇小说主要描写了狐狸妈妈维克森的母爱。猎人捣毁了偷鸡吃的狐狸维克森的窝，俘虏了小狐狸梯普，用铁链把它拴在院子里。夜里，维克森来救它的孩子了。它一次次叼起梯普往回拖，但是，当铁链拉直时，小梯普就会被扯痛，于是，维克森便用牙齿去啃咬铁链，无济于事后又挖坑，把铁链收到坑里埋上（它以为这样铁链就不存在了），结果小梯普还是被铁链扯住了。连续四个晚上，维克森都冒着被猎人的子弹打中以及猎狗追咬的危险来送吃的，并努力想救走它的小梯普。到了第五个晚上——

维克森像个黑影儿似的跑来，待了一会儿，又无声无息地走掉了。梯普呢，一口咬住了它扔下来的一样东西，津津有味地大吃大嚼起来。可是，就在它吞咽的时候，一股刀扎似的剧痛刺透了它的全身，痛得它禁不住失声大叫起来。接着，小家伙又挣扎了一阵子，就躺在地上永远不动了。

维克森的母爱是挺强烈的。它非常清楚毒药的功力，也懂得毒饵的性能。可是这次它扔给小家伙吃的是毒饵，结果小家伙死了。这究竟是怎么回事，那就很难解释了。（黎金、林希译）

对于狐狸妈妈维克森扔毒饵给梯普这一行为的动机，西顿只明智地表示了他的困惑，而将生物学上未经证实、无法证实的原因交给读者去猜想，从而保证了作品的真实性（这样的处理，使作品平添了一份神秘和感动，而这正是动物文学的魅力所在）。威廉·冯特的著作《人类与动物心理学讲义》可以被看作心理学独立的宣言书，其中论述了动物心理学研究中的同情心和想象力倾向与科学精神的区别。动物小说创作也面临着同样的矛盾。西顿很明智地用"那就很难解释了"这种诚实的态度，同时也是语言策略来解决这一难题。

动物文学作家必须是动物习性、情感的观察者，像西顿这样的经典动物小说作家同时还是博物学家。在这个意义上讲，动物文学具有科学性，有一部分特质与科学文艺有所交叉重叠。

很多文类中都有处于模糊地带的作品，动物文学也不例外。在动物小说中，也有拿生物学的标准来衡量，似乎经不住严格检验的作品。比如，前面讲到的《黑骏马》《小鹿班比》，还有法国作家黎达的《海豹历险记》《棕熊妈妈的管教》等作品都有动物之间的对话，而对话的内容显然还不能由动物学来证明其真实性。

对《小鹿班比》的方式，诺贝尔文学奖得主、英国作家约翰·高尔斯华绥曾如此评价："《小鹿班比》是一本使人愉快的书，就感觉的

世界儿童文学十大名著

小鹿
班比

珍藏本

福建少年儿童出版社

细腻和必要的真实而言，我还不知道任何一篇有关动物的故事可以同这本描写森林里的小鹿的生活的著作相比。费利克斯·察尔腾是一位诗人。他对自然感受很深，他对动物非常热爱。一般说来，我并不喜欢让动物口吐人言的方法，而这本书的成功就在于，在对话的后面，你感觉得到那些说话的动物的真实感情。清晰明确而又光彩夺目，有些地方非常动人，这是一部小小的杰作……"②

用拟人手法写动物小说就像人走钢丝，是十分危险的。但是，作家察尔腾天才地对拟人手法加以控制，使其不妨碍作家对动物的生活习性和内心情感的真实描写，诚如高尔斯华绥所说，保持了"必要的真实"，因而这部作品不仅没有滑落到童话这种文体上去，而且成了动物小说中别具魅力的作品。其实《黑骏马》《海豹历险记》《棕熊妈妈的管教》等作品也可以作同样的评价。这些作品与寓言、童话的区别是以写动物为目的，而不是通过对动物的拟人化描写，以写人为目的。这些作品不是在写人，而是在写动物。

吉卜林的《森林之书》是一个例外。多数研究者将它定性为动物小说，这是值得商榷的。问题在于作品中的动物关系，是人类社会的关系。仅举一例：人类孩子毛格利落入森林并被一个狼的家庭收养。毛格利加入狼群必须得到所有狼的承认，但是有狼提出了疑义。按照所谓"丛林法律"的规定，这时至少要有两个成员为毛格利说话，他才能被接纳。黑豹巴赫拉出来说话了："我没有权利参加你们的集会；但是丛林法律说，对于处理一个新崽子，如果有了疑问，又不到把他杀了的地步，就可以出个价买下他的性命。法律并没有说谁可以买，谁可以不买。我说得对吧？"巴赫拉以一头刚杀死的肥公牛，买得了毛格利被接纳的权利。接着，巴赫拉针对老虎谢尔可汗得不到毛格利时发出的恼怒吼叫说："总有一天，这个光着身子的小家伙会让你的吼叫变个调的，如果不是这样，就算我对人情世故一窍不通。"巴赫拉的话泄露了《森林之书》性质上的秘密。这是一部以"人情世故"为逻辑创作的作品，它离开了动物本能、森林法则的逻辑，进入了人类善恶的关系网之中。

将人类社会的价值观和道德标准以及人类的情感、思维、性格等借动物的面孔和身体来表现的作品并不是动物文学。因此，作为动物文学，《森林之书》是值得怀疑的。《森林之书》不过是较多地吸纳了动物习性的处于动物小说和童话之间的作品。

去经受生物学标准的检验，这是想成为动物文学的每一部作品都要跨过的一道门槛。

2. 表现"这一个"的个性

前面已经说过，与写人的写实主义小说一样，动物小说以真实性为自己的第一道生命线。在动物小说中，动物的生活习性和行为方式首先要经得住生物学的检验。这使动物文学与将动物人格化的寓言与童话相区别。但是动物文学中的动物又不是生物学教科书中的普遍的动物，而是大自然生活中的富于生活感，具有独特个性和丰富的内心世界的"这一个"文学形象。因此，动物文学以对个性化的、有灵性的动物形象的艺术塑造为自己的第二道生命线。这又使动物文学与介绍动物习性的知识读物相区别（尽管动物文学包容着关于动物的丰富知识）。

与人相似，动物也有个性。我们都知道狗是一种对主人忠诚的动物，但是，读过劳伦兹的《狗的家世》，了解那只叫施坦茜的狗与劳伦兹的关系的读者就知道，狗的忠诚程度是不一样的。在这本书中，劳伦兹还介绍过一只猎獾狗，它实在太过于对人"忠诚"了，以至于对任何人都"投怀送抱"。

真正了解动物的作家，特别是小说作家，当他笔下出现真实环境中的真实动物形象，其性格和命运往往就会成为"这一个"。

动物的个性的形成与人的个性的形成一样，是遗传的气质和环境的影响共同作用的结果。对此，西顿颇有体会："卡普在这之前就是一头性格不太开朗的小熊，现在，它比以前更忧郁了，整天阴沉着脸，郁郁寡欢，这都是因为在它心灵成长的过程中，遭受了连续不断的打击才形成的。"（《灰熊卡普》）在《熊王》中，猎人兰捕获了两只小熊，一只叫查克，一只叫基尔。雌性的基尔性情凶猛，尽管过了很长时间，也无意改变它当初的野性。查克则不然，它会向兰靠近，以甜蜜的声音撒娇。当查克和基尔一起闯了祸时，它们的表现和所得到的待遇都完全不同——

对于人的表情，两只小熊一无所知，但对于发怒和惩罚是怎么回事却多少知道些。因此，姐弟俩似乎已经明白这是自己犯了过错，或者，至少像是也觉察到出了什么危险。

基尔马上显得很慌张起来，因此蹑手蹑脚地退缩到黑暗的角落里，并用恐怖的目光一动不动地盯着兰。可是查克呢，它却歪着头，看着主人，那样子似乎把自己所做的恶作剧全部忘掉了，而且还高兴地叫着。接着，它又迈着小步匆匆向主人跑去，耸起了鼻子，撒娇地叫着，并伸出了沾满油、粘糊糊的前腿。和往常一样，露出了世界上最可爱的小熊的样子，好像是叫人把它抱起来。

结果是，"兰一看到那只不害羞的、对它无计可施的小熊来到脚下并想爬到自己身上的时候，那种强烈的、怒气冲冲的样子早已从猎人兰的脸上消失了"，他"像往日一样抱起了那只全身发粘的、脏乎乎的小熊，温存地抚摸着它。可是基尔呢，它却只身承受了兰的怒气"，"而且脖子上的锁链又加了一道，被牢牢地绑在木桩上"。

优秀的动物小说作家，都具有把握和表现动物个性的才力。比如，杰克·伦敦的《野性的呼唤》里的巴克和《雪狼》里的"雪狼"，同样是写狼狗，椋鸠十的《小猴日吉》与《矮猴兄弟》，同样是写小猴，但是性格也是个个不同。

当作家笔下出现有个性的"这一个"动物时，动物文学的"真实性"和独特的艺术魅力就会呈现出来。

3. 拥有尊重动物生命的动物观

劳伦兹曾说："为了能够确切描写动物的故事，一个人必须对所有的生命，都怀有一份发自内心的真感情。""如果你对动物没有爱心，不能把动物视为人类的近亲，就别想与动物建立互信的关系，也别想在研究方面有什么重大的收获。"③劳伦兹说的是动物行为学研究，但是，也道出了动物文学作家所应该具有的资质。

其实，对动物文学作家而言，光有"爱心""互信"还不够，还要有对动物生命的尊重。椋鸠十的《大造爷爷和雁》是一个典型的例子。

"残雪"是一只大雁的名字，因为它的两只翅膀上混杂着雪白的羽毛，所以猎人们这样称呼它。残雪是沼泽地里的雁群的头领，它非常机灵，雁群外出觅食，它都会警惕地守望着四周的动静。前两年，它都识破了大造爷爷的捕猎计划，帮助雁群摆脱了危险。这一年，残雪又带着雁群来到这片沼泽地。有一天，残雪为了营救被隼攻击的一只掉队的大雁，在与隼的搏斗中受伤，而被大造爷爷捕获。作家这样描写当时的场面——

> 残雪的胸口附近被鲜血染红了，它筋疲力尽地躺在那儿。可是，当感觉到又一个可怕的敌人走近时，它用尽残余的力气，仰起长长的脖子，面对面地瞪着大造爷爷。
> 虽说残雪是鸟类，但显示出的也是作为头领所具有的堂堂气概。
> 即使大造爷爷伸出手，残雪也并不惊慌地挣扎。就算感到死期将至，似乎它也在努力保持作为头领的那份威严。

大造爷爷将残雪养了一个冬天，却在春天将养好了伤的残雪放走了——

> 这是愉悦的展翅试飞。残雪笔直地飞上了天空。
> 烂漫开放的李花，被它的翅膀触碰，如同纯净的雪花，纷纷扬扬地飘落。
> "喂——，大雁中的英雄啊，我不会用卑怯的方式来打败你这样了不起的生灵。听着，今年冬天，依旧带着你的伙伴们到沼泽地来吧。这样，我们就可以堂堂正正地再较量一番了！"
> 大造爷爷站在花树下，大声地向残雪呼喊。他面露愉快的神情，注视着一直飞向北方的残雪。
> 就这样，大造爷爷久久地，久久地注视着。

（朱自强译）

这段文字表达的是大造爷爷的情感，也鲜明地渗透出作家的价值取向，字里行间充满了对一只大雁的敬重。

人类虽然具有优秀的智力的资质，但人类并没有权利去决定资质低劣的动物的生存及其生存方式。动物文学作家不能宣扬人类本位和强者本位的思想。我们可以回想西顿笔下那些具有各自生命的充实感、幸福感、尊严感的动物形象。即使是一只松鸡，也"每天都要到它的树桩上去，为它们欢乐的生活擂鼓高歌"，而当它死于猎人之手之后，"到了春天，树林里的鸟儿也听不到咚咚的军乐声了。烂泥涧那根用来啄击的老树桩子，自从不用了以后，也无声无息地腐烂了"（《红脖子》）。在这里我们看到的是作家对动物生命的博爱之心、尊重之心、赞美之心。

如果我们深切体味汤普森·西顿、杰克·伦敦、椋鸠十的作品，体味《小鹿班比》《白比姆黑耳朵》《格里什卡和他的熊》《野生的爱尔莎》，我们便会感受到这些动物文学所表现出的作家对动物生命的理解、尊重甚至是崇尚。他们创造的是以动物为本位，立于动物生命空间的文学。

对于动物小说作家而言，了解动物习性是"术"，解决好人类与自然界中的动物的关系，特别是自身与笔下的动物的关系是"道"。而在这"道"中，对动物生命的尊重是核心。

三、动物文学的独特价值

人类是从大自然中发展而来的，不仅永远不可能摆脱自然，并且人的自身也将永远带着大自然的属性（生物性）。就如英国动物学家戴蒙德·莫里斯在《人这种动物》一书中所说的："人是动物，我们有时很可怕，有时很伟大，但总是动物。我们也许一厢情愿自许为堕落红尘的天使，但实际上我们只是站直了身子的猴子。""我们来自动物的遗传比我们平常愿意承认的要多，但是我们并不应该以我们的动物天性为耻，而应以尊重的态度来对待它……"④

动物文学的产生是与人类对自身与自然之间关系的认识取得进步有密切关系的。人类对"化中人位"（严复译语，指人在自然界中的位置）的认识，大致依次有三种历史模式，即人是自然的奴隶，人是自然的征服者，人是自然的一部分。正如以成人为本位的社会不会产生真正意义的儿童文学一样，将人类视为万物的中心和尺度的意识也不会生成真正的动物文学。只有当人类的认识选择了第三种历史模式时，动物文学才会应运而生。

动物文学的独特价值主要体现在以下三个方面。

1. 人文思想价值

在人类认识自身的心灵的历史过程中，对儿童和动物的发现，是两个极为重要的里程碑。儿童的发现，使人类得以克服成人本位观念，而动物的发现，则促使人类摆脱人类沙文主义思想。

18 世纪法国革命家罗朗夫人有一句名言：我对人了解越深，就越发喜欢狗。读埃莉诺·阿特金森的《义犬博比》、特罗耶波尔斯基的《白比姆黑耳朵》，我们不能不思索罗朗夫人的话。当然不能将罗朗夫人的话完全反过来说，但是，我们可以说，对人类对动物了解越深，就越发反思自己。认识人性，也应该通过认识动物性来完成。

文学是人学，从表面形式看，动物文学一般并不将人作为自己的主要审美对象，但是，动物文学对人类、人生的观照采取的是反观的方式，即通过对非人类的动物生命的本性及生存状态的"发现"，来实现人类对自身的反思，更深刻地揭示、阐释人性问题。动物文学的这种思想形式及其价值，是任何其他文学样式所无法替代的。

已经过去的 20 世纪是一个充满悖论的世纪。在这个世纪里，人类文明既取得了极大的进步，又面临着深刻的危机，而危机中的危机就是人类以自我为中心，舍弃了同自然的和谐关系。在 21 世纪，如果不出现马克思、恩格斯在 100 多年前所期盼的"人与自然的和谐"状态，人类的前途是难以期待的。而要实现"人与自然的和谐"，最先决和根本的一步就是建立起健全的生命意识。这种健全的生命意识就离不开人类对"化中人位"的认识，而不正确地解决好人类与动物的生命关系，正确的"化中人位"也难以找到。正是在这个意义上，以文学审美的形式，标示"化中人位"的动物文学这面旗帜应该得到更高的张扬。

2. 艺术价值

动物文学的艺术价值和思想价值本来是一体的，离开艺术价值，思想价值也难以独立成立。

动物文学是儿童文学中极具特色的一种艺术样式，是儿童文学从独特的角度注释、诠释这个世界的不可或缺的方式之一。因为作为"戴着镣铐跳舞"的文体所具有的难写性质，动物文学创作，即使是在西方，历来也是产量不高，佳作不多。

优秀的动物文学也有其不可替代的艺术价值，它不仅以动物形象的塑造和对动物心理的刻画，填补了对生命进行艺术描写的一片空白，而且以其自然、率真、朴素的风格，显露着独特的艺术魅力。

3. 在儿童成长中的意义

动物文学对儿童成长具有重要意义，是因为动物对于儿童的成长、发展具有重要的影响。

"就像父母或祖父母一样，孩子的宠物可以给孩童被爱的感觉、在情绪低潮时给予信心、对抗孤单，以及提供情感上的支持。就像兄弟姐妹一样，宠物也是家里的玩伴，或是放学后，家里空无一人时的伴侣。也像朋友一样，可以对宠物吐露心声、为孩子保守秘密，更是一个好的支持者。""动物迫使孩子认识不同生命的主观存在，而这个存在的生命，在行动上和沟通上，又和他本人大相径庭。"[⑤] 美国学者盖儿·梅尔森所著《孩子的动物朋友》一书透过分析儿童与动物之间深刻而微妙的关系，揭示了动物对于儿童行为与人格发展的影响。

动物文学所描写的动物一方面唤起了儿童自身生活中的动物经验，另一方面，它又与现实中的动物不同，因为它是经过了文学家的审美观照的文学形象，会给儿童带来能够反思、反观、共鸣的审美感动。经由这种独特的生命教育，儿童的成长的生命无疑会变得更为辽阔和充盈。

第二节　动物文学的分类

动物文学是将可观察到动物的行为和情感进行审美表现的一种文学。表现可观察到的动物的行为和情感，作家必然要进行"叙述"。动物文学是叙述性文学，可以分成小说式叙述、故事性叙述和散文式叙述。

一、动物小说

最能反映动物文学特质的是动物小说这一文体。典型的动物小说是由加拿大作家汤普森·西顿开创的，他被视为"动物小说之父"。与西顿同属于一个谱系的经典动物小说作家还有美国的杰克·伦敦、日本的椋鸠十（他也写了数量众多的动物故事）。从他们的创作中，可以见出动物小说的以下几个特色。

1."野性的呼唤"

动物总是与野性联系在一起。对那些在很大程度上失去野性的动物，我们称之为家畜、宠物。动物小说为什么在加拿大、美国而不是儿童文学的发祥地英国产生了最经典的作家、作品？一个重要原因是加拿大、美国的自然生态的原始性、野生性。是否可以说，动物文学，特别是动物小说的发达程度，与自然生态的原始性、野生性的程度是成正比的关系？

西顿的包括《狼王洛波》在内的第一本动物小说集题名为"我所知道的野生动物"。杰克·伦敦的《野性的呼唤》里有"回归荒原"一章，《雪狼》里也有"生在荒原"一章，强调的是"野性""荒原"。椋鸠十也有《孤岛的野狗》这样的钟情于野性动物的作品。事物的发源蕴含着初始的性质，西顿、杰克·伦敦也包括椋鸠十笔下的"野生""野性"是否也透露着动物文学的指归。

"野性"这个词意味着原始的、本能的生命力，它与文明相对照。杰克·伦敦也许是最执着于、醉心于"野性"的动物小说家。他的《雪狼》这样写狗："作为被驯养的狼，他们为人类的火所软化了，由于人类力量的庇护而变得软弱了。"这样的狗在野性十足的雪狼（野性化的狗）面前，全部都不堪一击。雪狼为救主人，与行凶的暴徒搏斗，身负重伤。拯救雪狼性命的不是医生，而是"荒原"——"雪狼直接来自'荒原'。在那里，谁都没有庇护，软弱者很早就灭绝了。无论雪狼的父亲或母亲，他们以及他们以前的世世代代，都没有软弱的缺点。雪狼天然地继承了钢铁一般的体魄和荒原独特的活力，凭借古代一切动物都曾拥有的那种顽强的精神，调动他的全身及每一部分，他的肉体与灵魂，全部用来紧紧抓住生命。"

　　另一方面，杰克·伦敦也深刻地写出了正在被文明驯化的"野性"。充满野性的雪狼被暴戾的主人毒打而跑开，但是最终还是回来了——

　　　　他听见营地的声音，看到燃烧着的火焰。克鲁·库在烧饭。灰海獭蹲着，正慢慢嚼一大块生脂肪。
　　　　营地里有新鲜的肉啊！
　　　　……
　　　　灰海獭看到他，停止咀嚼。雪狼在卑顺和降服的屈辱中，畏缩地慢慢地匍匐前行，每向前一寸，就更慢、更痛苦。他一直向灰海獭爬去，最后躺在他的脚下，心甘情愿地将自己的肉体和灵魂交给他。因为自己的选择来到人类的火旁接受统治。

　　　　　　　　　　　　　　　　　　　　　　　　　　　（格言译）

　　雪狼非但没有受到灰海獭的惩罚，反而得到了一半生脂肪。对雪狼的选择，我们是该庆幸，还是该遗憾？我感到，杰克·伦敦在写下这些文字时，感情是矛盾和复杂的。椋鸠十在《消逝了的野狗》中说："让锁链子拴着，是对野性动物的莫大羞辱，对爱自由的野性动物来说，比死还要难过。"雪狼没有被铁链子锁起来，但是，却被另一条无形的锁链锁了起来。

杰克·伦敦还多次用歌颂般的语言写下野性动物的身体感觉——"他的肌肉充满了生命的活力,弹簧般猛地啪啪一响,立即精神抖擞,意气风发。生命在他的体内流动,汹涌澎湃,狂暴又让人愉快,如醉如狂的状态仿佛要撑破了他,满山遍野,流泻到世界上。""世界到处都使他感到惊奇,体内生命的萌动,肌肉协调的行动,真是一种无穷无尽的幸福。"(《雪狼》)

在当下童年生命的生态性遭到破坏的现状中,应该倡导童年的"身体"生活。从前,我们这一代的童年,有大把大把的时间可以在高山上滑雪、河水里游泳、田野中奔跑,体验到身体的快乐,并由此感到生命的快乐,但是,今天的孩子却被困在教科书中,即使有了闲暇的时间也往往坐在电视机前,或沉溺于虚拟的网络中,失去了真正意义的"身体"生活。人的生命和人性正在被改变,被异化。

阅读动物文学、动物小说,我们不会不对今天的童年的身体生活被挤压甚至被剥夺的现实进行反思。身处不自由的生活日久,人类从自身的状况已经很难体会自由的真义,但是凭着走进动物的生活和心灵世界,我们却可以重新找回生命深处的向往。西顿的《熊王》就是一个关于自由和束缚的故事。"熊王"查克的命运不值得我们去思索吗?熊王查克是被人类囚禁起来,而我们人类自身,则可能是在作茧自缚。

2. 动物小说的戏剧性

动物小说与后面要讲到的动物故事相比,不仅有着更长的篇幅,而且具有相对复杂的结构、主题和人物形象(包括动物形象和人类形象)。而这复杂的结构、主题和人物形象往往是在动物小说的故事的戏剧性中得以形成的。特别是在中、长篇作品中,常常展现着波澜起伏的戏剧性。

动物小说的戏剧性应该如何获得呢?在写人的现实主义小说中,戏剧性基本是建立在人类关系的矛盾、冲突之中。动物小说的戏剧性也会因为动物与人类的矛盾、冲突而形成,比如,椋鸠十的《消逝了的野狗》表现的是野狗亚玛与村里的人们的紧张关系,由这种关系,终于导致了三吉与亚玛的分别。但是,在只有动物形象出现的动物小说中,其戏剧冲突则是建立在动物生命的本能之上的。其实,分析起来,动物小说描写动物与人类的冲突关系时,动物的本能也起着决定性的作用。

　　动物小说能否获得戏剧性情节，也与作家选择的动物物种有关。西顿就认为，创作动物文学的作家应该把审美的注意力和兴趣点投注在那些天赋出众的、优越的动物身上，因为这样的动物往往会弄出"戏剧性事件"来。西顿自己就是这样做的。他的《熊王》《狼王洛波》《春田狐》《威尼佩格狼》《红脖子》《乌利》《野马飞毛腿》等作品所写的熊、狼、狐狸、狗、野马都有"英雄"之举。西顿曾说，他的动物故事全部都有事实作为基础，同时，阅读他的作品，读者往往会感到像是阅读一个动物的传记。如果西顿不是选择那些优秀的物种，很难想象这些以事实作为基础的传记式的作品能自然产生引人入胜的戏剧性情节。

　　虽然动物小说也是以可观察到的动物的行为和情感作为创作基础的，但是，动物小说并不是纪实文学，它的创作并非不可以虚构和想象。杰克·伦敦的《雪狼》中写雪狼为救主人，拼死与凶手搏斗，大难不死。雪狼在养病之中，做了许多梦——

　　　　昔日的鬼魂全都出现了，和他在一起。他重新又与杰茜生活在洞穴里；颤抖着爬到灰海獭的膝下，奉献自己的忠诚；在利普利与疯狂地号叫着的小狗们的追逐下，仓皇逃命。

　　　　他再一次穿越寂静的原野，在饥荒的年月猎取活的食物。他又跑在一起拉雪橇的狗们的前面，灰海獭和米·沙的鹿肠鞭子在后面啪啪作响，他们走上一条狭窄的小路，散开的狗们像扇子似地拢起通过的时候，口中喊着："啦！啦！"他重新度过与美人史密斯在一起的所有日子，重新经历了打过的每一仗。

　　　　　　　　　　　　　　　　　　　　　　　　　　　　　（格言译）

　　谁都不能证明雪狼曾确实做了这些梦，但是，又都相信他可能做过这些梦。虚构使小说的叙述变得十分细腻从而充满魅力。

3. 动物小说的心理描写

与主要写事的故事相比，小说是写人的，动物小说则主要是写动物的。写动物的动物小说必然要进行心理描写。因此，也可以说，动物小说是动物的感性心理学。

1894 年，冯特出版了《人类与动物心理学讲义》，而杰克·伦敦于 1903 年出版《野性的呼唤》、1906 年出版了《雪狼》。尽管冯特的著作题名里有"动物心理学"字样，其实，他对动物心理学仅仅给予了极少的注意，但是杰克·伦敦的小说，却通篇充满了对动物心理的细腻描写。杰克·伦敦不仅写观察到的，而且由观察到的进行推测。杰克·伦敦甚至动用了类似荣格的集体无意识这样的笔墨："他从未见过人，但他天生具有知道人类的本能，模模糊糊地知道，人是通过战斗而'凌驾'于一切动物之上的动物。现在，他不仅在用自己的眼睛、而且在用他的一切祖先的眼睛看着人"。(《雪狼》)当杰克·伦敦写下这些文字时，荣格的集体无意识理论还没有产生。杰克·伦敦对动物心理具有想象力的把握，仿佛他变成了动物。比如，雪狼第一次看见人类所搭帐篷的"巨大躯体"："它们出现在他周围，四面八方，仿佛刹那之间拔地而起的有生命的形体，狰狞可怖，弥漫了他的眼帘。他感到害怕，它们不祥地隐隐地浮现在他上面。当风吹得它们剧烈运动的时候，他就恐惧地趴下，紧紧盯着它们，防备它们冲过来，立刻跳开。"

西顿的《威尼佩格狼》描写的是一只狼对人类的忠诚的情感。这是一只从小在酒吧被养大的狼。顾客常常让狗们与小狼撕咬，有时会害得小狼几乎丧命。只有酒吧老板的小儿子吉姆关心、爱护、保护这只小狼，他俩的友谊变得越来越深厚。当小狼长到十分强壮的时候，小吉姆生病离开了人世。狼参加了吉姆的葬礼，当酒吧老板想重新用铁链把它拴在院子里时，它挣脱而逃去。可是，它决不离开城市，专门与酒鬼和所有的狗为敌，因为他们是它受苦受难的根源，而对几乎所有的小孩子，它却保持着一种感情，从来不去伤害他们（也不去伤害羊群）。当威尼佩格镇组织许多猎人与狗对它围剿时，它不仅决不从镇子里逃走，而且在最后关头站在猎人与狗群面前，进行了殊死战斗，终于倒在了猎人的枪下。在小说的结尾，西顿满怀敬畏和深情地写道——

　　谁能深深地看透威尼佩格狼的心意？谁能告诉我们，什么是它的动力的源泉？它后来为什么还对那个充满无限苦难的地方留恋不舍？这绝不是因为它不熟悉别的地方。要知道，大地无界限，吃食到处有，而且，至少远至赛尔基尔克，就有人看见过它。它也不是为了报仇才留在这儿的。世界上没有一种动物，会牺牲它的全部生活来达到报复的目的的，因为动物也总是爱好平静的生活的啊！

　　威尼佩格狼不存在了。它的遗体也在语文学校的火灾中烧毁了。但是直到今天，圣波尼费斯教堂的职工还肯定地说，每当圣诞夜的钟声响起的时候，在一百步以外的长满树木的墓地里，在人们埋葬它的小吉姆——这是世界上唯一的用爱来对待它的人——的地方，总能听到一阵奇怪而悲哀的狼叫声。

（黎金、林希译）

　　西顿的这种与杰克·伦敦不同的笔墨，令读者对威尼佩格狼的心理世界产生许多的猜测，也是一种艺术效果独特的心理描写。

　　优秀的动物小说作家应该是感性意义上的动物心理学家。我想到了中国的动物小说作家黑鹤，他的创作的高度也是由他对动物心理的把握支举起来的。比如，读黑鹤的《黑焰》，我从作品对藏獒格桑的心理、情感所作的接连不断的精彩传神的描写中，常常联想到动物行为学家劳伦兹的著作《狗的家世》里的笔墨。

　　格桑的前爪小心地扑在韩玛的腰上，在接触的那一刻，它已经缓解了自己奔跑时巨大的身体惯性那股可怕的力量，它确信这种力量刚好可以使背对自己的韩玛失去平衡扑倒在地而又不受到任何伤害。这是它作出的一个决定，它不知道接下来会发生什么，但是它不能控制自己的动作，一种强烈的爱燃烧着它，它几乎是情不自禁地做了这一切。以前，在格桑的生命里所做的一切都是出于本能或经验，但这一次似乎是感情，一种对面前这个人的爱。

韩玛扑倒在了乱成一团的帐篷上面，正在另一侧抻着帐篷一角的杨炎惊讶地望着这一切，不敢相信自己的眼睛。

格桑一动不动地立在原地，等待着将要发生的一切。它不知道这个重新站起来的主人将要怎样对待它。假如大声呵斥或者赶走它，对于格桑来讲，那将是它整个世界的终结。

……

韩玛颇觉惊异地坐在地上回过头。格桑正站在他身后，一动不动地注视着它，目光里那种似乎永远也睡不醒的神情一扫而光，此时正怀着某种热切的期待望着他，那眼神里又有一点那种小狗面对新事物才有的茫然。

也许是一秒钟的沉默。

韩玛高声地大笑着向格桑扑过来，搂住它的脖子用力把它摔倒在地上。

阳光，翠绿的草地，最温暖的风。

崭新的世界向格桑敞开了大门。它懂得笑声，人类只有在快乐时才会发出这种节奏明快的吠叫，在牧场上听到这种人类的吠叫声往往意味着可以得到一块肉。但此时一切都不同了，一种巨大的情感使它浑身战栗，它几乎无法控制自己。那是一种它从未感受过的力量。

这是一段复杂的心理描写，它是作家对"这一个"动物的心理世界的独到发现，因此是一段能够征服、打动读者的有力量的文字。

与写人的心理相比，描写动物心理显然有着更大的难度。而没有生动鲜活的动物心理的描写，动物小说的小说性也将大打折扣。

二、动物故事

我在前面曾论述过儿童小说与儿童故事的区别：第一，两者间存在着"情节"与"事件"的区别；第二，在人物塑造上，存在着圆形人物与扁平人物的区别，人物优先与非人物优先的区别。动物故事与动物小说之间的区别也可以作近似的理解。当然，由于动物文学在虚构方面，比一般的写人文学受到更多的限制，因此，这两个系统之间不宜简单复制。

从叙事作品来看，写事的作品比较单纯，写人的作品则比较复杂。动物故事是以写事为主，写动物做什么事；写动物小说以写人（包括动物形象、人物形象）为主，写动物怎么做事或做事的是怎样的动物。这样看来，动物故事与动物小说最鲜明的不同在于它的单纯性。

苏联的比安基（1894—1959）是动物故事的经典作家。他主编的《森林报》里有很多有趣的动物故事，比如，《雪地里的吃奶娃娃》写积雪的田野上，兔妈妈生下了小兔，当兔妈妈离开的时候，小兔就乖乖地躺在灌木丛或草墩下面，以免被老鹰和狐狸发现。"瞧，好容易兔妈妈打旁边跑过去了。不对，这不是它们的妈妈——是一位不认得的兔姨妈。小兔儿跑到它跟前去要求：喂喂我们吧！行呀，请吃吧！兔姨妈把它们喂饱了，又向前跑去。小兔儿又回到灌木丛里去躺着。这时候，它们的妈妈正在什么地方喂别家的小兔儿呢。"还有《树上的兔子》，讲述一只兔子在大水淹没自己

居住的小岛时，如何跳到树上得以逃生。这些故事都只是停留在对故事的叙述上，篇幅短小，结构单纯。

比安基也有篇幅稍长的动物故事，《疯子小松树》是其中的一篇。一只松鼠遭狐狸追赶，被逼到了一棵孤零零的白桦树上，它要回到林子里，要跑过15步距离，等于要做50次跳跃，而狐狸就躲在白桦树与林子之间的灌木丛里。松鼠发现了躲在灌木丛里的狐狸，"它气愤得浑身发抖，吱吱尖叫着大声辱骂狡猾的狐狸"，但是，它还是从桦树枝头向林边纵身一跃——

不用说也清楚，小松鼠没算计好：它不可能从白桦树上一直跳到林边。

即便最灵巧的松鼠也无法从空中飞跃如此长的距离——毕竟不是鸟！看来小松鼠也只是绝望之下才来那么一下的：听天由命吧！因此，还没飞过一半距离，它就从空中掉了下来。

真该看一看它撑开四肢、挺直尾巴飞身而下，直愣愣扑向狐狸隐身的灌木丛，直愣愣扑向狐狸的情景！

可是，它还没来得及飞到灌木丛，狐狸就……

你们想，狐狸一定飞身跃起，抓住小松鼠，一口把它吞了。

才不呢！狐狸急忙地跳出灌木丛，穿过树墩灌木，没命地逃跑啦。

（马肇元译）

将比安基这个故事与西顿的《旗尾松鼠的故事》相比，更能显出动物故事的单纯性：《疯子小松鼠》的目的就是要讲述小松鼠的发疯一跳，狐狸的仓皇一逃，而作品给读者留下的也是这个深刻而单一的印象。西顿的作品则是有着独特经历的旗尾松鼠的几乎是一生的传记。

单纯的动物故事有其自身独特的艺术魅力，而且它所应对的也是与动物小说不尽相同的读者。

当然，单纯到什么程度是动物故事，复杂到什么程度是动物小说，其实很难找到泾渭分明的界线。因此，对很多动物文学，不宜作非此即彼的机械划分。

三、动物散文

顾名思义，动物散文是以散文的笔法描写动物的作品。动物散文与前面论及的大自然散文、科学美文都有一定程度的交叉。一般说来，将动物置于大自然中，将动物作为大自然的一部分来描写、表现的散文，大体也可以归入大自然散文这一系列，比如普里什文、比安基的一些作品；而具有揭示科学事实、科学规律功用的动物散文则也可以归入科学美文这一系列，比如法布尔、布封、劳伦兹的作品。

作为散文，动物散文同样具有亲历性或真实性。写动物散文的作家不少，其中与写野生动物相比，又以写狗和猫以及家畜的作家居多。

从表现内容来看，动物散文大体可以分为以下几类。

1. 主要表现人类与动物的关系和感情的散文

这类散文有很多出自一般文学作家之手。中国的散文名家，大多写有这类散文。

冰心的《寄小读者》中的《通讯二》写的是"我"和一只小鼠的故事。不知怕人的小鼠在"我"的眼前吃地上的饼干屑时，被"神经错乱"的"我"用书轻轻盖住了身体，不巧小狗虎儿跑过来，将小鼠扑住，咬死了。等"我"醒过神来，一切都无法挽回。"我"发出深深的忏悔，一年多过去，也不能忘怀。作家最后写道："我小时曾为一头折足的蟋蟀流泪，为一只受伤的黄雀鸣咽；我小时明白一切生命，在造物者眼中是一般大小的；我小时未曾做过不仁爱的事情，但如今堕落了……"冰心的这篇散文的着眼点不在小鼠身上，而在自我的内心，抒发的是童心主义的情怀。应该指出的是，这篇散文表达的情感也存在着过剩的成分。

当代作家韩少功的《我家养鸡》写"我"上小学不久，遇上粮食困难时期，全家人都填不饱肚子。后来，妈妈从乡下带回来的四只鸡也在"我"无济于事的抗争中被一只只杀掉了。最后一只是黄色的母鸡，它"孤零零的"，"哪儿也找不到它的朋友。直到放学时分，才有我来给它喂食，对它说话，把它抚摸。它对别人似乎都有些畏惧，见人就惊慌地躲避，但对我十分亲热温顺，似乎已熟悉我。我压它低头，它就久久地低头，我压它蹲伏，它就久久地蹲伏，非常听话。眼睛老投注于我，好像看我还有什么吩咐。有时候发出低声的'咕咕咕'，似感激，似撒娇，又似不安地诉求什么。"当全家饿慌了，把黄母鸡的口粮取消后，"我"忍着饥饿，"每餐饭我都在自己的碗里留一口，去小院里拨给它"。但是，最揪心的事情终于发生了——

> 我放学回来，见小院子里空荡荡的，只剩下那个粘满糠粉的鸡食盆，而厨房里飘来一丝鸡肉的香味。我明白了。我知道我无能为力。我再也忍不住，跑到房里扑倒在床上，伤心地大哭起来。我在哭泣中突然明白了一

个道理：大人们是很坏的，而我终究也要变成大人，我也会变坏。这个想法使我恐惧。

几块鸡肉被夹到我的碗里，是母亲特意留给我的。一餐又一餐，它被热了一次又一次，但我还是没有去碰它。

这篇散文通过描写"我"和黄母鸡的感情以及黄母鸡的不幸结局，揭示了儿童在成长过程中，都会遭遇的快乐原则与现实原则之间的冲突，立足点主要在于写人。

2. 主要表现动物生活和情感世界的散文

在动物散文创作中，博物学家大多采取人作为动物生活和情感的观察者这一视角。

比安基主编的《森林报》里，有大量描写动物生活、习性的散文，如《鸟类回乡大搬家》《可怕的雏鸟》《蜘蛛飞行家》《狗熊吓死了》《白野鸭》《小熊洗澡》《贼偷贼》《兔子的诡计》，等等。这些散文篇幅不长，但是生动有趣。

值得一提的是比安基动物散文的简洁、生动、活泼的语言。比如，《蜘蛛飞行家》的题目本身就吸引人。"没翅膀，怎么飞行呢？得找窍门儿呀！——几只小蜘蛛变成了气球驾驶员。"这是开头的语言。再看结尾——

瞧，这是谁家的小院子？有一群苍蝇正绕着一个粪堆飞舞。停下来吧！降落！

驾驶员把蜘蛛丝绕在自己身底下，用小爪子把蜘蛛丝缠成一个小团儿。小气球渐渐降落了……

好了：着陆！

蜘蛛丝的一头挂在草叶上，小蜘蛛着陆了！

可以在这里安居乐业了。

秋天，在天气晴朗、干燥的时节，有许多小蜘蛛带了它们的细丝在空中飞行。那时，乡村里的人就说："秋老了！"那是秋的白发飘飘，宛如银丝。

（王汶译）

普里什文创作了大量的大自然文学，他对动物文学也用力颇多。他的《小瘸鸭》《拉达》《好逗能的喜鹊》《野兽的奶妈》《地形侦察员夜莺》等作品，描写妙趣横生的动物生活，对儿童读者有着很大的吸引力。

任大霖的《芦鸡》是表现动物生活和情感世界的散文中的佳作。少年"我"和几个伙伴在梅花溇的河水上涨时，抓到了顺流漂下的三只小芦鸡。他们想把小芦鸡养起来，可是，一只拒食而死，一只为逃走塞在墙洞里挤死，另一只虽然养大了一些，但最终还是逃走了。

> 第二年夏天，天旱。梅花溇的水完全干了，河底可以走人。有一天金奎叔来敲门，告诉我说，从河对面走来了两只小芦鸡，他问我要不要去捉。我跑去一看，果然，两只芦鸡在河旁走着，好像周围没有什么危险似的，坦然地走着。它们的样子完全跟去年我们捉到的那三只一样。
>
> 我看了看，就对金奎叔说："不捉它们了吧，反正是养不牢的。"
>
> 金奎叔点点头说："是啊，反正是养不牢的。有些小东西，它们生来就是自由自在的，你要把它们养在家里，它们宁愿死。芦鸡就是这样的东西。"

《芦鸡》这篇散文虽然是以人为视角来写，但是表现的是芦鸡的看似弱小实则顽强的生命形式。很明显，"我"对生命和自由有了新的认识与感受，而这些也是在映衬着芦鸡追求自由的生命意志，也是在写动物。

3. 既描写、表现动物的生活、情感世界，也表达人对动物的感情的散文

多才多艺的捷克作家卡雷尔·恰佩克的《小狗杰西卡》，既是幽默文学也是动物文学的杰作。《小狗杰西卡》中有观察记的内容，但是采用的是优美、生动的散文笔法，交织着作家的主观情感和思绪。作家本人的极富表现力的插图也令作品增色不少。

作家介绍道："杰西卡属于狗类动物中的一个极为特殊的品种——'转转狗'（谁叫它每天像个

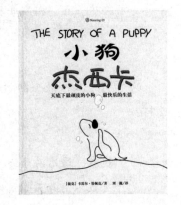

陀螺似的转个不停呢），如果再往下细分的话，它属于'多动症'目，'包打听'科，'喜剧演员'属，'黑耳朵小丑'种。"这样的杰西卡会有哪些表现呢？

> 有时，这所房子里会充满着一种透着神圣的宁静——杰西卡老老实实地卧在角落里。"感谢上帝！"人们终于可以长吁一口气，那只小狗好像在某个墙角儿安静地睡着了，至少人们可以拥有片刻的安宁和自由。可是好景不长，不一会儿，这种"神圣"的安静让人觉得多少有些不安。再过一会儿，大家开始坐不住了，私下里着急地寻找，往日爱玩爱闹的小杰西卡到底跑到哪里去了。每到这时，杰西卡就会突然出现，像个打了胜仗的英雄一样，高抬着头，骄傲地摇着尾巴：它身边撒满了小碎片儿和硬毛——我们猜那是把刷子——只是曾经是把刷子，而现在不是了。

（刘巍译）

杰西卡与妈妈艾丽斯打闹，妈妈"根本就没有用劲儿咬，可我们的小杰西卡就当真了：当它搏斗到兴头上的时候，可是使出浑身的劲儿去咬，去拽，去拉它的母亲的。可怜的艾丽斯每次经过这么一次'搏斗'之后都要掉许多皮毛，随着杰西卡越来越大，变得越来越强壮，越来越粗野，艾丽斯所受的伤也就越重，脱落的毛也就越多"。恰佩克诙谐而深刻地说——

> 的确，背上孩子这么个沉重的负担就像被钉在十字架上受折磨的上帝一样，这一点，相信每个人的母亲都可以证明。

（刘巍译）

终于有一天，被杰西卡折磨够了的、烦透了的主人把它送人了。结果怎么样？

> 现在，这所房子终于恢复了令人惬意的宁静和平和。谢天谢地，人们终于可以不用每天惴惴不安、担惊受怕，整天祈祷那只讨厌的小狗不要再

惹出什么麻烦来。感谢上帝，难受的日子终于一去不复返了！

但是，过不多久，这间房子开始显得有些死气沉沉的。怎么回事？大家开始有意地避开对方，好像是犯了错误的小学生一样，不敢抬头互相对视他人的目光。人们找遍了所有的角落，可怎么也找不到，找不到那熟悉的、"讨厌"的杰西卡了。

就在这时，狗窝里传来了轻轻的啜泣声，那是眼睛依然明亮、浑身上下被咬得到处是伤口的艾丽斯妈妈。

（刘巍译）

这本书有一个引人注目的副标题："天底下最顽皮的小狗，最快乐的生活"。这是作家的心性之作。杰西卡从来也没有，也不需要用一种怀疑、狡猾或是敌意的目光来看这个世界。是的，最顽皮的小狗杰西卡过着最快乐的幸福生活。而这，正是世界上所有孩子的梦想！

注　释

① ［日］大久保典夫、根本正义、铃木敬司：《文学教育用语辞典》（日文版），明治图书，1986。

② 转引自［奥地利］费·察尔腾：《小鹿班比·前言》，邹绛译，福建少年儿童出版社，1997。

③ ［奥地利］劳伦兹：《所罗门王的指环》（德文版序），游复熙、季光容译，中国和平出版社，1998。

④ ［英］戴蒙德·莫里斯：《人这种动物·前言》，杨丽琼译，华龄出版社，2002。

⑤ ［美］盖儿·梅尔森：《孩子的动物朋友》，范昱峰、梁秀鸿译，（台湾）时报文化，2002，第30—31页。

一、思考与探索

1. 以具体作品为依据，谈谈动物文学在描写动物方面与童话、寓言之不同。

2. 你如何理解动物文学创作中的"术"与"道"的关系？

3. 在科技时代里，动物文学有何特殊的人文价值？

4. 动物文学对儿童的成长有何特殊意义？在"身体生活"缺失的现状下，儿童教育是否应该通过动物文学，对儿童的身心进行"野性的呼唤"？

5. 在你眼里，动物文学是否可能成为一种形式独特的动物心理学？

6. 在动物文学，特别是其中的动物小说创作中，哪些因素可以使作品产生"戏剧性"？

二、拓展学习书目

1. ［奥地利］劳伦兹：《所罗门王的指环——与鸟兽虫鱼的亲密对话》，游复熙、秀光容译，中国和平出版社，1998。

2. ［奥地利］劳伦兹：《狗的家世》，胡小兵译，中国和平出版社，1998。

3. ［英］戴蒙德·莫里斯：《人这种动物》，杨丽琼译，华龄出版社，2002。

4. ［美］盖儿·梅尔森：《孩子的动物朋友》，范昱峰、梁秀鸿译，（台湾）时报文化，2002。

5. 韦苇：《世界儿童文学史概述》，浙江少年儿童出版社，1986。

第七章

图画书

图画书是儿童文学中十分独特的一种体裁。

一方面，图画书与我们前面讲述的儿童文学的文学类型都不一样。前面论及的六种儿童文学的类型所使用的媒介都是同一个，那就是语言，尽管从民间童话的发生来看，它使用的是口头的语言，尽管这些儿童文学的出版形式都不免要使用插图。图画书就不同了，它运用了语言和绘画这两种媒介来创造文学的世界。

另一方面，图画书又不同于给儿童的影视作品和卡通书，尽管它们都使用直观的视觉媒介。图画书的绘画和语言与影视作品的图像和语言不同，因此这两种艺术类型的欣赏，是两种性质不同的阅读；图画书与卡通书也不相同，虽然都以绘画为媒介，但是两者的图画有根本的区别。

第一节　图画书是什么？

图画书是什么？这不仅不是以几句话能够回答清楚的问题，而且是一个需要反复讨论的问题。

在目前的中国，就本书所谓之图画书有两个称谓：一个是"图画书"，另一个是"绘本"。

"图画书"一词对应的是英文的 Picture Book，而"绘本"一词对应的则是日文的"绘本"。由此可见，"图画书"这一称谓与西方和日本有关。从图画书这一体裁的发生、发展的历史来看，它最早起源、成熟于西方。与整体的儿童文学一样，中国显然是在西方的影响下才为儿童创作，出版图画书的。近几年，中国大陆的图画书出版（主要是翻译）的崛起之势，一个主要原因是接受中国台湾的图画书出版的影响以及对其资源的利用。由于在台湾，出版图画书时标榜以"图画书"和"绘本"的几乎各为一半，因此，大陆对图画书，除了继续使用以往的"图画书"称谓外，还有很多人使用"绘本"这一来自日语的语汇。从出版来看，少年儿童出版社的"信谊世界精选图画书"和河北教育出版社的"启发精选美国凯迪克大奖绘本"这两套有规模的系列图画书，一用"图画书"，一用"绘本"，显示了两个称谓都有认同度。

从发音看，"绘本"比"图画书"上口。在语言的约定俗成中，方便、上口是重要条件。另外，作为"绘本"的翻译、创作的发达国家，日本对中国（特别是台湾和香港地区）的图画书理念有着较为深刻的影响，这是"绘本"一词存在的土壤条件。但是，"图画书"一词对应的是图画书创作更为发达的英语圈国家的语言，而且，"图画书"一词有着相对久远的使用历史，也容易引起更为直观性的理解。虽然本书使用了"图画书"一语，但是，并不排斥、更不反对使用"绘本"这一称谓。

一、图画书释义

在赵元任翻译的《爱丽丝漫游奇境记》的开头，爱丽丝偷偷地瞧她姐姐看的是什么书，可是书里又没有画儿，又没有说话，她就想："一本书里又没有画儿，又没有说话，那样书要它干什么呢？""画儿"和"说话"正是图画书的两个必要的元素，而说这话的爱丽丝不仅正是喜欢阅读图画书的年龄，而且卡洛尔创作这本书的时候，英国也的确有了最初的图画书。

　　既有图画，又有文字语言的图画书到底是一种什么样的艺术形式？事物往往都是复杂、多样的，非此即彼的决断常常犯错误。图画书是具有多种属性的艺术样式。在我的观念中，包含着图画和文字语言两种媒介的图画书首先是一种文学体裁，是幼儿文学的一种表现形式。

　　有一种试图把图画书从文学中割离出去的主张。日本学者栅桥美代子认为，"应该把绘本从文学中独立出来，作为图画书体裁来确立"，并依据这一图画书观念，批判学者鸟越信等人在 20 世纪 50 年代编辑出版的"岩波儿童系列丛书"所体现出的将图画书看作是儿童文学的观念。日本的美术学者中川素子的《图画书是美术》一书的核心观点已如题名所示。她说："图画书依然被归入儿童文学的世界，画家们的面容却无法呈现。图画书研究也几乎都是在儿童文学的框架中进行，由图画讲述的内容也不过是阐释成图画如何表现着故事。"鸟越信反对上述两种观点，他指出："认为图画书就等于给儿童的美术画集这一极端的观点是危险的，必须回避它。"他认为，图画书是儿童文学，因为"图画书本来是时间的、接续的、展开的艺术"。①

　　我赞成鸟越信的观点。图画书是从文学的插图发展起来的，天生具有表现文学世界的功能和属性。绝大多数图画书都有一个故事。在这样的图画书中，"故事"是高高在上的灵魂，统领着文字和图画，因此，图画书的功能指向是"文学"。即使是《雪人》（雷蒙·布力格）、《雨伞》（太田大八）、《流浪狗之歌》（嘉贝丽·文生）这样的经典无字图画书，也是没有先在的故事，就没有那些图画的。图画书作家几米也说："我觉得图像当然要有基本的东西，但最重要的还是作者的脑袋要讲什么。我觉得最后面还是回到跟文字一样，就是大家喜不喜欢那个故事，或是创作者所呈现的观点。"②很多人的画单纯从美术的角度看，比几米画得好，但是，他们却无法成为几米这样优秀的图画书作家，因为他们不能像几米那样，以图画讲述隽永的故事。英国图画书作家约翰·伯宁罕的画也不太讨好，但是，因为他有了不起的文学才华，所以，他才是了不起的图画书作家。

　　图画书是运用了美术（当然还有文字语言）这一媒介的文学书籍，它主要是被摆放在图书馆里、书架上供人阅读，而不是被挂在美术馆里供人欣赏（虽然偶尔也有图画书的原画展）。当然，在阅读图画书的过程中，也伴随着对作为美术的图画的欣赏，但是，对广大的读者而言，对故事（文学世界）的欣赏是阅读活动的主体。

作为两种媒介融合后的新文类，图画书的图画当然可以成为绘画、美术研究的对象，在这个意义上，图画书的图画也是美术作品。不过，我相信，图画书的美术研究如果没有文学的观点，特别是儿童文学的观点恐怕是难有良好成效的，因为图画书中，画家所使用的构图、造型、线条、色彩等，都深受它所要"讲述"的故事所左右。

下面是一个具有启发性的图画书的定义——

> 图画书是文本，是图画，是综合性美术设计。图画书是大量生产的一种产品，是商品。图画书是社会、文化、历史的记录。在多种属性中，最首要的是，图画书是给儿童带来一种体验的作品。
>
> 作为艺术形式，有三个方面决定了图画书的构造：图画和语言相互补足、融合；同时展示对开的两个页面；通过翻页营造戏剧性变化。
>
> 图画书自身的可能性是无限的。[③]

二、"真正的图画书"

几乎在所有人的认识中，图画书必须运用绘画和文字语言这两种媒介来创作、出版。但是有文又有图的书籍千姿百态，差别极大。是不是一本故事书有文有图，文图之间又有联系，就可以称为图画书呢？一些图画书作家、研究者提出了"真正的图画书"的说法。

尤里·舒尔维兹是一位获过美国图画书大奖凯迪克奖的画家，同时也是一位研究者。他在论著《用图画写作：如何创作儿童图画书》中说："一本真正的图画书，主要或全部用图画讲故事。在需要文字的场合，文字只起辅助作用。只有当图画无法表现时，才需要用文字来讲述。"[④] 在舒尔维兹的图画书观念中，与"只起辅助作用"的文字相比，图画显然处于更高的地位。他拿着这样的标准衡量作品，结果判定波特的《彼得兔的故事》都不是图画书，而是带插图的故事书。可是在很多研究者那里，1902 年出版的《彼得兔的故事》是现代图画书的开山之作。如果将《彼得兔的故事》与莫里斯·桑戴克的《野兽出没的地方》，约克·米勒作画、约克史坦那写文的《森林大熊》，安东尼·布朗的《大猩猩》相比较，舒尔维兹将《彼得兔的故事》视为带插图的故事书也的确有道理。

　　日本图画书专家松居直对图画书也有严格的判定标准，他说："把图画只是作为对文章的补充和说明，或是为了加上图画让孩子看了高兴，这类的书，都不能称之为图画书。什么叫图画书？图画书是文章说话，图画也说话，文章和图画用不同的方法都在说话，来表现同一个主题。""假如用数学式来写图画书表现特征的话，那么可以这样写：文 + 画 = 有插画的书，文 × 画 = 图画书。"⑤松居直对图画书文图关系列出的加法和乘法算式，说出了非真正的图画书与"真正的图画书"的区别。不过，我想追加一个条件，那就是这两个算式中的文和图要等于或大于 3。这样，在加法关系中，文字语言和图画不仅是分离的，而且合在一起并不比原来多，可是，乘法关系中，文字和图画不仅是融合的，而且生成了比原来丰富的新东西。

　　就像小说作品中有典型的小说和非典型的小说（比如很像散文或很像故事）一样，图画书中也有典型的图画书和不那么典型的图画书，"真正的图画书"和"非真正的图画书"。作为一种文学体裁的研究，是应该更为重视对"真正的图画书"的探讨。

三、图画书的读者结构

　　幼儿是图画书阅读者的主体。一定意义上，图画书是幼儿文学的代名词。幼儿阅读图画书的主要方式是一边听大人阅读（讲述）文字，一边自己观看书中的图画。幼儿会要求大人为他反复讲自己喜爱的同一本图画书，并很快记住书中的故事内容，甚至详细到每句话、每个字。之后，他就可以一个人去阅读这本图画书。他一边用内化的语言复述故事，一边仔细观看图画，享受着阅读的乐趣。

图画书成为幼儿的恩物，一个原因是即使不识字，幼儿也能通过直观的图画了解、感受到图画书所蕴含的艺术信息。幼儿对图画书中的图画有着敏锐的观察力和细腻的感受力。幼儿也许是图画书的最好的读者。绝大多数成人都没有寻觅图画书中的图的细部以及微妙变化的习惯和能力，但是，幼儿却有这样的阅读能力。

日本学者吉田新一曾介绍，他给三岁的儿子讲拉乔夫的图画书名作《手套》时，儿子指着第 13 页上手套之家的檐廊上挂的铃铛说，"有这么个东西"，而吉田本人并没有注意到这一细小的变化。确实，书中第 10 页的檐廊上钉着一颗钉子，到了第 13 页，那颗钉子上挂上了铃铛。这样的发现，并非无关紧要。它是具有启发性的线索——我读了吉田新一的这段介绍，先对"铃铛"做了求证，受吉田儿子的启发，我又去查看手套之家的其他变化，于是感受到了手套之家在动物们的精心建设下，变得越来越舒适、漂亮。我猜测，注意到铃铛有无的幼儿，很可能感受到动物们对"家"的心思。

幼儿是通过对图的细腻观察、感受，来理解故事、建构主题的。我在上编论述儿童的审美能力时，曾举出幼儿对于图画书《拔萝卜》中小老鼠形象的关注，这个例子就显示了幼儿对于故事主题的独特理解。

小学儿童也是图画书的重要读者。与幼儿的需要有大人讲述的接受方式不同，能够识字的小学儿童对图画书已经可以独立阅读了。在小学儿童阅读能力的发展过程中，图画书发挥着与单纯的文字故事书所不同的作用：图画书中的画依然有效地帮助他们建构想象中的文学世界。

我在本书的上编说过，儿童文学有着儿童和成人双重读者，在图画书这里，双重读者现象更为明显——图画书吸引着大量的成人读者。

在图画书的成人读者中，有很大一部分是为幼儿阅读图画书的爸爸妈妈，他们里的很多人最初只是为了孩子、给孩子阅读，但是，图画书的巨大魅力以及其中包含的对成人的诉求，使他们读着读着，变成了也是为自己阅读。

年轻的大学生中也有相当一部分喜欢图画书的人。虽然原因有多个方面，但是图画书中的天真、童趣和想象力对他们有着最大的吸引力。

其实，有些图画书更具有"成人绘本"的性质，比如，佐野洋子的《活了一百万次的猫》、希尔弗斯坦的《失落的一角》、约克·米勒的《森林大熊》等图画书，其中蕴含的深邃的哲理、人性、文明批判，是越有人生经验，越能深切体会的。

《森林大熊》就是一篇给我以强烈震撼的作品。在故事里，熊一直被人类"异化"着。最后，他回到洞穴前，但是，几乎已经忘记了冬眠，已经不会冬眠了。这不是一个关于自然生态的故事，它所追问的是关于心灵生态的问题。我由这个故事，联想到的是今天的孩子的生存状态，思考的是今天的童年生态环境这一问题。当熊不能作为一只熊而存在时，熊的生命生态遭到了毁灭性破坏。同理，当儿童不能作为"儿童"而存在时，儿童的生命生态所受到的破坏也是灾难性的。

在所谓读图时代里，图画书正在成为跨读者群的文类。成人阅读的图画书往往被称为"成人绘本"，比如几米创作的图画书。他的几本故事性图画书《向左走，向右走》《地下铁》《幸运儿》也可以供儿童阅读，但是，这些作品更带有成人童话的味道。有一本研究几米图画书的著作，题目就叫"几米：阅读忧伤的城市"。⑥

四、图画书的独特价值

图画书具有多种多样的价值。它像其他的儿童文学文类一样，具有帮助儿童成长，发展儿童的语言、思维、情感以及想象力等作用。不过，作为最大射程地发挥图画媒介的功能的一种体裁，它还有着自己的独特价值。

1. 培养良好的图像读者

在人生早年的阅读中，图画书能够发展幼儿的语言阅读能力，图画书的图画是激活幼儿语言潜能的良好媒介，它为幼儿通向语言世界搭建起桥梁。另一方面，图画本身也需要阅读，所以，图画书也在培养幼儿的图像阅读能力。

年幼儿童的阅读是从包括图画的图像开始的。对幼儿来说，表面看起来，图像没有语言的那种障碍，其实，真正想要读懂那些图画，也要经过学习和经验的积累。

年幼时期不阅读图画书，就会成为台湾图画书作家郝广才所批评的"图盲"。所谓图盲就是没有能力阅读图画，不能了解、欣赏创作者画这幅图的用意以及图画的美好。像我们这代人，童年时代没有见过图画书，对图画阅读的图盲状态是十分明显的。

良好的图像读者是不能依靠影视图像来培养的。与图画书的有引申意味的深度图像阅读相比，影视图像的阅读是平面化的，没有深度的阅读。

学会阅读图画书的图画的读者，会对影视作品的图像具有一种判断力。他们会很喜欢去阅读（观看）影视作品的图像，但是，他们很可能不依赖、沉迷影视的图像，因为他们知道还有另一种充满魅力、有着"魔法"的图像——图画书的图画，而且因为经由图画书的图画的欣赏，他们还同时体验到了文字语言所构筑的奇妙的文学想象的世界。对这样的读者，似乎我们可以少一点担心，担心他们因为沉迷于电视图像，语言能力、思维能力、判断力、想象力的退化。

2. 给儿童以身体阅读的乐趣

图画书的阅读像其他儿童文学体裁一样，帮助儿童建构一个想象的文学世界。在这一想象过程中，图画书因为有图画这一媒介的参与，所以，眼睛的视觉成像活动发挥着十分重要的作用。从这个意义上说，图画书是需要用身体阅读的书籍。

图画书不仅需要用眼睛进行身体阅读，而且有些给幼儿的书，还要用身体的其他器官来进行阅读。其他的文学文类也需要调动身体的感觉来阅读，比如，阅读使用通感这一修辞方法的诗句时，需要调动听觉、触觉、嗅觉、味觉等身体感觉。但是，那是间接的身体参与，必须以想象为中介，以生活经验为中介，可是，图画书的身体阅读却可以是直接的身体参与，不需要想象和生活经验作为中介。

《拍拍小兔子》（桃乐茜·库恩哈特）里小兔子的绒毛、花朵的香味儿、小镜子、爸爸粗糙的胡须、书、戒指，都是可以用身体器官去抚摸、嗅闻、翻动、佩戴的。艾瑞·卡尔的《安静的蟋蟀》翻读到故事的最后，你会听到田野里的蟋蟀发出的悦耳的鸣叫。

有些立体的图画书，需要用手去劳作，才能形成阅读。比如，有一本叫《麦西去游泳》的图画书，不仅那个最后在游泳池里劈波斩浪的游泳健将的动作需要读者来牵动机关，而且，从前面开始，读者不动手，他的衣服、鞋子、手套都脱不下来。这本书还可以从后面返回去"阅读"——帮助游完泳的麦西把衣服裤子穿上。《兔子比利》（莫里斯·普莱泽）这本书写春天里，小兔子比利听说有一种会飞的神奇昆虫叫作蝴蝶，于是就去寻找。他向朋友老鼠茉莉打听，老鼠茉莉告诉他，蝴蝶可能躲在花丛里。这时，读者如果不用手翻开花丛，蜜蜂就不能飞出来，下一页"蜜蜂也没有看过蝴蝶"这样的故事情节就有些衔接不上。

图画书的这种身体参与的阅读，对于儿童成长具有特殊的、重大的意义。这种阅读向儿童暗示着，身体的行动能够使一个新的世界向自己敞开。

3. 最能够与读者对话、互动的书

文学的阅读是读者与文本进行对话的精神活动，图画书也不例外。但是，相比较而言，可以说，图画书是最能够与读者进行对话、互动的文学书籍。

培利·诺德曼教授在《阅读儿童文学的乐趣》一书中说："一本图画书至少包含三种故事：文字讲的故事、图画暗示的故事，以及两者结合后所产生的故事。"[⑦] 诺德曼所说的"两者结合后所产生的故事"，是一定要通过与读者对话、互动才能完成的。

文字的文学书籍也有多义性，可是，图画书因为文、图的交互作用，更需要读者去寻找和建构故事的意义。佩特·哈群斯的《母鸡萝丝去散步》，文字语言部分讲述了一个可以独立的故事："母鸡萝丝出门去散步。她走过院子，绕过池塘，越过干草堆，经过磨坊，穿过篱笆，钻过蜜蜂房，按时回到家吃晚饭。"但是，阅读这本图画书的图，会明显看出，简练的文字语言讲述的并不是图画书所显示的完整的故事。比如，图画显示的是，母鸡萝丝走过院子

时，她的身边有一个钉耙，当狐狸扑向她时，她已经走开，狐狸扑到了钉耙齿子上，被翘起的钉耙把打中了脑袋。接下来狐狸因为扑空，发生了一系列倒霉的事情：掉进池塘；扑进干草堆；被磨坊的面粉埋起来；跳进篱笆墙里的四轮车，沿山坡而下，撞倒了蜂房，被蜜蜂追赶，落荒而逃。阅读这本幽默而有蕴涵的图画故事，读者一定会参与到作品之中，在与作品的文、图进行对话、互动之后，在心里建构出一个新的故事。

前面讲到图画书是一种身体参与的阅读活动，这样的阅读当然也是一种与作品对话和互动的过程。为了调动年幼读者阅读的积极性，强化阅读的乐趣，图画书作家还会精心设计一些环节，让读者参与到作品之中。

《阿宝跑到哪儿去了？》（松冈享子/文、加古里子/图）讲了一个小男孩因为精力过于旺盛，而不断给大人造成麻烦的有趣故事。无论大人带他到什么地方去，只要一眼照看不到，他就跑到什么地方去了，害得大人四处寻找。这本书是一本"寻找"的书，它吸引孩子的最大魅力就在"寻找"这一阅读活动上。"阿宝跑到哪儿去了？"故事里的这句话也是对儿童读者的发问。其实，不等发问，儿童读者早就迫不及待、兴致勃勃地寻找开了。"在这儿！在这儿！"孩子们的喊声很能说明这种互动的图画书的价值。

日本图画书作家长新太的《你知道小猫吃了什么吗》写一只小猫在海边钓上来一条大鱼，它扛着大鱼回家，一路上，这条大鱼把来到身边的老鼠、兔子、狗、狗獾、狐狸、猪、大猩猩都吞到了肚子里。大鱼变得极大，把小猫压趴在了地上。小猫站起来，走到大鱼身边开始吃起来。吃啊，吃啊，小猫竟然把那么大的一条鱼吃了进去！最后，作家说道："小猫吃掉的可不只是一条鱼啊。你知道它都吃了什么、什么、什么，什么、什么、什么和什么吗？"这是一个荒诞故事。我曾在幼儿园给大班的孩子讲过这个故事，讲到最后那个发问，话音还未

落，就有孩子站起来，争先恐后地抢着回答。这个故事的最后向读者发问，不只是要考一考读者的记忆力，更重要的是通过拉拢读者的参与，让读者再一次回味作品的荒诞感。

由于图画书是最能与读者对话、互动的书，所以，在图画书的阅读上，最能够看出儿童读者对文学的积极的、能动的、创造性反应。

第二节　图画书的艺术特征

一、图画书的图文关系

讨论图画书的艺术特质，焦点恐怕都会放在图画书的图和文字语言的关系上。图画书的图画和文字语言的关系，使其成为独一无二的艺术。除了无字图画书，图画书都有图和文字语言，但是这两种媒介搭配在一起后的阅读感觉和艺术效果实在是千差万别。虽然文字语言和图画的复杂关系是难以通过归类的方式来涵盖完全的，但是，在图画书图文关系研究中，人们还是要进行大体分类。

阅读推广人阿甲在《帮助孩子爱上阅读——儿童阅读推广手册》一书中，介绍了好几位欧美学者对图画书的图文关系进行分类的研究，在这里转介如下。

乔安妮·戈尔登在论著《儿童文学的叙事符号》中，将图画书中的图文关系描述成五种类型：

（1）文字和图画是对称的（symmetrical）；

（2）文字依赖图画来说明；

（3）插图加强并细化文字；

（4）文字担负主要的叙事功能，插图是可选的；

（5）插图担负主要的叙事功能，文字是可选的。

大卫·刘易斯在《阅读当代图画书：图绘文本》中将以往的各种有争议的观点大致分为三大类。

第一类：借用音乐术语的比喻，把图画与文字的交互作用类比为"交织""二重唱""协同互增""轮唱""合奏""对位"等；

第二类：以玛格利特·密克为代表的图文相互活化的观点；

第三类：前述乔安妮·戈尔登的那种分类描述的观点。

玛丽亚·尼古拉耶娃和卡罗尔·斯科特在《教育中的儿童文学》中将图文交互作用分成四类：

第一类：对称性关系；

第二类：增强性关系；

第三类：对位性关系；

第四类：矛盾性关系。⑧

下面介绍的是日本图画书研究者在图文关系上的两个观点。

鸟越信归纳出图文关系的三种类型：文章先导型、绘画先导型、同时进行型。他指出："以现在的大多数人的想法来看，同时进行型才是理想的图画书创作方式。事实上，文图都是一个人完成的图画书作家和固定成一个不变搭档的作家、画家创作的图画书产生了很多优秀之作。"⑨鸟越信所说的这种情况，在日本是有事实来证明的。日本的三个国际级图画书作家五味太郎、安野光雅、长新太都是一个人创作文图的作家（安野光雅、长新太有时也会和特定的文字作者作搭档）。固定的创作搭档有创作"古利和古拉"系列的中川李枝子（文）、大村百合子（图），创作"可爱的鼠小弟"系列的中江嘉男（文）、上野纪子（图）。

笹本纯的观点与鸟越信相似："图画书所包含的图和文字语言的关系分成两种类型。一种是先有故事和其他语言的表现，之后用图将文字语言表现的内容如在眼前一样地画出来。另一种是最初就将图和语言作为同等表现手段来运用，以表现特定的内容，而不是将图附加在既成的语言表现上。"⑩笹本纯也指出了还存在着图画先行，然后在图画上附上文字语言这一类型，不过，笹本纯认为，这样的作品往往变成了画集，无法完成图画书的艺术表现。

松居直用乘法关系的数学算式说明图画书的图文关系的观点，前面已经作了介绍。他的这一独特而精炼的阐释，揭示了"真正的图画书"图文关系的普遍规律。

二、图画书的图是什么图？

1. 与影视、连环画书、卡通书、美术作品的图像不同

当下，文学的传播（影视形式）和出版都出现了图像化的趋势，很多人称之为"读图时代"。读图时代的来临，意味着成人文化的一种"退婴"现象？或者是儿童文化的胜利进军？是童年的消逝，还是成年的消逝？对此我们存而不论。要说的是很多文学研究者对"读图时代"产生了戒备、警惕心理。学者周宪认为，读图时代里，存在着一场不见硝烟的图像对文字的战争：传统文学面临着挑战，图像已经对文字行使霸权，文字可能沦为图像的配角和辅助说明，图像则取得文化主因的地位。⑪金惠敏则这样批判影视对文学的改编："文学在被榨取之后即不再是原先意义上的文学，在影视中仅留下文学的残迹。因此从一个方面说，影视的诞生就是文学的死亡。"⑫

其实，儿童文学早就有一个读图时代，或图像时代，这就是从 20 世纪初开始发展的现代图画书。与一般文学相比，在图画书这里，图像和文字语言似乎并没有那么紧张。正如玛格利特·密克提出的图文相互活化这一观点所显示的，图画书创作更为重视建立图文之间和谐相融、互利互惠的生态关系。

图画书的图是与影视图像性质不同的图像。

本雅明在《机械复制时代的艺术作品》一文中说："画作邀人静观冥想，在画布前面，任想象驰骋。电影便不能如此，看电影时，眼睛才刚捕捉到一个影像，马上又被另一个影像取代，永远来不及定睛去看。杜哈梅（Duhamel）虽然讨厌电影，一点也不了解其意义，可是却看出其结构的几项特色，并加以强调，他如此写道：'我已经没办法随心所欲地思考。流动不停的影像已取代了我自己的思路。'真的，连续不断的影像阻碍了观众心灵的任何联想。其创伤性的影响力便是由此得来。"⑬

与电影图像的连续性相比，图画书的画面之间有中断感，画面相对是静止的。读者看图画书的一幅图，需要的时间也比较长。幼儿的阅读尤其如此，他们比大人看得细致，不放过任何细节。这样，图画书的图就可以发挥令读者审视、思考的功能。

图画书的图与连环画（所谓"小人书"）的图也不同。

阿甲指出："在连环画中，文字与图画基本上是互为说明和互为补充的关系，而且通常以文字为主，图画为辅。"⑭ 为了验证自己的观点，阿甲告诉我们一个方法，把一本连环画的图画蒙住，只读文字，能够得到一个完整的故事，但是，反过来做，先蒙住文字，只看图画，则很难读出一个完整的故事。

也就是说，连环画的图画即使连接在一起，也不具有独立讲述完整故事的功能。但是，典型的图画书的图画连接在一起后，具有讲述故事的功能。无字图画书的图画是最有力的证明。

图画书的图画与卡通书的图画也不同。

图画书研究者珍·杜南指出："图画有两种基本的传达方式：指涉（denotation）和示意（exemplification）。指涉的意义一目了然，呈现某样东西的图画就是指涉那样东西。举例来说，一个苹果的象征符号指的就是苹果这种水果。这个象征符号的意义直接附属于物件本身。……另一种传达的方式叫做示意，意思是当图像需要表达抽象的意念、状况、想法等无法直接说明的东西时，不论是据实描绘或用暗示的手法呈现，都可以借着图画本身的质地与包含的物件显示出来。这类象征符号的意义并不像指涉那样直接明确，必须从许多假设当中去选择最合适的，而其中配合着图像与文本所做的最佳选择，最后成为诠释的依据。"⑮

虽然卡通书的图画连接后具有讲述故事的功能，但是，它的图只是"指涉"性的图，表达直接、明确、固定的意思，而不具备"示意"功能。图画书的图画则不仅"指涉"，而且很多图画还具有"示意"功能，对此，后面将具体说明。

当然，这并不是说图画书的图画创作与卡通画没有任何关系。有些优秀的图画书就从卡通画那里汲取了方法。

雷蒙·布力格的《怕冷的圣诞老人》运用多格分隔及跨页等卡通画常用的

构图方式，文字语言只有极少量的对话（自言自语），故事幽默风趣，也是卡通故事常见的风格。《怕冷的圣诞老人》是雷蒙·布力格创作的第一本图画书，它奠定了画家以后的绘画风格，比如，他的著名的无字图画书《雪人》在构图上就与《怕冷的圣诞老人》如出一辙。

画家兹特尼克·米勒尔本人就是优秀的卡通电影的制作者，他的《鼹鼠和裤子》《鼹鼠和汽车》（均为爱德华德·佩西卡撰文），不仅画风是动画风格，而且31页的书中，呈现了卡通电影式的连续性动态画面，给读者以欣赏卡通电影般的感觉。

图画书的图与美术作品的图也有不同。

美术作品的图每一幅都各自独立，显示其价值，可是"图画书的（某一幅）图其本身不是独立存在的东西。图画书的图是为了达到向读者传达一定内容这一目的的手段，它必须为传达内容这一目的服务"⑯。即使像《白兔子和黑兔子》（葛斯·威利阿姆/文图）里的精心描绘的图画，每一幅都不是为了独立显示价值而存在的。

2. 图画书图画的艺术表现

（1）图画"动作第一"。

图画书的图画其实与卡通电影、卡通书同属一族。它们最大的相同点是动作性。图画书的图要能够讲述。讲述什么？以故事为主线。什么样的图最能讲述故事？是表现动作的图。台湾图画书作家、研究者郝广才就认为，"用图说故事动作第一"："我们要用图说故事，图就要能传达够多的讯息，让读者在我们的安排下，把讯息组织起来，构成完整的故事。图要画什么才能明确地传达讯息？动作。人的目光容易被什么吸引？就是在动的东西。"⑰

（2）图画的隐喻。

由于图画书的图画具有示意功能，因此可以进行隐喻。

汪达·佳谷的经典的《100万只猫》最后一页画的是老先生夫妇满足地坐在温暖的灯下，一只小猫（注意：只是一只）在快乐地与线团嬉戏，就在他们身后的墙上，挂着老夫妇年轻时的结婚照，大大的结婚照。这是一幅示意性图画。我认为，它隐喻着老夫妇的婚姻和爱情一路走来，最后有这样美满的结局，是因为两个人只保留了100万只猫中的一只"喂养"。而"这只猫"在老先生的眼里"是世界上最漂亮的猫"。老先生说："关于这一点，我最清楚了。因为，我看过好几百万只、好几亿只、好几兆只猫呢！"这句话意味深长。我甚至想说：对老先生而言，这只小猫就是老太太。小猫象征着"爱"——两个人心无旁骛地精心培育的爱。

同样是夫妻照，在《苍蝇》（卡思腾·梅尔汀）里却有着不同的寓意。那从镜框中脱落的照片，隐喻着这个孤独的男人的生活发生了倾斜和疏离。

安东尼·布朗的《大猩猩》里更是充满了示意性图画。比如，照亮安娜的电视机（物质的、机械的）光亮映衬出安娜的孤独和爸爸的冷漠；墙上挂的安娜的画暗示着她对有阳光照耀（父爱）的家庭生活的渴望；爸爸牵着她迎向早晨的太阳走去，使读者对安娜的生活恢复了信心。

约克·米勒的《森林大熊》的最后一页，大熊终于想起了冬眠，他钻进了洞穴，将衣服、鞋子（文明的象征？）遗弃在外面。这一画面是否会引起读者对自然与文明的冲突的思考呢？

菲比·吉尔曼的《爷爷一定有办法》的图画表现了两个故事：地板之上约瑟一家的故事和地板下老鼠一家的故事。前者是显在结构，后者是潜隐结构。老鼠一家的生活画面在整体上具有隐喻性。

一般来说，人们都认为所谓儿童的成长就是不断抛弃童年的天真和幼稚而走向成熟。但是，《爷爷一定有办法》似乎不这样肤浅地看待成长的问题。这些表现小老鼠生活的画面与约瑟的成长经历互文。《爷爷一定有办法》表明了约瑟"失去"的"布料"是具有珍贵价值的，它们在老鼠一家的生活里显示的全方位的重要的作用可以证明这一点。小老鼠这自然中的存在也代表着自然本身。"自然"一词，在英文中除了指大自然，还指"本性"，而儿童这一存在正代表着人最初的本性。在这里，小老鼠与作为儿童的约瑟发生了根本性的联系。另外，作家选取小老鼠作为第二文本的主人公也使作品深有意味。小老鼠多生活于地下，在黑暗中活动，不易被人察觉，这很像人的深层意识活动。约瑟的被剪去的"布料"并没有失去，它们纷纷飘入约瑟意识的深层，将像小老鼠的生活中的布料一样，发挥着创造新的生活的作用。《爷爷一定有办法》的图画的隐喻是：在健全成长的儿童这里，纯真和无邪不会丧失，而是成为潜在的人性根基。

如果说连环画书、卡通书是"小说"，那么，图画书可以是"小说"，但往往也可以是"诗"，原因除了图画书讲述的故事与卡通书多有不同之处，就是因为它的图可以进行隐喻。

（3）图画的视觉效果。

图画书的图是视觉言语，如何充分发挥图的视觉效果，也是图画书的图的创作的兴奋点之一。

李欧·李奥尼的《小蓝和小黄》称得上是视觉语言表现的原点式作品。在书中，作家不设生活背景，用近乎圆形的色块象征孩子，近乎长方形的色块象征大人，讲了这样一个故事：蓝孩子与黄孩子是一对最要好的朋友，有一天，蓝孩子去找黄孩子玩，家里和外面找了很久也没有找到，可最后在大街拐角上意外地撞见了黄孩子。两个孩子惊喜之

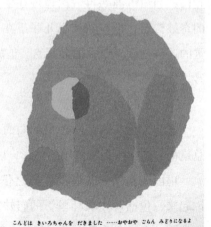

こんどは きいろちゃんを だきました ……おやおや ごらん みどりになるよ

中拥抱在一起，变成了一个绿孩子。蓝孩子和黄孩子（绿孩子）一起去公园里玩，他俩钻隧道，比赛跑，爬小山，累了之后回到家去。可是蓝孩子的爸爸妈妈说："这个绿孩子不是我们家的蓝孩子。"黄孩子的爸爸妈妈也说："这个绿孩子不是我们家的黄孩子。"被拒之门外的蓝孩子和黄孩子伤心地哭起来，流下了大滴大滴的蓝眼泪和黄眼泪，哭啊哭啊，两个孩子都变成了眼泪。蓝眼泪汇聚到一起变成了蓝孩子，黄眼泪汇聚到一起，变成了黄孩子，"这样，爸爸妈妈就不会弄错啦"。蓝孩子的爸爸妈妈看见蓝孩子回来了，十分高兴，他们抱起蓝孩子后又去抱起黄孩子，结果变成了绿色。爸爸妈妈终于明白了原因，就兴奋地带着两个孩子去街对面的黄孩子家讲述原委。两家的大人高兴得拥抱在一起，也变成了绿色的大人。

我想李欧·李奥尼最初的本意恐怕不是要告诉儿童读者一个关于颜色的知识，而是要讲述一个关于友情的愉快故事。《小蓝和小黄》用最简洁单纯的表现形式和最为奇特的想象力，贴紧儿童的思维逻辑，创造一个表现人人渴望得到的本质的人际关系的故事，并在情感上深深打动儿童。这本书，如果不是用色块代表人，而是直接画人物，反而不能凸显故事的内涵，使人获得如此强烈的印象和感受。

五味太郎的《小牛的春天》用背上有着黑斑点的白色小牛的身体，来表现白雪消融，春天到来这一另一个世界，颇具视觉的冲击力。而经过一年四季的轮回，当白雪消融再一次体现在牛儿身上时，"牛儿长大了"。通过对两种视觉的奇妙沟通，把自然和牛儿联系在一起，表现了成长的喜悦。五味太郎运用视觉的这一创意，令人拍案叫绝。他的《窗外送来的礼物》，也是他玩味视觉的奇妙之作。

（4）图画的色彩表现。

作为视觉艺术，图画书的图的色彩是一种丰富的语言。优秀的图画书作家总是精心选择图画所使用的色彩，以表现自己想诉说的东西。

玛丽·霍尔·艾斯的经典之作《在森林里》是只用黑白两色创作的作品。说起来，包括《在森林里》的姐妹篇《再到森林去》在内的前九本图画书，艾斯都是一成不变地只用黑白两色，可见艾斯对黑白表现效果的偏爱。

ぼくの さんぽに ついてきました。

　　《在森林里》写小男孩"我"戴着纸帽子，拿着新喇叭到森林里去散步，结果，狮子、小象、灰熊、袋鼠、鹳鸟、猴子、小兔子都跟在"我"的后面去散步。"我"和动物们在森林聚餐，玩丢手绢和过伦敦桥游戏，就在玩捉迷藏游戏，"我"要去捉那些动物时，动物一个都不见了，爸爸却出现了。"我"骑在爸爸的肩上，大声说："再见啦。你们等着我啊，下次来散步时，我再来找你们！"

　　很显然，《在森林里》是一个幻想故事。看似简单的故事里，其实每个动物的性格、心理都刻画得惟妙惟肖。艾斯运用黑白两色，将森林的幽深、静谧和幻想世界的神秘感表现得十分传神。我们不能想象，用别的调色方法能获得这种艺术效果。

　　杰克·季兹的《下雪天》是获 1963 年度凯迪克图画书大奖的作品。这本书采用拼贴画和油画组合的手法，在鲜艳的色彩中，生动地表现了雪中嬉戏的男孩的惊奇和喜悦。蓝天、白雪、红色的斗篷、褐色的皮肤，这些鲜明的配色给读者以愉悦。

　　艾瑞·卡尔的《看得见的歌》是直接以色彩的变化来表达作品意蕴的图画书。这本书几乎没有故事，只画了一个演奏小提琴的男子上来演奏的几个动作，但是却激发起读者飘扬的想象。画家让提琴拉出了彩色的音符，将声音变成了视觉符号，更用黑色涂满演奏前男子的身体，用鲜艳的色彩描绘演奏后男子的身体，演奏前，他从黑暗中走出，演奏后，他走进一个五彩斑斓的世界。

（5）画面的接续性。

图画书用图来讲述故事，但是图的数量是有限的，图与图之间有中断性，如何使中断的图之间产生接续性，一方面需要语言来帮助铺路，另一方面在画面与画面之间，也要有设置。一个画面与另一个画面之间大体有两种情形：一是这两幅画同处于一个翻开的页面，二是需要翻页才能看到下一个画面。

竹内雄寒在《图画书的表现》一书中，归纳出连接前后图的四种方式：类似"事物"的照应；类似"色彩"的照应；类似"事件"的照应；类似"情绪"的照应。竹内认为，要形成前后画面的接续："只要包含横跨两页的相似的'事物'，或者相似的'色彩'、'事件'、'情绪'这些信息就可以了。有了这些照应，读者就会感受到画面是接续的。"⑱

（6）图画的叙述节奏。

连续性的画面就要有节奏，否则，整体的图画阅读就会混沌不清，不能很有效地表现故事的内涵。一本图画书的节奏可能会成为作品成败的关键性因素。如果一本图画书上的图画或书页的形状、色彩或画幅的大小以及视角给人以千篇一律之感，读者阅读的兴趣就可能会减弱，而改变画面大小、留白、色彩、视角，就可以产生变化丰富的叙述节奏，吸引读者的眼球。

莫里斯·桑戴克被称为20世纪最伟大的图画书作家。他的《有怪兽的地方》写男孩马克斯在晚上穿着狼装胡闹，妈妈说他是怪兽时，他说：我要

吃了你。妈妈把马克斯关进了卧室。卧室里长出了树，树变成了森林，森林尽头是大海。马克斯乘船航行一年零一天，到达了怪兽住的地方。怪兽想吃马克斯，可是一见马克斯怒目相视，马上说：没见过这样的怪兽。于是拥戴马克斯为王。马克斯命令怪兽们跳舞，但不久就感到寂寞，扔下那些怪兽，又航行了一年零一天，回到了自己的卧室。卧室桌子上的晚饭还是热的。

这本书最初的画面留白很大，图很小，随着马克斯进入幻想世界，留白越来越小，图渐渐变大，占满了单页，占满了双页。当马克斯从幻想世界回到现实生活中时，图越来越小，而留白越来越大，最终双页上没有图，完全是留白，只有"晚饭还是热腾腾的"一句话。在这个故事里，马克斯从现实来到幻想世界，又从幻想世界回到现实之中。桑戴克用画面的大小变化和留白大小的方式，应对故事的发展变化，使图画获得了与故事相和谐的节奏。

三、图画书文字语言的功能

一般认为，在图画书中，图画最为重要，文字语言只是处于从属的地位。从表面现象来看，似乎这种观点不无道理，但是，就作为文学样式的图画书的实质来看，文字语言并非是图画的从属、附庸，而是发挥着车之一轮，鸟之两翼的重要功能和作用。

要认识语言在图画书艺术中的重要功能，有必要考察在物化的作品完成之前，画家在构思和创作过程中，维果茨基所谓言语思维所发挥的作用。特别是文图为一人的图画书作家，他的图画创作是以言语思维为基础的，他需要先构想一个故事，这个故事离不开语言媒介（一般情况下为内心语言，如果与他人讨论则变成外在语言）。只是当他用图画表现这个故事时，语言（一部分或全部）让出了自己的位置。这时，语言是一个幕后英雄、无名英雄。当然，图画书所表现的艺术世界，也会有些内容是自始至终都是图画的。

那么，文字语言在图画书中发挥着哪些重要的功能呢？

1. 表现图画难以表现的内容

图画是视觉媒介，它的优势也是它的局限。图画有很多无法表现的东西，当这些无法表现的东西在一本图画书中不是可有可无的情况下，文字语言就应该站出来发挥作用。

图画难以直接表现时间。《有怪兽的地方》写男孩马克斯离家出走，乘船航行一年零一天，到达了怪兽住的地方。这个"一年零一天"是难以用图画来表现的，但是它对这个幻想故事十分重要，没有这个交代，就不能对比出现实时间（妈妈为马克斯准备的晚饭还是热腾腾的）。

图画也不能表现对话、惊叹词、拟声词、拟态词和歌声。

西卷茅子的《我的连衣裙》是令人愉快的表现想象力的神奇魔力的故事。故事中文字语言不多，其中，拟缝纫机声音的"咔哒咔哒"，表示惊喜的"哎？"，表达心情愉悦的哼唱"啦啦啦，哩哩哩"，是绝不可缺少的具有神韵的语言。

对心理活动，图画也有些爱莫能助。图画书的图画适合行动描写，而文字语言则适合心理描写。

《我的爸爸叫焦尼》（波·R·汉伯格／文、爱娃·艾瑞克松／图）是一个令人心酸的故事。小男孩狄姆的父母离异，他和妈妈住在一起。这一天，爸爸从另一个城市来看他，并且可以和他度过一天时光。这一天里，爸爸带狄姆做了很多狄姆喜欢的事情。买热狗时，狄姆对热狗店的阿姨说："这是我爸爸，他叫焦尼。"去看动画片时，狄姆告诉检票的伯伯："这是我爸爸！我们一起看电影！"进了比萨饼店，狄姆对认识的店员哥哥说："唔，今天我和爸爸在一起，他叫焦尼！"爸爸刚掏出钱包，狄姆就用所有人都听得到的声音喊："我爸爸要付钱啦！"狄姆对图书馆大姐姐说："今天我是和爸爸一起来的，他叫焦尼。不过借书的是我，不是爸爸。"在站台上，他告诉走过身边的叔叔："我在冲爸爸挥手，我在送爸爸呢！我的爸爸叫焦尼！"

狄姆说的这些话，图画无法表示。这些话的背后，是一个男孩对父爱的渴望、渴求以及有爸爸在身边（哪怕是一天）的巨大喜悦，当然也有一点炫耀，炫耀背后是孩子特有的自尊。狄姆和爸爸在图画馆，知道离别就要到来，他"心里想：现在几点了呢？要是时间能停下来就好了。火车要是不开就好了"。这种心理活动是非语言来呈现不可的。虽然寥寥数语，但是这种心理描写语言使故事的情感和思想都变得丰富、复杂起来。

在图画页数被限定的图画书中，文字语言其实反而变得更为重要了。

2. 拓宽故事的内涵

松居直曾说，图画只是对文章进行补充和说明的书，不能称之为图画书。其实，也可以反过来说，文字语言只是对图画进行补充和说明的书，也不能称之为图画书。

图画书的文字语言应该尽量避免对图画内容的重复，尽管适当的重复也是需要。由于不想重复的缘故，改编的文字故事和专为图画书创作的文字故事，其语言都有被少量化的普遍规律。少量化就是省略掉图画所能表达的那部分内容。不仅文字语言的整体内容被省略，而且句子里的内容也会被省略，所以，一般来说，图画书的句子比较简短。比如，图画书《壁橱里的冒险》（古田足日/文、田畑精一/图）的第一句是，"这是樱花幼儿园"，如果是纯文字语言的故事，恐怕就要写，"这是只有两座房子，一个小院的樱花幼儿园"。

这样被少量化的文字语言，就更要充分发挥作用。因此，好的文字语言应该去拓宽图画的内涵。《古利和古拉》的第一页，画的是两只小老鼠提着篮子，走在树林中，而文字是："田鼠古利和古拉提着大篮子，往林子深处走去。'我们名叫古利和古拉，/做好吃的，吃好吃的，/我们最最喜欢啦，/古利，古拉，古利，古拉。'"很显然，古利和古拉很高兴，所以，一边走，一边唱着歌。古利和古拉唱着歌以及歌的内容，是画面所没有的。这一内容很重要，它不是对图画的补充和说明，而是对故事内涵的拓宽。"做好吃的，吃好吃的，/我们最最喜欢啦"，歌词里"最最喜欢""吃好吃的"，这是田鼠，也是幼儿的天性，而"最最喜欢""做好吃的"就不仅是天性，还有文化在其中。故事发展到后来，古利和古拉为做好吃的而想办法，克服困难的行动，与其他动物分享好吃的这一行为，超越了"吃"的自然属性层面，上升到了社会、文化的层面。这层意味，在第一页的歌声里就已经蕴含了。

3. 引导图画的意义指向

由于图画书的图画具有多义性，作家为了引导读者，就会用文字语言来锁定图画的意义指向。

昆丁布莱获得凯特·格林纳威奖的作品《光脚丫先生》，所有的画面都在表现光脚丫先生的快乐生活，描写他拥有的各种东西，但是，都在反复讲一句话："可是，光脚丫先生只有一只鞋。"（出现了五次）这句话既使前面所有画面呈现的快乐都变得不完整，不能令人满足，也为最后得到新鞋子的圆满结局作了铺垫。

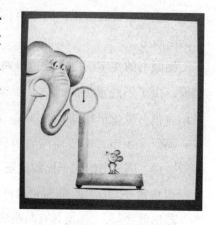

《鼠小弟，鼠小弟》是一个幽默故事。鼠小弟上磅秤称体重，指针在零公斤的地方纹丝不动。猴子、猪、狮子、马、河马依次上磅秤称体重，一个比一个要重，一个比一个得意。轮到大象，指针都要转到磅秤的极限处（也即零公斤的地方）了，大象也很得意，他叫道："鼠小弟，鼠小弟，你站上来看看！"鼠小弟站了上去，结果指针指在了磅秤零公斤的地方（也即极限处）。这时，画面里的大象露出了大吃一惊的表情，大象是为什么吃惊，原因并不是可以绝对肯定的，因为也可以说，大象是因为指针纹丝不动而吃惊。可是，搭配这页画面的语言是大象的话："哎呀——比我还重啊！"这是一句重要的引导图画意义方向的话，它一下子赋予了故事以幽默、智慧、快乐、情趣。

五味太郎的《小牛的春天》里，如果不写上"春天来了"，"雪化了"，读者就难以了解画家画背上有着黑斑点的白色小牛的意图之所在。在书的最后，画面上，小牛头上露出了两个小角，这时，按照开始时的联想，是可以接前面一页"雪化了"这句，写上"春天来了"的。但是，作家写的是"牛儿长大了"。一句"牛儿长大了"引导、点化出了作品的意涵。

4. 连接画面

日本学者竹内雄寒曾经做过一个实验，将五个本没有关联的图，加上说明语言，结果就成了一个有模有样的图画故事。他以这个实验证明："将图画书画面与画面连接起来的最有粘结力的粘结剂是语言。"⑲

有些图画书，没有文字语言，画面就连接不起来。比如，日本的科学图画书《壶中的故事》第一幅图画了一个壶，第二幅图画了一个扩大了的有水的壶，第三幅图画了一片水，第四幅图画了水上的一个岛，第五幅图分成两处，各画了一个国家（说是国家，也是因为有文字说明），第六幅图分成三处，各画了一座山，第七幅图分成四处，各画了一座城堡……对这样的图，如果没有文字语言，光靠图画很难连接成有意义的作品。读者很难看出第四、五、六、七幅图之间的关系，可是看了语言文字，原来是"海上有一个岛。""岛上有两个国家。""两个国家里各有三座山。""三座山上各有四个城堡。"一个"各"字，就说清了前后画面之间的关系，而且让读者明白了作家是在讲述数学概念。

以上，列举了图画书中文字语言的四种主要作用，如果仔细考察，文字语言应该还能发挥其他一些作用。无论如何，认为文字语言在图画书中，只不过是图画的从属、附庸的观点是站不住脚的。

第三节　多种多样的图画书

具有无限可能性的图画书的创作、出版形式多种多样，要想将丰富多彩的、充满个性的图画书作出穷尽性分类，几乎是不可能的事情。这里，我们只能以描述性方式，进行一个大致的区分。下面的这些种类之间多有交叉，只是由于着眼点的关系，我们才权宜性地作不同的安排。

一、无字图画书

无字图画书是最能表现图画功能的图画书，无疑可以被列入尤里·舒尔维兹所说的"真正的图画书"之列。一般来说，故事的存在往往是无字图画书创作的基础，所以，无字图画书有故意舍弃文字语言的倾向。要明确的是，没有文字语言并不等于无字图画书没有"语言"。它通过省略文字语言，最大程度地发挥图画所拥有的"语言"的表现力。贝尼·蒙特索尔说："对我而言，图画书就是通过形象来讲述内容的书。……用图来叙述的故事拥有它自身的语言，那就是视觉语言（visuallanguage）。"[20] 这句话用在无字图画书的创作上更为恰当。

有些无字图画书给人的感觉是为不能识字或不怎么能识字的幼儿创作的。比如，日本太田大八的名作《雨伞》、瑞士莫妮克·弗利克斯的小老鼠系列（包括《小船》《飞机》《反正》等多种）。

但是，也有些无字图画书反而主要是给成年人阅读的，比如，嘉贝丽·文生的《流浪狗之歌》、陈致元的《想念》。

对无字图画书，与心灵柔软的儿童特别是幼儿相比，成人接受起来可能困难要大一些。成人由于习惯了文字阅读，所以对没有文字的图画书会产生心理上的不安，而且对于图画"语言"，一般的成人恐怕也不及儿童那样敏感。

无字图画书中也有不讲故事的作品。安野光雅的《奇异的画》就是一例，它并不讲述故事，只是通过利用二次元世界的错觉，使图画阅读充满惊异和乐趣。

二、设置"机关"的图画书

所谓设置"机关"，是指通过剪切、镂空、挖洞、遮挡、伸缩立体图形等方式，使画面出现丰富变化，展示空间效果的图画书。这种图画书比较充分地显示出图画书的创意性。

设置"机关"的图画书往往是利用图画书的图画的接续性来设置"机关"。比如，五味太郎的《爸爸走丢了》虽然只是运用传统的、简单的剪切、镂空这样的方法来设置"机关"，但是却使读者很好地感受到了空间的变化。这本图画书设定了一个小男孩在百货商店寻找"走丢"的爸爸的故事。在剪切掉的地方，只显露出爸爸的某一部分，翻到下一页，却不是自己的爸爸。五味太郎充分利用前后页的关系，使剪切掉的部分与下一个场面发生联系，翻过去后，剪切掉的部分又与前一页发生联系。如下页图所示，在柱子处被切掉的部分呈露的画面，翻过去后，变成下一个场面，而剪切掉的部分，又把前一页的一部分，变成了柱子后面的景物。五味太郎用"机关"表现奇异的迷宫一样的空间，使之与小男孩急切寻找爸爸的情节达到融合，产生了令人惊叹的效果。

　　意大利的布鲁诺·姆纳瑞的《雾里的马戏团》是极具创意的设置"机关"的图画书。姆纳瑞使用半透明的透写纸作画，这样就使下一页的场景模糊可见，翻过去一页，原来模糊的场景变得清晰，但是，下一个场景又是模糊可见的，因此造成了汽车在雾中行驶的独特效果。

　　艾瑞·卡尔的《好饿的毛毛虫》是利用剪切、挖洞设置"机关"的图画书，这一方法十分有效地表现了好饿的毛毛虫咬穿食物的习性。

　　唐肯·伯明罕的《M是镜子的第一个字母》，在每一幅图画里都隐藏了另一幅图画，要找到它，读者需要利用附在书中的长条镜子，把镜子摆在正确的位置上。

　　设置"机关"的图画书使阅读具有了游戏的色彩，其自身也具有了一定的"玩具"性质。

三、故事图画书

以讲述故事为目的的图画书是故事图画书。故事图画书是图画书的主体（还有非故事性图画书），属于儿童文学的范畴。本章所论述、介绍的图画书主要就是故事图画书。

故事图画书的题材多种多样，如果大致划分，主要有以下几种。

1. 民间故事

在图画书的创作中，很多图画书作家看中了民间故事这一非常吸引儿童的题材，对其进行整理、改变，以图画书的形式进行出版。

一些民间故事被图画书化之后，被打造成新的经典，比如俄罗斯民间故事《拔萝卜》（内田莉莎子／整理、佐藤忠良／图）、乌克兰民间故事《手套》（拉乔夫／图）、北欧民间故事《三只山羊》（玛莎·布朗／图）、日本民间故事《桃太郎》（松居直／文、赤羽末吉／图）等。

民间故事是民俗的载体，因此，优秀的民间故事图画书总是有着浓郁的民族特色，特别是其绘画，往往是可以一眼辨识的民族标记。

2. 幻想故事

民间故事里也有许多幻想故事，不过这里特指原创性的幻想故事。

由于图画书是在有限的篇幅中展开故事，是以文图结合的形式展开故事，所以，图画书的幻想故事与纯粹文字的幻想故事的构想和表现又有不同。比如，日本图画书作家西卷茅子的《我的连衣裙》，并不具体展开故事情节，而是用一个个闪回式的画面，展示主人公小兔子的连衣裙的奇妙变化，将读者引入一个幻想的世界。

图画书表现幻想故事的方式与幻想小说不同。阅读幻想小说，读者必须凭借抽象的文字语言这一媒介，运用自己的想象，再造一个幻想世界。图画书的绘画却是具象的，它要把幻想世界呈现出来。比如《奇异的竹笋》（松野正子／文、濑川康男／图）写的是山里孩子太郎在挖一棵竹笋时，把上衣搭在了另一棵竹笋上，那棵竹笋飞快地长啊长，太郎为了够自己的上衣，被竹笋带到了天空中。乡亲们把高入云端的竹笋砍倒，顺着倒下的竹笋去找太郎，结果，长得望不到尽头的竹笋在群山中架设了一条路，把山里人带到了海滨，从此，深山与海滨连在了一起，山里人过上了富足的生活。画家充分运用图画书的横长开本，在对开的两个页面上，有时横着画，有时竖着画（这时要把书竖起来看），表现这棵神奇的竹笋，牵动读者的心神。

《卡夫卡变虫记》（劳伦斯／文、戴尔飞／图）虽然借用卡夫卡《变形记》的灵感，但是另辟蹊径，自身仍然是一个独特的原创幻想故事。读这个幽默的幻想故事，可以清晰感受到儿童文学的乐观主义精神。

3. 写实故事

写实故事是与幻想故事相对的概念。写实故事表现的完全是日常生活。因为与其他儿童文学样式一样，图画书表现的主要是儿童的日常生活，所以，对儿童的心理表现将是图画书的着眼点。

《第一次帮妈妈买东西》（筒井赖子／文、林明子／图）是典型的写实故事图画书。五岁的小美第一次帮妈妈去买东西，画家用细腻的写实笔

触描绘了房屋、街道、树木，给读者带来真实感。在这样一个"真实"的环境中，小美在路上遇见自行车的不安，寻找掉落的硬币时的焦急，招呼买东西时的不安和紧张，受冷落后的委屈，买好东西后的喜悦，都在画家富于表现力的细腻描绘中呈现了出来。

周翔的《荷花镇的早市》描写城里孩子阳阳到乡下，被姑姑带着去荷花镇赶早晨集市的情景。与《第一次帮妈妈买东西》相比，《荷花镇的早市》是又一种形式的写实故事。它的着力点不在于具体的事件和内在的心理，而是想传达中国江南水乡集市的风土、民俗、人情。周翔用写意画风，以十七幅对开页面，烘托出了浓郁的江南水乡的氛围。

4. 动物故事

这里的动物故事不是拟人化的童话故事，而是具有我们在前一章论述的动物文学的特征。

《给小鸭子让路》（罗伯特·麦罗斯基/文图）、《流浪狗之歌》（嘉贝丽·文生/文图）、《淘气的小猫》（巴纳丁·库克/文、雷米·查理普/图）、《安格斯和鸭子》（马居利·弗拉克/文图）都生动、细腻地描绘了动物的生活习性和内在心理，是动物故事图画书中的经典。其中，《淘气的小猫》和《安格斯和鸭子》一静一动，对照阅读更饶有趣味。

四、科学、知识图画书

顾名思义，科学、知识图画书将传递科学、知识作为自己的主要功能，但是，也应该纠正一种误解，那就是只把科学知识图画书看作是对学习有帮助的辅助教材。科学、知识图画书可大致分为故事性和非故事性两类。

《小水珠的冒险》（玛丽亚·特里克夫斯卡/文、波夫坦·布丁科/图）写的是从村妇的水桶里溅出的一滴水珠的冒险故事。小水珠先来到院子，身上沾满了灰土，它想到洗衣店洗干净，可是热情的阿姨告诉它，那是干洗店，会把它弄干的。于是，它又来到医院，医生要用蒸煮法给它消毒，吓得它赶紧逃走，却掉进了泥坑里。在太阳照射下，它变成水蒸气升上天空，变成云朵，又凝结成雨滴降到地上的岩缝里，被冻成了冰。早上，被太阳一晒，它又变成水珠，流进了河里。正当与树叶、小鱼快乐嬉戏时，它又被管道抽进去，变成自来水，被放进洗衣机中。它和衣物一起晾在绳子上，被火炉烤着，变成蒸汽从天窗冒出去结成了冰凌。冰凌等待着春天的来临，好变成水珠开始新的历险。

这本图画书可以向孩子揭示水的三种形态，但是，它并不是学习用书，而是蕴含着科学知识的生动有趣的图画故事。

《小水珠的冒险》显然属于故事类科学知识图画书，而下面两本图画书则属于非故事类科学图画书。

说到河流，大家似乎都认为自己很了解它，可是阅读了加古里子的《河流》，恐怕每个人都会感叹自己原来对河流了解得还很肤浅。加古里子将自己对河流的深刻认识和真挚感情，倾注到每一个字里行间和绘画笔触之中。如果将每一个对开的页面逐一相连，展现在读者眼前的是一条河流从涓涓细流到波澜壮阔的长卷，而在河流两侧，从山区到平原，从乡村到城市，人类的生活样态也得到了真切的展现。对这样一本科学知识图画书，甚至可以读出象征意义：它是河流的一生的生命史。

甲斐信枝的《杂草的生活》同样是令人惊叹的科学图画书。作家在京都比叡山脚下，用铁丝网围了一块荒地（为了不让人和畜进入破坏自然的生态），用了五年的时间，不分寒暑、不顾风雨去观察处于自然状态的杂草的生长，然后用详尽的图画将其表现出来。从杂草那不为人知的生命形态中，读者能够感受到生命的诗意。

五、婴幼儿图画书

如果说前面的四种类型的图画书是从形式或内容这些角度所作的分类，那么，婴幼儿图画书的提出，则是从读者对象角度考虑的一种分类。这里所谓婴幼儿读者的年龄大体是到两岁。

婴幼儿图画书的阅读一般要包含两个要素：一个是游戏性，另一个是认知性。

　　一岁左右的婴幼儿几乎都非常喜欢玩躲猫猫的游戏。大人嘴里一边说着"没了，没了"，一边用手把脸捂住，然后突然把手拿开，露出笑脸，喊一声"猫！"小宝宝就会无比开心。松谷美代子作文、濑川康男作画的《没了没了，猫！》就是将这一游戏图画书化的经典作品。小猫、小熊、小老鼠、小狐狸依次上场，最后出场的是小宝宝阿信，他们一个个做躲猫猫的游戏。这本图画书利用传统游戏的趣味和图画书翻页造成的遮蔽、呈现的特殊效果，给婴幼儿带来了极大的喜悦。

　　婴幼儿从大约一岁半左右起，见到自己知道的东西，就会产生浓厚的兴趣，想用语言或身体动作表示"我知道！"不仅如此，对那些还不认识的具体物品，他们也有强烈的了解愿望。针对婴幼儿的这一心智发展状况，物品图画书（包括图鉴），比如介绍交通工具、动物、植物的认知类图画书应运而生。

　　两岁左右的婴幼儿也能够欣赏直线发展、故事单纯的图画书。比如宫西达也的《好饿的小蛇》，小蛇扭来扭去去散步，分别遇到了苹果、香蕉、饭团、葡萄、菠萝，小蛇一个一个把它们吞了下去。最后遇到了苹果树，小蛇就爬到树上，连苹果带树，都吞了下去。作家发挥图画形象直观的功能，设计出了小蛇吞吃了什么东西，肚子就呈现出那东西的形状这一点睛之笔。这本图画书和《换换吧！鼠小弟的小背心》（中江嘉男/文、上野纪子/图）等婴幼儿图画书一样，都采用了反复手法，造成故事的可预测性，然后在结尾处增加一点意料之外的变化，使之成为婴幼儿不仅能够欣赏而且还十分喜欢的故事。

　　在面向婴幼儿创作、出版的图画书中，纯认知类图画书是应对婴幼儿认知能力的发展，严格来讲，应该不属于文学的范畴。但是，作为婴幼儿最早接触到的书籍，不仅对其心智发展有重要作用，而且对其日后的阅读生活也有深刻的影响。

注 释

①⑨ 见［日］鸟越信:《创造图画书历史的20人·序》(日文版)，创元社，1993。

② 网络与书编辑部:《阅读的风貌》，现代出版社，2005，第118页。

③［美］Barbara Bader: *American Picturebooks*，转引自［日］鸟越信:《日本绘本史（第3卷）》，密涅发书房，2002，第380－381页。

④ 转引自阿甲:《帮助孩子爱上阅读——儿童阅读推广手册》，少年儿童出版社，2007，第68页。

⑤［日］松居直:《我的图画书论》，季颖译，湖南少年儿童出版社，1997，第178-179页。

⑥ 张月媛:《几米：阅读忧伤的城市》，中国电影出版社，2003。

⑦［加］培利·诺德曼:《阅读儿童文学的乐趣》，刘凤芯译，（台湾）天卫文化图书有限公司，2000，第268页。

⑧⑭ 见阿甲:《帮助孩子爱上阅读——儿童阅读推广手册》，少年儿童出版社，2007，第69-71页，第65页。

⑩⑯［日］中川素子、今井良朗、笹本纯:《图画书的视觉表现》(日文版)，日本编辑学派出版部，2001，第73页、第105页。

⑪ 周宪:《"读图时代"的图文"战争"》，《文学评论》，2005年第6期。

⑫ 金惠敏:《媒介的后果——文学终结点上的批判理论》，人民出版社，2005，第37页。

⑬ 见［德］瓦尔特·本雅明:《迎向灵光消逝的年代：本雅明论艺术》，许绮玲、林志明译，广西师范大学出版社，2005。

⑮ 珍·杜南:《观赏图画书中的图画》，宋珮译，（台湾）雄狮图书股份有限公司，2006，第22页。

⑰ 郝广才:《好绘本如何好》，（台湾）格林文化，2006，第68页。

⑱⑲［日］竹内雄寒:《图画书的表现》(日文版)，久山社，2002，第67-68页，第80-82页。

⑳ 转引自《日本图画书100种》(日文版)，偕成社，1981，第65页。

一、思考与探索

1.你是主张把图画书从儿童文学中剥离出来,还是主张纳入其中?理由是什么?

2.你赞成图画书中存在着"真正的图画书"和"非真正的图画书"这一观点吗?如果赞成,请你各举出一本"真正的图画书"和"非真正的图画书",对两者进行分析、比较。

3.本书认为,图画书能够"培养良好的'图像'读者"。你同意这一观点吗?"良好的'图像'读者"是什么意思?还有不"良好"的图像读者吗?请谈谈你的理解和看法。

4.图画书的图画与影视、连环画书、卡通书、美术作品的图像和图画有何不同?

5.列举作品,说明图画书的文字语言的功能。

6.选一本"真正的图画书",分析其文、图之间的活化性关系。

二、拓展学习书目

1.[日]松居直:《我的图画书论》,季颖译,湖南少年儿童出版社,1997。

2.[日]松居直:《幸福的种子》,刘涤昭译,明天出版社,2007。

3.珍·杜南:《观赏图画书中的图画》,宋珮译,(台湾)雄狮图书股份有限公司,2006。

4.彭懿:《世界图画书:阅读与经典》,二十一世纪出版社,2006。

5.阿甲:《帮助孩子爱上阅读——儿童阅读推广手册》,少年儿童出版社,2007。

6.梅子涵、方卫平、朱自强、彭懿、曹文轩:《中国儿童文学5人谈》,新蕾出版社,2001。

7.郝广才:《好绘本如何好》,(台湾)格林文化,2006。

图书在版编目（CIP）数据

儿童文学概论/朱自强著 . —上海：华东师范大学出版社，2021
ISBN 978-7-5760-1284-2

Ⅰ.①儿 ... Ⅱ.①朱 ... Ⅲ.①儿童文学理论—高等学校—教材 Ⅳ.① I058

中国版本图书馆 CIP 数据核字（2021）第 030030 号

大夏书系·阅读教育

儿童文学概论

著　　者	朱自强	
策划编辑	朱永通	
责任编辑	万丽丽	
责任校对	杨　坤	
封面设计	奇文云海·设计顾问	

出版发行	华东师范大学出版社
社　　址	上海市中山北路 3663 号　邮编　200062
网　　址	www.ecnupress.com.cn
电　　话	021－60821666　行政传真　021－62572105
客服电话	021－62865537
邮购电话	021－62869887　地址　上海市中山北路 3663 号华东师范大学校内先锋路口
网　　店	http：//hdsdcbs.tmall.com

印 刷 者	北京季蜂印刷有限公司
开　　本	700×1000　16 开
插　　页	1
印　　张	26
字　　数	396 千字
版　　次	2021 年 3 月第一版
印　　次	2025 年 3 月第三次
印　　数	7 101–8 100
书　　号	ISBN 978－7－5760－1284－2
定　　价	118.00 元

出 版 人	王　焰

（如发现本版图书有印订质量问题，请寄回本社市场部调换或电话 021–62865537 联系）